Internet für Kids

Beate Majetschak

Internet für Kids

mitp

Die Deutsche Bibliothek – CIP-Einheitsaufnahme

Majetschak, Beate:
Internet für Kids
1. Aufl. – Bonn: MITP-Verlag, 2000
ISBN 3-8266-0651-5

ISBN 3-8266-0651-5

Ein Unternehmen der verlag moderne industrie AG & Co. KG, Landsberg

Lektorat: Sabine Müthing
Korrektorat: Petra Heubach-Erdmann
Satz und Layout: Conrad Neumann, München
Umschlaggestaltung: Justo G. Pulido, www.pulido.de
Druck und Belichtung: Media-Print, Paderborn

Inhaltsverzeichnis

Vorwort

Das Internet war früher ein Medium für Wissenschaftler. Diese konnten Nachrichten und Daten über E-Mail oder Newsgroups austauschen und über Telnet auf fremde Computer zugreifen. Seit der Einführung des *World Wide Webs* ist alles anders geworden. Das World Wide Web, kurz *Web* genannt, besteht aus allen Webseiten, d.h. den bunten Seiten, die weltweit verfügbar sind und auf die du mit einem Webbrowser wie Internet Explorer oder Netscape Navigator zugreifen kannst. Diese Seiten sind über *Hyperlinks* miteinander verknüpft. Wenn du auf einen solchen Hyperlink klickst, gelangst du zu einer neuen Seite. Diese Art von Fortbewegung wird als *Surfen* bezeichnet.

Wenn jemand heutzutage vom Internet spricht, meint er in der Regel das Web. Über das Internet lassen sich jedoch auch E-Mails verschicken, Daten von anderen Computern downloaden und auf diese hochladen und Geschäfte abwickeln. Außerdem kannst du in so genannten *Chats* mit anderen in Echtzeit und, wenn du eine passende Kamera besitzt, mit Bild plaudern, in Gaming Zones mit anderen gemeinsam Multiplayer-Spiele machen und Musik herunterladen.

Inzwischen kann jeder Webseiten im Internet anbieten, also auch du selbst. Mittlerweile nutzen nicht nur Universitäten, sondern auch Firmen, Institutionen, Organisationen, Vereine und Privatleute diese Möglichkeit und stellen vom Onlineshop über den Trainingsplan des Fußballvereins bis zum Einblick ins Wohnzimmer alles mögliche ins Web. Dadurch entsteht eine unerschöpfliche Informationsfülle, die du nicht nur für die Schule, sondern auch zur Freizeitgestaltung, der Jobsuche und der Kommunikation mit Gleichgesinnten nutzen kannst. Es gibt natürlich viele Lernangebote und sogar Hausaufgabenbetreuungen im Internet. Aber was ist, wenn deine Eltern beschließen, in eine andere Stadt zu ziehen? Dank Internet kein Problem. Du kannst dich nämlich online über deine neue Heimat informieren, interessante Freizeitangebote finden, schon mal Infos über die neue Schule sammeln oder, falls mehrere angeboten werden, dir sogar selbst eine Schule aussuchen und vielleicht übers Chatten sogar schon Freunde finden.

Falls du keinen eigenen PC mit Internetzugang hast, ist das nicht so schlimm. Erkundige dich mal in deiner Schule. Die meisten Schulen sind inzwischen mit Computerarbeitsplätzen und Internetzugang ausgestattet. Außerdem gibt es auch *Cybercafés*, in denen du kostenlos im Internet surfen und an Chats teilnehmen kannst. Auch in vielen Karstadt-Filialen findest du inzwischen die Cyberb@rs, d. h. Café-Bereiche mit Computern und kostenlosem Internetzugang.

Was bietet dieses Buch?

Zuerst erfährst du, wie du deinen Computer fit für das Internet machst und was der Spaß dich oder deine Eltern kostet. Falls du keinen eigenen Computer besitzt, zeige ich dir, wie du einen öffentlichen Computer nutzt und über diesen sogar E-Mails versenden und empfangen kannst. Du erfährst, wie du Informationen suchen und wie du dich mit anderen austauschen kannst. Du erhältst zahlreiche Adressen für die Schule und was sonst noch wichtig und interessant ist. Außerdem erfährst du, wie du deine eigene Homepage einrichten und anderen zugänglich machen kannst.

Das Internet ist allerdings auch nicht ganz ungefährlich. Vielleicht hast du in den Nachrichten vom *I Love you*-Virus gehört. Deshalb erfährst du, wie du dich vor Viren, der Überflutung mit Werbeangeboten – so genannter *Junk-E-Mail* – und anderen unangenehmen Zuschriften schützen kannst. Und damit das Internet für dich und deine Eltern nicht zum Desaster wird, erfährst du auch, wie du den Computer so einrichtest, dass du nicht unendlich lange surfen kannst, und warum du nicht ohne Wissen deiner Eltern oder anderer Personen auf deren Kosten im Internet einkaufen oder kostenpflichtige Dienste nutzen solltest.

Ein Dankeschön

Bevor es richtig losgeht, muss ich hier noch ein großes Dankeschön an Frau Heubach-Erdmann für die vielen Tipps, die nützlichen Hinweise und die Ermutigungen loswerden!

Einleitung

Wie arbeite ich mit diesem Buch?

Grundsätzlich enthält dieses Buch viel Text. Es gibt aber auch eine Menge Abbildungen. Damit du dich möglichst gut zurecht findest, sollen dir die folgenden Symbole auf deiner Wanderung durchs Internet helfen:

Arbeitsschritte

➔ Wenn du dieses Zeichen siehst, heißt das: Ärmel hoch, es gibt etwas zu tun. Damit übst du dich im Umgang mit dem Internet.

Notfälle

Hin und wieder wird es auch mal knifflig. Dann findest du bei diesem Symbol einen Ratschlag, der dir bei einem Problem weiterhelfen kann.

?

Wichtige Stellen im Buch

Hin und wieder findest du eine Möhre in diesem Buch. Das ist ein Zeichen für eine Stelle, an der etwas besonders Wichtiges steht.

Wenn es um eine ausführliche Erläuterung oder um ein paar Tipps oder Tricks geht, tritt Harry Hops auch schon mal selbst in Erscheinung.

Was brauchst du für dieses Buch?

Wenn du mit deinem eigenen Computer arbeitest, benötigst du

- ein Modem, das möglichst schnell sein sollte, oder eine ISDN-Karte,
- eine Zugangsberechtigung zum Internet bei einem *Internetdienstanbieter*, auch *Provider* genannt (und *Prowaider* ausgesprochen),
- einen *Browser*, mit dem du surfen sowie Software downloaden kannst.

Gehst du über ein Cybercafé oder den Computer in deiner Schule ins Internet, brauchst du dich um solche Details natürlich nicht zu kümmern, denn die benötigte Hard- und Software ist bereits installiert.

Willst du weitere Internetdienste wie E-Mail, FTP oder Newsgroups nutzen, im Internet chatten oder Musik herunterladen, benötigst du eventuell spezielle Programme.

Falls du nicht weißt, was eine Newsgroup oder FTP ist, braucht dich das nicht weiter zu beunruhigen. In Kapitel 1 findest du eine ausführliche Erklärung und die eventuell benötigten Spezialprogramme werden beschrieben.

Falls du Informationen ausdrucken möchtest, die du im Internet findest, muss an den Computer ein Drucker angeschlossen und auf dem Computer installiert sein. Gut wären auch ein CD-ROM-Laufwerk, damit du Software leicht installieren, und eine Soundkarte, damit du multimediale Angebote nutzen kannst.

Wie gut kannst du schon mit dem Computer umgehen?

Du brauchst kein Computerfreak zu sein, um das Internet nutzen zu können. Wenn du allerdings im Web surfen willst, solltest du mit der Maus umgehen können. Hier ein paar Begriffe, die du kennen solltest:

Klicken	Verschiebe die Maus an die angegebene Stelle und drücke die linke Maustaste.
Doppelklicken	Verschiebe die Maus an die angegebene Stelle und drücke zwei Mal schnell hintereinander die linke Maustaste.
Klicken mit der rechten Maustaste	Verschiebe die Maus an die angegebene Stelle und drücke auf die rechte Maustaste. In der Regel öffnet sich dann ein Kontextmenü, aus dem du bequem Befehle auswählen kannst.
Die Maus *ziehen*	Verschiebe die Maus an die angegebene Stelle, drücke die linke Maustaste und halte diese gedrückt, während du die Maus in die angegebene Richtung verschiebst (häufig nach rechts unten).
Zeigen mit der Maus	Positioniere den Mauszeiger an der Stelle, auf die du zeigen sollst.
Den Mauszeiger *verschieben*	Bewege die Maus.

Es ist auch sehr nützlich, wenn du diese Fragen schon beantworten kannst:

- Was ist eine Datei?
- Wie werden Dateien auf dem Computer gespeichert?
- Wie installiert man ein Programm?
- Wie bedient man ein Programm?
- Wie startet man einen Computer?
- Wie legt man eine CD ein?

Um elektronische Nachrichten zu schreiben, wäre es natürlich besonders günstig, wenn du richtig im Zehn-Finger-System tippen könntest. Falls du beim Chatten im Adlersuchsystem tippst, kann es sein, dass dein Partner nebenbei einschläft oder das Gespräch beendet, weil er zu lange auf deine Antwort warten muss. Tippen kannst du beispielsweise mit einem Schreibmaschinenprogramm wie dem AlphaTast (`www.alphatast.de`) üben, das du aus dem Internet downloaden kannst.

Häufig benötigst du außerdem die folgenden Tasten:

[Strg] [⇧] [Alt] [AltGr] [Entf] [Einfg] [↵] [⇆]

Wenn du dich mit dem Computer noch gar nicht auskennst, solltest du besser mit einem grundlegenden Buch über Computer ein bisschen üben, wie z.B. *Computer für Kids*.

Kennst du dich mit dem Computer bereits gut aus, kann's jetzt losgehen!

1 Grundlegendes vorab

Falls du deinen Computer noch für das Internet einrichten musst oder mehr über das Internet, die Internetdienste und das Adressierungsschema wissen möchtest, solltest du dieses Kapitel lesen.

In diesem Kapitel lernst du,

- wie das Internet aufgebaut ist
- welche Dienste das Internet außer dem Web noch bietet
- wie Computer, Personen und Webseiten im Internet adressiert werden
- welche Computer- und Software-Ausstattung du benötigst
- was ein Provider ist und wie du einen auswählst
- wie du einen Zugang zum Internet einrichtest

Falls dir dies alles bereits bekannt ist und dein Computer bereits mit dem Internet verbunden ist, kannst du dieses Kapitel übergehen und gleich mit Kapitel 2 und 3 loslegen, in dem du erfährst, was das Internet für Schule und Freizeit zu bieten hat.

Das Internet

Das Internet ist ein Netzwerk, das sich aus unzähligen Computernetzwerken und Einzelcomputern zusammensetzt, d.h. aus Computern, die per Telefonleitung oder anderen Leitungen miteinander verbunden sind. Der Versand und Empfang der Daten erfolgt über das Protokoll TCP/IP. Ein *Protokoll* legt wie das Protokoll beim Staatsbesuch fest, wie sich die einzelnen Seiten zu verhalten haben und wann welche Aktion erfolgt. Anders als bei einem Netzwerk in einem Unternehmen gibt es beim Internet kein Zentrum. Das Internet ist jedoch hierarchisch gegliedert. Das heißt, dass sich nicht alle Computer auf der gleichen Ebene befinden. Einige Computer sind höher gestellt und leiten Daten an ihnen untergeordnete Computer weiter. Es gibt wie beim Postsystem oder dem Telefonnetz ein Adressierungssystem, nach dem die Computer angesprochen werden. Mehr hierzu erfährst du im nächsten Abschnitt »Adressierung im Internet«.

Im Unterschied zum Telefonnetz musst du den gewünschten Gesprächspartner nicht direkt anrufen, sondern du wählst dich bei einem Provider ein. Der Provider ist eine Firma oder eine Institution, deren Computer permanent mit dem Internet verbunden sind. Dazu müssen die Telefonleitungen über eine so genannte *Standleitung* permanent für den Datenempfang und -versand bereit sein und der Computer des Providers muss eine feste Adresse im Internet haben. Sobald du eine Verbindung zum Provider hergestellt hast, bist du auch *online* und dein Computer ist Bestandteil des Internets. Du kannst nun die Adresse der Webseite, die du dir ansehen möchtest, in einen Browser eingeben. Die Webseite wird dann vom Webserver, auf dem sie gespeichert ist, über Telefonleitungen und Vermittlungsstellen, die so genannten *Router*, an deinen Computer geschickt.

Die Daten selbst sind auf Servercomputern abgelegt. Der Begriff *Server* ist englisch (und wird *Zörwer* gesprochen)und könnte beispielsweise mit Anbieter übersetzt werden. Ein Server muss nicht unbedingt ein spezieller Computer sein, sondern er ist nur mit einer speziellen Software ausgestattet. Für jeden Internetdienst gibt es Serversoftware. Webseiten sind beispielsweise auf Webservern gespeichert, elektronische Post (E-Mail) auf Mailservern und Programme, die du downloaden kannst, auf FTP-Servern. Auf einem Computer können sogar mehrere Server installiert werden, wie z.B. ein Mailserver, ein Webserver und ein FTP-Server.

Dein Computer, mit dem du Webseiten, E-Mails oder Dateien abrufst, wird als *Client* bezeichnet (das spricht man *Klaient* aus). Dieser Begriff ist auch englisch und kann mit Klient oder Kunde übersetzt werden, also der Kunde des Servers.

Server werden in der Regel von Providern bereitgestellt und du kannst sie gegen Gebühren nutzen. Prinzipiell kannst du auf deinem Computer auch selbst einen Server installieren, wie z.B. einen Webserver. Damit andere jederzeit darauf zugreifen können, müsstest du jedoch eine Standleitung zu deinem Provider einrichten und von diesem eine feste Internetadresse mieten. Und das ist erheblich teurer als eine eigene Homepage oder Website bei einem Provider einzurichten. Viele Provider bieten dies bis zu einem gewissen Umfang sogar kostenlos an.

Internetdienste

Nachdem nun schon so oft von E-Mail, FTP und Newsgroups die Rede war, erfährst du nun endlich, was diese Begriffe bedeuten.

E-Mail

E-Mail ist die englische Bezeichnung für elektronische Post (es spricht sich *I-Mähl*) und ist der am häufigsten genutzte Internetdienst, den es übrigens schon fast seit den Gründerzeiten des Internets, also dem Jahr 1969 gibt. E-Mails werden über das Internet verschickt. Anders als die normale Post, von manchen gehässig auch als Schneckenpost bezeichnet, kannst du eine E-Mail an mehrere Empfänger senden, ohne für jeden Empfänger separat bezahlen zu müssen. Außerdem kannst du Dateien an E-Mails anhängen und auf diese Weise Programme, Texte, Bilder, Sounds u.Ä. verschicken. Wenn du deine Freunde auf eine besonders tolle Website aufmerksam machen möchtest oder selbst stolzer Besitzer einer Homepage, also einer eigenen Webseite bist, kannst du die Adresse in die E-Mail integrieren. Deine Empfänger brauchen dann nur auf die Adresse klicken, und schon wird die Seite im *Browser* geladen. Ein Browser ist ein Programm, um Webseiten zu betrachten. Die höchste Verbreitung haben die Browser Internet Explorer und Netscape Navigator.

E-Mail ist nicht nur hipp, erheblich preisgünstiger und wesentlich schneller als die normale Post, sondern du kannst damit auch prima mit Kids kommunizieren, die in einem anderen Land oder sogar einer anderen Zeitzone leben.

Hier ist die normale Post entschieden zu langsam und das Telefon teuer und wegen der Zeitverschiebung problematisch. Dank E-Mail brauchst du nicht mitten in der Nacht aufzustehen, um deine Freunde zu einer akzeptablen Zeit anrufen zu können, sondern du sendest einfach eine E-Mail. Deine Freunde können diese dann zu einer für sie angenehmen Zeit abrufen und dir antworten. So kannst du Kontakte erheblich leichter aufrechterhalten als früher.

Arbeitest du mit Internet Explorer, kannst du E-Mails über Outlook Express senden und empfangen. Dieses Programm ist ebenfalls in Windows 9x und 2000 enthalten. In Netscape Communicator ist ebenfalls ein E-Mail-Programm integriert.

FTP

FTP (File Transfer Protocol, auf Deutsch *Dateiübertragungsprotokoll*) gibt es schon ziemlich lange. Wie der Name schon sagt, handelt es sich eigentlich um ein Protokoll zur Übertragung von Dateien. Über FTP kannst du Dateien von einem *FTP-Server* downloaden und auf diesen uploaden. Dies kommt beispielsweise vor, wenn du dir eine aktuellere Version von Internet Explorer aus dem Internet herunterlädst oder einen speziellen Treiber für deine neue Soundkarte.

Ein *FTP-Server* ist eine Software, mit der sich Dateien, die auf einem Computer gespeichert sind, bereitstellen lassen. Der Zugriff kann entweder anonym erfolgen, d.h., du musst keinen Benutzernamen und Kennwort angeben, oder aber mit Anmeldung. Manche FTP-Server werden nur einer bestimmten Benutzergruppe zur Verfügung gestellt, wie z.B. den Mitarbeitern eines Unternehmens. Um auf einen solchen FTP-Server zugreifen zu können, benötigst du einen gültigen Benutzernamen und ein gültiges Kennwort. Wenn du auf den FTP-Server zugreifst, fordert er diese Daten von dir an. Kann der Server deinen Benutzernamen und dein Kennwort nicht *verifizieren*, weil sich bei der Überprüfung herausstellt, dass deine Angaben nicht registriert sind, wird dir der Zugriff auf den Server verweigert.

Früher konntest du nur mit speziellen FTP-Programmen auf FTP-Server zugreifen. Mit den neueren Versionen von Netscape Navigator und Internet Explorer ist dies aber kein Problem mehr. Nutzt du FTP häufig, kannst du dir mit einem speziellen FTP-Programm wie CuteFTP jedoch das Leben leichter machen.

IRC

IRC ist die Abkürzung für Internet Relay Chat, also das *Chatten* im Internet. Chatten (deutsch *Plaudern*) heißt, dass du in Echtzeit, also wie in einem Gespräch auf der Straße, mit einer anderen Person oder mehreren anderen Personen kommunizieren kannst. Kommunizieren deshalb, weil du das, was du sagen willst, eintippst. Deine Gesprächspartner lesen dies und tippen selbst wieder etwas ein. Chatten kannst du in so genannten *Channels* oder *Chatrooms*. Es gibt öffentliche und private Chatrooms. Am Chat in einem öffentlichen Chatroom kann jeder teilnehmen. Der private Chatroom ist meistens der direkten Unterhaltung von zwei Personen vorbehalten.

Teilnehmen kann am IRC jeder Internetnutzer. Chatten kannst du außerdem über AOL. Der Chat ist dort allerdings auf AOL-Nutzer beschränkt.

Willst du dich an einem Chat beteiligen, solltest du dir einen Chatnamen ausdenken, also eine Art Verkleidung. Das ist beim Chatten so üblich. Dieser Name wird allerdings nirgends registriert und gilt auch nur für eine Chatsitzung. Du kannst dir also beim nächsten Chat einen neuen Namen zulegen. Falls deine Gesprächspartner ihre Identität nicht preisgeben, weißt du nicht, mit wem du es beim Chatten zu tun hast. Das ist natürlich witzig und macht Spaß. Allerdings solltest du es dabei belassen und nicht versuchen, ernsthafte Dinge über das IRC zu erledigen. Denn damit kannst du böse auf die Nase fallen. Stell dir vor, du verliebst dich unsterblich in deinen Chatpartner und stellst irgendwann fest, dass deine große Liebe aus einer Gruppe von Kids besteht, die sich einen Spaß mit dir erlauben ...

Fürs Chatten im IRC benötigst du eine spezielle Software, die du z.B. auf der CD-ROM zum Buch findest. Ist AOL dein Provider, ist das Chatprogramm bereits in die AOL-Software integriert.

Newsgroups

Newsgroups gibt es wie FTP schon viel länger als das World Wide Web und das IRC. Früher dienten Newsgroups Wissenschaftlern aus aller Welt dazu, ihre Erfahrungen auszutauschen und Fragen zu stellen. Dies ist bis heute so geblieben. Allerdings gibt es heute viel mehr Newsgroups, nämlich mehrere 10.000, und es können immer neue hinzukommen. Newsgroups sind Diskussionsforen, in denen jeder Fragen stellen, seine Meinung äußern oder die Kommentare anderer lesen kann. Wenn du eine Frage zu einem bestimmten

Thema hast, stellst du diese in die betreffende Newsgroup. Hat ein anderer Benutzer eine Antwort darauf, stellt er diese ebenfalls in die Newsgroup. Sie wird unter deiner Frage angeordnet, so dass sich Zusammenhänge auf einen Blick erkennen lassen.

Damit du dich an Newsgroups beteiligen kannst, benötigst du einen Newsgroup Reader. Dieser ist beispielsweise in Netscape Navigator enthalten oder auch in Outlook Express, das im Lieferumfang von Windows 98 und 2000 enthalten ist.

Das World Wide Web

Das *World Wide Web*, kurz *Web* genannt, ist der wichtigste Internetdienst. Das Web besteht aus unzähligen Webseiten, die Text, Bilder und andere Informationen enthalten. Die Webseiten kannst du mit einem Browser betrachten. Sie sind über *Hyperlinks*, kurz *Links* genannt, miteinander verbunden. Wenn du auf einen Hyperlink klickst, gelangst du entweder zu einer anderen Webseite oder zu einer anderen Stelle innerhalb der aktuellen Webseite. Die Sammlung aller Webseiten, die du unter einer Adresse, wie z.B. `http://www.kindernetz.de` findest, wird als *Website* bezeichnet. Das Web nutzt das Internet als Übertragungsmedium.

Das World Wide Web wurde von dem englischen Wissenschaftler Tim Berners-Lee 1991 erfunden. Herr Berners-Lee arbeitete damals am Forschungszentrum für Physik namens CERN in der Schweiz. Da es in diesem Forschungszentrum einzigartige Geräte gibt, so genannte Teilchenbeschleuniger, mit denen Wissenschaftler physikalische Experimente durchführen können, sind hier ständig Forschergruppen aus aller Welt vertreten. Und wie du dir vielleicht denken kannst, arbeiteten diese mit unterschiedlichen Computersystemen und Software. Nichts passte zusammen und es war oft schwierig Dokumente auszutauschen, weil diese sich nicht in das passende Format konvertieren ließen. Eine einfache Lösung wäre natürlich gewesen, alle zu zwingen, mit dem gleichen Computersystem und der gleichen Software zu arbeiten. Da dies prinzipiell problematisch ist und bei Forschergruppen aus aller Herren Länder eigentlich völlig unmöglich, suchte Herr Berners-Lee nach einem allgemeinen Dokumentiersystem, das alle Forscher einsetzen konnten, ohne ihre gesamte Computerausstattung und Software erneuern zu müssen. Er erfand die Auszeichnungssprache HTML, hatte die Idee, dass das Internet als Übertragungsmedium für das Web dienen konnte und auch, dass der Zugriff auf die Inhalte über einen Browser erfolgen sollte. Außerdem prägte Herr Berners-Lee den Begriff des World Wide Webs bzw. des Webs. Auch das Adressierungsschema für Webseiten stammt von ihm. Er nannte es zuerst *UDI* für Universal Document Identifier (auf deutsch etwa Universeller Dokumentbezeichner), später *URI* für Universal Resource Identifier (auf deutsch universeller Ressourcenbezeichner). Heute heißt die Adresse einer Webseite aber *URL* (Universal Resource Locator, deutsch ungefähr »universeller Standortbezeichner«).

Browser gab es damals (1991) noch nicht und Herr Berners-Lee selbst hat auch keinen grafischen Browser programmiert. Glücklicherweise konnte er jedoch andere dafür begeistern, einen Browser zu entwickeln – obwohl selbst das erst nach zahlreichen erfolglosen Versuchen gelang. Der erste Browser, der dem ähnelte, was du heute kennst, hieß *Mosaic* und wurde im Wesentlichen von Marc Adreessen entwickelt (für den Fall, dass dir dieser Name einmal begegnen sollte). Aus Mosaic ging der Browser Netscape hervor und auch Internet Explorer setzt auf einer Version von Mosaic auf.

Mit den grafischen Browsern setzte dann der Boom ein und die Anzahl der Webserver fing an, zu explodieren. Heute ist das Web allgegenwärtig. Es gibt kaum ein Unternehmen, das kein Webangebot unterhält. Auf fast jedem Plakat wird eine Webadresse angegeben und im Fernsehen gibt es Werbung für Webangebote. Bisher sind die meisten Angebote kostenlos. Dies wird sich aber vermutlich bald ändern.

Videokonferenzen

Wenn du eine Videokamera und eine Videokarte besitzt oder aber eine Videokamera für den PC (Webcam), kannst du mit anderen über Videokonferenz kommunizieren. Wie beim Chat erfolgt die Kommunikation in Echtzeit, d.h. dein Partner muss zur selben Zeit vor der Kamera sitzen. Wenn du ein Fan von Videokonferenzen bist, solltest du deine Eltern bitten, auf DSL umzusteigen. Das wird für sie billiger, weil bei einer Videokonferenz eine riesige Datenmenge übertragen werden muss. Und je langsamer die Übertragung, desto länger dauert es und desto mehr müssen deine Eltern für den Spaß bezahlen.

Neben der Kamera benötigst du für Videokonferenzen auch eine spezielle Software. Das beliebteste Programm heißt CU-SeeMe.

MP3

MP3 ist eigentlich kein Internetdienst, sondern ein Verfahren, um Musikstücke zu speichern. Viele Musikstücke, die du im Internet findest, sind in diesem Dateiformat gespeichert. Du kannst die Dateien auf deinen PC downloaden und abspielen. Dazu benötigst du allerdings ein spezielles Programm namens Audio-CD-Player, das es von Microsoft und anderen Herstellern gibt. Du kannst die Musikstücke auch auf eine CD brennen, falls du einen CD-Brenner besitzt, und auf deinem CD-Player abspielen. Allerdings musst du hier das Copyright beachten. Manche Stücke werden im Internet ohne Erlaubnis der Musiker bzw. der Plattenfirmen angeboten, bei denen die Musiker unter Vertrag sind. Und das ist natürlich genau so wenig erlaubt, wie das Brennen dieser Stücke auf CD und anschließende Benutzung einer solchen CD.

Der neueste Hit sind MP3-Player (wie hier abgebildet), mit denen du Musikstücke von einer Audio-CD oder aus dem Internet laden und abspielen kannst.

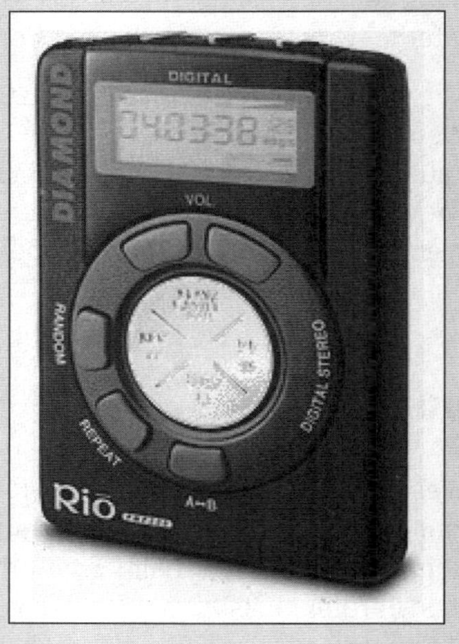

Die Adressierung im Internet

Du fragst dich sicherlich, wie die Daten von Computer A zu Computer B gelangen. Ganz einfach: Jeder Computer im Internet hat eine eindeutige Adresse, die beim Versand der Daten angegeben wird. Wenn du Daten, wie z.B. eine Webseite, abrufen möchtest, gibst du ebenfalls eine Adresse an, nämlich die

Webadresse, d.h. den URL. Willst du eine E-Mail verschicken, gibst du die E-Mail-Adresse des Empfängers an. Willst du Dateien downloaden, gibst du die Adresse des FTP-Servers an etc. Du siehst also, Adressen sind etwas ganz Wichtiges. Deshalb wird nun die Adressierung von Computern beschrieben. Du erfährst außerdem, was eine Domäne ist und wie E-Mail- und Webadressen aufgebaut sind.

Die Adressierung von Computern über IP-Adressen

Wie die Telefone über Telefonnummern sind auch die einzelnen Computer im Internet über Internetadressen, die so genannte *IP-Adressen*, eindeutig lokalisiert. IP-Adressen hast du sicherlich schon einmal gesehen. Sie bestehen aus vier Zahlen, die im Bereich zwischen 0 und 255 liegen und durch Punkte voneinander getrennt werden. Eine IP-Adresse könnte beispielsweise wie folgt aussehen:

> Beispiele für IP-Adressen:
>
> 193.223.122.1
>
> oder
>
> 195.2.2.1

Anders als das Telefonnetz ist das Internet hierarchisch gegliedert. Es befinden sich nicht alle Computer auf derselben Ebene. Die Computer im Internet sind also eher mit Telefonanlagen großer Firmen zu vergleichen, bei denen es eine zentrale Nummer und Nebenstellengeräte gibt. Der Computer deines Providers wäre eine solche »Zentrale« und dein Computer ein »Nebenstellengerät«. Die zentralen Computer haben *feste IP-Adressen*, die immer gleich sind. Feste IP-Adressen werden von einer zentralen Stelle vergeben und können nicht von jedem beantragt werden. Eine feste IP-Adresse haben die Computer deines Providers oder eines Hochschulrechenzentrum, die Zugriff auf das Internet bieten. Der Provider verfügt über einen IP-Adressenbereich, wie z.B. die Adressen 193.223.122.0 bis 193.223.122.255. Aus diesem wird deinem Computer eine IP-Adresse zugewiesen, wenn du eine Verbindung zum Internet herstellst. Damit ist dein Computer dann auch eindeutig im Internet lokalisierbar und du kannst Daten empfangen und versenden. Wenn du dich das nächste Mal bei deinem Provider einwählst, wird deinem Computer aber sehr wahrscheinlich eine andere IP-Adresse aus dem IP-Adressbereich deines Providers zugewiesen. Deshalb wird deine IP-Adresse als *dynamische IP-Adresse* bezeichnet (siehe die folgende Abbildung).

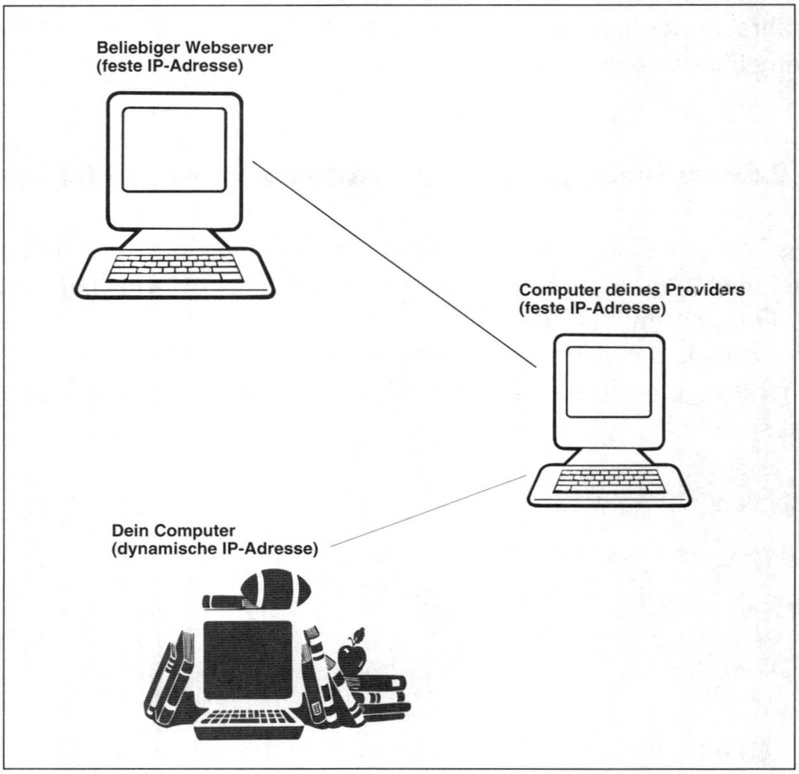

Früher musstest du die IP-Adresse deines Providers kennen, um z.B. über Windows eine Verbindung zu ihm herstellen zu können. Heute ist dies nicht mehr nötig. Du benötigst nur die Telefonnummer und alles andere erledigt die Software.

Prinzipiell würden IP-Adressen ausreichen, um alle Computer eindeutig im Internet zu adressieren. Allerdings sind IP-Adressen für Menschen etwas unangenehm zu lesen. Die meisten Menschen kommen mit Sprache besser zurecht und können sich Namen besser merken als Zahlenkolonnen. Deshalb gibt es für die Adressierung der Servercomputer ein weiteres Adressierungsschema namens *Domain Name System*, das im nächsten Abschnitt beschrieben wird. Die IP-Adressen werden über die so genannten *Namensauswertung* Domänennamen zugeordnet und umgekehrt.

Domänennamen

Domänennamen werden nach dem *Domain Name System* (DNS), einem Namenssystem zur hierarchischen Benennung der Server im Internet, gebildet und setzen sich in der Regel wie folgt zusammen:

Beispiele für WWW- und FTP-Adressen:

www.Wunschname.de

ftp.microsoft.com

Der erste Teil dieses Namens gibt an, um welche Art von Server es sich handelt. Im ersten Beispiel ist es ein Webserver, was du an der Angabe »www« erkennst. Bei FTP-Servern siehst du dagegen die Angabe »ftp« wie im zweiten Beispiel. Es gibt aber auch Domänennamen ohne Angabe des Protokolls, wie z.B. `web.de` oder `meine.db24.de`. Der Angabe des Protokolls folgt der eigentliche Domänenname. Dies kann ein beliebiger Name sein, wie z.B. dein eigener Name oder ein Firmenname wie »microsoft« im zweiten Beispiel. Abgeschlossen wird der Domänenname durch die Angabe der *Domäne*.

Ursprünglich wurden Domänennamen den sechs Domänen *com*, *edu*, *gov*, *mil*, *net* und *org* zugeordnet. Diese Domänen werden fast ausschließlich für Internetadressen in den USA verwendet. Später sind dann noch die Länderdomänen mit Kürzeln wie *de* für Deutschland, *fr* für Frankreich und *it* für Italien hinzugekommen. Deutsche Domänennamen haben also meistens die Endung *de*, wie das deutsche Angebot von Yahoo mit `yahoo.de`.

Da auch die Domänennamen eindeutig sein müssen, werden sie über eine zentrale Vergabestelle verteilt. Ist ein Name schon besetzt, muss sich der Bewerber einen anderen Namen suchen. So entstanden manchmal unerwartete Namen. Das Internetangebot der Deutschen Bank trug beispielsweise eine Zeitlang den Domänennamen `banking.deutsche-bank.de` statt, wie du vielleicht erwartet hättest, `www.db.de`. Dank der Bank 24 gibt es jetzt allerdings den Domänennamen `www.db24.de`.

In den Anfangszeiten des Webs war die Anmeldung eines Domänennamens ziemlich teuer und nur große Firmen konnten sich einen Internetauftritt leisten. Damals gab es findige Leute, die sich schon mal sicherheitshalber Domänennamen reservieren ließen, von denen sie wussten, dass große Firmen sie gerne benutzen würden. Die Inhaber der Domänennamen versuchten dann, diese gegen Bares an die Firmen zu verkaufen. Falls du auf diese Weise dein Taschengeld aufbessern wolltest, solltest du dir jedoch eine andere Möglichkeit suchen. Denn es gibt inzwischen einige Gerichtsurteile, die Abkassierern einen Riegel vorschieben.

E-Mail- und Webadressen

E-Mail-Adressen

E-Mail-Adressen, Webadressen, auch URL genannt, und FTP-Adressen basieren auf dem Domänennamen. E-Mail-Adressen erkennst du am *at-Zeichen* (@), das du mit den Tasten `AltGr` und `q` erzeugen kannst. Ein Beispiel für eine E-Mail-Adresse siehst du in der folgenden Abbildung.

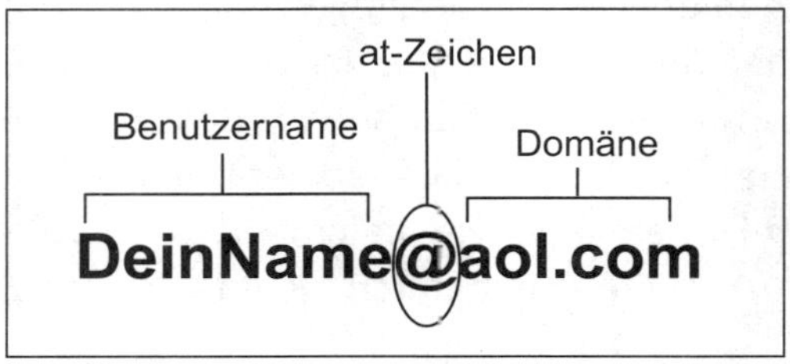

Vor dem at-Zeichen steht der Benutzername. Da du der Benutzer bist, steht hier also sehr wahrscheinlich dein Name. Hinter dem at-Zeichen steht der Domänenname deines Providers, deiner Schule, deiner eigenen Domäne oder Ähnlichem – allerdings ohne `www`, da E-Mail ja nichts mit dem World Wide Web zu tun hat. Im Beispiel steht hier der Domänenname des Onlinedienstes AOL, `aol.com`. Die E-Mail-Adresse vergibt dein Provider entweder nach seinem eigenen Benennungsschema oder du kannst sie selbst wählen. Letzteres ist z.B. bei AOL möglich. Wichtig ist auch hier, dass die Adresse eindeutig ist. Wenn du also einen Internetzugang über AOL hast und die E-Mail-Adresse `JuliaSchmidt@aol.com` anmelden möchtest, kann es sein, dass dieser Name schon besetzt ist, weil es noch eine Julia Schmidt in Deutschland gibt, die schneller war als du. Dann bleibt nur etwas Einfallsreichtum. Wähle einen Namen wie `JSchmidt@aol.com`. Vielleicht hast du auch einen zweiten Vornamen wie z.B. Bernadette. Dann wäre `JuliaBSchmidt@aol.com` eine Möglichkeit. Ich glaube, du hast das System nun verstanden.

Falls du aus irgendeinem Grund eine ziemlich lange, ganz unleserliche E-Mail-Adresse hast – wie z.B. E-Mail-Adressen, die im Hochschulbereich vergeben werden, kannst du dir auch über einen Anbieter wie Hotmail oder GMX deine Wunsch-E-Mail-Adresse zulegen. Deine Freunde können dann die schöne E-Mail-Adresse benutzen und die E-Mails werden intern vom Provider an deine unleserliche Adresse umgeleitet, ohne dass die Versender der E-Mail dies bemerken würden. Mehr hierzu erfährst du im Kapitel 4.

Webadressen (URL)

Webadressen basieren ebenfalls auf dem Domänennamen und sind entsprechend eindeutig. Deshalb werden sie, wie bereits erwähnt, auch als *URLs* bezeichnet. URL ist die Abkürzung für *Universal Resource Locator*, was auf Deutsch so viel wie »universeller Standortbezeichner« bedeutet. Ein URL kann eine Domäne, eine Sparte innerhalb einer Domäne oder aber eine einzelne Webseite sein. Die weitere Untergliederung einer Webadresse wird jedoch nicht von einer zentralen Stelle geregelt, sondern vom Inhaber der Webadresse selbst. So bezeichnet etwa die folgende Webadresse

das Verzeichnis »Kinderkanal« der Domäne »www.mdr.de« des Mitteldeutschen Rundfunks (mdr). Der mdr könnte daneben noch beliebige weitere Verzeichnisse unterhalten wie z.B. */Serien*. Wie du siehst, werden bei den Webadressen also alle weiteren Untergliederungen mit Schrägstrichen angehängt. Innerhalb eines Verzeichnisses kann es weitere untergeordnete Verzeichnisse oder einzelne Seiten geben, wie z.B. bei der folgenden Adresse:

Bei dieser Adresse ist »www.kindernetz.de« der Domänenname, »/kik« der Verzeichnisname und »index.html« der Name der speziellen Webseite innerhalb des Verzeichnisses. Webseiten erkennst du an der Endung *.htm* bzw. *.html*.

Wie dir vielleicht schon aufgefallen ist, sehen URLs ähnlich aus wie Pfadangaben im Dateisystem. Das heißt, es geht hierarchisch wie in einem Baum von der Wurzel (Domäne) zu den Blättern (einzelne HTML-Seiten). Im Gegensatz zu Pfadangaben werden die einzelnen Ebenen jedoch mit dem normalen Schrägstrich (/) getrennt, und nicht mit dem Backslash (\, wird »Bäcksläsch« ausgesprochen).

Die Computerausstattung

Der Computer

Um das Internet zu nutzen, benötigst du nicht unbedingt den neuesten Computer mit Superleistung. Es genügt auch ein älteres Modell. Allerdings muss es sich entweder um einen Windows-fähigen Computer, einen Linux-Rechner oder einen Macintosh wie z.B. den iMac handeln. Der uralte DOS-Rechner, den dir vielleicht ein netter Verwandter anbieten möchte, und auf dem nicht einmal Windows 3.x läuft, eignet sich nicht. Der Vorteil bei neueren PCs oder Macs ist, dass die benötigte Hard- und Software bereits installiert ist.

Die meisten neueren Computer sind mit CD-ROM-Laufwerk, Soundkarte und Lautsprechern ausgestattet. Dies ist auch gut so, denn ohne CD-ROM-Laufwerk kannst du die Programme von der CD-ROM nicht auf deinen Computer kopieren. Und ohne Soundkarte und Lautsprecher kannst du Angebote mit Musik- oder Sprachausgabe nicht richtig nutzen.

Wenn du andere gerne wissen lassen möchtest, was du gerade tust oder wie du aussiehst oder wenn du eine Videokonferenz abhalten möchtest, benötigst du eine kleine Videokamera namens Webcam und eine Soundkarte mit

Mikrofon und Kopfhörer oder Headset. Ein Beispiel für eine Webcam siehst du in der folgenden Abbildung.

Modem, ISDN oder DSL?

Bevor du ein Modem oder eine ISDN-Karte kaufst, musst du prüfen, ob ihr zu Hause einen analogen oder einen modernen ISDN-Telefonanschluss habt. Beim analogen Anschluss benötigst du ein Modem, das es als externes Gerät oder als Steckkarte für den PC gibt. Das externe Modem wird über ein Kabel mit dem PC verbunden und über ein Telefonkabel mit der Telefonleitung. Falls du mit einem Notebook arbeitest, ist das Modem eine Einsteckkarte. Auch hier musst du das Telefonkabel in die Telefonbuchse einstöpseln.

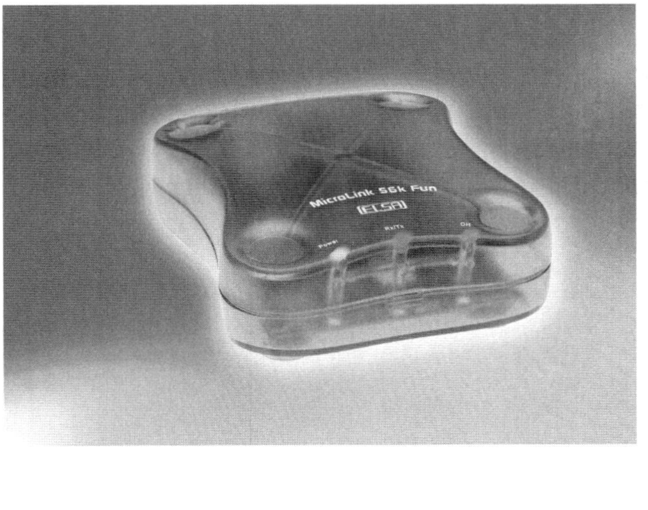

Beim Modem solltest du auf jeden Fall ein ganz modernes, schnelles Gerät mit 56.000 bps Übertragungsrate wählen. Bei langsameren Modems dauert die Datenübertragung zu lange und es ist nicht nur frustrierend, darauf zu warten, bis komplexe Webseiten endlich geladen sind, sondern es wird auch ganz schön teuer. In Computerzeitschriften wie *ComputerBild*, *c't* oder *PC Welt* werden Modems und ISDN-Geräte regelmäßig getestet und du kannst dir einen guten Überblick über Angebot und Leistung verschaffen.

Falls ihr einen ISDN-Anschluss mit ISDN-Anlage habt, an die analoge Geräte wie euer analoges Telefon oder ein Fax angeschlossen sind, kannst du ebenfalls ein Modem benutzen. Dieses wird einfach in eine Telefonbuchse der ISDN-Anlage eingestöpselt. Beim ISDN-Anschluss benötigst du ansonsten eine PC-Karte oder einen externen ISDN-Terminaladapter, mit dem das Telefonkabel direkt in den ISDN-Kasten der Telekom eingestöpselt werden kann.

Der Vorteil von ISDN ist, dass die Übertragungsrate wesentlich höher ist und zwei Leitungen zur Verfügung stehen. Du kannst also im Web surfen, während deine Eltern weiterhin telefonieren können. Habt ihr nur einen analogen Anschluss, ist die Leitung besetzt, so lange du online bist.

Einen ISDN-Anschluss benötigst du auch, wenn du die neue DSL-Technologie nutzen möchtest. ISDN-Geräte sind im Zusammenhang mit einem Neuanschluss übrigens billiger.

Falls dein PC noch nicht mit einer ISDN-Karte ausgestattet ist und du nicht unbedingt ein Computerbastler bist, kannst du auch einen externen Terminaladapter kaufen (siehe die folgende Abbildung). Dieser wird einfach wie ein Modem außen in den PC eingestöpselt und mit dem ISDN-Anschluss der Telekom verbunden.

Neu ist die DSL-Technik, die eine bis zu vier Mal höhere Übertragungsrate wie bei ISDN bietet. DSL wird inzwischen von einigen Telefongesellschaften angeboten, wie z.B. von der Telekom (T-dsl, `www.telekom.de`), von Arcor (`www.arcor.de`), von Mobilcom (`www.mobilcom.de`) oder vom Provider Strato (skyDSL, `www.strato.de`). Dieser Anschluss ist jedoch bisher noch teurer als ISDN. Außerdem benötigst du ein spezielles Gerät namens *Splitter*, das die Sprachdaten für den Telefonanschluss von den Internetdaten trennt, ein ADSL-Modem und eine Ethernet-Netzkarte (siehe die folgende Abbildung), um das Modem mit dem PC zu verbinden. Wenn du das Internet jedoch sehr häufig und intensiv nutzt, wie z.B. für Dateidownloads und Downloads von Musik- und Videodaten, könnte sich ein solcher Anschluss lohnen, denn du brauchst dann nicht mehr so lange auf das Ergebnis zu warten.

Internet per Handy

Für den Internetzugriff per Handy benötigst du ein WAP-fähiges Handy (WAP – Wireless Application Protocol). Angebote gibt es von Ericsson (www.ericsson.de), Motorola (www.motorola.de), Nokia (www.nokia.de) und Siemens (www.siemens.de). Allerdings kannst du auf dem kleinen Handy-Display natürlich nur kurze Infos betrachten wie Nachrichten, Wettervorhersagen, E-Mails oder Börsenkurse. Im WAP-Handy ist eine abgespeckte Version eines Browsers eingebaut.

Auch in diesem Bereich gibt es bereits Weiterentwicklungen, die zukünftig sogar das Abspielen von Videos ermöglichen werden. Die Technik, die dazu benötigt wird, heißt *UMTS* (Universal Mobile Telecommunications System, deutsch universelles mobiles Telekommunikationssystem). Inzwischen sind in Deutschland die Frequenzen für UMTS versteigert worden und man darf gespannt sein, wie die zukünftigen Angebote der Telekommunikationsunternehmen aussehen werden.

Internet via Satellit und TV-Kabel

Wenn Ihr einen Kabelanschluss für den Fernseher habt, kannst du auch via Fernsehkabel online gehen. Diese Technik steckt jedoch noch in den Kinderschuhen. Falls du dich dafür interessierst, findest du Infos zu Anbietern und Preisen beispielsweise unter www.pcwelt.de. Anbieter sind bisher nicht die Telekommunikationsgesellschaften, sondern Cablesurf (www.cablesurf.de), EWT/TSS (www.tss.de), Infocity/Tele Columbus (www.infocity.de) und Primacom (www.primacom.de).

Einige Anbieter wie z.B. Strato werben massiv mit den Vorzügen des Satellitenzugangs. Hierfür benötigst du eine digitale Satellitenschüssel mit LNB-Empfangskonverter und musst außerdem in deinen PC eine DVB-Karte (DVB – Digital Video Broadcast) einbauen. Anbieter dieser Technik sind z.B. Direc PC (www.direcpc.de), Herzogteil (www.htag.de), Strato (www.strato.de) und Technisat (www.t-websat.de).

Der Provider

Der Provider ist ein Unternehmen, das dir Zugang zum Internet verschafft. Du wählst dich per Modem, ISDN-Karte oder DSL-Gerät bei deinem Provider ein und hast von dort aus Zugriff auf alle Seiten des Webs und weitere Internetdienste wie z.B. E-Mail, Newsgroups, Chats und FTP. Es gibt einige große Provider, die weltweit vertreten sind, wie z.B. Yahoo oder AOL. Andere sind zumindest in ganz Deutschland vertreten, wie z.B. 1&1, Eunet, UUnet, Nacamar und Metro-Net. Außerdem gibt es noch Onlinedienste wie Compuserve und T-Online und lokale Provider wie z.B. Lokalzeitungen.

Seit außer der Telekom auch andere Unternehmen Telefondienste anbieten können, sind bei vielen Telefonunternehmen integrierte Lösungen zu haben, bei denen die Internetgebühren mit den Telefontarifen gekoppelt sind. Es gibt neuerdings von einigen Anbietern auch Pauschalangebote, so genannte *Flatrates*. Bei diesen bezahlst du eine bestimmte monatliche Pauschalsumme für den Internetzugang inklusive Telefongebühren und kannst dafür unbegrenzt lange online gehen. Eine andere Variante ist der kostenlose Internetzugang über Provider wie Friendfactory (www.friendfactory.de), Germany.net (www.germany.net), Dellnet (www.dellnet.de) und Comundo (www.comundo.de). Hier musst du keine Gebühren für den Internetzugang bezahlen, die üblichen Telefonkosten fallen aber (meistens) schon an. Und wie das *Call-by-Call*-Verfahren beim Telefonieren, bei dem du die Nummer des gewünschten Anbieters vorwählst, gibt es nun auch *Internet-by-Call*. Du bist dann nicht an einen bestimmten Provider gebunden, sondern kannst bei jeder Einwahl den Provider wählen. Die Abrechnung erfolgt dann über die Telefonrechnung. Anbieter sind hier beispielsweise Mobilcom, Otelo, Talkline und Arcor.

Ein wichtiges Kriterium bei der Wahl des Providers ist dein Wohnort. Du solltest dir einen Provider suchen, bei dem du dich zum Ortstarif einwählen kannst. Auf dem Land kommt da häufig nur T-Online in Frage. Wenn du häufiger unterwegs bist, ist ein Online-Dienst wie AOL günstig, weil du dich bei diesem von unterschiedlichen Städten und sogar Ländern aus einwählen kannst. Du benötigst nur eine Liste mit den Einwählnummern, deinen Benutzernamen und dein Kennwort.

Wichtig ist auch der *Support*, d.h. der Kundendienst. Der Provider sollte auch am Wochenende und abends telefonisch erreichbar sein, damit du nicht tagelang warten musst, wenn Probleme mit deinem Internetzugang auftreten.

Da sich die Gebühren der Provider ständig ändern, solltest du die Vergleiche studieren, die regelmäßig in einschlägigen Computerzeitschriften wie ComputerBild (`www.computerbild.de`), c't (`www.ct.de`), Internet Magazin (`www.internet-magazin.de`) oder PC Welt (`www.pcwelt.de`) zu finden sind. Wenn du mit einem Provider nicht zufrieden bist, weil z.B. häufiger mal Probleme beim Versand von E-Mails auftreten oder du dich wegen Überlastung nicht einwählen kannst, solltest du an einen Wechsel denken, denn das musst du dir heutzutage nicht mehr bieten lassen. Wenn du dir über einen Anbieter wie GMX oder Hotmail eine E-Mail-Adresse beschaffst, kannst du die E-Mail-Adresse beibehalten und die E-Mails an den jeweiligen Provider umleiten. So merkt niemand, dass du den Provider gewechselt hast.

Computerzeitschriften liegen häufig CDs mit Zugangssoftware von Anbietern wie AOL bei. Die Onlinedienste AOL, Compuserve und Microsoft Network (MSN) sind außerdem Bestandteil der Installation von Windows 98 bzw. Windows 2000. Wenn du unter Windows 2000 einen Internetzugang einrichtest, wird außerdem automatisch eine Liste mit Providern in deiner Umgebung heruntergeladen und du kannst dir bei Bedarf einen davon aussuchen und dich dort anmelden (siehe die folgende Abbildung).

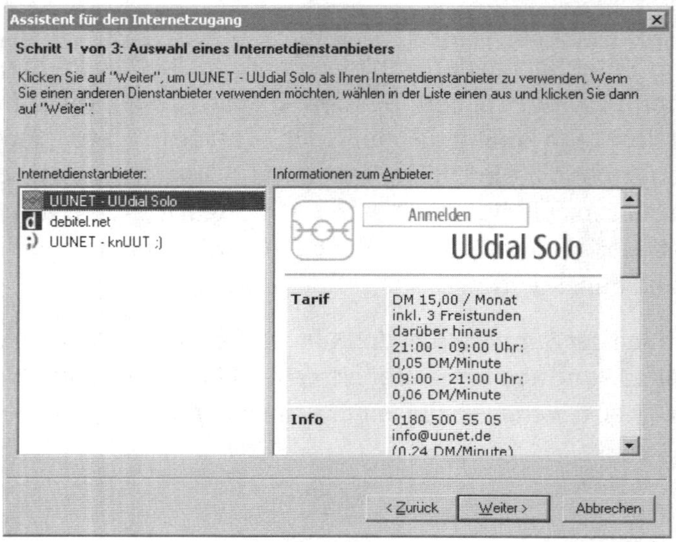

Die Software

- **Software zum Surfen:** Um im Web zu surfen, benötigst du einen *Webbrowser*, kurz *Browser* genannt, wie Internet Explorer oder Netscape Communicator. Netscape Communicator ist ein Softwarepaket von der Firma Netscape, das einen Browser namens Netscape Navigator und andere Komponenten enthält. Wenn du mit Windows 9x oder 2000 arbeitest, ist der Internet Explorer bereits auf deinem Computer installiert bzw. du kannst ihn über SOFTWARE in der Systemsteuerung nachinstallieren. Du kannst aber auch Netscape Communicator installieren. Für Linux- und Macintosh-Computer gibt es Internet Explorer bisher nicht. Hier kannst du aber Netscape Communicator nutzen (siehe die folgende Abbildung).

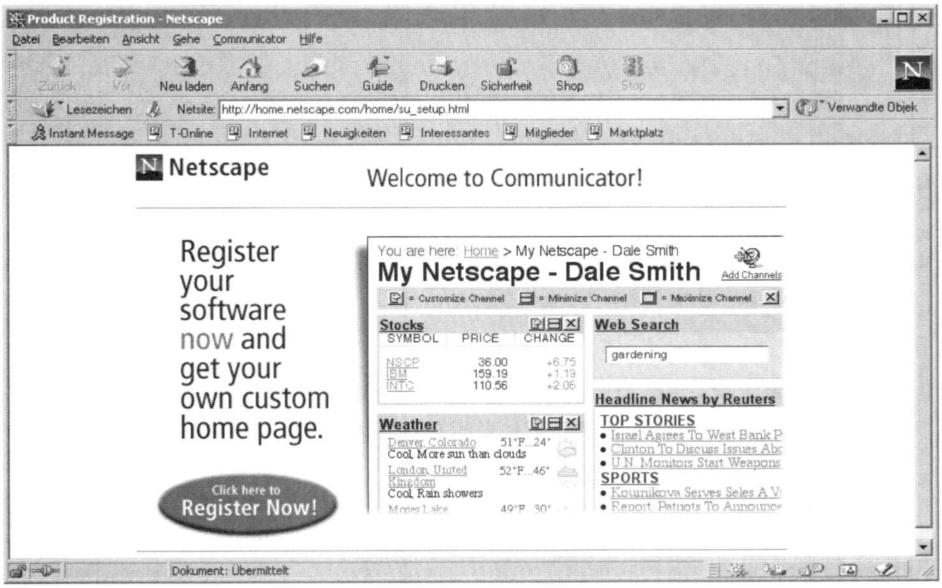

Falls du noch keinen Browser hast, findest du die aktuellen Versionen von Internet Explorer und Netscape Navigator für Windows und Mac auf der CD-ROM zum Buch. Außerdem erhältst du von vielen Providern und Onlinediensten bei der Anmeldung eine CD-ROM mit der benötigten Software, die du auf deinem Computer installieren kannst. Downloads von Netscape Communicator findest du außerdem in der Website `www.netscape.com/de/download/beta/index.html` in der Kategorie WEBTOOLS und von Internet Explorer unter `www.microsoft.com/internet/downloads`.

- **E-Mail und News:** In Netscape Communicator ist auch ein E-Mail-Programm und ein Newsreader enthalten, mit dem du auf Newsgroups zugreifen kannst. In Internet Explorer gibt es keinen E-Mail-Client. Das E-Mail-Programm von Microsoft heißt Outlook Express. Outlook Express ist auch mit einem Newsreader ausgestattet und ist im Lieferumfang von Windows 98 und Windows 2000 sowie Internet Explorer enthalten. E-Mail-Programme gibt es außerdem von anderen Anbietern, wie z.B. das Programm Eudora Light oder Pegasus Mail von Pegasus Software.

- **FTP:** FTP kannst du mit Internet Explorer oder Netscape Navigator nutzen. Lädst du jedoch häufig Programme herunter, ist ein spezielles FTP-Programm eventuell komfortabler. Sehr beliebt sind hier die Programme WS_FTP und CuteFTP, die du auf der CD-ROM zum Buch und bei *www.download.com* findest.

- **Chatten**: Zum Chatten benötigst du ein spezielles Chatprogramm. Eines der beliebtesten Programme ist mIRC, das du auf der CD-ROM zum Buch oder im Internet unter `www.mirc.co.uk` findest.

- **Videokonferenzen:** Für Videokonferenzen benötigst du ebenfalls eine spezielle Videosoftware. Das beliebteste Programm heißt CU-SeeMe und du findest es ebenfalls auf der CD-ROM zum Buch. Außerdem kannst du es von der folgenden Site downloaden: `wwww.rocketcharged.com/cu-seeme/download.html`.

- **Software zum Entpacken:** Dateien, wie z.B. Programme, die im Internet zum Download bereitstehen, liegen in der Regel in komprimierter Form vor. Wenn du Glück hast, handelt es sich um Exe-Dateien, die sich durch einen Doppelklick selbst installieren. Manchmal sind es aber auch Zip-Dateien, die du zuerst entpacken musst, bevor du sie installieren kannst. Hierzu dienen Programme wie WinZip und der Dateimanager TurboBrowser, der ebenfalls eine Zip/Unzip-Funktion integriert hat. Beide Programme findest du auf der CD-ROM.

So richtest du einen Internetzugang ein

Als Erstes musst du dein Modem, deine ISDN-Karte oder den ISDN-Terminal-Adapter installieren. Wie, erfährst du in der Anleitung zum Gerät. Anschließend richtest du den Internetzugang ein. Das ist heutzutage nicht mehr besonders schwierig. Unter *Windows 9x.* und *2000* musst du dazu eine DFÜ-Verbindung einrichten. Bei einigen Onlinediensten, wie z.B. AOL, brauchst du allerdings keinen speziellen Zugang einzurichten, denn AOL bietet einen eigenen AOL-Zugang – und zwar für Windows (Windows 3.1, Windows 9.x und Windows 2000), Mac und DOS.

Arbeitest du unter *Linux* mit der Oberfläche KDE, musst du als Modembesitzer Kppp einrichten und als Inhaber einer ISDN-Karten KISDN. Weitere Einzelheiten erfährst du im Buch *Linux für Kids*.

Als Mac-Benutzer ist der Zugang zum Internet ebenfalls kein Problem. Macs ab dem Betriebssystem Version 8 sind mit MacTCP und einem Mac-TCP/IP-Modemprogramm ausgestattet. Falls nicht, erhältst du das Mac-TCP/IP-Programm auch von deinem Provider. Als AOL-Kunde benötigst du die Mac-Version der Zugangssoftware.

Eine DFÜ-Verbindung unter Windows einrichten

Arbeitest du mit einem Onlinedienst wie AOL, brauchst du nicht extra eine DFÜ-Verbindung einzurichten. Die Verbindung zum Internet wird automatisch von der AOL-Software hergestellt, sobald du im Dialogfeld ANMELDEN den AOL-Namen, das Passwort und den Standort eingegeben hast.

➔ Klicke unter Windows 2000 auf dem Desktop doppelt auf NETZWERKUMGEBUNG und anschließend auf den Hyperlink NETZWERK- UND DFÜ-VERBINDUNGEN. (Klicke unter Windows 98 auf dem Desktop doppelt auf ARBEITSPLATZ und dann doppelt auf DFÜ-NETZWERK)

➔ Klicke doppelt auf NEUE VERBINDUNG ERSTELLEN. Der NETZWERKVERBINDUNGS-ASSISTENT öffnet sich nun. Klicke auf WEITER.

➔ Wähle im Schritt NETZWERKVERBINDUNGSTYP die Option IN DAS INTERNET EINWÄHLEN und klicke auf WEITER.

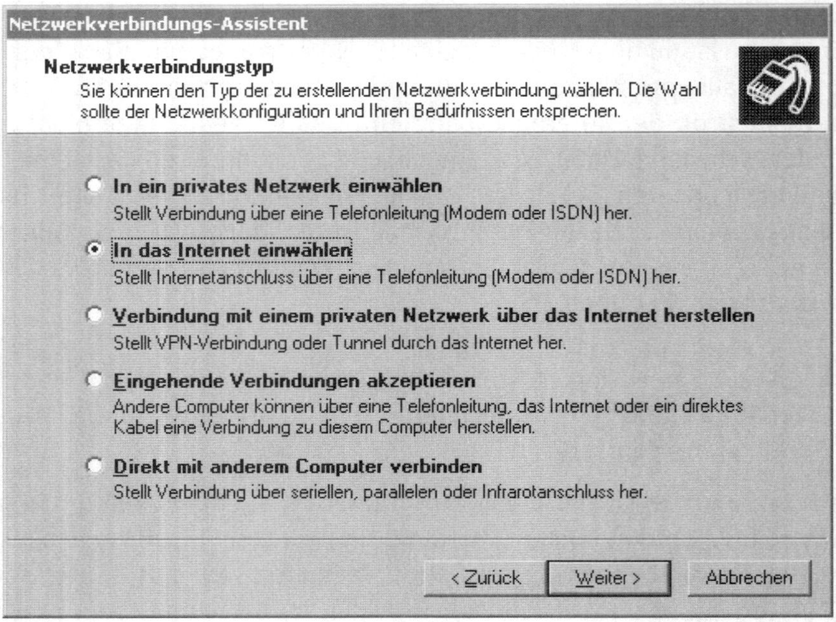

➔ Wähle im nächsten Schritt die Option ANMELDEN UND DIESEN COMPUTER FÜR NEUES INTERNETKONTO KONFIGURIEREN, falls du noch keinen Internetprovider hast und Microsoft einen Provider für deinen Ort vorschlagen soll. Falls du schon bei einem Provider unter Vertrag bist, wähle die Option BESTEHENDES INTERNETKONTO AUF DIESEN COMPUTER ÜBERTRAGEN. Klicke anschließend auf WEITER.

➔ Es öffnet sich nun das Dialogfeld MODEM AUSWÄHLEN. Wenn das gewünschte Modem (ISDN-Karten werden ebenfalls als Modems behandelt) nicht aufgeführt ist, klicke auf den nach unten weisenden Pfeil und wähle das Modem aus. Klicke anschließend auf OK.

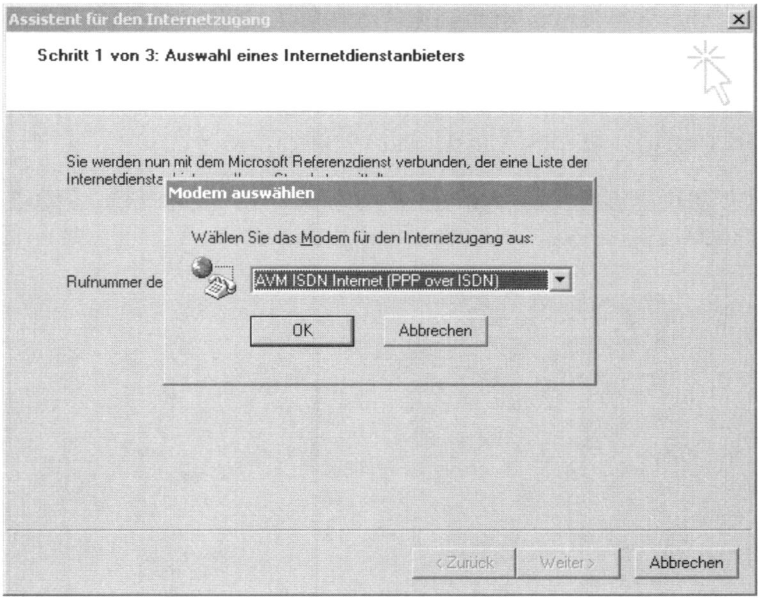

➔ In beiden Fällen wird nun eine kostenfreie Nummer angewählt und es werden die Internetdienstanbieter für deinen Ort heruntergeladen.

➔ Wähle eines der Angebote aus oder die Option MEIN INTERNETDIENSTANBIETER IST NICHT AUFGELISTET (nur, wenn du im letzten Schritt die zweite Option gewählt hast). Klicke anschließend zwei Mal auf WEITER.

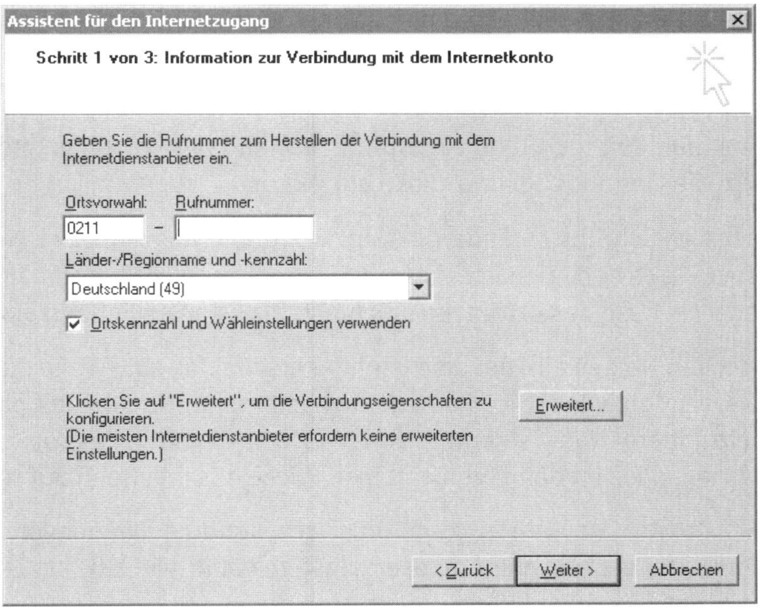

➔ Gib nun die Rufnummer deines Providers ein. Die restlichen Einstellungen kannst du beibehalten. Klicke anschließend auf Weiter.

➔ Gib im nächsten Schritt den Benutzernamen und das Kennwort ein, die du von deinem Provider erhalten hast, und klicke auf Weiter.

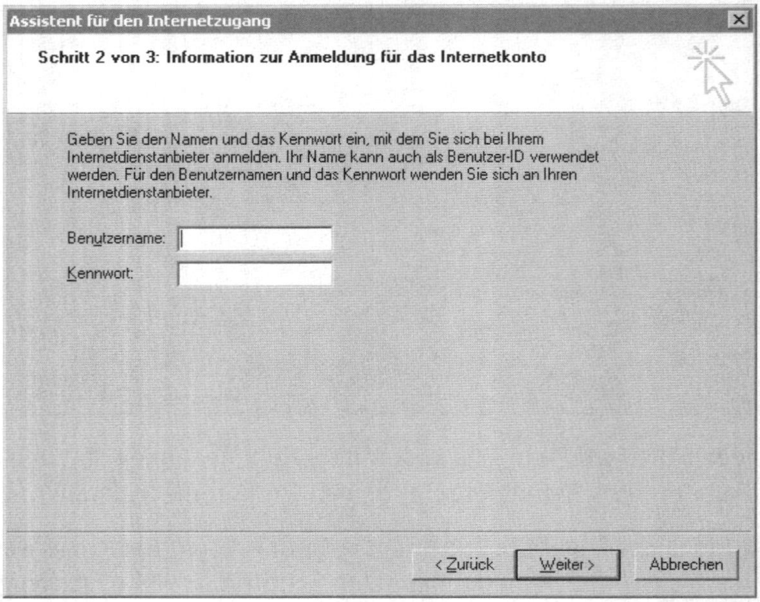

➔ Benenne deine Verbindung nun, indem du den Namen in das Feld Name der Verbindung eingibst. Du kannst hier zwar einen beliebigen Namen wählen. Er sollte aber zumindest so aussagekräftig sein, dass du weißt, um welche Verbindung es sich handelt. Klicke anschließend auf Weiter.

➔ Du wirst nun gefragt, ob du ein Internet E-Mail-Konto erstellen möchtest. Behalte die Option Ja bei und klicke auf Weiter.

➔ Im nächsten Schritt ist standardmäßig die Option Neues Internet E-Mail-Konto erstellen aktiviert. Behalte diese bei, sofern du nicht bereits ein Konto eingerichtet hast, das du nutzen möchtest. Klicke anschließend auf Weiter.

➔ Gib nun den Namen ein, der als Absender erscheinen soll, wenn du eine E-Mail versenden willst. Dies kann dein vollständiger Name, ein Spitzname oder ein anderer Name sein. Wichtig ist auch hier wieder, dass die Empfänger wissen, dass du damit gemeint bist. Klicke anschließend auf Weiter.

➔ Gib nun deine E-Mail-Adresse ein. Diese erhältst du entweder von deinem Provider oder du hast die Adresse selbst gewählt, wie z.B. bei T-Online. Klicke anschließend auf Weiter.

➔ Wähle im nächsten Schritt nun zunächst die Art des Posteingangsservers. In der Regel ist dies POP3. Es gibt auch IMAP. Dazu muss dein Provider jedoch in der Lage sein. Gib anschließend den Namen des Posteingangs- und des Postausgangsservers ein und klicke auf WEITER. Beide Angaben erhältst du von deinem Provider.

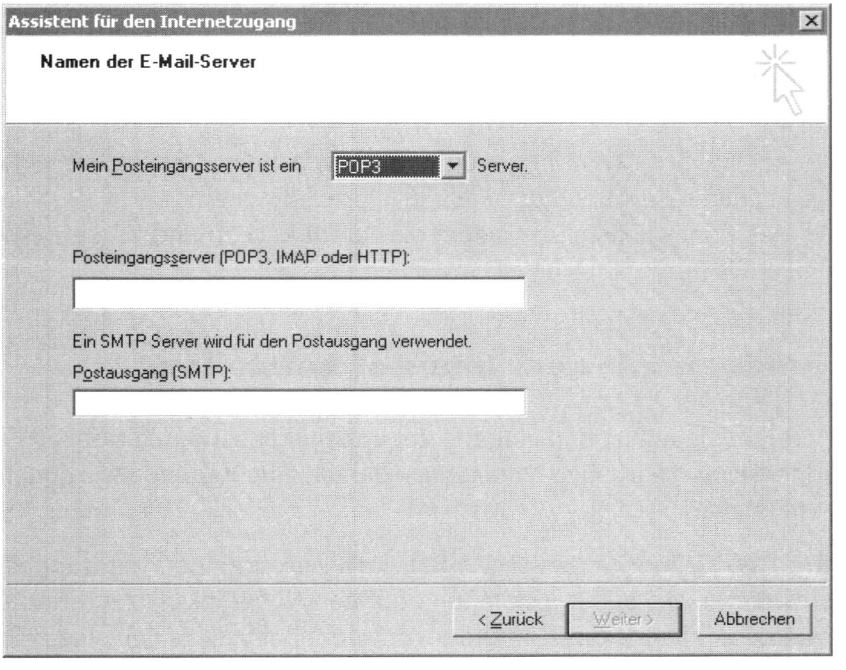

IMAP bietet z.B. den Vorteil, dass E-Mails erst dann vom Posteingangsserver gelöscht werden, wenn du sie selbst löschst. Du kannst sie also mehrmals von verschiedenen Computern aus abrufen. Außerdem kannst du deinen Posteingang über eine Dateistruktur wie auf deiner Festplatte verwalten. Allerdings musst du dazu online sein.

➔ Gib nun noch den Kontonamen und das Kennwort für dein E-Mail-Konto ein. Beide Angaben erhältst du von deinem Provider. Aktiviere die Option Kennwort speichern, damit du das Kennwort nicht jedes Mal eingeben musst, wenn du auf dein E-Mail-Konto zugreifst. Klicke anschließend auf Weiter.

> Benutzt du deinen PC mit mehreren Personen zusammen, solltest du sicherheitshalber das Kontrollkästchen Kennwort speichern deaktivieren, indem du darauf klickst. So kann niemand außer dir deine E-Mails abrufen.

➔ Im letzten Schritt wirst du gefragt, ob du sofort eine Verbindung mit dem Internet herstellen möchtest. Falls ja, klicke auf Weiter. Deaktiviere andernfalls das Kontrollkästchen, indem du darauf klickst, und klicke anschließend auf Weiter.

Verbindung mit dem Internet herstellen

Dein Internetzugang ist nun eingerichtet und du kannst durch Doppelklicken im Ordner Netzwerk- und DFÜ-Verbindung jederzeit eine Verbindung mit dem Internet herstellen.

➔ Öffne den Ordner Netzwerk- und DFÜ-Verbindungen, indem du doppelt auf Netzwerkumgebung und anschließend auf den Hyperlink Netzwerk- und DFÜ-Verbindungen klickst. Klicke im Ordner dann doppelt auf die neu eingerichtete DFÜ-Verbindung. Es öffnet sich das Dialogfeld Verbindung mit <Provider> herstellen.

➔ Falls andere Personen Zugriff auf dein Internetkonto haben sollen oder du deinen PC alleine nutzt, gib das Kennwort für dein Konto ein und aktiviere das Kontrollkästchen KENNWORT SPEICHERN. Du brauchst das Kennwort nun zukünftig nicht mehr einzugeben und kannst direkt auf OK klicken. Gib andernfalls nur das Kennwort ein und klicke auf OK. Du musst das Kennwort nun bei der nächsten Anwahl wieder eingeben.

Verbindung mit dem Internet beenden

➔ Es wird in beiden Fällen eine Verbindung zum Internet hergestellt. Sobald diese steht, siehst du in der rechten unteren Ecke deines Desktops ein Verbindungssymbol. Wenn du mit der Maus darauf zeigst, werden die Leistungsdaten angezeigt. Du kannst auch mit der rechten Maustaste darauf klicken und im Kontextmenü den Befehl VERBINDUNG TRENNEN wählen, um die Verbindung mit dem Internet zu beenden. Andernfalls wird die Verbindung auch getrennt, wenn du deinen Browser schließt.

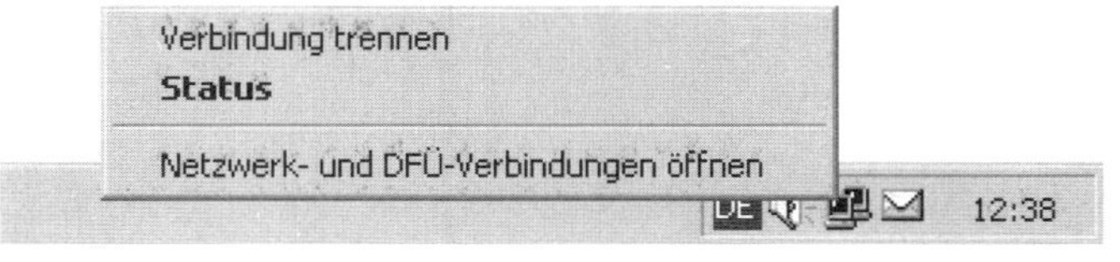

2 Was bringt das Internet für die Schule

Im Internet findest du zahlreiche Hilfen für die Schule. Du kannst dir nicht nur bei den Hausaufgaben helfen lassen und Anregungen für Hausarbeiten und Referate finden, sondern du wirst auch fündig, falls dir das, was in der Schule angeboten wird, nicht ausreicht. Neben Aufgabensammlungen und Servern mit Fragestellungen zu verschiedenen Themen findest du Informationen über verschiedene Schulthemen, Künstler, Literaten und berühmte Persönlichkeiten. Bei Angeboten der Bundesregierung oder auch von Regierungen vieler anderer Länder kannst du dich über die Organe in einem Land informieren und statistische Informationen abrufen und vieles mehr.

In diesem Kapitel lernst du

- wo du Hausaufgabenhilfen, Referate und Lernangebote findest und wie du diese nutzt
- was Chats, Newsgroups und Foren für die Schule bringen
- was Schulen und Universitäten im Internet bieten
- wo du Informationen über Praktika, Stipendien und Auslandsaufenthalte findest
- wie du online einen (Ferien-) Job oder einen Ausbildungsplatz findest

Ab Kapitel 9 findest du dann Adressen zu interessanten Internetangeboten für die einzelnen Schulfächer und auch für die Freizeit.

Anders als deine Schulbücher, die alle vom Kultusministerium des Landes zugelassen sein müssen, in dem du zur Schule gehst, ist die Information im Internet frei. Das heißt, jeder kann ins Web stellen, was er möchte. Die Informationen können also auch falsch oder zumindest von der Sichtweise des Verfassers geprägt sein. Damit du in der Schule nicht auf die Nase fällst, solltest du die Information auf jeden Fall anhand einer zuverlässigen Quelle überprüfen.

Hausaufgabenhilfen

Hausaufgabenhilfen sind Websites, die Korrekturdienste für Hausaufgaben anbieten. Solche Dienste sind in der Regel kostenpflichtig. Sinn der Sache ist jedoch nicht etwa, dass du dir deine Hausaufgaben erkaufst – das ist nicht erlaubt und wird im schlimmsten Fall mit einem Schulverweis geahndet – sondern dass du bei Rückfragen und Problemen einen Ansprechpartner hast, der dir auf die Sprünge helfen kann. Es handelt sich also um eine Art Nachhilfe. Wenn dir die Aufgaben, die du in der Schule erhältst, nicht ausreichen, kannst du dir über die Hausaufgabenhilfe außerdem auch Aufgaben zusenden und deine Lösungen korrigieren lassen. Bei einigen Anbietern findest du auch Sammlungen von Aufgaben und Lösungen, die in der Schule häufig verwendet werden. Diese sind meistens kostenfrei und du kannst eigene Aufgaben inklusive Lösungen einsenden, um das Angebot zu vergrößern.

Bevor du ein kostenpflichtiges Angebot nutzt, solltest du dich zunächst über die Preise und Konditionen informieren und mit deinen Eltern absprechen, ob diese damit einverstanden sind. Häufig musst du zuerst den erforderlichen Betrag überweisen oder einen Verrechnungsscheck schicken, bevor du das Angebot nutzen kannst. Meistens hast du jedoch die Möglichkeit, eine Frage einzusenden, um das Angebot zu testen.

Registrierung bei einem Webangebot

Zunächst musst du dich registrieren. Klicke dazu auf die Bezeichnung Registrieren, Join, Anmelden oder Ähnliches. Es öffnet sich dann eine Seite, auf der du, wie in der folgenden Abbildung, einen Spitznamen, den so genannten *Nicknamen*, ein Passwort, deine E-Mail-Adresse und meistens auch deine Adressdaten eingeben musst. Außerdem werden häufig die Klasse, das Bundesland und der Schultyp abgefragt. Bei manchen Angeboten kannst du zusätzlich Hobbys angeben. Diese Angabe wird allerdings eher für Unterhaltungszwecke benötigt.

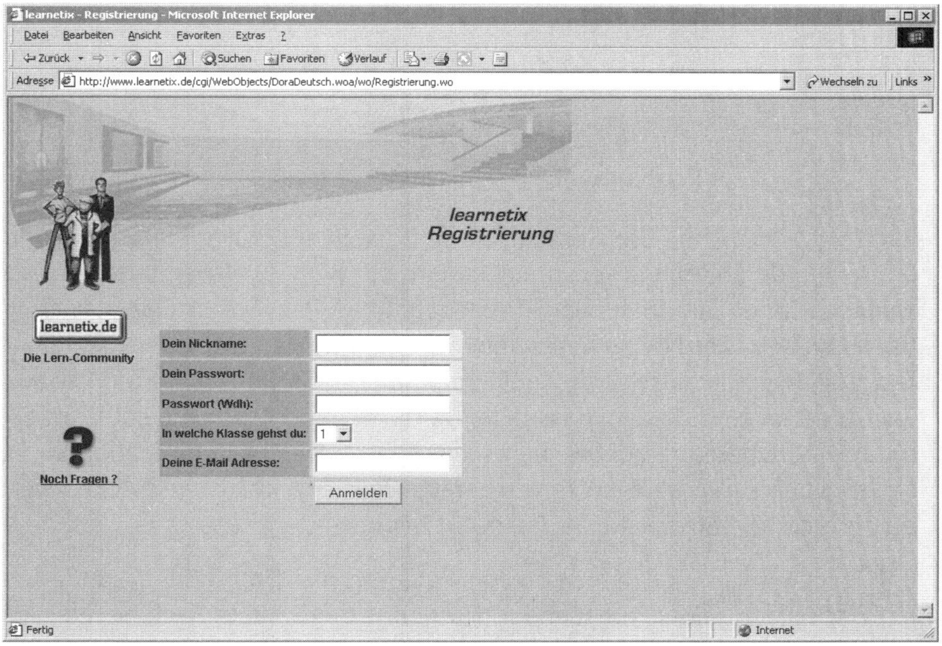

Der Nickname ist ein Spitzname, den du frei wählen kannst. Beliebt sind Fantasienamen wie Supergirl, Tiger oder Barbiegirl. Du kannst aber auch deinen Vornamen benutzen. Falls dein Nickname bereits von einer anderen Person gewählt wurde, wirst du aufgefordert, einen neuen einzugeben. Häufig wird dir auch ein Name vorgeschlagen, indem einfach eine fortlaufende Zahl angehängt wird, wie z.B. *Barbiegirl02* oder *Barbiegirl_2*. Du kannst diesen Vorschlag übernehmen oder einen anderen Namen eingeben.

Da du im Laufe der Zeit sicher mehrere Internetangebote nutzen wirst, bei denen eine Anmeldung, auch *Login* genannt, erforderlich ist, solltest du möglichst immer denselben Nicknamen verwenden. Andernfalls musst du genau Buch darüber führen, bei welchem Angebot du welchen Nicknamen angegeben hast.

Falls du bei verschiedenen Angeboten unterschiedliche Nicknamen und Passwörter benutzt, solltest du dir auf jeden Fall eine Tabelle anlegen, in der genau verzeichnet ist, welche Angaben für welches Angebot gelten. Sonst verlierst du ziemlich schnell den Überblick und kannst auf kein Angebot mehr zugreifen.

Ein *Passwort* ist wie die Geheimzahl bei der Scheckkarte ein geheimer Code, den du allerdings selbst wählst und mit dem du sicherstellst, dass keiner außer dir Zugriff auf dein Angebot hat. Der Passwortschutz ist wichtig, damit keiner auf deine Kosten ein Onlineangebot nutzen kann. Du solltest dein Passwort also streng geheim halten. Außerdem sollte das Passwort nicht so einfach sein, dass jeder darauf kommen kann, du solltest es dir aber trotzdem merken können. Günstig ist z.B. eine Kombination aus einem Namen und Zahlen. Wenn du bereits eine Scheckkarte besitzt, kannst du auch deine Geheimzahl als Passwort benutzen.

Bei einigen Angeboten kannst du dein Passwort nicht frei wählen, sondern es wird dir per E-Mail zugesendet. Du musst dann direkt nach der Registrierung deine E-Post abrufen und deinen Zugang freischalten, indem du dich mit deinem Nicknamen und deinem Passwort anmeldest. Häufig kannst du das Passwort anschließend ändern. Meistens findest du im Angebot einen Link mit der Bezeichnung Passwort ändern.

Hausaufgabenhilfen nutzen

Nachdem du dich registriert hast, kannst du dich nun immer direkt anmelden und das Angebot nutzen.

➔ Klicke auf den Link Login oder eine ähnliche Bezeichnung und gib deinen Nicknamen und dein Passwort ein. Das Angebot öffnet sich nun.

➔ Wähle, wie in der folgenden Abbildung, das gewünschte Fach aus.

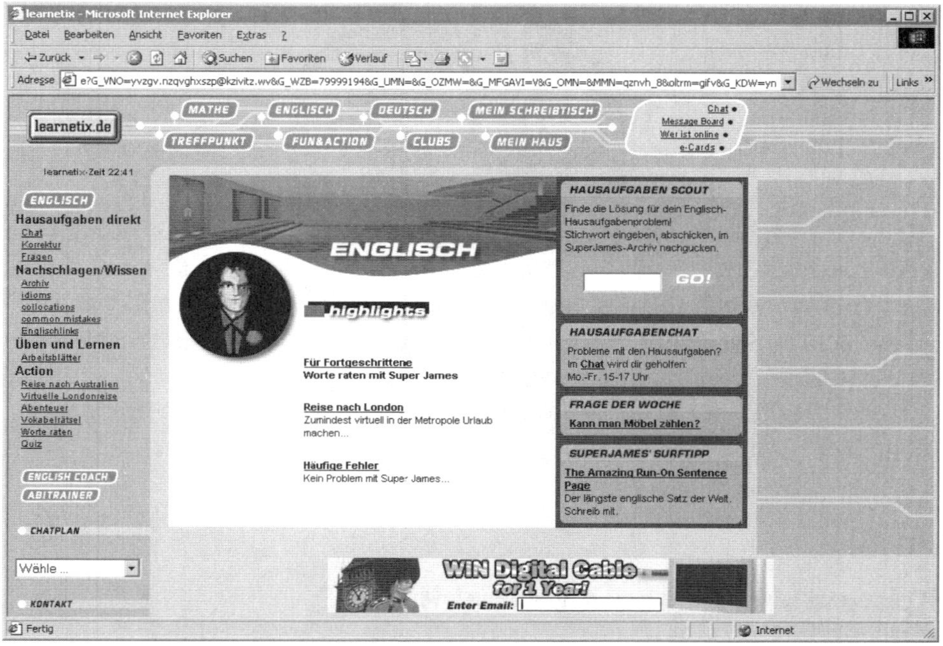

➔ Wähle einen Link wie KORREKTUR, HAUSAUFGABEN oder Ähnliches, um anzugeben, dass du eine Hausaufgabenhilfe benötigst.

➔ Gib deine Aufgabe oder Frage ein und klicke auf die Schaltfläche ABSCHICKEN, ABSENDEN oder Ähnliches, um deine Frage zu versenden.

➔ Lass eine realistische Zeit verstreichen, in der die Aufgabe gelöst wird, und rufe dann deine E-Mail ab, um festzustellen, ob schon ein Ergebnis eingetroffen ist. Wenn du einen Internetzugang mit Flatrate hast, kannst du in der Zwischenzeit ja einen anderen Dienst des Webangebots nutzen, wie z.B. ein Online-Spiel oder ein Onlinetraining. Manchmal werden auch Online-Lehrbücher angeboten, über die du deinen Horizont erweitern kannst, oder auch Chats.

Die Korrektur von Lösungen über das Internet ist übrigens die Zukunft – zwar nicht unbedingt für die Schule, aber für das Studium. Es gibt schon jetzt Fernuniversitäten wie z.B. in Hagen, bei denen du nicht ständig anwesend sein musst, sondern Kurse belegst und der Uni Woche für Woche deine gelösten Aufgaben über das Internet zusenden musst. Diese werden dann korrigiert. Wenn du die Aufgaben eines Kurses erfolgreich löst, darfst du an der Klausur teilnehmen. Ansonsten heißt es Weiterüben.

Kostenlose Hausaufgabenhilfe

Bisher gibt es keine Angebote, bei denen du kostenlos Hausaufgaben einsenden kannst und innerhalb von 24 Stunden eine Lösung zurück erhältst. Es gibt allerdings Angebote, bei denen du dich zwar ein paar Tage gedulden, dafür aber nichts bezahlen musst, wie z.B. `www.chemieonline.de`. Außerdem gibt es einige Aufgabenarchive, in denen häufig gestellte Aufgaben inklusive Lösungen abgelegt sind. Hier kannst du, falls die für dich problematische Aufgabe nicht vorhanden ist, eventuell eine ähnliche Aufgabe finden, deren Lösung dir die zündende Idee bringt. Außerdem kannst du selbst dazu beitragen, dass die Aufgabensammlung umfangreicher wird, indem du Aufgaben aus deinem Schulalltag einsendest.

Eine weitere Möglichkeit, kostenlose Hilfe zu erhalten, bietet der Chat. Bei einigen Angeboten gibt es Hausaufgabenchats und manchmal auch Messageboards, die wie Newsgroups funktionieren. Hier kannst du dein Problem formulieren und hoffen, dass andere eine Lösung kennen und diese nennen. Adressen für kostenlose Angebote findest du im nächsten Abschnitt. Chats und Online-Treffs, bei denen du allgemeine Fragen zu einem Fach oder Thema diskutieren kannst, werden im Abschnitt »Chats, Treffs und Newsgroups« in diesem Kapitel beschrieben.

Adressen für Hausaufgabenhilfen

In diesem Abschnitt findest du einige Adressen für Hausaufgabenhilfen und eine kurze Beschreibung des Angebots. Tests solcher Angebote findest du außerdem regelmäßig in Computerzeitungen wie *Computerbild*, *c't* und *PC Welt* und auch Magazinen wie *Focus* und *Stern*.

Amperavon

`www.e-nachhilfe.de`

Dieses Angebot, das du auch über die Adresse `www.e-academic.de` erreichst, stammt eigentlich aus England und wird in Deutschland für die Fächer Mathe, Physik, Chemie, Deutsch, Englisch, Französisch, Informatik und Rechnungswesen angeboten. Du sendest die Aufgaben per E-Mail ein und erhältst auch auf diesem Weg die Lösungen zurück. Die Bezahlung erfolgt über Kreditkarte, Überweisung oder Lastschrift. Wie du bereits auf der Webseite sehen kannst, enthalten die Lösungen leider Rechtschreibfehler. Außerdem ist das Angebot bisher noch relativ teuer und die Webseitengestaltung entspricht nicht gerade dem neuesten Stand der Technik (siehe Abbildung). Das kann sich aber natürlich noch ändern.

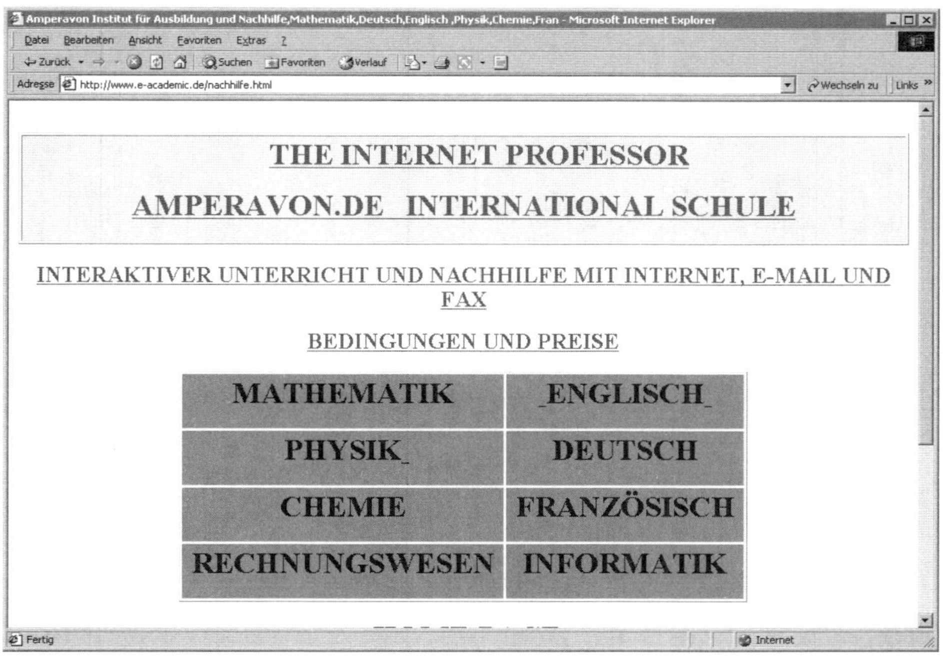

Biologie Leistungskurs

www.biologie-lk.de/index2.htm

Diese Site bietet alles, was dein Herz zum Thema Biologie begehrt, wie Übungsaufgaben, Referate und Erklärungen verschiedener Fachbegriffe. Zum Thema Hausaufgabenhilfe findest du hier ein Hausaufgabenforum, in dem du Anfragen in der Hoffnung ablegen kannst, dass diese von anderen Schülern beantwortet werden. Und du kannst natürlich auch selbst anderen helfen.

Hausaufgaben

www.hausaufgaben.de

Diese Website bietet eine *Hausaufgabensammlung* mit Lösungen zu zahlreichen Schulfächern, und eine *Hotbox*, bei der du Fragen zu sehr vielen Schulfächern einsenden kannst, die dann von Experten beantwortet werden. Und es gibt ein *Hausaufgaben-Diskussionsforum*, in dem Schüler Schülern helfen. Und alles ist *kostenlos*!

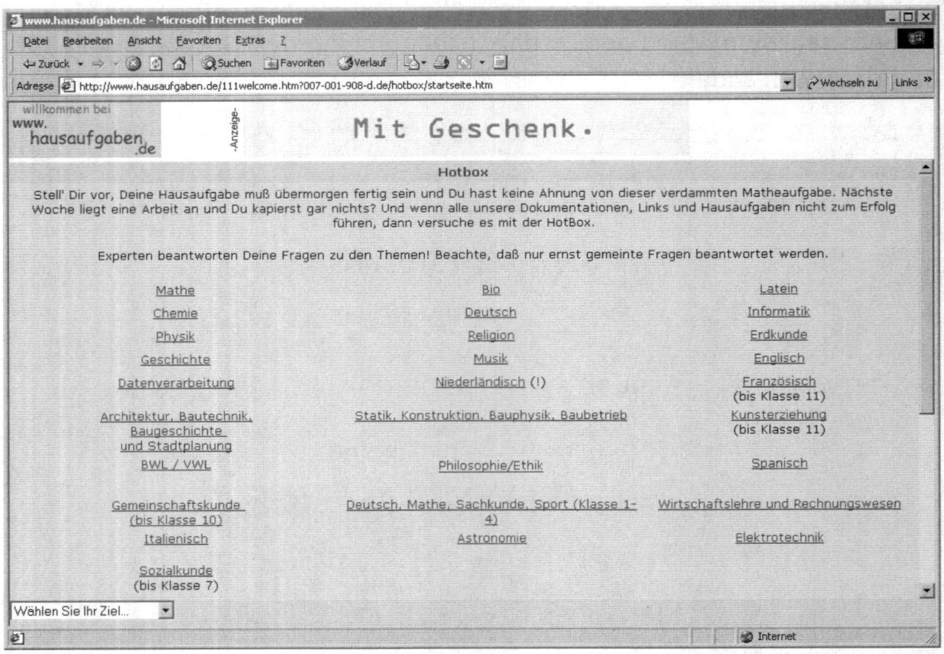

Der Zugriff auf die Hausaufgabensammlung erfolgt über ein Inhaltsverzeichnis oder eine Suchmaschine, in die du das Thema eingibst, zu dem du Hilfe suchst. Außerdem kannst du eigene Aufgaben mit Lösungen einsenden, um den Fundus zu erweitern.

Falls du Spaß daran hast, kannst du hier kostenlos eine Homepage einrichten, chatten, einen Newsletter beziehen und elektronische Postkarten an deine Freunde versenden.

Learnetix

www.learnetix.de

Das Angebot von Learnetix ist ziemlich umfassend. Neben einer kostenpflichtigen Hausaufgabenhilfe findest Du hier Übungsaufgaben, eine kostenlose Hausaufgabenhilfe über Messageboards und Hausaufgabenchats, sowie interaktives Lernen und Spiele für die Lernpausen. Du kannst dir das Angebot erst mal als Gast ansehen. Außerdem kannst du die Hausaufgabenhilfe mit drei Fragen testen, bevor du bezahlen musst.

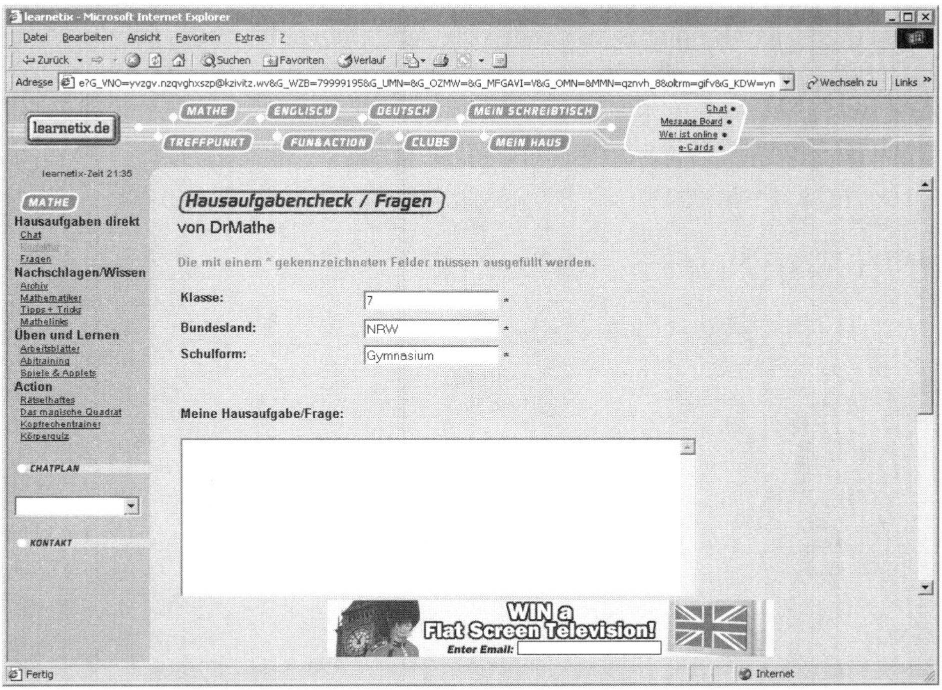

Um die Hausaufgabenhilfe zu testen (siehe nachfolgende Abbildung), gibst du zunächst das Fach, die Klasse, das Bundesland und die Schulform (Gymnasium/Realschule/Hauptschule) an. Diese Angaben sind unbedingt erforderlich, damit deine Hausaufgaben korrekt bearbeitet werden können. Dann tippst du deine Hausaufgabe oder Frage ein und sendest sie los. Wenn du das Angebot öfter benutzt, brauchst du nur noch die Hausaufgabe einzugeben.

Deinen Namen und die E-Mail-Adresse kennt das System ja bereits. Falls dir der Platz im Formular nicht ausreicht, um die Aufgabe komplett einzugeben, kannst du auch eine Datei, wie z.B. einen Text im Word-Format anhängen. Dafür steht eine Schaltfläche DATEI ANHÄNGEN zur Verfügung. Die korrigierte Aufgabe wird dann an deine E-Mail-Adresse zurückgeschickt.

Mathematik-Hilfe

www.netcologne.de/~nc-rouxal/index.htm

Dieses Angebot beschränkt sich auf Mathematik (siehe die nächste Abbildung) und du kannst neben der Hausaufgabenhilfe auch Nachhilfe bekommen und Fernkurse zu bestimmen Themen beziehen. Der Webauftritt ist ganz schlicht gehalten und außer Hyperlinks zu Informationsseiten über das Angebot und die Preise sowie der E-Mail-Adresse, an die du die Aufgaben schicken kannst, gibt es hier nichts zu sehen. Die Aufgaben selbst schickst du per E-Mail ein und erhältst die Lösungen auch auf diesem Wege zurück. Die Bezahlung erfolgt im Voraus per Verrechnungsscheck, wobei du das Angebot mit einer Freifrage testen kannst.

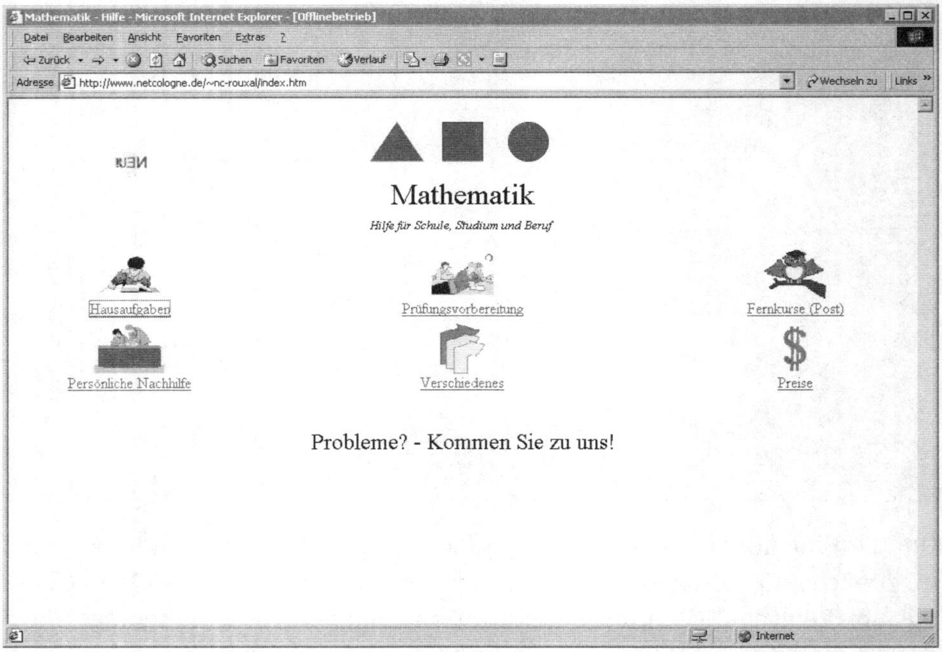

Spickzettel

www.spickzettel.de

Diese Site ist eigentlich in erster Linie ein Referatarchiv, bietet aber auch eine Sammlung mit Aufgaben und Lösungen, die du kostenlos nutzen kannst. Damit das Aufgabenarchiv in Zukunft noch nützlicher ist, kannst du selbst Aufgaben mit Lösungen einsenden. Um Aufgaben zu finden, klickst du auf Schulaufgaben + Lösungen und anschließend auf Suche Aufgaben. Anschließend füllst du das umfangreiche Formular aus und sendest es ein (siehe die folgende Abbildung). Eine Anleitung, wie du die besten Suchergebnisse erhältst, findest du auf der Seite ebenfalls.

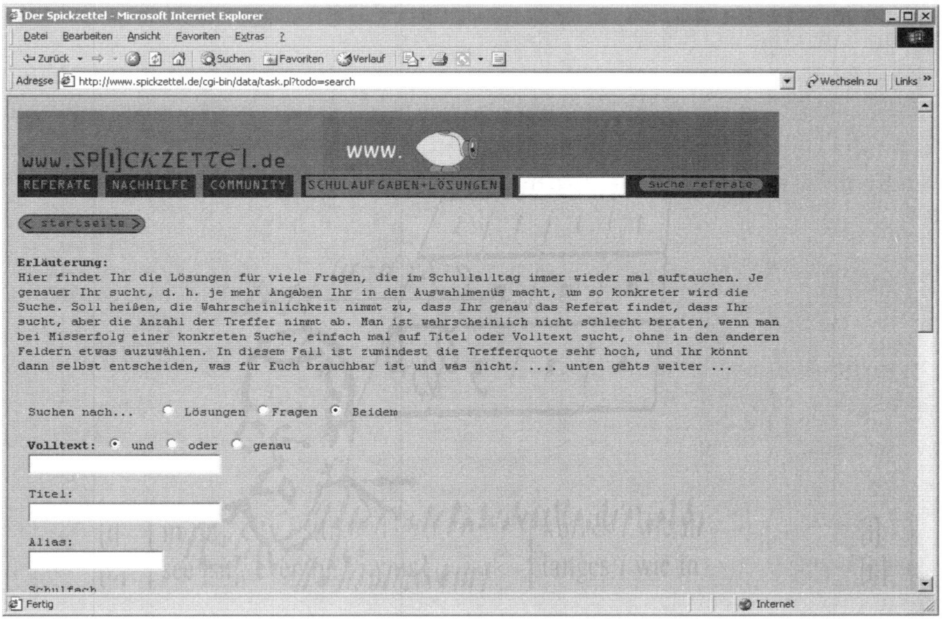

S.P.Q.R. Lateinservice

www.lateinservice.de

In dieser Site findest du Hilfe bei Problemen mit den Latein-Hausaufgaben. Du kannst dir zwar nicht ganze Texte übersetzen lassen, findest aber Hilfe zu verschiedenen Grammatikfragen und auch zu Stil und Inhalt verschiedener Texte. Weiterhin gibt es hier Kurse zum Thema Grammatik, ein Referatarchiv und ein Testforum mit Übungsaufgaben.

Übersetzungshilfen zum Fach Latein

www.latein.at

Hier wird ein kostenloser Übersetzungsdienst geboten. Außerdem findest du Übungen, ein Wörterbuch und ein Forum für Latein. Weitere interessante Angebote mit fertigen Übersetzungen für das Fach Latein findest du z.B. auf der Seite Lateinergänzungsprüfungen der Uni Wien (www.univie.ac.at/latein) oder beim Imperium Romanum (www.romanum.de/test/index.html).

Young.de

www.young.de

Diese Site, die du auch über die Adressen www.cheatweb.com und www.schulhilfen.de erreichst, bietet eine Hausaufgabendatenbank und einen Fragen- und Hausaufgabenmarktplatz, die du beide kostenlos benutzen kannst. Die Hausaufgabendatenbank enthält Aufgaben und Lösungen zu vielen Schulfächern (siehe die folgende Abbildung).

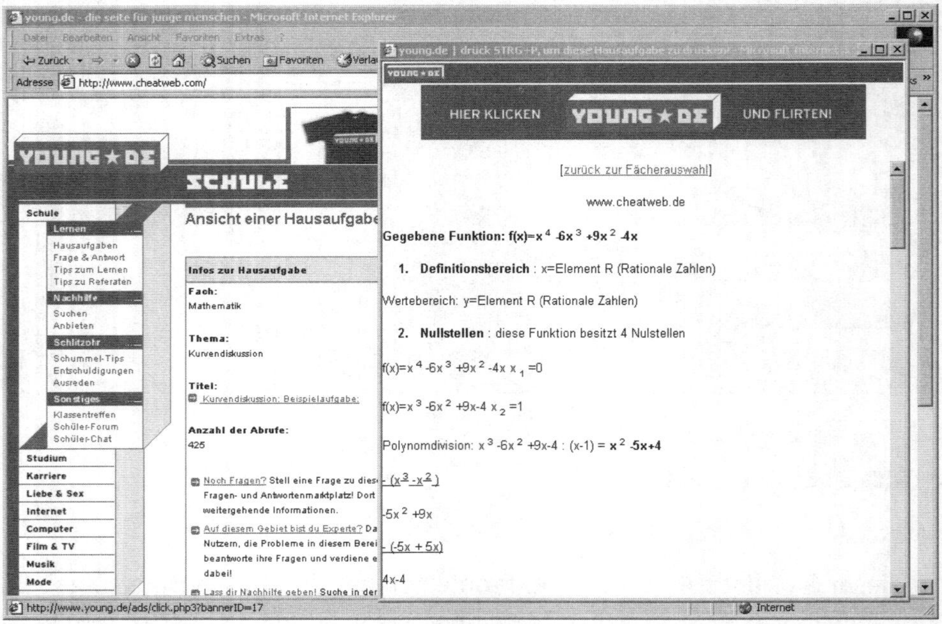

Allerdings ist die Datenbank bisher noch nicht sehr umfangreich. Zu vielen Themen gibt es nur eine Beispielaufgabe. Aber was noch nicht ist, kann ja noch werden. Außerdem gibt es ein Referatarchiv und zahlreiche andere nützliche und unterhaltsame Dinge für die Schule und das sonstige Leben, wie z.B. einen Chat, in dem du mit anderen Mitgliedern plaudern kannst. Besonders nett ist an dieser Site auch, dass täglich die neuen Mitglieder und die Geburtstagskinder angezeigt werden. Dadurch, dass von jedem registrierten Mitglied eine elektronische Visitenkarte angefertigt wird, kannst du bequem Kontakt zu allen Mitgliedern aufnehmen, die dich interessieren.

Zahlreich

www.zahlreich.de

Diese Site bietet eine kostenlose Hausaufgabenhilfe in Form eines Hausaufgabenarchivs zu insgesamt acht Schulfächern. Die Hausaufgabenarchive der einzelnen Schulfächer sind auch über eigene Webadressen erreichbar: www.mathe4u.de, www.physik4u.de, www.bio4u.de, www.chemie4u.de, www.deutsch4u.de, www.english4u.de, www.franzoesisch4u.de und www.geschichte4u.de.

Bei Zahlreich gibt es außerdem ein Hausaufgabenboard, in das du Fragen eintragen kannst, die dann von Moderatoren beantwortet werden. Moderator kann jeder werden, also auch du selbst. Auf der Startseite wird eine Statistik mit der Anzahl der Fragen und Antworten im Hausaufgabenboard und der durchschnittlichen Antwortzeit in den letzten 30 Tagen angezeigt (siehe die Abbildung oben). So siehst du, ob du eine realistische Chance hast, dass deine Aufgabe noch im passenden Zeitrahmen bearbeitet wird, d.h. so, dass du eine realistische Chance hast, die Lösung für die Bearbeitung deiner Hausaufgaben zu nutzen. Kommt die Antwort erst nach einer Woche und du musst deine Lösung am nächsten Tag in der Schule abgeben, macht das natürlich nicht viel Sinn.

Referatarchive

Im Internet findest du viele Referatarchive, in denen du in der Regel kostenlos Referate zu bestimmten Themen suchen und herunterladen, online lesen oder ausdrucken kannst. Die gesuchten Referate findest du, indem du dich über ein Inhaltsverzeichnis zum gewünschten Thema durchklickst, oder einen einschlägigen Begriff aus dem Referatthema in die Suchfunktion eingibst, die in einer solchen Site in der Regel angeboten wird (siehe die folgende Abbildung).

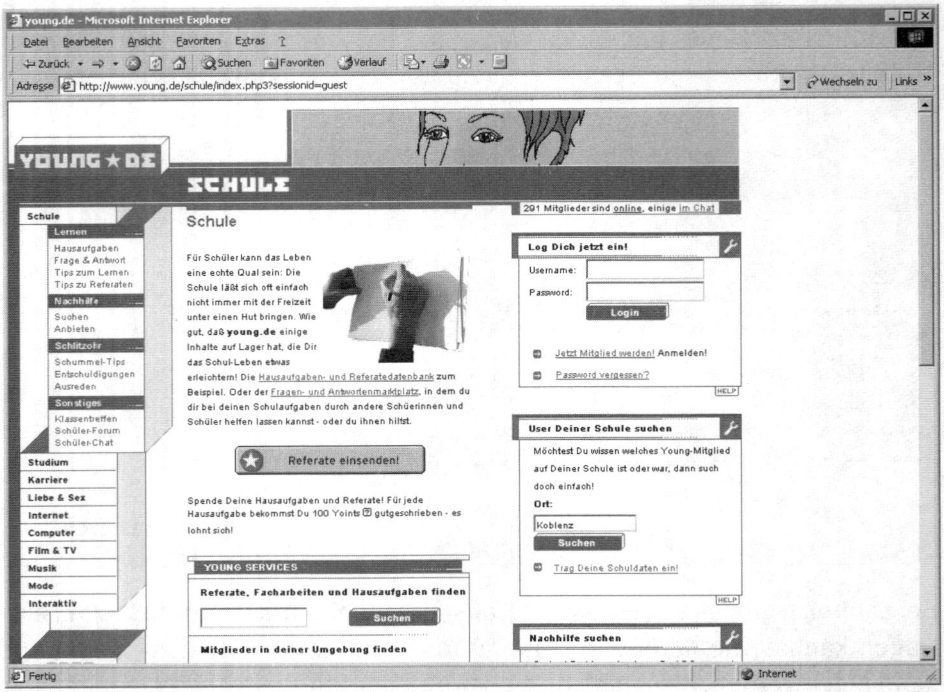

Anhand der Referate, die du aus einem Referatarchiv beziehst, kannst du dir einen Eindruck über den Aufbau und Inhalt eines guten Referats verschaffen. Du kannst auch selbst Referate zur Verfügung stellen, auf die du besonders stolz bist. Gut wäre natürlich, wenn diese gut benotet wurden. Denn sonst profitieren andere wenig davon.

Es ist keine besonders gute Idee, Referate anderer Schüler wörtlich oder in leicht abgewandelter Form zu übernehmen. Selbst wenn dein Lehrer nicht Internet-kundig ist und den Betrug nicht sofort bemerkt, hast du nicht viel damit gewonnen. Möglicherweise bewertet dein Lehrer Referate anders als der Lehrer des Schülers, dessen Arbeit du geklaut hast, und du schneidest damit gar nicht so besonders gut ab. Oder ein Mitschüler reicht dasselbe Werk ein, wie du ...

Adressen für Referatarchive

In einigen Referatarchiven findest du jetzt schon mehr als 10.000 Referate und da jeder die Möglichkeit hat, seine Referate einzusenden, ist die Tendenz steigend. Manche Sites haben sich zusammengeschlossen. Du findest in jedem Angebot zwar dieselben Referate, sie liegen jedoch in unterschiedlichen Formaten vor und sind über verschiedene Oberflächen zugänglich. Entsprechende Hinweise findest du in den folgenden Beschreibungen der wichtigen Angebote.

GRIN

`www.grin.de`

GRIN steht für Global Research and Information Network. Diese Site bietet wie die Site `www.hausarbeiten.de` hauptsächlich Informationen fürs Studium, du findest aber auch ein Hausarbeitenarchiv, in dem du schon einmal Universitätsluft schnuppern kannst.

Hausarbeiten

`www.hausarbeiten.de`

Diese Website ist eigentlich auf den universitären Bereich ausgerichtet, in dem Referate Hausarbeiten heißen. Falls du einmal sehen möchtest, wie eine Hausarbeit aussieht und welche Anforderungen im Studium gestellt werden, solltest du diese Site besuchen. Hier findest du außerdem Tipps und Hyperlinks zu allen möglichen Dingen, die nach der Schule kommen, wie z.B. Zivildienst und Unis.

Homeworxx

www.homeworxx.de

Diese Site ist eigentlich eine Suchmaschine für Referate. Das heißt, es gibt bisher noch kein großes eigenes Angebot, wenn du jedoch ein Stichwort eingibst, findet die Suchfunktion die Referate, die in anderen Referatarchiven zu diesem Thema verfügbar sind (siehe die folgende Abbildung). Klickst du auf ein Referat, wird dieses im Browser angezeigt und du kannst es über diesen ausdrucken und speichern.

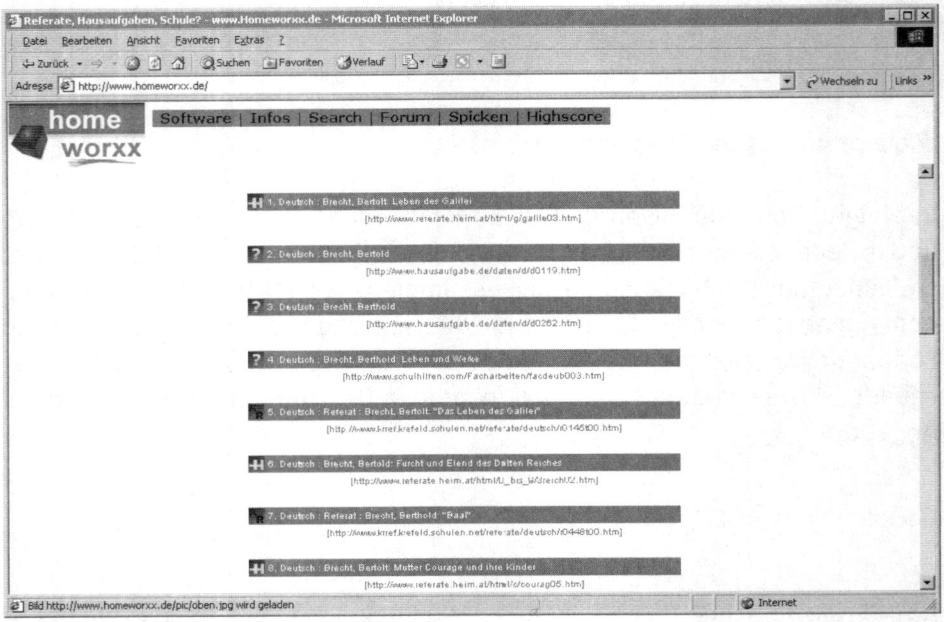

Kosh

www.kosh.de

Kosh ist eine Metasuchmaschine für Referate. Für die Suche nach Referaten zu einem bestimmten Thema kannst du entweder eine Site aus der Liste der Referatarchive auswählen oder die Suche über alle aufgelisteten Referatsites durchsuchen. Falls du eine eigene Homepage besitzt, kannst du die Suchfunktion von Kosh außerdem in diese einbinden (siehe die Abbildung auf der folgenden Seite).

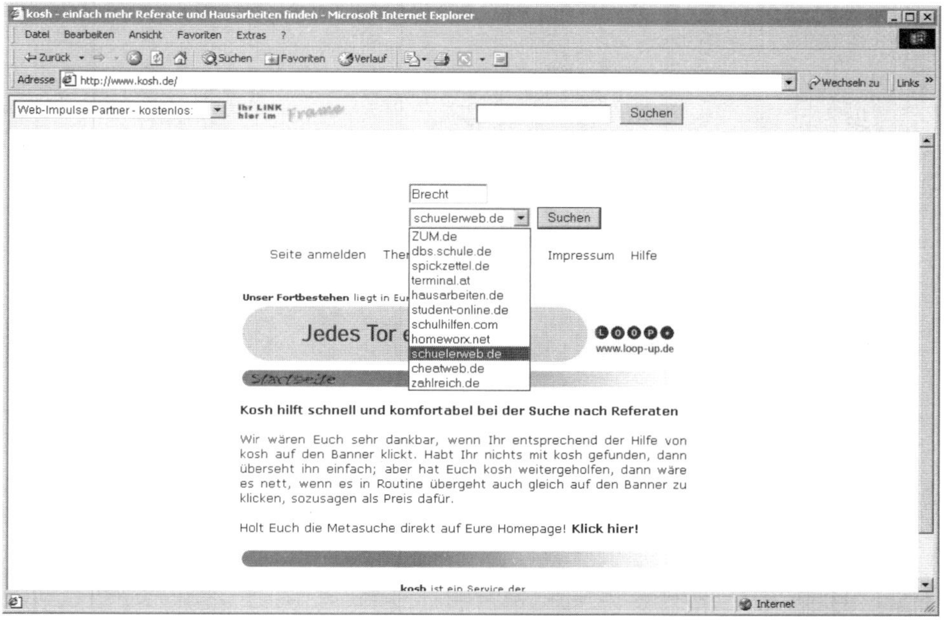

Referate Heimat

www.referate.heim.at

Diese umfassende Referatsammlung stellt Referate zu zahlreichen Schulfächern und Themen zur Verfügung – allerdings nur im Zip-Format. Das hat den Nachteil, dass du das Referat zuerst downloaden musst, bevor du es betrachten kannst. Schöner ist es natürlich, wenn du dir vor dem Download am Bildschirm einen Eindruck über das Referat bilden kannst. Hierzu gibt es die Sites Referate Fundus (www.fundus.org) und Schülerweb (www.schuelerweb.de). Auch diese beiden Websites greifen auf dasselbe Referatarchiv von Referate Heimat zu. Bei Referate Fundus und Schülerweb liegen die Referate jedoch auch im HTML-Format, d.h. als Webseiten vor. Klickst du auf einen Hyperlink zu einem Referat, öffnet sich dieses in deinem Browser und du kannst es am Bildschirm lesen oder ausdrucken (siehe die folgende Abbildung).

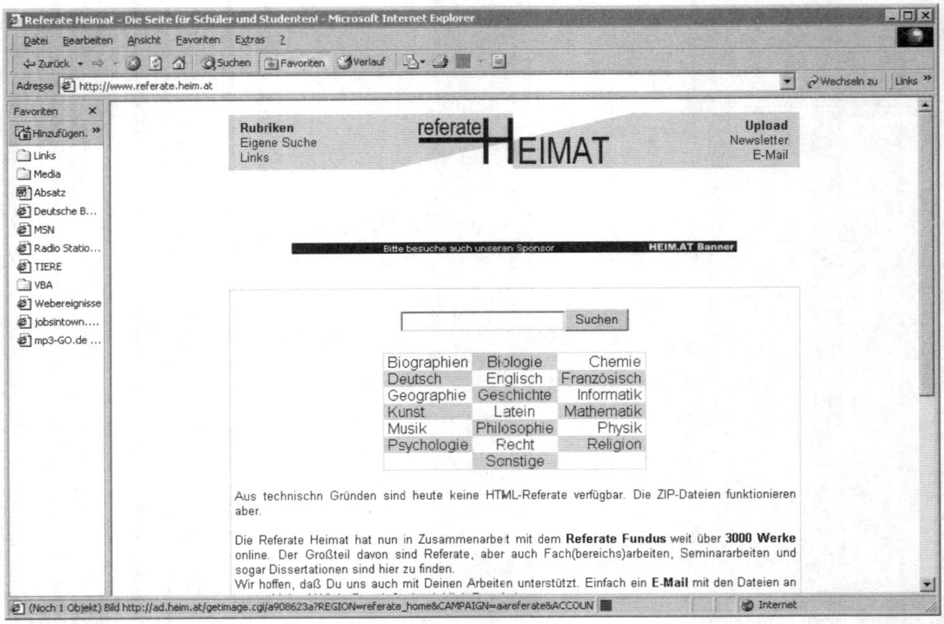

Referate Fundus

`www.fundus.org`

Diese Site bietet dieselben Referate an wie die Referate Heimat, jedoch im ZIP- und im HTML-Format. Suchen kannst du über ein Inhaltsverzeichnis, das jedoch ausschließlich nach Schulfächern und nicht nach Themengebieten sortiert ist, und über eine Suchfunktion, in die du das Stichwort für das Referatthema eingibst. Um ein Referat online zu betrachten, klickst du auf den Link HTML.

Referate Online

`www.referate.de`

Referate Online bietet eine Suchmaschine für Referate, die bei Referate Online selbst, bei Referate Fundus und bei Homeworx.net gesammelt werden. Da hier jedoch in erster Linie die Referate-Online-CD zum Preis von DM 29,95 verkauft werden soll, über die dir dann eine Volltextsuchfunktion angeboten wird, ist die Suche und Benutzung der Site etwas mühselig. Mit diesem Angebot hängen die Sites `www.referate.at`, `www.referate.org` und `www.referate.com` zusammen. Um Referate ohne die CD-ROM zu suchen, musst du zu Referate Heimat (www.referate.at) gehen. Bei Referate Online selbst liegen die Referate im ZIP-Format vor.

Schoolhelp

www.schoolhelp.de

Schoolhelp ist anders, als der Name vermuten lässt, eine deutsche Site und bietet Referate zu den Fächern Chemie, Deutsch, Englisch, Erdkunde, Französisch und Geschichte. Die gewünschten Referate findest du über ein Inhaltsverzeichnis, das nach Schulfächern gruppiert ist, und eine Suchfunktion. Um letztere zu nutzen, musst du auf den Link DATENBANK klicken. Du kannst jedes Referat downloaden und online im ASCII-Format, d.h. im Nur-Text-Format, betrachten.

Spickzettel

www.spickzettel.de

Die Site Spickzettel wurde bereits beim Thema Hausaufgabenhilfe beschrieben und bietet neben dieser ein Referatarchiv, auf das du über eine Volltextsuchfunktion zugreifen kannst. Außerdem kannst du dir die neuesten und die besten Referate ansehen. Falls du Referate nicht unter deinem eigenen Namen veröffentlichen möchtest, kannst du dir dafür auch einen Aliasnamen zulegen, also so etwas wie einen Nicknamen. Die Referate werden auf Wunsch als HTML-Seite angezeigt und du kannst sie über die Funktionen deines Browsers auf deiner Festplatte speichern und ausdrucken.

Schülerweb

www.schuelerweb.de

Das Schülerweb ist zwar ein Referatarchiv. Viele der Referate, die du hier findest, stammen jedoch eigentlich aus anderen Angeboten, wie der Site Referate Heimat (www.referate.heimat.at) oder Young.de (www.cheatweb.com). Es handelt sich also um eine Referatsuchmaschine. Während die Referate bei Referate Heimat jedoch nur im Zip-Format vorliegen, kannst du sie bei Schülerweb im HTML-Format online betrachten. Außerdem ist die Organisationsstruktur der Referate bei Schülerweb übersichtlicher als bei Referate Heimat. Die Referate findest du, indem du auf das entsprechende Fach und das gewünschte Thema klickst,oder indem du das Thema in die Suchfunktion eingibst. Ei weiteres Webangebot, das ebenfalls mit Referate Heimat zusammenhängt, ist Referate Fundus. Hier findest du die Referate sowohl im Zip- als auch im HTML-Format.

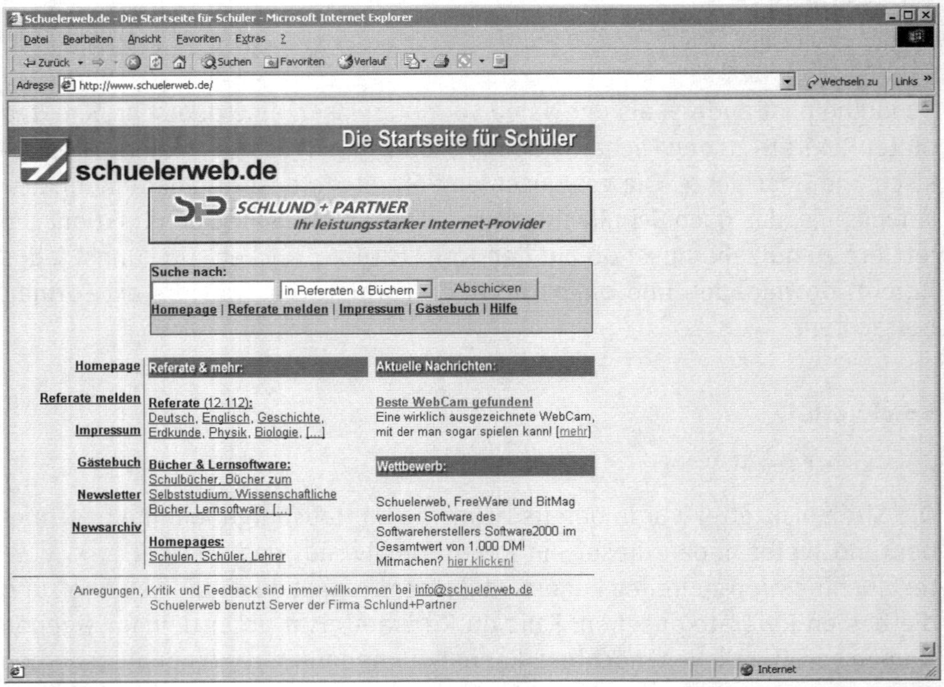

Bei Schülerweb findest du außerdem Links zu Büchern und Homepages von Lehrern und Schülern.

Schulhilfen

www.schulhilfen.com

Bei Schulhilfen findest du Referate, auf die du über ein Inhaltsverzeichnis, das nach Schulfächern geordnet ist, und eine einfache Suchfunktion zugreifen kannst. Das Angebot findest du auch unter der Adresse www.pausenhof.de. Die Referate werden am Bildschirm angezeigt, lassen sich aber nicht ganz so einfach ausdrucken und speichern. In der Site gibt es viele andere Angebote wie ein Archiv für Nachhilfelehrer, Links zu Schülerzeitungen, einen Chat und ein Newsboard.

Schultreff Krefeld

`Schultreff.de`

Der Schultreff Krefeld, den du auch über die eventuell bekanntere Adresse `www.krref.krefeld.schulen.net` erreichst, bietet eine Referatsammlung (siehe die folgende Abbildung). Die Referate sind nach Schulfächern geordnet und innerhalb des Schulfachs in Tabellenform aufgelistet. Zu vielen Referaten findest du eine kurze Beschreibung oder Angaben zur Benotung und den Autor. Klickst du auf das Referatthema, wird das Referat im Browser angezeigt und du kannst es über die Browserfunktionen speichern und ausdrucken. Die Navigation in der Site ist noch verbesserungswürdig, da du bisher nur über die ZURÜCK-Schaltfläche zur vorherigen Seite oder auch zur Hauptseite gelangen kannst. Es gibt außerdem einige wenige Nachhilfeangebote und ein paar Klausuren und Arbeitsblätter – allerdings bisher ohne Lösungen!

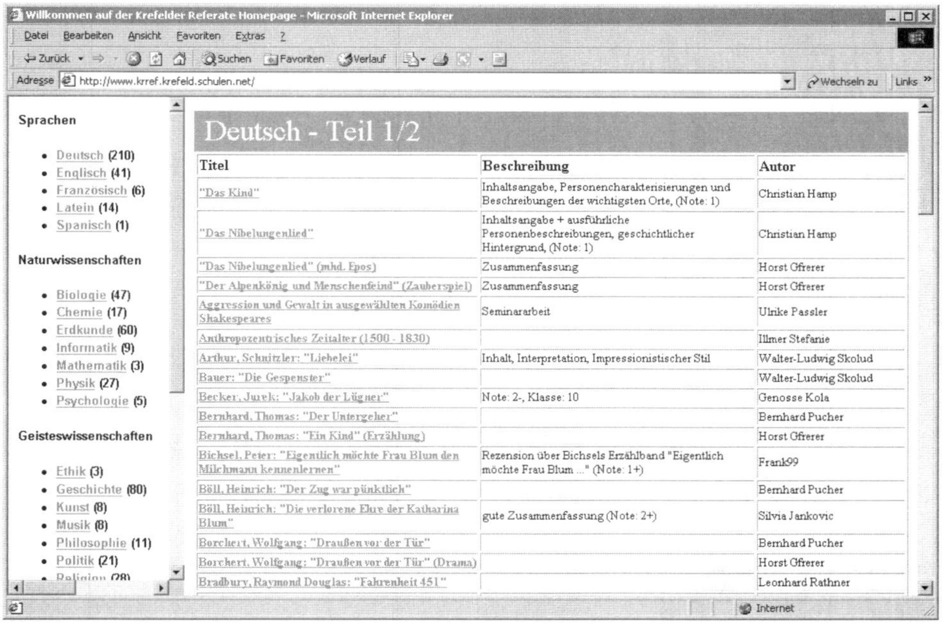

Young

`www.young.de`

Diese Site, die auch Hausaufgabenhilfe bietet und im entsprechenden Absatz bereits beschrieben wurde, ist auch über die Adresse `www.cheatweb.com` zu erreichen und bietet für den Schüler ein vielfältiges, kostenloses Angebot. Unter anderem findest du hier zahlreiche Referate, die du online im HTML-

Format lesen, ausdrucken oder auf deiner Festplatte speichern kannst. Beiträge deinerseits sind natürlich willkommen. Es gibt außerdem einen kostenlosen Fragen- und Antwortenmarktplatz, in dem du dir bei Problemen mit Schulaufgaben von anderen Schülern helfen lassen kannst. Außerdem erhältst du Tipps zum Lernen und kannst nach einem Nachhilfelehrer suchen.

Wenn du dich bei der Site registrierst, kannst du dich außerdem am Chat beteiligen, Informationen über andere Mitglieder erhalten und vieles mehr.

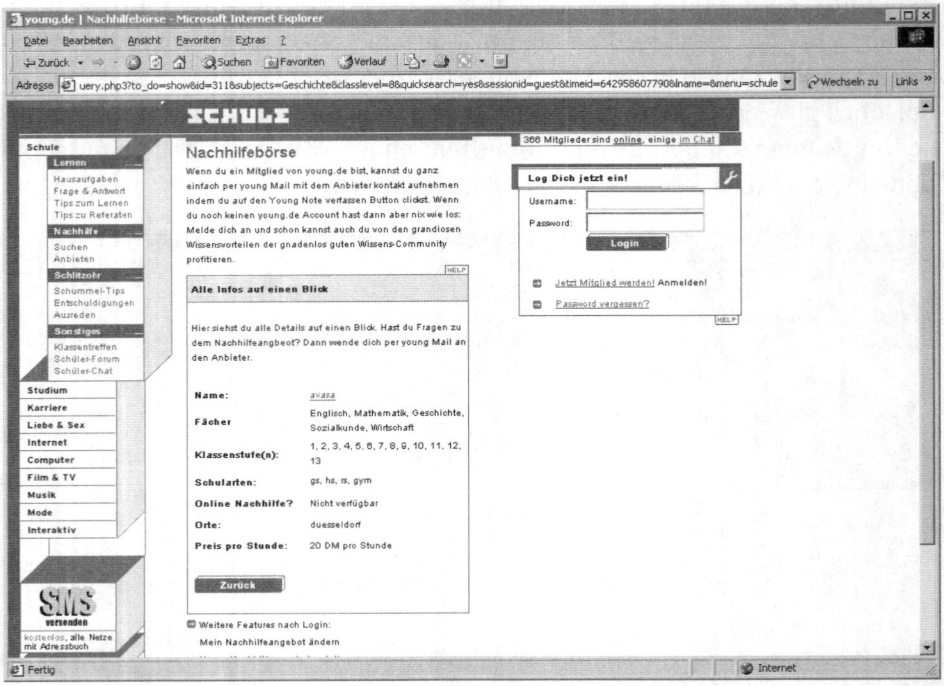

Nachhilfe

Zahlreiche Websites bieten inzwischen Archive für Kontakte zu Nachhilfelehrern an. In der Regel gibst du das Fach, die Klassenstufe und die Stadt an, in der du wohnst, um eine Liste der Nachhilfelehrer zu erhalten, die dort Nachhilfe anbieten. Klickst du auf einen Link in dieser Liste, findest du Adressdaten und die Konditionen, d.h. Details zur Bezahlung und der Dauer einer Sitzung. Manche Nachhilfelehrer bieten auch Online-Nachhilfe an. Diese funktioniert ähnlich wie die Hausaufgabenhilfe, d.h., du sendest deine Fragen ein und erhältst Lösungen oder Antworten zurück. Möglich wäre auch die Nachhilfe per

Chat oder per Videokonferenz. Am preisgünstigsten ist bisher aber sicher noch die gute alte Methode, bei der du deinen Nachhilfelehrer einfach aufsuchst und mit ihm den Schulstoff durchnimmst. Bei manchen Angeboten, wie z.B. Young.de kannst du auch bereits einiges über den Nachhilfelehrer erfahren. Hier ist eigentlich eine Anmeldung als Mitglied erwünscht, bei der Auskünfte über das Geburtsdatum, Hobbys und Ähnliches angegeben werden können. Homepages können ebenfalls angegeben werden. Alle Informationen werden auf einer Mitgliederkarte gesammelt, die du bei Interesse von jedem Mitglied einsehen kannst.

Adressen für Nachhilfeangebote

Da die meisten Anbieter von Nachhilfekontakten auch Referatarchive oder Hausaufgabenhilfen haben, werden die einzelnen Sites hier nicht ausführlich besprochen.

Angebot	Adresse
Chemie online	www.chemieonline.de
Schulhilfen	www.schulhilfen.com
Schultreff Krefeld	schultreff.de
Spickzettel	www.spickzettel.de
Young.de	www.young.de
Zahlreich	www.zahlreich.de

Chemie online

www.chemieonline.de

Diese Website bietet die Möglichkeit, zu bestimmten Uhrzeiten Fragen zum Thema einzusenden, die dann von Experten innerhalb von vier bis fünf Tagen beantwortet werden (siehe die folgende Abbildung). Außerdem gibt es ein Forum, in dem du Fragen formulieren kannst. Falls jemand eine Antwort kennt, sendet er dir diese zu. Wegen der langen Antwortzeiten eignet sich die Site, um »Nachhilfe« zu Themen zu erhalten, die du nicht ganz verstanden hast oder zu denen du mehr wissen möchtest.

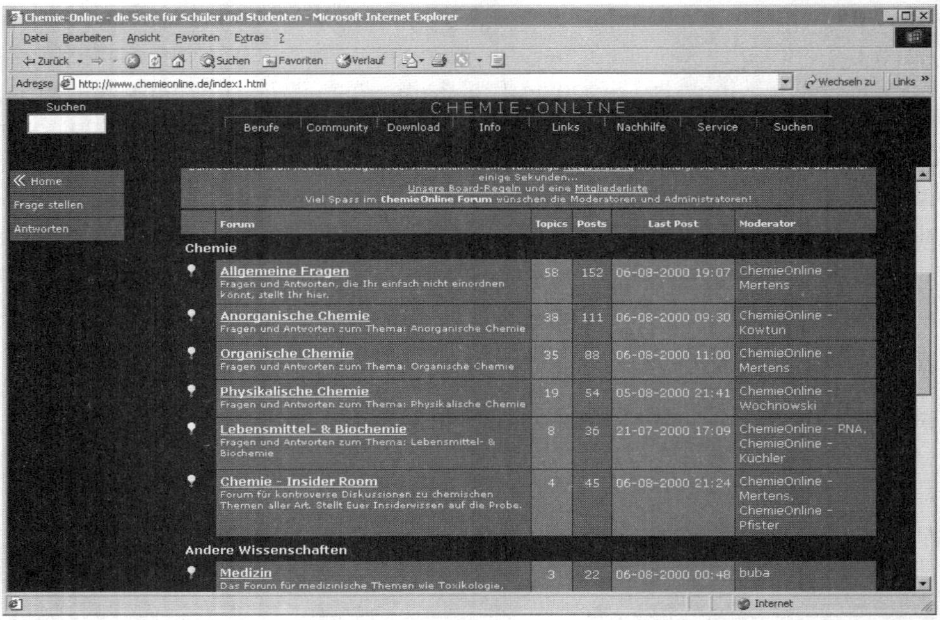

Onlinetraining, Onlinekurse und Nachschlagewerke

Einige Schulbuchverlage, wie z.B. Klett und Schroedel (Learnetix) bieten Websites mit der Möglichkeit, online zu üben. Die Benutzung ist zwar nicht kostenlos, dafür ist das Angebot jedoch, wie z.B. beim Klett-Verlag, zum Teil sehr ansprechend. Die Websites sind gleich aufgebaut wie Lernprogramme auf CD-ROM, und das Lernangebot ist an die Lehrpläne der einzelnen Klassenstufen angepasst. Du gibst das Fach, die Klassenstufe und das Thema an und kannst dann loslegen. Weiterhin gibt es Angebote im Zusammenhang mit Lernsoftware, die häufig jedoch eine spezielle Oberfläche haben, wie z.B. die von ADDY-CD-ROMs.

Zu vielen Schulfächern gibt es außerdem Websites, die Tests in Form von (Multiple-Choice-) Fragebögen, Übungsaufgaben und Quizfragen anbieten, anhand derer du dich auf Prüfungen, wie z.B. das Abitur vorbereiten kannst. Die Nutzung dieser Websites ist in der Regel kostenlos. Manche Angebote sind nicht sehr umfangreich. Andere dagegen, wie z.B. das Angebot der Bezirksregierung Düsseldorf (`www.learn-line.nrw.de`), bieten umfangreiche

Sammlungen von Abituraufgaben, Aufgaben aus Bundeswettbewerben zur Mathematik und anderen Fächern und Ähnliches.

Einige Sites bieten Kurse zu verschiedenen Themen an, die du online bestellen kannst und dann in gedruckter Form erhältst oder die du online lesen kannst.

Zu Fremdsprachen bietet das Internet neben Kursen und Onlinetraining auch noch Vokabeltrainer und Onlinewörterbücher. Diese Angebote sind natürlich ganz praktisch, solange du sie nicht besonders häufig nutzt. Der Kauf eines Schulwörterbuchs mit der Option, eine Wortbedeutung im Internet nachzuschlagen, die du im Schulwörterbuch nicht findest, ist schon erheblich preisgünstiger, als ein Wörterbuch permanent online zu verwenden. Das Gleiche gilt für Vokabeltrainer, die auch als Shareware oder auf CD-ROM verfügbar sind.

Adressen für Onlinetraining von Schulbuchverlagen

In diesem Abschnitt werden das Onlinetraining von Klett und das Angebot von Learnetix (Schroedel) ausführlicher beschrieben.

Onlinetraining von Klett

www.klett-verlag.de/klett-lerntraining

Das Onlinetraining von Klett ist ein ansprechendes Angebot für die Fächer Deutsch, Mathe und Englisch. Die Anmeldung erfolgt wie im Abschnitt »Registrierung bei einem Webangebot« beschrieben. Bist du einmal registriert, gibst du das Fach, das Thema und die Klassenstufe an. Auf der rechten Seite werden die vorhandenen Lerneinheiten angezeigt und du kannst angeben, was du sofort bearbeiten möchtest und was zurückgestellt werden soll.

Legst du mit einem Thema sofort los, werden dir kleine Aufgaben präsentiert, die du lösen sollst. Anschließend kannst du überprüfen, welche Aufgaben korrekt gelöst wurden.

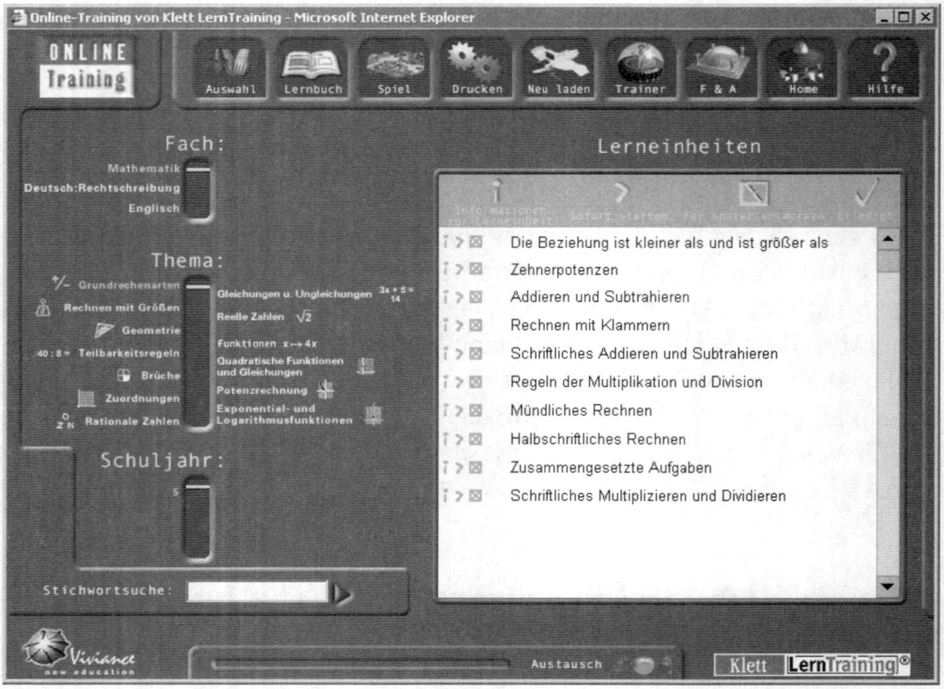

Learnetix

www.learnetix.de

Learnetix bietet nicht nur eine Hausaufgabenhilfe und die Möglichkeit, zu chatten, sondern du kannst darüber auch Lernstoff üben und dich auf das Abi vorbereiten. Außerdem findest du zahlreiche nützliche, weiterführende Informationen zu einem Thema, wie z.B. Informationen zum Schulsystem in England beim Fach Englisch.

Onlinetraining im Zusammenhang mit Lernprogrammen auf CD-ROM

Einige Anbieter von Lernprogrammen auf CD-ROM bieten bereits damit verbundene Angebote im Internet. Dieser Trend wird weiter zunehmen, da sich auf diese Weise das Angebot leicht erweitern und verändern lässt. Ein Beispiel für ein solches Training ist die Software ADDY von Coktel, die es zu den Fächern Mathematik, Englisch und Deutsch gibt. Auf das Internetangebot kannst du allerdings nicht frei zugreifen, d.h. nicht mit einem beliebigen

Browser, sondern du musst dich über das Programm auf der CD-ROM einwählen. Von der Benutzeroberfläche her ändert sich nichts, solange du online bist (siehe die folgende Abbildung). Die Daten stammen jedoch statt von der CD aus dem Internet, was natürlich Kosten verursacht.

Beim Internetangebot von ADDY kannst du dich beispielsweise für Lernstunden in einen Stundenplan eintragen und dann jede Woche wie an einem herkömmlichen Sprachkurs oder einer Nachhilfestunde teilnehmen.

Da diese Angebote nicht frei zugänglich sind, sollen sie hier nicht weiter besprochen werden. Ob eine CD-ROM ein Online-Angebot bietet, kannst du der Verpackung, Tests in Computerzeitschriften und Online-Angeboten bzw. Büchern wie dem Software-Ratgeber von Thomas Feibel (`www.feibel.de`) entnehmen.

Kostenloses Onlinetraining

Nachfolgend findest du eine kleine Liste mit Websites, die Onlinetraining in Form von Übungsaufgaben, Quizfragen und Ähnlichem für die Vorbereitung auf Klassenarbeiten und Prüfungen kostenlos anbieten. Im zweiten Teil dieses Buches folgen ausführlichere Erklärungen und weitere Adressen.

Abi-Tools

www.abi-tools.de

Hier findest du Multiple-Choice-Fragen und Übungsaufgaben zur Biologie, Chemie und Physik für die Abiturvorbereitung.

Bundeswettbewerb Mathematik

www.bubis.com/muaddib

Wenn du gut in Mathe bist und wissen möchtest, welche Aufgaben in den letzten Jahren beim Bundeswettbewerb Mathematik gestellt wurden, bist du bei dieser Site richtig. Sie bietet eine nach Runden und Jahren geordnete Übersicht der Aufgaben.

Ernst Georg Beck

www.egbeck.de

Diese Site bietet neben Informationsmaterial auch Übungsaufgaben zur Biologie, Chemie und Elektroakustik für die gymnasiale Oberstufe.

ESL Quiz Center

www.pacific.net/~sperling/quiz

Diese Site beinhaltet verschiedene Tests zum Fach Englisch.

Goethe-Tests

goethe-verlag.com/tests

Diese Website bietet zahlreiche Wortschatztests zu allen möglichen Sprachen. Darunter sind natürlich auch Sprachen, die für die Schule relevant sind wie z.B. Englisch, Französisch, Italienisch und Spanisch.

Grammar Quizzes

www.aitech.ac.jp/~itesli/quizzes/grammar.html

Hier findest du eine Sammlung mit Quizfragen zu unterschiedlichen Bereichen der englischen Grammatik. Allerdings benötigst du bereits Englischkenntnisse, um das Angebot nutzen zu können, da es nur in englischer Sprache existiert.

ISB Aufgabensammlung Mathematik

did.mat.uni-bayreuth.de/smart/

Eine nach Jahrgangsstufen geordnete Sammlung von Mathematikaufgaben bietet diese Site. Die Site wurde vom Staatsinstitut für Schulpädagogik und Bildungsforschung (ISB) in München entwickelt. Du kannst auch selbst Aufgaben beisteuern, diese werden jedoch auf jeden Fall fachkundig überprüft.

Lateinservice

www.lateinservice.de/testforum

Diese Site bietet neben Referaten, Klassenarbeiten und Informationen zur Grammatik ein Testforum zum Fach Latein. Hier kannst du dein Wissen anhand von Multiple-Choice- und anderen Fragen überprüfen.

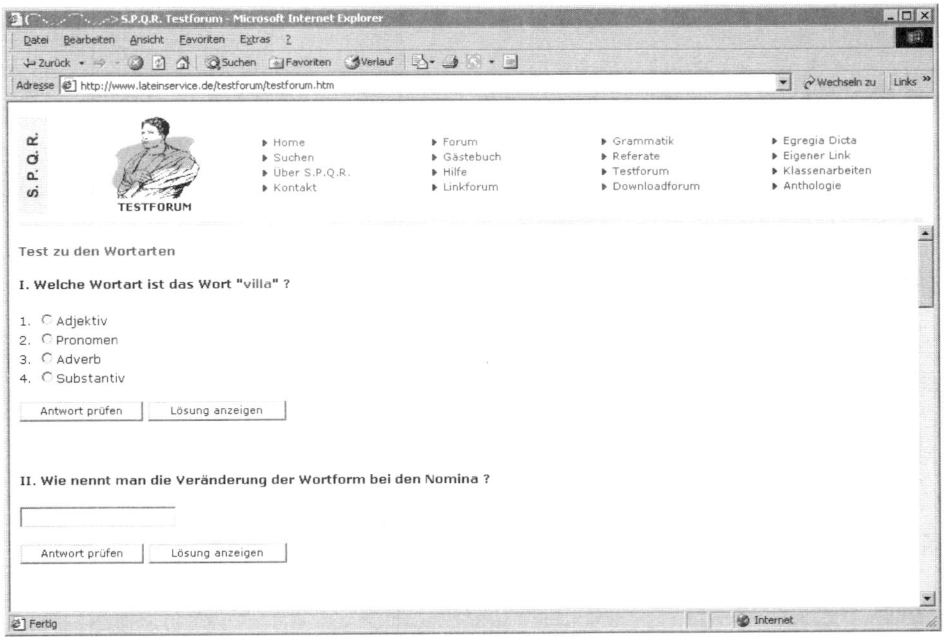

Lern-Treffs der Bezirksregierung Düsseldorf

www.bezreg-duesseldorf.nrw.de/schule

Diese Site ist eine wahre Fundgrube für die Fächer Mathematik, Informatik, Biologie, Chemie, Physik und Italienisch. Du findest hier in erster Linie Abituraufgaben, die nach Grund- und Leistungskurs getrennt sind, aber auch Chats zu den einzelnen Themen und Foren.

Mathekiste

www.mathekiste.de

Diese Site hat sich, wie der Name schon sagt, der Mathematik verschrieben. Unter anderem findest du nach Klassenstufen geordnet Übungsaufgaben zur Mathematik.

Rechtschreibreform

www.wuerzburg.de/rechtschreibreform

Diese Site bietet Übungen, Arbeitsblätter, Diktate und Regeln zur neuen Rechtschreibung.

Tossnet

www.tossnet.de

In dieser Site findest du Abiturhilfen in Form von Aufgaben mit Lösungen sowie sonstigem Informationsmaterial zu den Fächern Mathematik, Chemie,

Geschichte und Deutsch. Zur Benutzung musst du dich registrieren lassen. Der Bezug von Übungsaufgaben ist kostenpflichtig, allerdings ziemlich preisgünstig (z.B. DM 7,50 für ein Mathepaket). Und wenn du regelmäßig Aufgaben beziehst, kannst du den Dienst für DM 10,00 im Monat abonnieren. Dann sind die Aufgaben noch günstiger.

Tutorien und Übungen zur Chemie

`www.chemie.de`

Diese Site bietet eine Linksammlung zu Servern mit Übungsaufgaben und Archiven zur allen Bereichen der Chemie.

ZUM.de

`www.zum.de/schule/faecher`

Hier findest du Lehrpläne und Arbeitsmaterialien zu verschiedenen Fächern für unterschiedliche Schultypen. Das Material ist nach Bundesland und Schultyp, also Grundschule, Realschule und Gymnasium aufgeteilt. Du musst dich folglich etwas durchklicken.

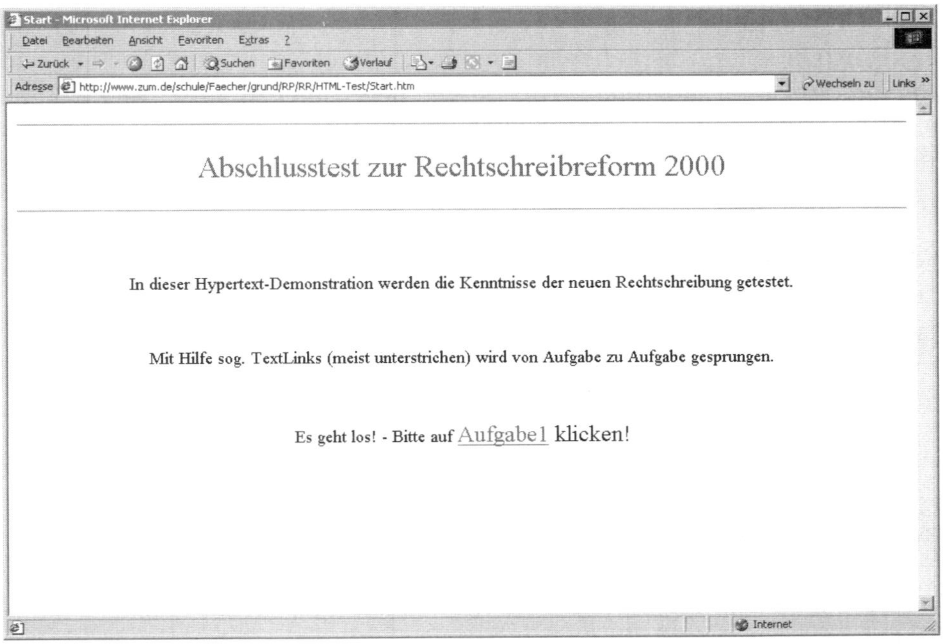

Klicke z.B. auf das gewünschte Fach. In der Folgeseite findest du am oberen Rand Links zu den verschiedenen Schultypen und -stufen, über die du dann zum eigentlichen Material gelangst, wie z.B. auch Übungsaufgaben und Onlinetests. Über den Link in der Spalte ZUM-MATERIAL findest Du Lehrpläne für die verschiedenen Bundesländer, Vorschläge zu Unterrichtsmaterialien und Ähnliches. Schön ist beispielsweise der Onlinetest zur neuen Rechtschreibung (siehe die folgende Abbildung)unter www.zum.de/schule/faecher/grund/RP. Klicke hier auf den Link LERNPROGRAMM RECHTSCHREIBUNG. In dieser Rubrik gibt es noch weitere Lernprogramme, wie z.B. das LERNPROGRAMM DEUTSCH, Quizfragen zu verschiedenen Themen, wie z.B. das Quiz zu den Hauptstädten der Bundesländer. Die Materialien beziehen sich zwar auf die Grundschule, es können aber selbst Erwachsene noch etwas lernen, die in diesem Bereich nicht so genau Bescheid wissen.

Onlinekurse

Im Web findest du Kurse zu allen Schulfächern. Die jeweiligen Adressen findest du im zweiten Teil dieses Buches beim jeweiligen Schulfach. Die Angebote reichen hier von reinen Textangeboten bis zu Angeboten mit aufwändigem Bildmaterial, wie z.B. die Site Wetter, Wolken, Klima. Sehr interessant sind auch die Sites, die neben Informationen zu verschiedenen Themen und Kursen die Möglichkeit bieten, online Versuche durchzuführen, wie z.B. die Site Chemiewelt (www.chemiewelt.de). Ein besonders gelungenes Beispiel für Onlinekurse bietet die Site Online Internet-Kurs (www.www-kurs.de) rund um das Thema Internet inklusive Übungsaufgaben.

Anders als bei Schulbüchern, deren Inhalt von den Kultusministerien der einzelnen Bundesländer abgesegnet werden musste, kannst du dich bei den Informationen im Internet nie darauf verlassen, dass sie zuverlässig sind, d.h. mit dem übereinstimmen, was in der Schule gelehrt wird. Denn ins Internet kann jeder das stellen, was er für richtig hält. Und das muss nicht korrekt sein.

Chats, Foren und Newsgroups

Chats werden von vielen Erwachsenen mit dem Thema »Leute kennen lernen« oder »Onlineflirts« in Verbindung gebracht. Diese Möglichkeit bietet sich natürlich. Es gibt aber auch ganz andere Chats, wie z.B. Hausaufgabenchats oder Chats zu verschiedenen Schulfächern. *Foren* gibt es ebenfalls zu verschiedenen Schulfächern für allgemeine Informationen und Hausaufgabenhilfen. *Newsgroups* bieten dagegen eher allgemein die Möglichkeit, mit Gleichgesinnten zu einem bestimmten Thema in Austausch zu treten.

Chats

Wie du bereits bei den Hausaufgabenhilfen und den Referatservern gesehen hast, gibt es in diesem Zusammenhang zahlreiche Chat-Angebote. Diese reichen vom Hausaufgabenchat, in dem du Erfahrungen zu Schulfächern austauschen und Lösungen zu Problemen mit einzelnen Themengebieten oder Hausaufgaben finden kannst, bis zu allgemeinen Chats, in denen du Leute kennen lernen und über Gott und die Welt quatschen kannst. Diese Chats sind in die Webangebote eingebunden und du benötigst außer deinem Browser keine zusätzliche Software. Beispiele hierfür sind die Angebote von Hausaufgaben.de (`www.hausaufgaben.de`), Learnetix (`www.learnetix.de`), Schulhilfen (`www.schulhilfen.com`), Young.de (`www.young.de`), Dave's ESL Cafe (`www.eslcafe.com`), die Chats in der Site Lern-Treffs der Bezirksregierung Düsseldorf (`www.bezreg-duesseldorf.nrw.de/schule`) und der Chat der Wirtschaftswoche zum Thema Börse (`www.wiwo.de`).

Allgemeinere Chats gibt es im IRC und auch bei AOL und Yahoo.de. Die Chats von AOL sind jedoch Mitgliedern vorbehalten. Die Chats im IRC kannst du kostenlos benutzen.

In den Anfangstagen des Chats konntest du nur im IRC chatten. Und dafür war eine spezielle Software erforderlich. Heute sind viele Chats in Websites integriert. Für diese benötigst du außer deinem Browser keine spezielle Software. Die größte Auswahl an Chats gibt es jedoch noch immer im IRC. Weitere Informationen zum Chat im IRC findest du in Kapitel 7.

Foren und Newsgroups

Eine weitere Möglichkeit, Informationen zu Schul- und anderen Sachthemen zu erhalten, bieten die Newsgroups und Foren. Beide unterscheiden sich dadurch von Chats, dass die Kommunikation nicht in Echtzeit erfolgt. Du kannst also eine Anfrage senden und musst dann darauf warten, bis ein anderer antwortet. Und das kann dauern. Falls dein Thema sonst keinen interessiert, gibt es möglicherweise gar keine Antworten. Foren ähneln also eher »schwarzen Brettern«, auf denen jeder Informationen ablegen kann, die für andere interessant sind, oder Fragen anderer beantworten kann.

Du kannst auch schauen, welche Fragen und Informationen andere auf Lager haben. Und falls du eine Anfrage beantworten kannst, ergibt sich vielleicht ein interessanter Dialog.

Foren haben in den verschiedenen Angeboten die unterschiedlichsten Bezeichnungen, wie z.B. »Messageboard«, »Newsboard« oder »Hausaufgabenboard«. Foren findest du in einigen Sites, die bereits im letzten Abschnitt angegeben wurden. Außerdem gibt es einige Sites zu Schulfächern, wie der Chemie oder Biologie, die Foren anbieten. Adressen findest du im zweiten Teil des Buches.

Um Newsgroups zu benutzen, benötigst Du einen Newsreader wie Outlook Express oder Netscape Messanger. Foren sind dagegen in Websites integriert und du kannst sie mit deinem Browser nutzen. Nachfolgend findest du einige allgemeine Newsgroups zu Schulfächern. Weitere interessante Newsgroups und Foren findest du im zweiten Teil dieses Buches zu den einzelnen Schulfächern.

Fach	Newsgroup
Biologie	news:de.sci.biologie
Chemie	news:de.sci.chemie
Englisch	news:misc.education.language.english
Französisch	news:fr.rec.arts.litterature
Geschichte	news.de.history.geschichte
Mathematik	news:de.sci.mathematik
Physik	news:de.sci.physik

Schulen und Hochschulen im Internet

Das Internet bietet viele Chancen. Und das gilt insbesondere auch für die Informationsmöglichkeiten über Schulen und Hochschulen, d.h. Universitäten und Fachhochschulen. Durch die Initiative »Schulen ans Netz« sind inzwischen viele Schulen online. Dies bedeutet, dass sie eigene Homepages anbieten und Kursangebote, Lehrer, besondere Veranstaltungen und Ähnliches publik machen. Du findest auch Schülerzeitungen online. Die Informationen über Schulen könnten interessant für dich werden, wenn du mit deiner Familie in eine neue Stadt ziehst und ihr euch über die Angebote informieren möchtet oder auch, wenn ihr vor der Entscheidung steht, welche weiterführende Schule die richtige für dich ist. Auch deutsche Schulen im Ausland sind im Internet vertreten, wie z.B. die deutsche Schule in Yokohama, Japan.

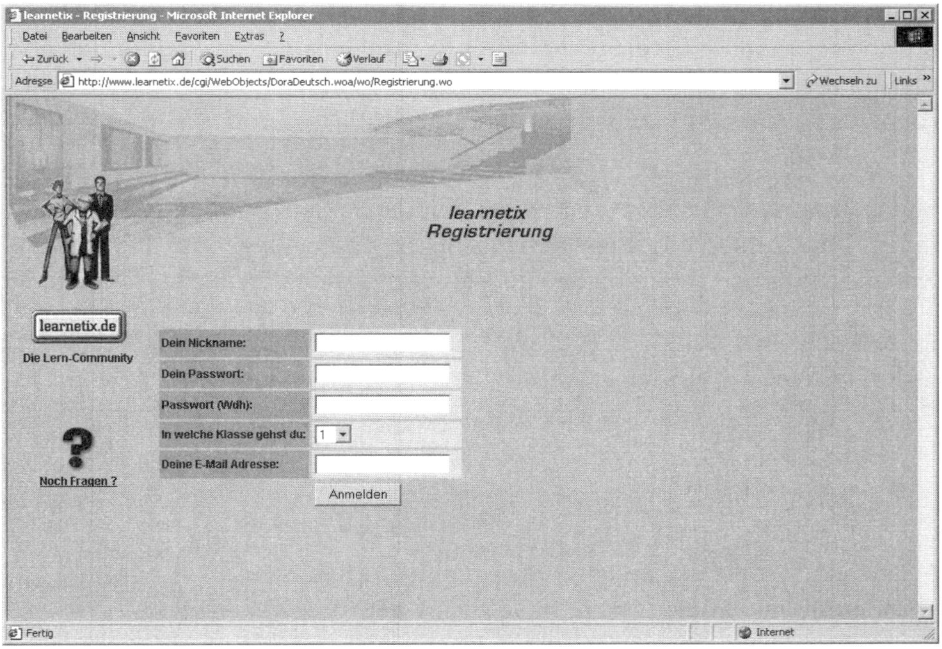

Im Internet gibt es einige Sites und Suchmaschinen, die Übersichten über alle Schulen bieten, die bereits »am Netz« sind. In der Regel handelt es sich um einfache Auflistungen, wobei die Schulnamen mit Hyperlinks unterlegt sind. Ein Mausklick genügt, um das entsprechende Angebot zu öffnen. Die gewünschte Schule kannst du über die Suchfunktion deines Browsers finden. Bei einigen Angeboten (z.B. bei MSN, `www.msn.de`) gibt es eine Unterteilung in Schultypen, wie z.B. Tagesschulen und Internate, um die Übersichtlichkeit zu erhöhen. Der Verein »Schulen ans Netz« (`www.san-ev.de`) bietet eine Suchmaschine, über die du Schulen nicht nur nach dem Namen, sondern auch nach anderen Kriterien, wie z.B. der Stadt oder dem Schultyp, finden kannst.

Was die Hochschulen betrifft, gibt es auch hier inzwischen ausgereifte Angebote. Die meisten Universitäten und Fachhochschulen verfügen heutzutage über eine Website, über die du Informationen zu den angebotenen Studienfächern, statistische Informationen, wie z.B. zur Anzahl der Studierenden, zu besonderen Fachrichtungen und Programmen und zu den Professoren, die die verschiedenen Fächer vertreten, abrufen kannst. Du kannst so beispielsweise feststellen, an welcher Hochschule ein besonders bekannter Professor für das Fach deiner Wahl lehrt. Einige Universitäten bieten in technischen Fächern spezielle Angebote für Frauen, um den Frauenanteil zu heben. So gibt es beispielsweise an der Universität Duisburg ein Modell, bei dem Schülerinnen in den Sommerferien an Universitätsveranstaltungen teilnehmen können, um so ein Interesse für ein technisches Fach zu entwickeln. Andere Universitäten, wie z.B. Bielefeld, bieten spezielle Frauenstudiengänge in technischen Fächern. Solche Informationen findest du natürlich über das Internet besonders einfach.

Sehr interessant für Studienanfänger sind auch Leitsysteme für Studienanfänger und Studierende, die viele Unis bieten, Stellenangebote und Jobs, sowie Informationen zu Stipendien und Förderprogrammen (siehe Abbildung).

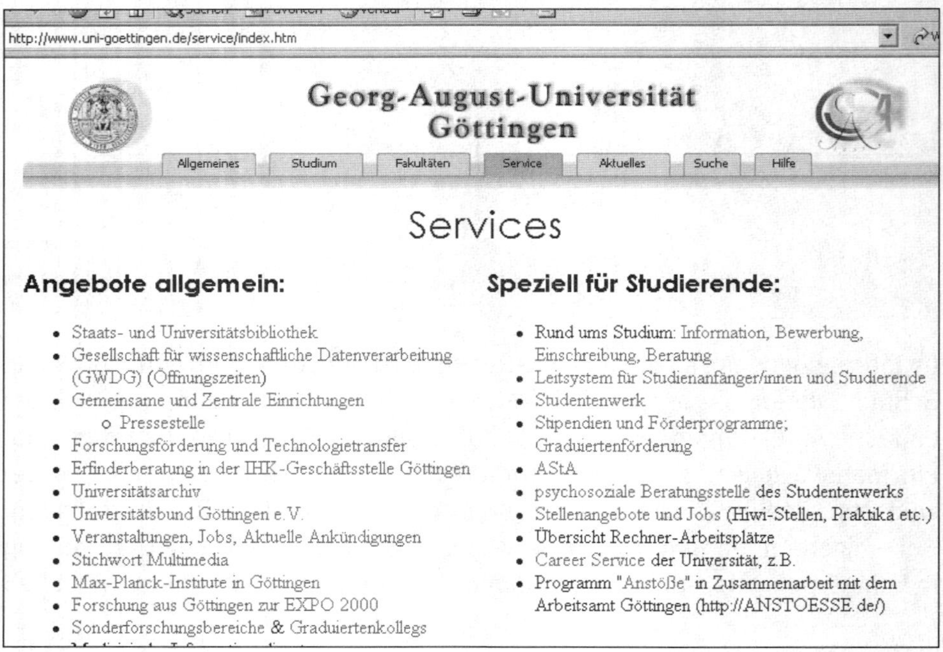

Online-Universitäten

Ein Trend, der Zukunft hat, ist die Online-Universität. Bei Fernuniversitäten, wie z.B. der Fernuniversität Hagen, (www.fernuni-hagen.de), der TU Chemnitz (www.tu-chemnitz.deiuk.tu-chemnitz.de), der Tele-Akademie Fachhochschule Furtwangen (www.tele-ak.fh-furtwangen.de), VIROR – Virtuelle Hochschule Oberrhein (ad.informatik.uni-freiburg.de/viror) oder der Internationalen Tele-Universität Germany (INTUG, www.intug.de), kannst du bereits Kurse online belegen und die Übungsaufgaben über Online-Formulare bearbeiten. Und auch »normale« Universitäten bieten Kurse im Internet an.

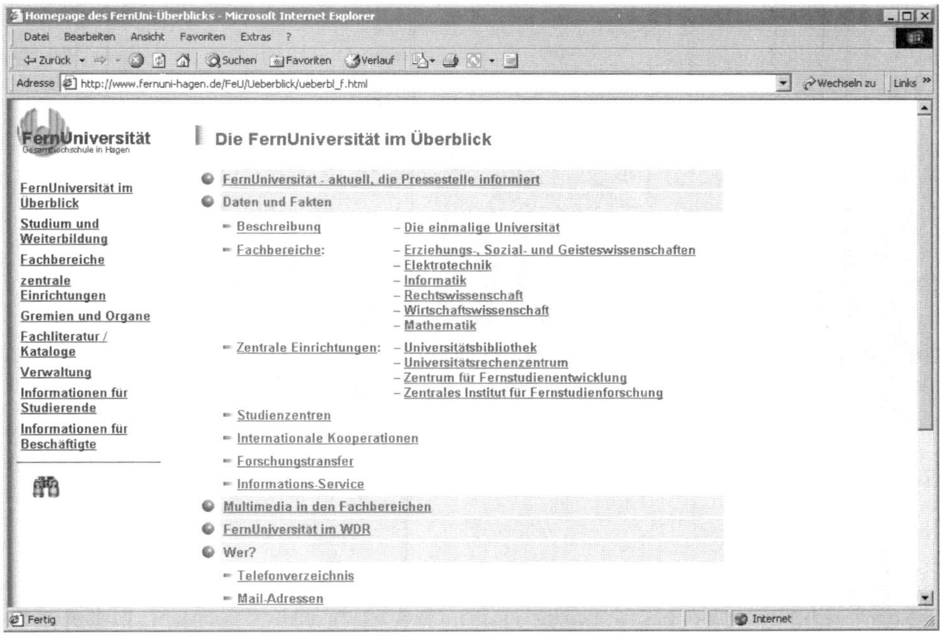

Die Website www.studieren-im-netz.de bietet außerdem eine Suchmaschine, über die du neben allen möglichen Informationen zum Thema »Studieren im Netz« auch herkömmliche Universitäten finden kannst, die Onlinekurse zu einem Themengebiet anbieten. Du gibst dazu einfach das Themengebiet in die Suchmaschine ein und diese spuckt dann alle Hochschulen mit entsprechenden Angeboten aus.

Adressen zum Thema Schule und Studium

Es gibt einige Server mit Linklisten zu den bundesdeutschen und auch ausländischen Hochschulen, die bereits »drin«, d.h. online sind. In diesen Angeboten findest du häufig auch weiterführende Informationen zum Thema Studium, wie z.B. Informationen über MBA-Studiengänge, Hochschul-Rankings, Informationen zu Bafög, Versicherung, Studium im Ausland und den Studienplatztausch. Nachfolgend findest du einige Adressen, die dir beim Einstig ins Studium helfen können.

Schulen im Web

`www.yahoo.de/bildung_und_ausbildung/schulen`

`www.msn.de/computer`

`www.zum.de`

Yahoo und MSN bieten jeweils Linklisten zu Schulen, die bereits im Web vertreten sind. Leider kannst du das Angebot von MSN nicht direkt erreichen, sondern musst dich durchklicken. In der Rubrik BILDUNG & WISSENSCHAFT: SCHULEN findest du Links zu Schulen und Internaten im Internet und weiterführende Informationen zum Thema Schule. Weitere Linklisten zu Schulen findest du bei verschiedenen Suchmaschinen wie Dino (`www.dino-online.de`), AltaVista (`www.altavista.de`) und Web.de (`web.de`).

Schulen ans Netz

`www.san-ev.de`

Die Website des Vereins »Schulen ans Netz«, über den die Förderung von Schulen im Netz und solchen, die es noch werden wollen, erfolgt, bietet eine Suchmaschine für Schulen, die bereits im Netz sind (siehe Abbildung), Informationen über Wettbewerbe und Fördermöglichkeiten und Erfahrungsberichte von Schulen.

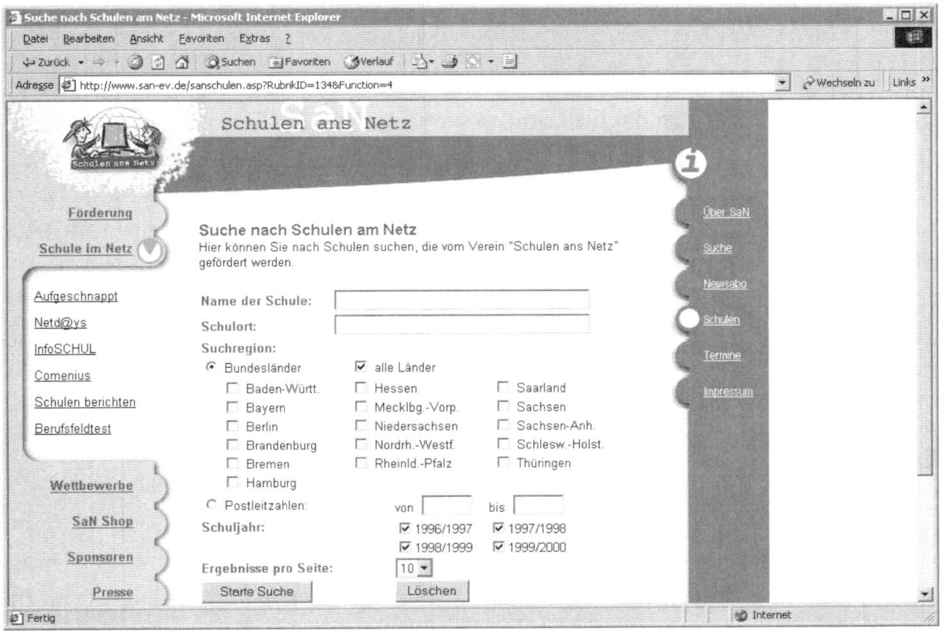

Hochschulen im Netz

www.hochschuldatenbank.de

www.webwise.de/hochschulen.htm

www.student-online.de/hochschulen.shtml

Links zu Hochschulen im Web gibt es in einigen Sites, wie z.B. den genannten. Es werden meistens alle bekannten Hochschulen aufgelistet. Per Mausklick auf einen der Links gelangst du dann zur Homepage der Hochschule und kannst dich über diese informieren. Etwas Besonderes bietet die Hochschuldatenbank (www.hochschuldatenbank.de). Sie arbeitet mit Firmen zusammen, die hier werben können, um ihren Bekanntheitsgrad zu erhöhen und die Interessenten per Mausklick auf ihre Homepage zu ziehen. Außerdem können die Firmen hier nach Praktikanten oder Kandidaten für Diplomarbeiten suchen. Über Hochschulen erhältst du außerdem Zusatzinformationen, wie z.B. welche Hochschulen für bestimmte Fächer momentan »in« sind.

Hochschulkompass

www.hochschulkompass.hrk.de

Interessant ist der Hochschulkompass mit Links zu allen deutschen Hochschulen, zu Kooperationen mit ausländischen Hochschulen, zur Hochschulrektorenkonferenz und Promotionsmöglichkeiten, Studienberatungsstellen, Akademischen Auslandsämtern, Frauenbeauftragten und vielem mehr. Anders als bei anderen Linklisten gelangst du nicht zu den Homepages der einzelnen Hochschulen, sondern du erhältst wichtige Informationen, wie z.B. die genaue Anschrift, die Anzahl der Studierenden, die Einschreibefristen und den Trägertyp.

Evita

www.evita.de

Diese Site, genauer gesagt, die Kategorie BERUFE/SCHULE & STUDIUM, der Deutschen Post AG ist eine wahre Fundgrube. Sie bietet Links zu Studienangeboten, neuen Studiengängen, Auslandsstudiengängen, Infos rund ums Studium, Jobbörsen, Gehaltsübersichten und Ähnliches. Es kann allerdings manchmal etwas dauern, bis du das Gesuchte findest. Sehr interessant sind die Vorstellung einzelner Studiengänge, sowie die Informationen zu neuen Studiengängen.

Allgemeine Informationen zu Hochschulen

www.uni-home.de

www.alma-mater.de

Die Site Uni-Home wird von der Deutschen Telekom betrieben. Neben Informationen zu ISDN und anderen Diensten der Telekom findest du auch viele Informationen zu Hochschulen, wie z.B. zu Hochschul-Rankings, Zeitschriften und Informationsangebote für Studenten.

Die Site Alma-Mater hat sich ebenfalls zum Ziel gesetzt, Informationen zu Hochschulen anzubieten.

Handelsblatt Junge Karriere

www.jungekarriere.com

Diese Site der Zeitung Handelblatt Junge Karriere bietet eine Fülle an Informationen zu Studium und Beruf. Hier erfährst du nicht nur, wie du ein Studium auch ohne Hilfe deiner Eltern finanzieren kannst, sondern es gibt auch Wissenswertes zu Berufen und Unternehmen, Praktikumangebote, eine Diplomarbeitenbörse, eine Bücherbörse und vieles mehr.

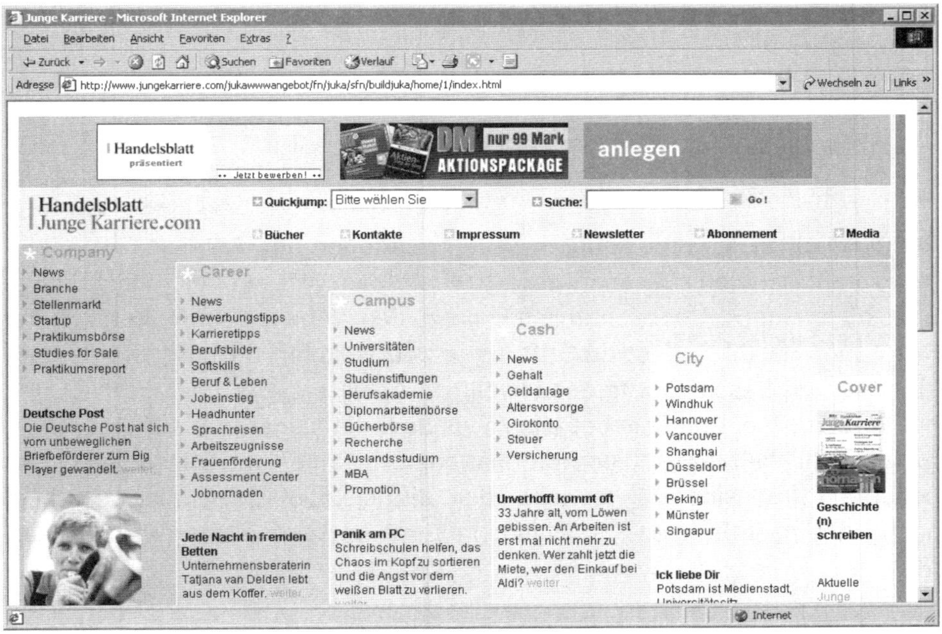

Studienwahl

www.studienwahl.de

Hier findest du wichtige Infos, um dich auf ein Studium vorzubereiten, wie z.B. Informationen zu Bafög und Stiftungen, die ein Studium mit einem Stipendium fördern, Informationen zum Thema Versicherung für Studenten, zum Thema Studium und Wohnen, zum Studium im Ausland und vieles mehr.

Tauschbörse für Studienplätze

www.studienplatztausch.de

In vielen Fächern werden die Studienplätze über die ZVS (Zentrale Vergabestelle für Studienplätze) vergeben. So kann es schon einmal passieren, dass der eine oder andere an einem Studienort landet, der ihm gar nicht zusagt. Da jedoch eine Direktbewerbung an der Wunschuniversität für manche Studienfächer nicht möglich ist, bleibt nur, einen Tauschpartner zu finden, der in dein

Fach und Semester an deiner aktuellen Universität einsteigen möchte. Und diesen kannst du über überregionale Zeitungen wie die FAZ oder die Tauschbörse für Studienplätze im Internet finden.

Stipendien

www.studienwahl.de/fmg.htm

www.focus.de/D/DB/DBA/dba.htm

www.stiftungsindex.de

Während du früher aufwändig nach Informationen und Adressen zu Anbietern von Stipendien suchen musstest, wirst du im Web schnell fündig. Einige Sites bieten hierzu Übersichten mit Links zu den Websites der Anbieter. In der Site Studienwahl findest du Stiftungen von Parteien und des Bundes mit einer kurzen Beschreibung des jeweiligen Anbieters, der Postanschrift und der Webadresse. Das Angebot des Focus bietet in seiner Übersicht zu Förderungsmöglichkeiten zusätzlich Informationen zu Firmen, die Stipendien vergeben. Der Stiftungsindex bietet neben den Stiftungen, die Stipendien vergeben, auch Links zu Stiftungen, die allgemein Kunst und Kultur oder Wissenschaft fördern.

Auslandsaufenthalte

Möchtest du einmal eine fremde Kultur besser kennen lernen oder deine Sprachkenntnisse verbessern? Im Internet kannst du dich bequem über Sprachreisen, Schüleraustauschprogramme, einjährige Auslandsaufenthalte, Au-Pair-Stellen und Ähnliches informieren. Bei kommerziellen Reiseveranstaltern kannst du die Reisen teilweise online buchen. Bei anderen Angeboten, wie z.B. Au-Pair-Stellen kannst du dich bewerben oder nach Angeboten suchen.

Auslandsaufenthalte im Rahmen der Schule

Es gibt zahlreiche Angebote für Sprachreisen im Ausland. Diese reichen von Ferienaufenthalten mit Fremdsprachenunterricht bis zu High School Years in den USA, Canada, Irland, Australien und vielen anderen Ländern. Einige dieser Reisen werden von kommerziellen Veranstaltern angeboten, bei anderen Anbietern handelt es sich dagegen um Organisationen, die von einer Regierung oder Vereinen getragen werden (siehe die Abbildung).

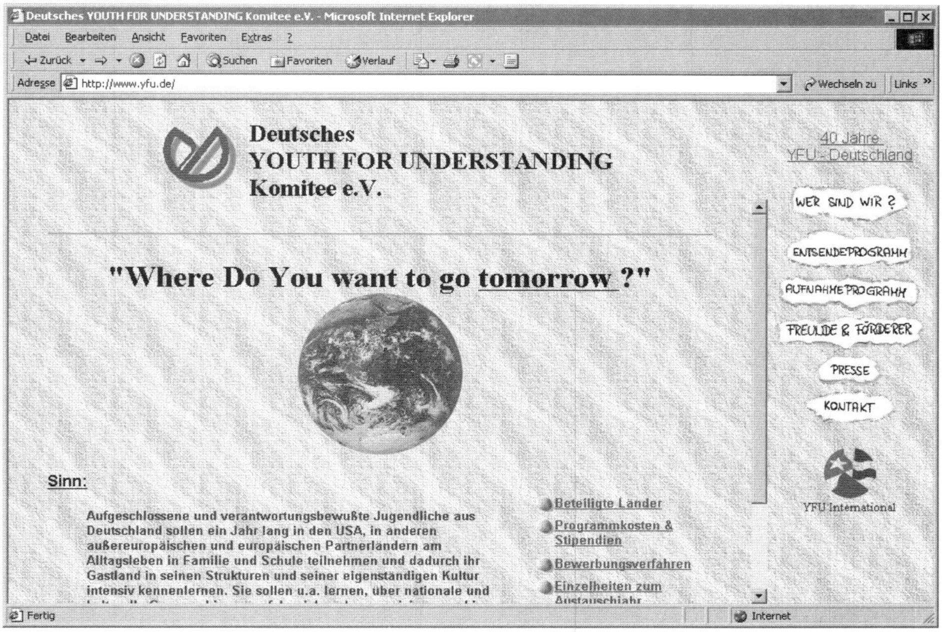

Im Internet kannst du dir einiges ansehen und Preise vergleichen. Außerdem gibt es Sites, in denen du Linksammlungen zu weiterführenden Informationen und Meinungen von ehemaligen Sprachreisenden findest, wie z.B. in der Site `www.us-austausch.de` oder in der Site `www.dpf.de/organisationen.html`. Es ist auf jeden Fall empfehlenswert, sich vorher gründlich über den Veranstalter zu erkundigen und Erfahrungen von »Ehemaligen« zu berücksichtigen. Insbesondere bei längeren Auslandsaufenthalten kannst du dir dadurch manchen Ärger ersparen. Nachfolgend findest du eine nicht kommentierte Adressliste mit einigen kommerziellen und nicht kommerziellen Anbietern.

Adressen für Sprachreisen und Auslandsaufenthalte

Veranstalter	Adresse
AFS (American Field Service)	www.afs.org
AYUSA	www.ayusa.de
Carpe diem	www.carpe.de/juniorline/
Dr. Frank Sprachreisen	www.dfsr.de
Eurovacances	www.eurovacances.de
FEE	www.fee-sprachreisen.de
GIVE	www.language.de/give
GLS	www.gls-sprachreisen.de/
INTO	www.fahrten.de
ISI	www.isi-sprachreisen.de
ISKA	www.iska.de/schueler/schueler.htm
IST	www.language.de/ist
LAL	www.lal.de/schueler
Matthes	wwww.matthes.de
PPP (Parlamentarisches Partnerprogramm)	www.bundestag.de/europa/internat/16129.htm
Sprachmobil	www.sprachmobil.com/Reisen reisen.htm
TEAM	www.language.de/team
YFU (Youth for Understanding)	www.yfu.org

Auslandsaufenthalte im Rahmen des Studiums

www.daad.de

www.netcologne.de/~nc-office

www.aiesec.de

Anders als während der Schulzeit, wo das primäre Interesse beim Auslandsaufenthalt dem Spracherwerb bzw. der Vertiefung der Kenntnisse in einer Fremdsprache dient, geht es bei Auslandsaufenthalten im Rahmen des Studiums meistens darum, Kurse bei einer Koryphäe in einem bestimmten Fachbereich zu belegen, an einer renommierten Einrichtung zu studieren oder bei einem ausländischen Unternehmen, einer Universität oder einer Klinik im Rahmen des Studiums ein Praktikum zu machen. Die drei wichtigsten Organisationen in

Deutschland, die studienbedingte Auslandsaufenthalte fördern, sind der DAAD (Deutscher Akademischer Austauschdienst, www.daad.de), Partnership International (vormals Fulbright-Gesellschaft, www.netcologne.de/~nc-office) und AIESEC (www.aiesec.de). Alle drei Organisationen sind mit Websites im Internet vertreten und bieten Informationen über Austausch- und Förderprogramme. AIESEC ist mit Komitees an zahlreichen deutschen Hochschulen vertreten, bei denen du dich beraten lassen kannst. Informationen zu den Lokalkomitees bietet die Homepage von AIESEC (siehe die folgende Abbildung).

Informationen zu einzelnen ausländischen Hochschulen und zu Kooperationen zwischen deutschen und ausländischen Hochschulen findest du im Hochschulkompass (www.hochschulkompass.hrk.de).

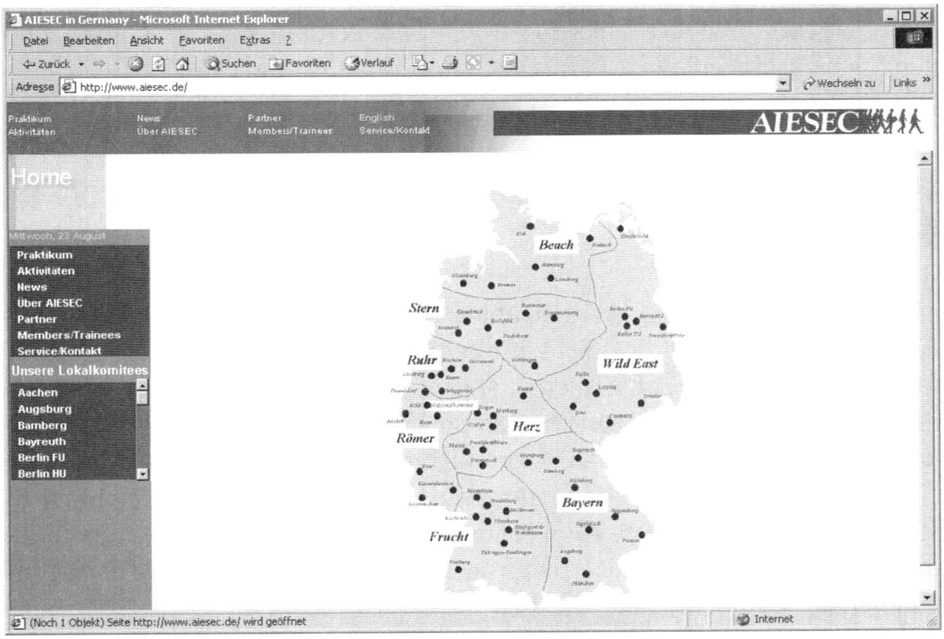

Auslandsaufenthalt als Au-Pair

Sehr beliebt ist der Auslandsaufenthalt als Au-Pair direkt nach der Schule. Als Au-Pair arbeitest du in einer Familie. Meist werden Au-Pairs zur Kinderbetreuung gesucht. Es können aber auch schon mal Hausarbeiten anfallen. An Gastfamilien ist alles möglich. Es ist also nicht gesagt, dass du in einer Villa mit Swimmingpool logierst. Deshalb ist es auch hier empfehlenswert, ausführliche Informationen über die Gastfamilie und eventuell auch Erfahrungen anderer einzuholen. Du solltest allerdings auch selbst eine genaue Vorstellung davon entwickeln, was du dir von einem solchen Aufenthalt versprichst. Sucht eine Familie beispielsweise einen (preisgünstigen) Sprachlehrer für die Kinder in deiner Muttersprache, bist du dazu verdammt, deine Muttersprache zu sprechen und wirst vermutlich eher wenig dazulernen.

Au-Pair-Box

www.au-pair-box.com

Diese Website ist ein Server für Au-Pair-Agenturen. Du hast Zugriff auf das Angebot zahlreicher Agenturen und kannst dich bei diesen bewerben. Und falls ihr zu Hause selbst auf Au-Pair-Suche seid, kannst du hier auch ein Gesuch aufgeben. Weitere Links zu Au-Pair-Stellen gibt es außerdem bei einigen Suchmaschinen, wie z.B. AltaVista (www.altavista.de).

Praktika, Jobs und Ausbildungsplätze für Schüler

Zum Thema Ausbildung, Berufswahl und Jobs ist das Internet eine wahre Fundgrube. Du kannst dich nicht nur bequem über alle möglichen Berufe informieren, sondern erhältst auch Auskunft über die momentan gefragten Bereiche und kannst dich natürlich auch online für eine Ausbildung, ein Praktikum oder einen Job bewerben. Wenn dich bei der Wahl des Berufs in erster Linie das zu erwartende Gehalt interessiert, solltest du eine Gehaltsübersicht studieren. In den Angeboten von Focus und Evita erfährst du außerdem, welche Zusatzleistungen möglich sind, wie z.B. eine Aktienbeteiligung bei Unternehmen der Neuen Medien.

Informationen über Berufe

Einige Server bieten Profile zu Ausbildungsberufen und akademischen Berufen. Du kannst dir also sowohl einen Überblick darüber verschaffen, was alles an Berufen und Studiengängen angeboten wird, erfährst aber auch, was sich hinter manch wohlklingender Berufsbezeichnung verbirgt und was die Ausbildung alles umfasst. Falls du nicht so recht weißt, was dir liegen könnte, kannst du dich auch einem Berufsinteressentest unterziehen.

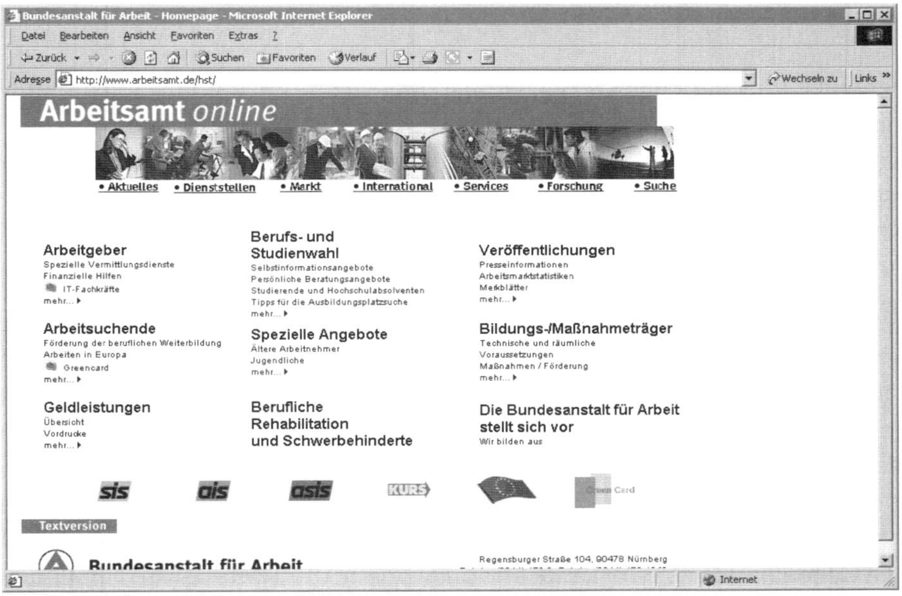

Angebot	Adresse	Stichwort
Berufsinteressentest in München	www.berufsinteressentest.de	Berufsinteressentest, wird allerdings nicht online durchgeführt
Berufswahl	www.berufswahl.de/fmg.htm	Berufsporträts
Bundesanstalt für Arbeit	www.arbeitsamt.de/hst/	Berufsporträts, Ausbildungs- und Arbeitsplätze und viele zusätzliche Informationen und Angebote
Evita	www.evita.de	Berufsporträts, Vorstellung alter und neuer Studiengänge und von Trends
Focus, Bereich BERUF&KARRIERE/ SCHULE&STUDIUM	www.focus.de/	Zahlreiche Infos rund um Beruf, Schule und Studium
Geolino	www.geo.de/geolino	Berufsporträts
Handelsblatt Junge Karriere	www.jungekarriere.com	Berufsporträts
job & future	www.job-future.de/job_port	Berufsporträts
Machs richtig	www.machs-richtig.de	Berufsporträts, Berufssimulation, sonstige Infos

Lehrstellen

Wenn du eine Lehrstelle suchst, kannst du dich natürlich prinzipiell direkt bei dem Unternehmen bewerben, bei dem du die Ausbildung machen möchtest. Das Internet kannst du nutzen, um dich über ein Unternehmen zu informieren. Eigentlich alle Großunternehmen, aber auch viele mittelständische Unternehmen und Handwerksbetriebe sind im Internet vertreten. In der jeweiligen Website findest du auch die Adresse des gewünschten Unternehmens.

Klappt dies nicht oder ist dir kein Unternehmen bekannt, das im gewünschten Bereich ausbildet, hilft dir das Arbeitsamt unter `www.arbeitsamt.de` weiter. Und auch der WDR 2 (Westdeutscher Rundfunk) betreibt mit der WDR-Lehrstellenaktion unter `www.wdr.de/radio/wdr2/aktion` ein interessantes Angebot. Bei letzterem können sich alle melden, die noch eine freie Lehrstelle anzubieten haben. Dies kann telefonisch oder über das Internet geschehen. Entsprechend können sich auch Interessenten melden. Bietet ein Unternehmen oder ein Betrieb eine Lehre im von dir gesuchten Bereich an, wirst du per E-Mail informiert.

Ein spezielles Projekt zur Bekämpfung der Jugendarbeitslosigkeit findest du unter `www.100C00jobs.de`. Hier solltest du unbedingt einmal vorbeischauen, falls du von diesem Problem betroffen bist oder betroffene Jugendliche kennst.

Jobs, Studentenjobs und Praktika

Im Internet gibt es immer mehr Angebote, in denen du online einen Job suchen oder selbst ein Stellengesuch aufgeben kannst. Hier kannst du vom Angebot eines Praktikantenplatzes über die Vermittlung von Studentenjobs bis zur hochkarätigen Vermittlung für Fach- und Führungskräfte alles finden. Nachfolgend sind einige wichtige Adressen aufgelistet:

Angebot	Adresse
Arbeitsamt	`www.arbeitsamt.de`
Jobpilot	`www.jobpilot.de`
Jobware	`www.jobware.de`
Stepstone	`www.stepstone.de`
Studentenvermittlung	`www.studentenvermittlung.de`

Zivildienst

Möchtest du dich darüber informieren, wo du Zivildienst machen kannst und was dich erwartet, hat das Internet einiges zu bieten. Du kannst dich sogar online für eine Zivildienststelle bewerben. Nachfolgend findest du einige interessante Adressen für diesen Bereich.

Angebot	Adresse
ASB (Arbeiter-Samariter-Bund)	www.asb-online.de/zivi/nozivi.htm
Bundesamt für Wehrdienstpflichtige ...	www.zivildienst.de
Diakonie	www.diakonie.de/a2z/zivildienst/vermittlung.htm
DRK	www.drk.de/zivildienst
Hausarbeiten.de	www.hausarbeiten.de
ISB (Individuelle Schwerstbehindertenbetreuung)	www.kvaichach-friedberg.brk.de/stellen/zdl/zdisb.html
KVD	www.dfg-vk.de/zentralstelle-kdv/vertrauensmann5.htm

3 Was bringt das Internet für Alltag und Freizeit?

Das Internet hat nicht nur viel für die Schule zu bieten, sondern erleichtert auch den Alltag und die Freizeitgestaltung. So kannst du dir ganz leicht Zug- und Straßenbahnverbindungen heraussuchen, Wettervorhersagen abfragen, nachsehen, ob du im Lotto gewonnen hast, und vieles mehr. Selbstverständlich sind inzwischen alle nennenswerten Jugendmagazine im Internet vertreten und auch Fernsehsender haben im Internet eine Menge zu bieten. Jede Show hat ihre Site. Und auch Popstars und Sportler unterhalten im Web Fansites. Das Angebot ist einfach überwältigend.

In diesem Kapitel lernst du,

- was die Medien im Internet zu bieten haben
- wie du dich im Internet über Bus- und Bahnverbindungen schlau machst oder eine Mitfahrgelegenheit findest
- wie du dynamische Informationen wie Fußballergebnisse oder Wettervorhersagen abrufst
- wie du Software und Musik aus dem Internet beziehst
- was das Internet zum Thema Spiele zu bieten hat
- wo du Anzeigenmärkte findest, in denen du Gebrauchtes kaufen und verkaufen kannst und wo es etwas umsonst gibt
- wo du Hilfe bei Problemen findest
- wie du dich über Wirtschaft und Politik informierst

Fernsehen im Internet

Die Medien nutzen das Internet inzwischen auf breiter Front. Alle Fernsehsender sind im Internet mit speziellen Kinderangeboten vertreten. Viele Shows haben ihre eigene Website. Ähnliches gilt für Zeitungen und Zeitschriften, wobei es auch spezielle Online-Magazine für Kinder und Jugendliche gibt. Popgruppen findest du im Internet schon lange und auch viele Sportler nutzen das Web als Anlaufstelle für Fans. Seit es so gut wie nichts mehr kostet, eine Domain anzumelden, gibt es für jeden neuen Kinofilm eine gleichnamige Website. Falls du keine Probleme wegen der Telefonkosten bekommst, wird es dir im Internet ganz sicher nicht langweilig werden.

Egal, ob du Fan des Tigerentenclubs bist oder ob Vorabendserien wie Marienhof (`www.ard.de/marie`) zu deinen Favoriten gehören: Im Internet findest du zu allem etwas. Alle Fernsehsender unterhalten Websites mit speziellen Seiten zu den beliebten Serien und Shows. In der Website der ARD (`www.ard.de/Kinder`) sind die Angebote aller zugehörigen Fernsehanstalten, also WDR, MDR, BR, HR, SWR, SR, NDR etc., zusammengefasst (siehe die folgende Abbildung) und du kannst bequem über ein Listenfeld auswählen, zur Homepage des Tigerentenclubs, des Kinderweltspiegels, von Schloss Einstein oder einem anderen Dauerbrenner gelangen. Dort kannst du mehr über deine Lieblingsschauspieler erfahren, kannst an Gewinnspielen teilnehmen, Nachrichten für Kinder lesen, auf der Kinderinsel online spielen, online Radio hören oder dir Anregungen holen, wie z.B. bei der Sendung mit der Maus (`www.wdrmaus.de`) oder beim Kindernetz (`www.kindernetz.de`).

> Ist eine Sendung nicht vertreten, wie z.B. die Lindenstraße, versuche es doch einmal mit der allgemeinen Site der ARD (`www.ard.de`), die sich auch an Erwachsene richtet, oder indem du die Adresse direkt eingibst, wie z.B. `www.lindenstrasse.de`.

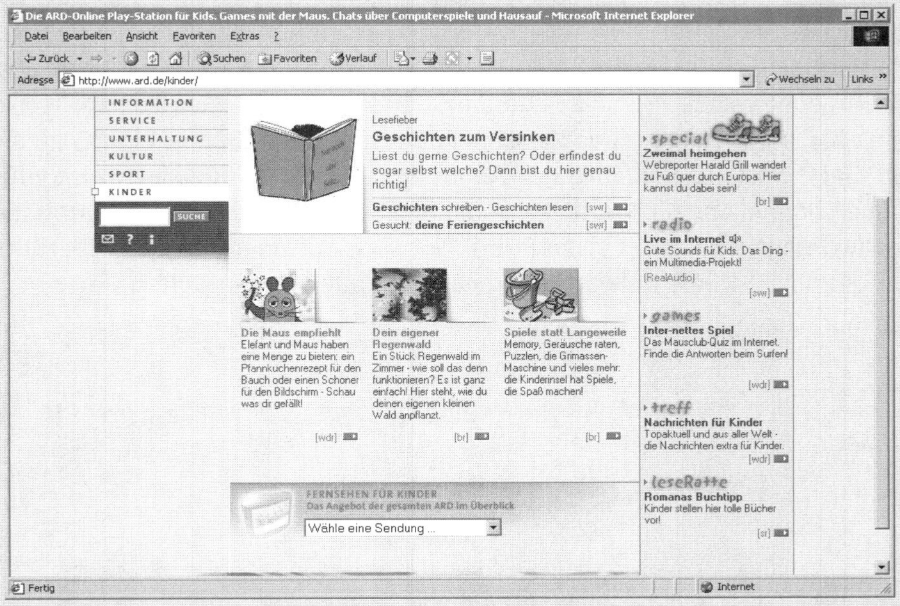

Willst du immer nur eine bestimmte Site nutzen, wie z.B. die des Tigerentenclubs (`www.tigerentenclub.de`) oder des Kinderkanals (`www.kika.de`), kannst du diese natürlich auch direkt anwählen oder diese sogar als Start- bzw. Anfangsseite für deinen Browser einrichten. Mehr hierzu erfährst du im nächsten Kapitel. Die Site `www.ard.de/kinder` bietet in erster Linie Links zu den Angeboten der einzelnen Fernsehanstalten, wie dem Kinderkanal oder dem SWR (Tigerentenclub).

Auch das ZDF lässt sich mit der Site `tivi.zdf.de/tivi` nicht lumpen. Hier findest du ebenfalls Links zu allen Kindersendungen, wie z.B. Löwenzahn, Siebenstein oder Tabaluga Tivi, in denen es natürlich Gewinnspiele, sonstige Spiele, Tipps und Tricks zur Freizeitgestaltung, Kindernachrichten und vieles mehr gibt.

An Kinder bis 12 richtet sich auch das Angebot von Super RTL (`www.superrtl.de`). Hier findest du Spiele, Informationen zu den Sendungen und Links zu anderen Sites, wie z.B. von Disney (`www.disneychannel.de`, `www.disney.de`). Im Gegensatz zu den Sites der öffentlich-rechtlichen Fernsehsender gibt es hier allerdings Werbung ohne Ende.

An Jugendliche richten sich die Angebote von RTL (`www.rtl.de`), RTL II (`www.rtl2.de`), Kabel 1 (`www.kabel1.de`) und Pro 7 (`www.pro7.de`). Die Site von RTL ist allgemeiner gehalten und du findest Links zu den Charts, dem

Wetter, Sport und natürlich zu allen Sendungen und Serien, wie z.B. Gute Zeiten, Schlechte Zeiten (`www.rtl.de/gzsz`). RTL II konzentriert sich dagegen eher auf die Erfolgsserien Bravo TV und Big Brother. Natürlich gibt es auch ein Angebot von Dr. Sommer und die Charts, unterteilt nach Top 10, Top 20 und Chartbreaker. Pro 7 und Kabel 1 haben zum Thema Games einiges zu bieten. Bei Pro 7 (siehe die folgende Abbildung) findest du beispielsweise einen Game Channel und die Rubrik MUSIC mit allen möglichen Links und Informationen, wohingegen Kabel 1 in der Rubrik SPIELWIESE mit einer Übersicht über Lernspiele und CD-ROMs aufwartet und natürlich auch Online-Spiele bietet.

Natürlich kannst du auch online das Fernsehprogramm abrufen. Jeder Sender bietet eine Übersicht über sein Programm und natürlich sind auch Programmzeitschriften wie TV Spielfilm (`www.tvspielfilm.de`) im Internet vertreten. In den Sites der Fernsehsender findest du außerdem häufig Kinotipps.

Radio im Internet

Bist du ein Radiofan, solltest du unbedingt die Site deines Lieblingssenders besuchen. Hier gibt es nicht nur Informationen zu den Charts und Popstars, sondern auch Hilfen für den Berufseinstieg, wie z.B. die Lehrstellenaktion des WDR 2. Bei der Vielzahl an Radiosendern wäre es natürlich etwas unsinnig, hier alle Adressen aufzuzählen. Zumal es im Internet die Radioberatung (`www.radioberatung.de/`radios.htm) gibt (siehe die folgende Abbildung). Klickst du auf das gewünschte Bundesland in der Landkarte oder den Link in der Liste der Bundesländer, werden alle verfügbaren Sites der Radiosender aufgelistet, und du kannst auf den Link zu deinem Lieblingssender klicken.

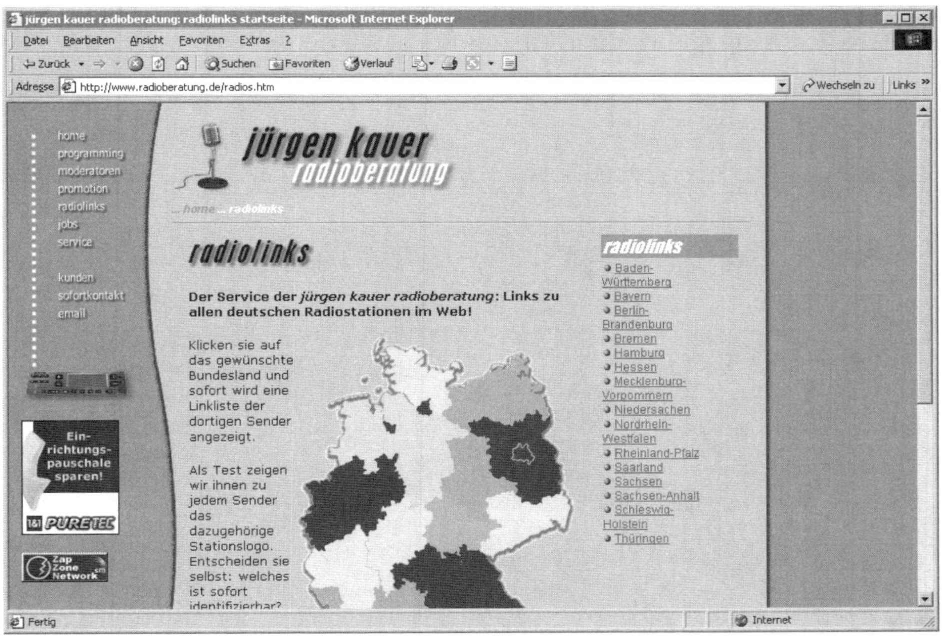

Wenn du deinen Lieblingssender gefunden hast, solltest du dafür einen *Favoriten* (IE) bzw. ein *Lesezeichen* (Navigator) einrichten oder die Site sogar zur Start- bzw. Anfangsseite machen. Mehr hierzu erfährst du im nächsten Kapitel.

Magazine und Nachrichten im Internet

Wie die Fernsehsender sind auch die großen, überregionalen Zeitungen (und natürlich auch kleinere) im Internet vertreten, wie z.B. die FAZ (`www.faz.de`), die Süddeutsche Zeitung (`www.sueddeutsche.de`), die Zeit (`www.zeit.de`), der Stern (`www.stern.de`), der Focus (`www.focus.de`), der Spiegel (`www.spiegel.de`) oder BILD (`www.bild.de`). Für Kinder und Jugendliche gibt es aber passendere Angebote, wie z.B. das Online-Magazin Sowieso (`www.sowieso.de`, siehe Abbildung), das Trendmagazin (`www.trendmagazin.de`), das Jugendmagazin dot.ter (`dotter.wtal.de/HOME.htm`), das Magazin Geolino (`www.geo.de/geolino`) oder die Zeitschrift Amica (`www.amica.de`). Weitere Adressen findest du in Kapitel 15.

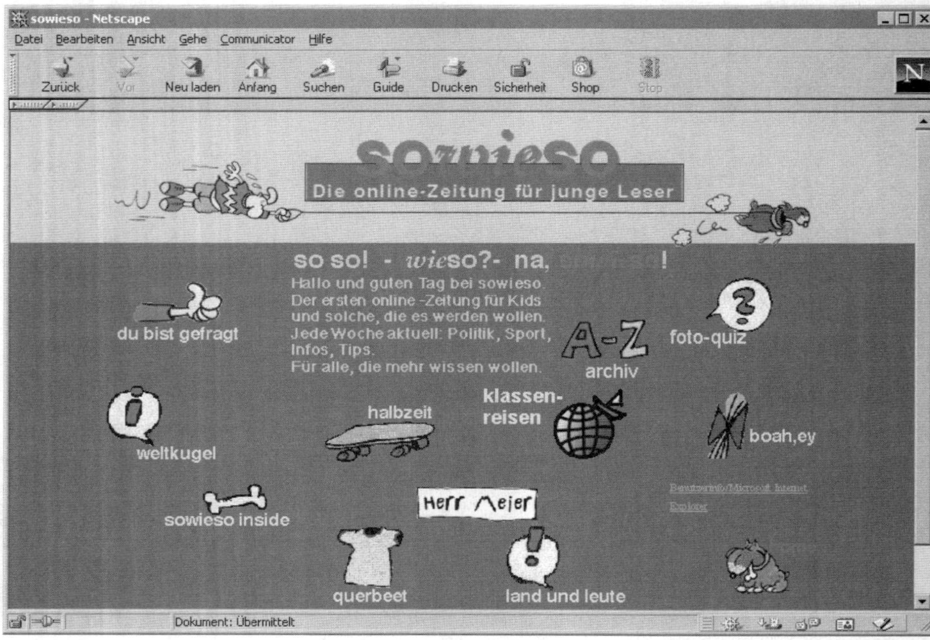

Spezielle Nachrichten für Kinder findest du beim Kinderweltspiegel (`www.kinderweltspiegel.de`) und auch bei vielen Online-Zeitungen für Kinder und Jugendliche. Wenn du jedoch einen Blick auf die Welt der Nachrichten werfen möchtest, die als Material für Tageszeitungen, Fernseh- und Rundfunknachrichten und Nachrichten aus Deutschland in ausländischen Medien dienen, lohnt sich ein Besuch bei den Presseagenturen Reuters (`www.reuters.de`) und dpa (Deutsche Presseagentur, `www.dpa.de`).

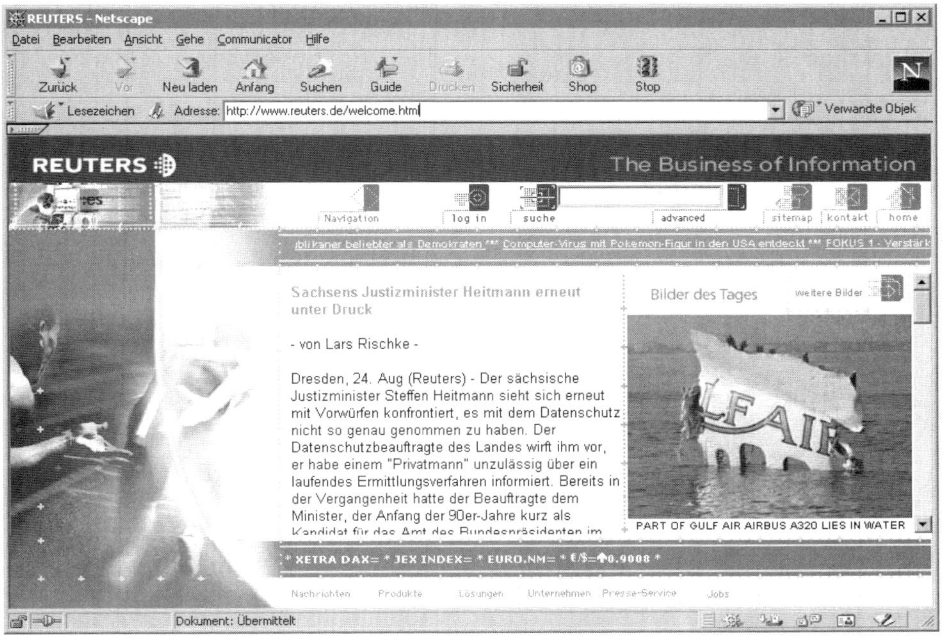

Links zu Schülerzeitungen im Web findest du bei den bekannten Suchmaschinen Web.de (`web.de`), Dino (`www.dino-online.de`), in dem du den Suchbegriff »Schülerzeitung« eingibst oder zur entsprechenden Kategorie wechselst. auch die Site von ZUM (`www.zum.de`) bietet Links zu Schülerzeitungen.

Kino

Zum Thema Kino gibt es zahlreiche Websites, in denen du dich über aktuelle Kinofilme informieren kannst, mehr über Schauspieler und die Hintergründe von Filmen oder Vorschauen zu amerikanischen Filmen, die zum Teil in deutsche Kinos kommen werden, wie z.B. bei Movie.de (`www.movie.de`), Kino.de (www.kino.de) Film.de (www.film.de), Kinonews (www.kinonews.de), Deutsche Filmverleihe (www.kinoweb.de) und CyberKino (www.dem.de/entertainment/kino).

Informationen über die amerikanischen Originale und alles, was es nicht auf den deutschen Markt geschafft hat, findest du bei Movies.com (www.movies.com) und IMDB (www.imdb.com). Außerdem gibt es für viele Kinofilme eigene Websites. Die Adressen findest du auf Plakaten an Litfasssäulen. Eine Liste mit Adressen findest du in Kapitel 15.

Fanseiten von Stars

Endlich bietet sich die Gelegenheit, deinen Star so richtig kennen zu lernen! Fanseiten gibt es allerdings nicht nur von Popstars wie Britney Spears (www.britney-spears.com), in der du sogar Videos von Britney abspielen lassen kannst (siehe Abbildung), sondern auch von Sportstars wie Schumi (www.michael-schumacher.de), Mika Häkkinen (www.mika-hakkinen.de) oder Franzi (Franziska von Almsick, www.franzi.de). Links zu diesen Sites findest du in den Angeboten vieler Fernsehsender, wie RTL und RTL II und von Zeitschriften, wie z.B. Focus.

Die Webadresse von Popstars findest du auf den Musik-CDs, in der Fernsehwerbung, in den Untertiteln von Videoclips und auf Werbeplakaten.

Kontakte knüpfen

Über Angebote wie Young.de kannst du als Mitglied andere Mitglieder finden, die in deiner Stadt wohnen. Suchst du einfach nur jemanden zu Plaudern, eignet sich ein Besuch in einem der zahlreichen Chaträume, die es inzwischen gibt, wie z.B. dem der Site Jugendliche.de (chat.jugendliche.de), dem Chat eines Online-Dienstes wie Yahoo oder AOL oder dem eines Fernsehsenders. An Auswahl mangelt es nicht.

Und was es zwar schon lange gibt, gibt es nun aber auch im Internet: die Vermittlung von Brieffreunden in fernen Ländern, wie z.B. bei Keypals (www.hi.vom.au/keypalslist.asp) oder ePALs.com (www.epals.com). Während die Brieffreundschaften vor 30 Jahren wegen der langen Briefbeförderungszeiten schnell erlahmen mussten, ist es mit E-Mail und Chat heutzutage weniger problematisch, Kontakte zu halten.

Lokale Freizeitangebote

Suchst du lokale Angebote, wie z.B. Veranstaltungen oder Einrichtungen in deiner Stadt, hat die Website deiner Stadt eine Menge zu bieten (siehe Abbildung). Diese findest du entweder über Suchmaschinen wie Web.de oder AltaVista (www.altavista.de) oder aber, indem du eine Adresse nach dem Muster www.MeineStadt.de eingibst, wie z.B. www.duesseldorf.de, www.stuttgart.de, www.amberg.de.

In den meisten Städtesites gibt es einen Bereich für Touristen, den du über einen Link wie TOURIST CENTER, TOURISMUS, FREMDENVERKEHR oder Ähnliches erreichst. Hier findest du in der Regel neben Informationen über Unterkünfte auch Verkehrsinformationen, wie z.B. Links zum lokalen Verkehrsverbund mit Straßen- und Busfahrplan sowie zur Deutschen Bahn und eventuell auch Flughäfen. Im Touristikbereich findest du häufig auch einen Veranstaltungskalender. Der Veranstaltungskalender wird meist aber separat oder in der Rubrik KULTUR & FREIZEIT angeboten.

Adressen von Anbietern verschiedener Dinge, wie z.B. Ballettunterricht oder Reiten findest du teilweise über Links in den Städtesites, über Suchmaschinen wie AltaVista oder über ein Online-Telefonbuch wie `www.teleauskunft.de`.

Einige Sites bieten auch spezielle Seiten für Kinder, wie z.B. die Stadt Berlin mit einem »Kinderstadtplan«, denen du wichtige Einrichtungen für Kinder oder auch Veranstaltungen wie das Kinderferienprogramm oder spezielle Veranstaltungen von Oper, Theater, Museen und Sonstigem entnehmen kannst. Klickst du auf einen der Links in der Liste, gelangst du zum Veranstalter, bei dem du das weitere Programm einsehen oder Karten online bestellen kannst. In den Städteinformationen findest du häufig auch Links zu Vereinen.

Falls du den Weg nicht kennst und keinen Stadtplan verfügbar hast, hilft das Internet ebenfalls weiter. Viele Städte bieten Stadtpläne online an, die du über einen Link wie STADTPLAN erreichst und in denen du nach Straßen suchen kannst, die dann entsprechend eingeblendet werden. Ansonsten gibt es die Website `www.stadtplan.de` (siehe Abbildung), in der du den gewünschten Stadtplan auswählen und nach der Straße suchen kannst. Bei AltaVista gibt es außerdem die Rubrik ALTAVISTA UNTERWEGS mit Zugriff auf Stadtpläne, einen Routenplaner, eine Mitfahrzentrale, ADAC-Verkehrsinfos und anderes.

Freizeitparks und -bäder

Suchst du nach einem bestimmten Spaßbad oder einem Freizeitpark, sind das Infosystem Freizeitparks (www.freizeitparks.de) und die European Waterpark Association (www.freizeitbad.de) die richtige Anlaufstelle für dich. Hier findest du Links und Informationen zu den entsprechenden Angeboten sowie Informationen über Preise, Öffnungszeiten und die Anfahrt. Kennst du den Namen des Freizeitparks oder eines Bads bereits, nicht aber die Webadresse, kannst du den Namen auch in eine Suchmaschine wie AltaVista, Web.de oder Yahoo eingeben. Mehr hierzu erfährst du in Kapitel 5.

Sport

Nicht nur Sport- und Popstars unterhalten Websites, sondern auch Sportorganisationen wie der Deutsche Sportbund (www.dsb.de), seiner Jugendorganisation (www.dsj.de), der Deutsche Fußballbund (www.dfb.de), die FIFA (www.fifa.com), der Deutsche Tennisbund (www.dtb-tennis.de) und der Deutsche Inline-Skate-Verband (www.d-i-v.de). Außerdem gibt es eigene Websites für zahlreiche Sportereignisse, wie z.B. Wimbledon (www.wimbledon.org) oder die Bundesliga (www.bundesliga.de), Websites von Sportzeitschriften wie dem Kicker (www.kicker.de), der Sportbild (www.sportbild.de), Fit for Fun (www.fitforfun.de) und Sat.1 ran (ww.ran.de). Und natürlich gibt es auch Sites von lokalen Sportvereinen, denen du Angebote, Veranstaltungen und Termine entnehmen kannst. Links zu diesen Sites findest du bei Suchmaschinen wie Yahoo oder Web.de in der Rubrik Sport. Über aktuelle Sportereignisse findest du Informationen in der Sparte Sport der Websites von Fernsehsendern wie RTL und Pro 7, dem Focus, der BILD-Zeitung und Ähnlichen.

Zum Thema Sport gibt es natürlich auch *Portale* wie www.sport.de oder www.sportgate.de mit Sportnachrichten und Kontaktadressen zu Vereinen, Verbänden, Regeln, Informationen über Sportarten, Gewinnspielen, Umfragen, die Tennisweltrangliste und vielem mehr (siehe Abbildung).

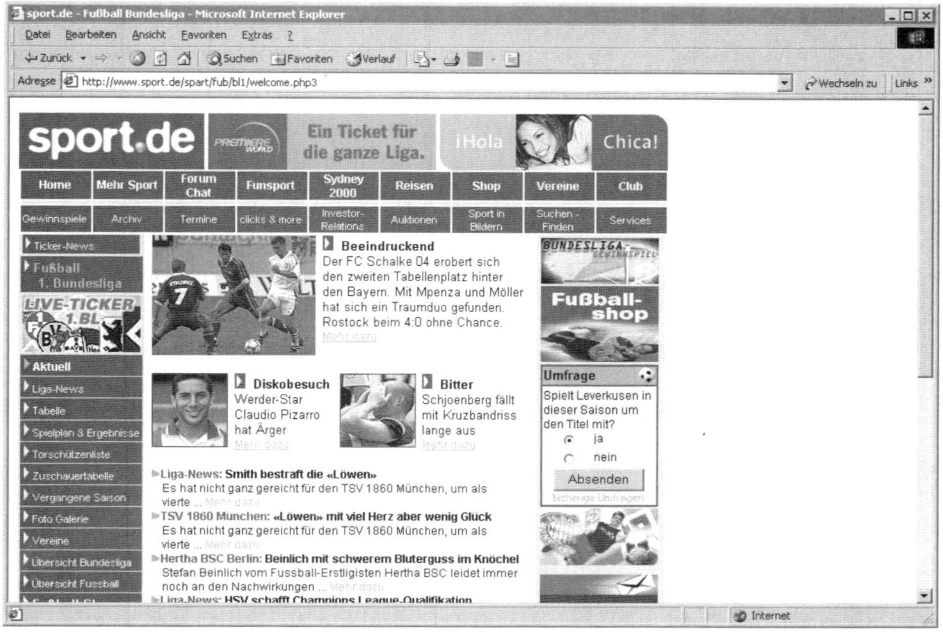

Ein Portal ist eine Website, die Links zu interessanten Informationen und Websites beinhaltet und somit einen guten Ausgangspunkt für das Surfen im Internet darstellt.

Eine Liste mit Webadressen von Sportorganisationen und -vereinen findest du in Kapitel 15.

Musik

Zum Thema Musik wird im Internet so gut wie alles geboten. Du findest Sites, von denen du Musikstücke herunterladen kannst, Sites zu verschiedenen Musikrichtungen und Popgruppen sowie Sites für klassische Musik oder sogar zur Harmonielehre und zur Musiktheorie für klassische Musik. Und natürlich die Charts. Außerdem gibt es einige Musikmagazine für unterschiedliche Musikrichtungen wie Jazz, Techno oder klassische Musik und Musiklexika mit Fachbegriffen der jeweiligen Richtung.

Klassik

Für die klassische Musik bietet das Internet einiges – insbesondere aus Österreich. Die Site AEIOU Musikgeschichte (`www.aeiou.at/aeiou.music`) bietet beispielsweise Informationen zu den einzelnen Epochen der Musikgeschichte, zu Instrumenten, Komponisten und Gattungen und Stilen der Musik. Ähnliches findest du auch in der Site Musikkunde (`www.musik-steiermark.at/musikkunde/Musikkunde.htm`). Und falls du etwas über Musiklehre bzw. Harmonielehre erfahren möchtest, bist du bei der Site Allgemeine Musiklehre (`www.musica.at/musiklehre`) an der richtigen Adresse. Weitere Adressen findest du über die großen Suchmaschinen und Webkataloge.

Die Site Klassik Online (`www.klassik.com`, siehe Abbildung) ist dagegen auf das aktuelle Musikleben mit Verkauf und Vermarktung von Musikalien ausgerichtet. Du findest hier Links zu Veranstaltungen, Musikzeitschriften, CD-Neuerscheinungen, zum TV-Programm zur klassischen Musik und vieles mehr.

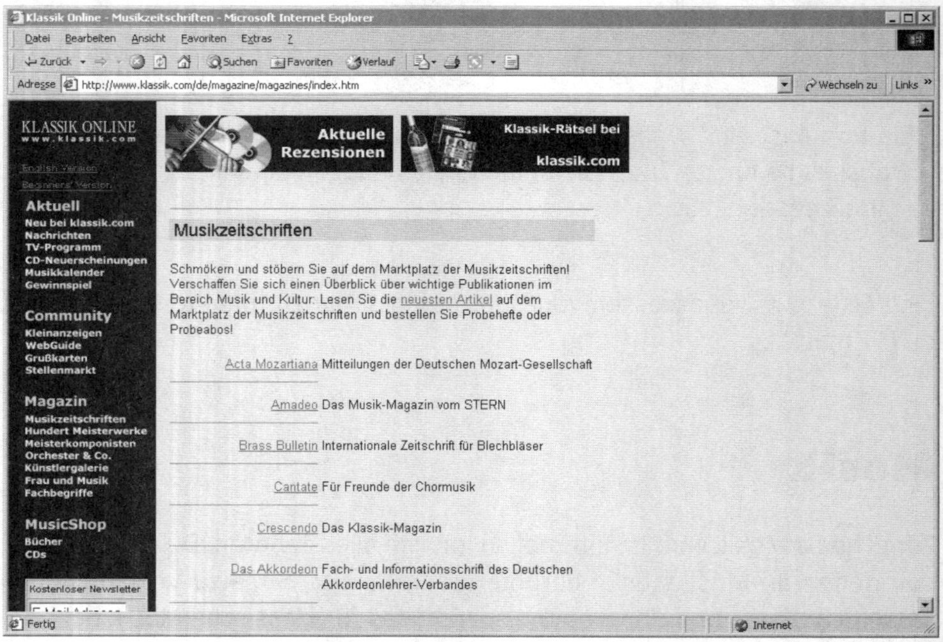

Pop, Rock, Techno und Jazz

Ein Muss für Rockfans ist die virtuelle Rock and Roll Hall Of Fame (`www.rockhall.com`) mit Informationen zu allen Legenden der Rockmusik. Die echte Hall of Fame befindet sich übrigens in Cleveland, Ohio, in den USA.

Interessant für Pop, Rock, Techno und Jazz sind allgemeine Sites mit allen möglichen Informationen wie `www.musichits.de`, `www.musikland.de`, `www.musik-netz.de`, `www.jazzpages.com`, `www.techno.de` sowie der Musikkanal LAUT (`www.laut.de`). Es gibt außerdem zahlreiche Musikmagazine im Internet, wie z.B. das amerikanische Magazin RollingStone (`www.rollingstone.com`) oder die Jazz-Zeitung (`www.bayernjazz.de/jazz.html`), die über Künstler, Veranstaltungen und Trends berichten.

Wie bereits erwähnt, bieten die Sites von RTL, RTL II und Pro 7 sowie dem Focus Informationen über Musik und Linksammlungen, und auch Suchmaschinen wie Yahoo und Dino-Online haben einiges anzubieten. Und schließlich gibt es da noch die Websites der Musiksender MTV (`www.mtvhome.de` oder `www.mtv.com`) und VIVA (`www.viva-tv.de`) mit Veranstaltungskalendern, Informationen und Links zu Popstars, Musik zum Anhören, Videoclips und vielem mehr.

MP3

MP3 ist keine eigene Musikrichtung, sondern ein Dateiformat zur Komprimierung von Sounddateien. Sounddateien lassen sich damit über das Internet herunterladen und auch direkt abspielen – sofern das passende Abspielgerät bzw. die Abspielsoftware vorhanden ist. Es gibt Server mit MP3-Dateien, wie z.B. IUMA (`www.iuma.com`) und UBL (`www.ubl.com`) und auch Suchmaschinen wie die Site mp3lieder.de (`www.mp3lieder.de`), die die MP3-Suchmaschine von Dino-Online nutzt (`www.dino-online.de`). Bei MP3-Lieder findest du außerdem umfangreiche Informationen zur Rechtslage beim Download und der Nutzung von MP3-Dateien.

Die kommerzielle Nutzung von Musik, deren Urheber einen Wahrnehmungsvertrag mit der GEMA geschlossen haben und ihre Musik kommerziell vertreiben, ist gebührenpflichtig. Dies gilt auch für die Nutzung von Musik zur Beschallung von Supermärkten und Kneipen und natürlich auch für die Nutzung von Musik auf Websites. Ohne Bezahlung von Lizenzgebühren an die GEMA darfst du nicht einfach Musikstücke von deiner Lieblings-CD als Hintergrundmusik für deine Website benutzen oder gar zum Herunterladen ins Netz stellen. Die Bezahlung der Lizenzgebühren wird von der GEMA (Gesellschaft für musikalische Aufführungs- und mechanische Vervielfältigungsrechte) überwacht. Lizenzgebühren fallen nicht nur für die Musik selbst, sondern auch für die Abspielgeräte an. Das heißt, Hersteller von Abspielgeräten müssen ebenfalls an die GEMA bezahlen. Das ganze Geld, das hierbei zusammenkommt, wird dann an die Künstler und Tonträgerhersteller ausgeschüttet. Vermarktungsrechte für Musik, die noch nicht über eine Plattenfirma vertrieben wird, müssen ebenfalls bei der GEMA erworben werden.

Planung von Fahrten mit öffentlichen Verkehrsmitteln

Die Deutsche Bahn AG (`bahn.hafas.de`) war bereits in den »grauen Tagen« des BTX online und unterhält ein ausgereiftes Webangebot (siehe Abbildung). In diesem kannst du bequem Zugverbindungen raussuchen und auch online kaufen.

➔ Du gibt einfach im Feld VON einen Start- und im Feld NACH einen Zielort ein. Falls du in einem bestimmten Ort einen Zwischenstopp machen möchtest oder über einen bestimmten Ort fahren möchtest, kannst du diesen ins Feld ÜBER eingeben.

➔ Gib als Nächstes das gewünschte Reisedatum ins Feld DATUM und die Uhrzeit ins Feld UHRZEIT ein.

➔ Wähle dann, ob es sich bei der Uhrzeit um die Abfahrts- oder Ankunftszeit handelt, indem du auf die entsprechende Option klickst.

Beachte bei der Wahl des Reisedatums den Zeitraum, in dem der Fahrplan gültig ist. Dieser wird am oberen Seitenrand angezeigt. Gibst du ein Datum an, das außerhalb dieses Zeitraums liegt, kann die Suche nicht durchgeführt werden.

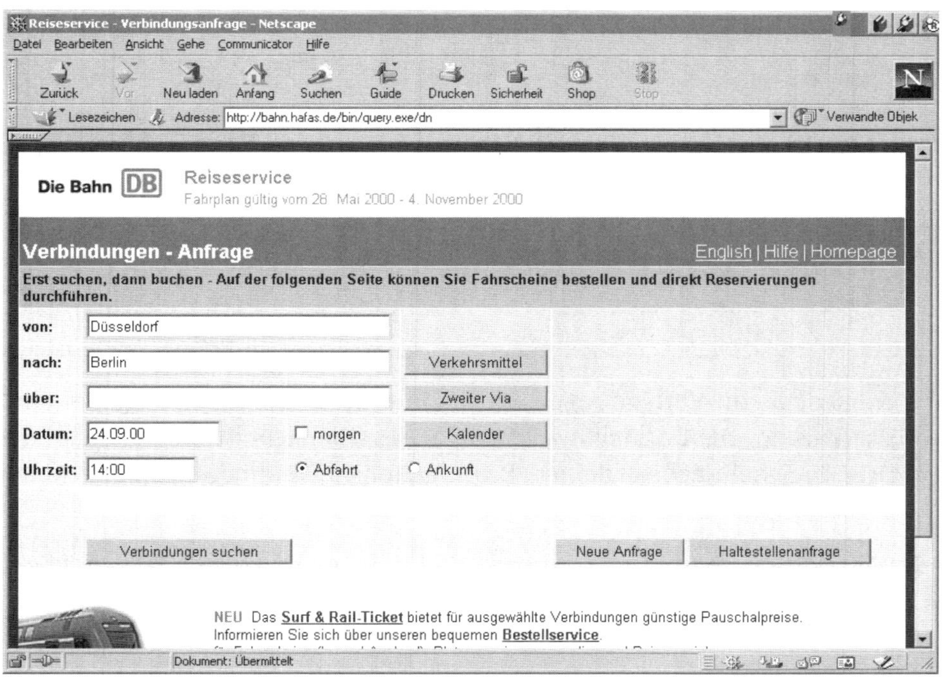

➔ Klicke nun auf die Schaltfläche VERBINDUNGEN SUCHEN. Die gefundenen Verbindungen werden aufgelistet und du kannst dir eine passende aussuchen. Für jede Verbindung wird angegeben, wann du abfährst und ankommst, wie häufig du umsteigen musst, wie lange die Fahrt erwartungsgemäß dauern wird, um welchen Zugtyp es sich handelt (in der Spalte PRODUKTE) und was du als Erwachsener ohne BahnCard 2. Klasse dafür bezahlen musst. Kinder bezahlen bei der Bahn ohne BahnCard die Hälfte des Erwachsenenpreises.

➔ Über die Schaltfläche INDIVIDUALPREIS kannst du die Angaben an deine Situation anpassen, d.h. angeben, dass du ein Kind bist und eventuell auch, dass du eine BahnCard besitzt. Die Preisangabe wird dann automatisch angepasst.

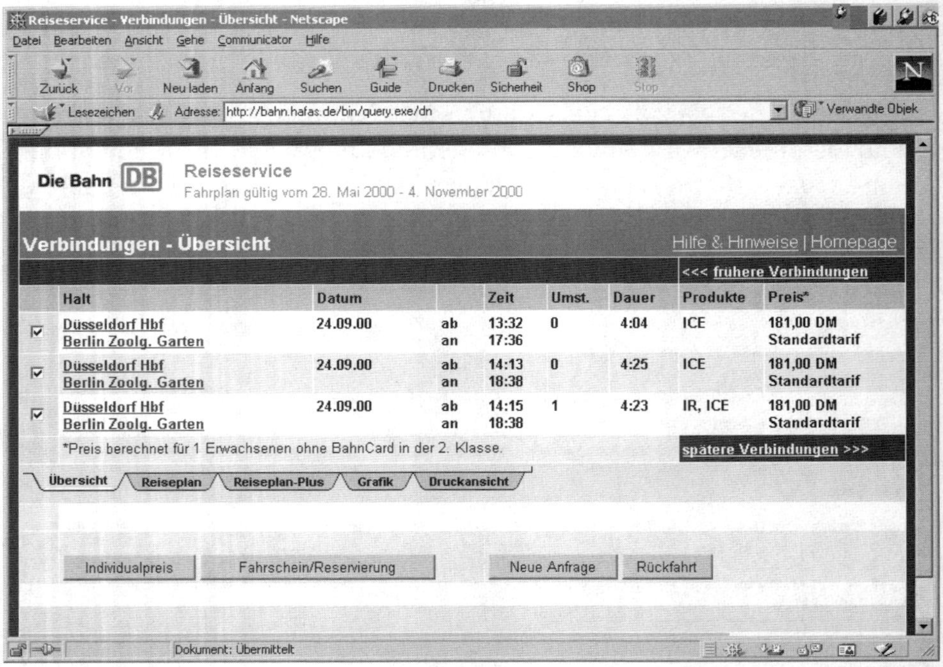

➔ Willst du dir die Verbindungen nur ausdrucken, klicke auf die Registerkarte DRUCKANSICHT. Die Darstellung ist nun etwas übersichtlicher. Klicke auf die DRUCKEN-Schaltfläche in deinem Browser, um die Verbindungsübersicht auf Papier zu bringen.

➔ Willst du dir spätere oder frühere Verbindungen anzeigen lassen, klicke auf einen der Links am rechten Bildrand.

➔ Klicke ansonsten auf das Optionsfeld vor der gewünschten Verbindung. Über die Schaltfläche Fahrschein/Reservierung, kannst du gleich einen Fahrschein inklusive Reservierung erwerben, falls deine Eltern dir dafür ihre Kreditkarte zur Verfügung stellen.

Für die Reservierung gibt es gewisse Fristen, die du den allgemeinen Richtlinien entnehmen kannst. Eine Reservierung eine Stunde vor Fahrtbeginn ist beispielsweise nicht möglich.

➔ Für die Preisberechnung musst du angeben, wie viele Erwachsene und Kinder zwischen 6 und 11 Jahren mitfahren, in welcher Klasse du fahren möchtest und ob du eine BahnCard besitzt, also 0 Erwachsene und 1 Kind, falls du alleine fährst.

➔ Klicke dann auf Einfache Fahrt, falls du nur eine Strecke fahren möchtest oder auf Hin- und Rückfahrt, falls du die Rückfahrt gleich mitbuchen willst. Buchst du Hin- und Rückfahrt, öffnet sich wieder das Formular, das du bereits kennst. Der Start- und der Zielort sind bereits eingetragen und du brauchst nur noch ein Datum und eine Uhrzeit zu wählen. Die Daten für die Hinfahrt werden gespeichert und anschließend mit den Daten für die Rückfahrt zusammengefasst, wenn du auf die Schaltfläche Weiter klickst.

➔ Es werden nun die gewählten Verbindungen angezeigt. Klicke auf die Schaltfläche Fahrschein/Reservierung, um fortzufahren.

➔ Nun musst du angeben, wo genau du sitzen möchtest und wohin die Fahrkarte geschickt werden soll. Außerdem musst du die Kartennummer und das Ablaufdatum der Kreditkarte eingeben, von der der Fahrpreis abgebucht werden soll.

Bitte beachte, dass der Vorname und Nachname genau mit den Angaben auf der Kreditkarte übereinstimmen müssen. Du kannst erst fortfahren, wenn die Kreditkartenangaben korrekt sind.

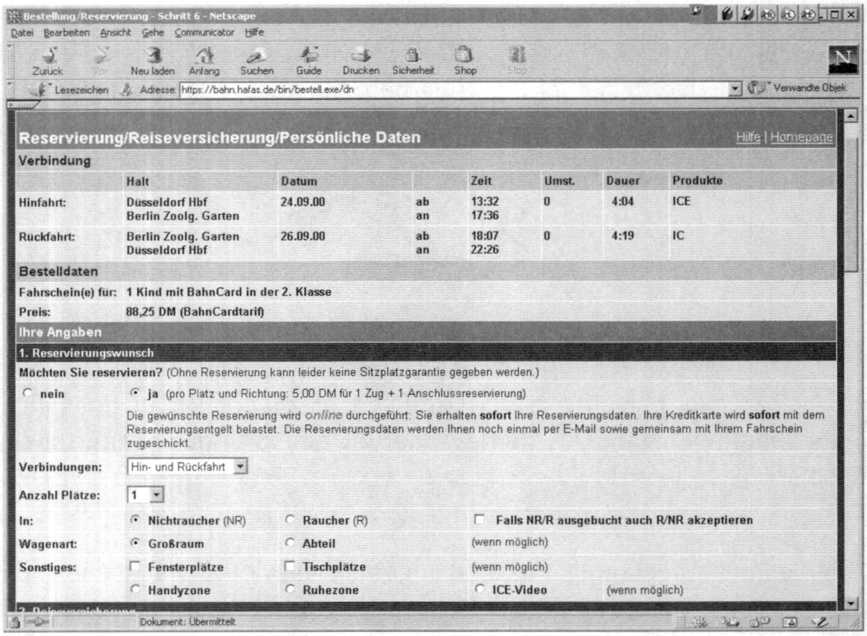

➔ Anschließend kannst du deine Eingaben noch einmal überprüfen und entweder auf die Schaltfläche BESTELLUNG DURCHFÜHREN klicken, um den Kauf bzw. die Reservierung vorzunehmen, auf ÄNDERN, um eine der Angaben zu verändern, oder auf ABBRECHEN/NEUE ANFRAGE, um den gesamten Vorgang rückgängig zu machen.

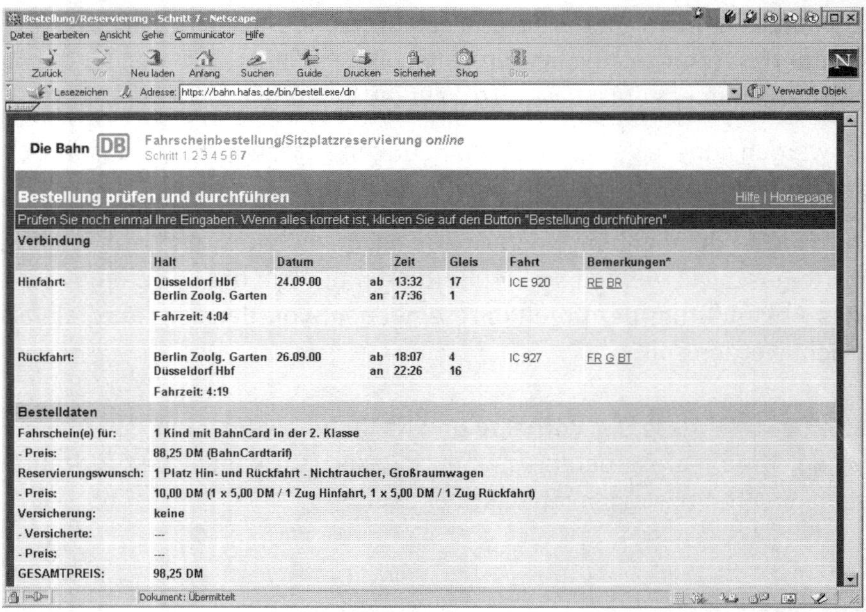

Der Fahrschein wird dir per Post zugeschickt. Deshalb solltest du ihn mindestens drei Tage vor Abreise bestellen. Fährst du öfter Zug, lohnt es sich übrigens, einen Favoriten bzw. ein Lesezeichen für diese Site einzurichten, da die Webadresse nicht gerade besonders intuitiv ist.

Fahrten im Verkehrsverbund

Ähnlich wie das Angebot der Deutsche Bahn AG funktionieren auch die Angebote der verschiedenen Verkehrsverbünde für Bus- und Schienennetz in einer Region.

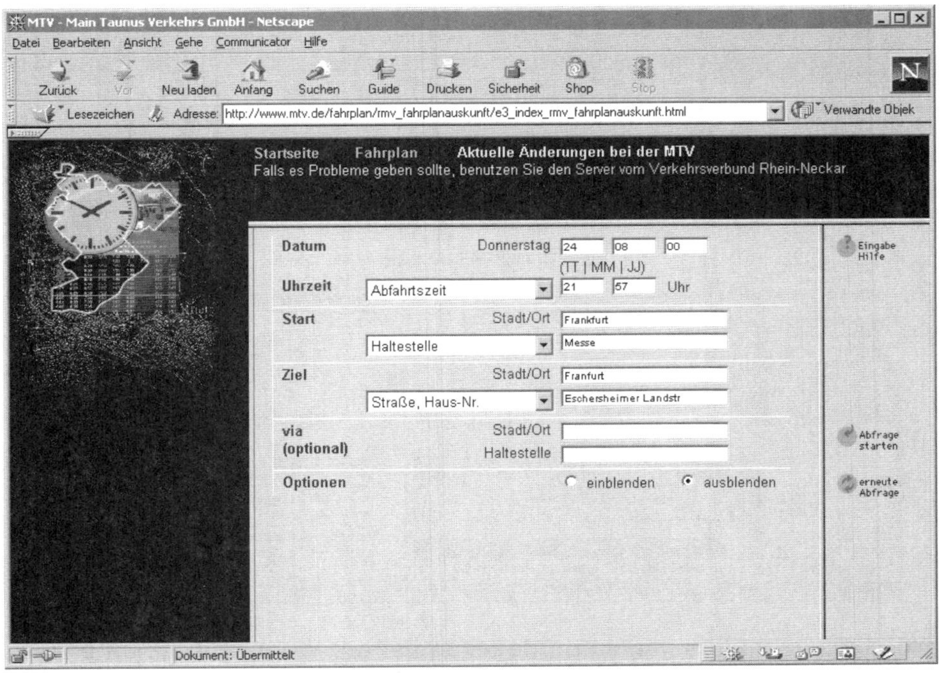

Um eine Verbindung innerhalb einer Stadt zu erfragen, gibst du Start- und Zielort in Form von Straßennamen, Haltestellen oder öffentlichen Gebäuden, wie z.B. »Hauptbahnhof« oder »Messe«, das Datum und die gewünschte Uhrzeit ein und schon wird ein Ergebnis ausgespuckt. Sind mehrere gleichnamige Straßen in unterschiedlichen Stadtteilen vorhanden, musst du deine Angabe zunächst weiter spezifizieren, damit die Suche korrekt durchgeführt werden kann. In der Regel werden dir dafür jedoch Vorschläge gemacht. Einen Link zum Verkehrsverbund findest du im Bereich TOURISTIK oder FREMDENVERKEHR der Website einer Stadt.

Mitfahren und -wohnen

Suchst du eine Mitfahrgelegenheit, kannst du die lokale Mitfahrzentrale anrufen, deren Site besuchen oder die Site der überregionalen Mitfahrzentrale (`www.mitfahrzentrale.de`) besuchen (siehe Abbildung). Hier kannst du entweder GESUCHE aufgeben oder ANGEBOTE näher betrachten. Die vorhandenen Angebote und Gesuche sind nach Städten geordnet. Über den Link DETAILS erfährst du mehr zu den einzelnen Angeboten.

Wohngelegenheiten kannst du dagegen bei der Wohnzentrale unter `www.wohnzentrale.de` finden. Hier kannst du entweder ein Gesuch oder Angebot eingeben oder über einen Link zu Wohnungsanzeigen oder Mitwohnzentralen in deiner Stadt gelangen.

Das Wetter und andere dynamische Informationen

Möchtest du dich über das Wetter, Stau oder das aktuelle Kino- oder Fernsehprogramm informieren, kannst du entweder permanent Radio hören, dir die passende Zeitung kaufen oder einen Blick ins Internet werfen. Wetterinformationen findest du in vielen Sites. Gut gemacht sind das Wetternetz (`www.wetternetz.de`, siehe Abbildung) und das Angebot von Yahoo (`www.yahoo.de`), das du in der Rubrik WETTER findest. Beim Wetternetz klickst du einfach auf den gewünschten Bereich auf der Weltkarte, für den du Wetterinformationen benötigst, und schon wird das Wetter angezeigt. Bei Yahoo gibst du das Land und den Ort ein und erhältst die gesuchten Informationen. Links zu Wetterinformationen gibt es auch auf vielen anderen Sites, wie z.B. der Suchmaschine AltaVista, dem Onlinedienst MSN, bei Fernseh- und Radiosendern sowie Zeitungen.

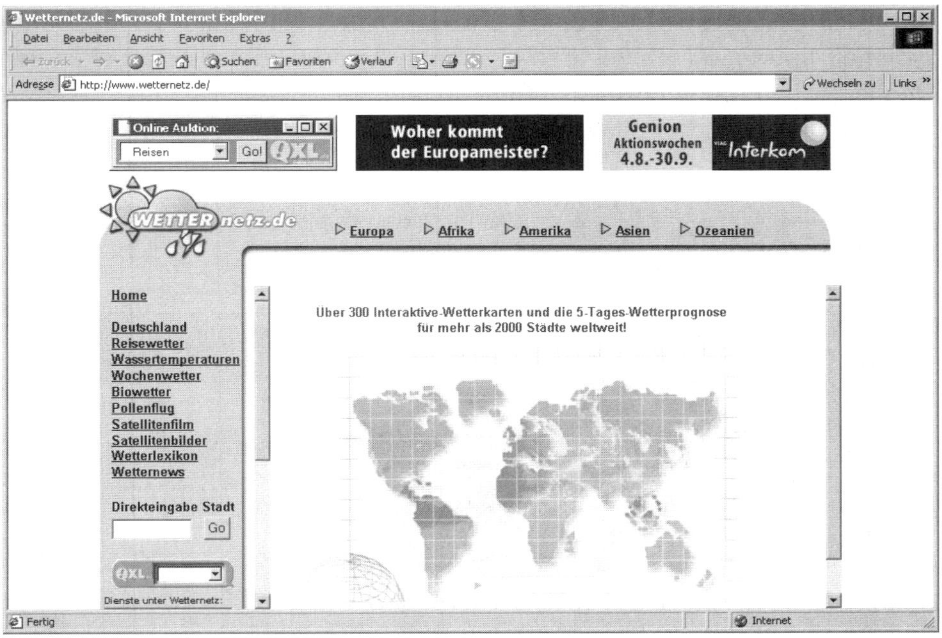

Eine weitere interessante Adresse ist der Deutsche Wetterdienst (`www.dwd.de`), bei dem du neben der aktuellen Wetterlage Links zu allen Wetterstationen weltweit findest. Hier gibt es einen Junior-Wetterclub, über den du Vorhersagekarten, Satellitenbilder und Messwerte abrufen und Informationen über die Beobachtungsrichtlinien erhalten kannst. Außerdem kannst du Informationen zum Seewetter und zum Flugwetter abrufen.

Schneeberichte und andere spezielle Wetterinformationen

Vor dem Skiurlaub lohnt sich ein Besuch beim Lawinenwarndienst Bayern (www.lawinenwarndiest.bayern.de), über den du einen Lawinenlagebericht erhalten kannst. Informationen über Schneehöhen, zu Badesee-Temperaturen, zum Pollenflug und Ähnlichem findest du bei Donnerwetter (www.donnerwetter.de). Weitere Informationen über Skiwetter und Schneebedingungen findest du z.B. beim Westdeutschen Skiverband (www.ski-online.de), bei Schneehöhen.de (www.schneehoehen.de) und bei Ski-Infos.de (www.ski-infos.de).

Fernsehprogramm

Das aktuelle Kinoprogramm findest du in der Regel im Veranstaltungskalender deiner Stadt, da es sich um eine lokale Information handelt. Bei überregionalen Informationen wie dem Fernsehprogramm gibt es die bekannten Quellen – die Programmzeitschriften. Im Internet vertreten sind natürlich TV Spielfilm (www.tvspielfilm.de), die Hörzu (www.hoerzu.de) und TV Today (www.tvtoday.de).

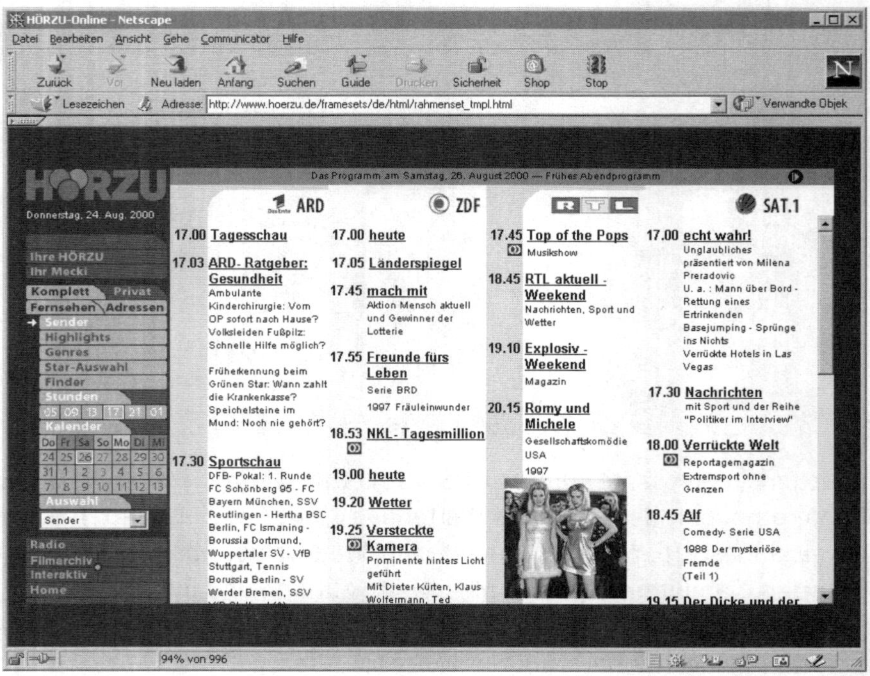

Du hast in der Regel verschiedene Auswahlmöglichkeiten. Beim Angebot der Hörzu kannst du beispielsweise ein Datum und eine Uhrzeit wählen, eine Auswahl nach Genres oder Stars treffen oder gezielt nach einer Sendung suchen. Links zum Fernsehprogramm gibt es außerdem bei den Suchmaschinen AltaVista und Yahoo sowie bei einigen Magazinen.

> Bei TV Spielfilm und TV Today gibt es in der Rubrik EROTIK leider auch »Nackte Mädels« zu sehen. Diesen Links solltest du nicht unbedingt folgen.

Verkehrsmeldungen

Verkehrsinformationen werden von den einzelnen Bundesländern herausgeben und sind in entsprechenden Sites wie z.B. die NRW-Verkehrslage unter `www.verkehr-nrw.de` oder bei vielen Radiosendern, wie z.B. dem WDR und dem SWR in der Rubrik NACHRICHTEN/VERKEHR (siehe Abbildung) zu finden. Außerdem bietet der ADAC (`www.adac.de`) aktuelle Verkehrsnachrichten – leider nur für Mitglieder.

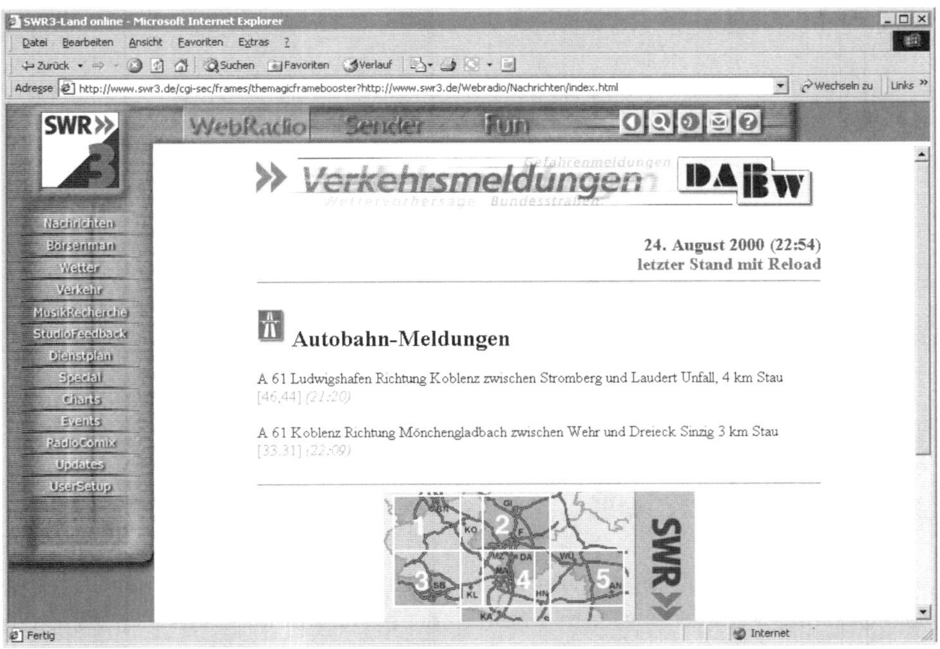

Veranstaltungskalender

Veranstaltungskalender findest du in der Website deiner Stadt oder den Websites von Stadtmagazinen wie das Magazin Prinz (`www.prinz.de`, siehe Abbildung), das es in verschiedenen deutschen Städten gibt. Kennst du deren Webadresse nicht, kannst du den Namen des Stadtmagazins in eine Suchmaschine eingeben. Außerdem bietet die Wohnzentrale (`www.wohnzentrale.de`) Links zu Stadtmagazinen. Klicke dazu auf LINKS und STADTINFOS, wähle die gewünschte Stadt aus und schaue in der Spalte KULTUR & SZENE, STADTMAGAZINE nach den entsprechenden Links.

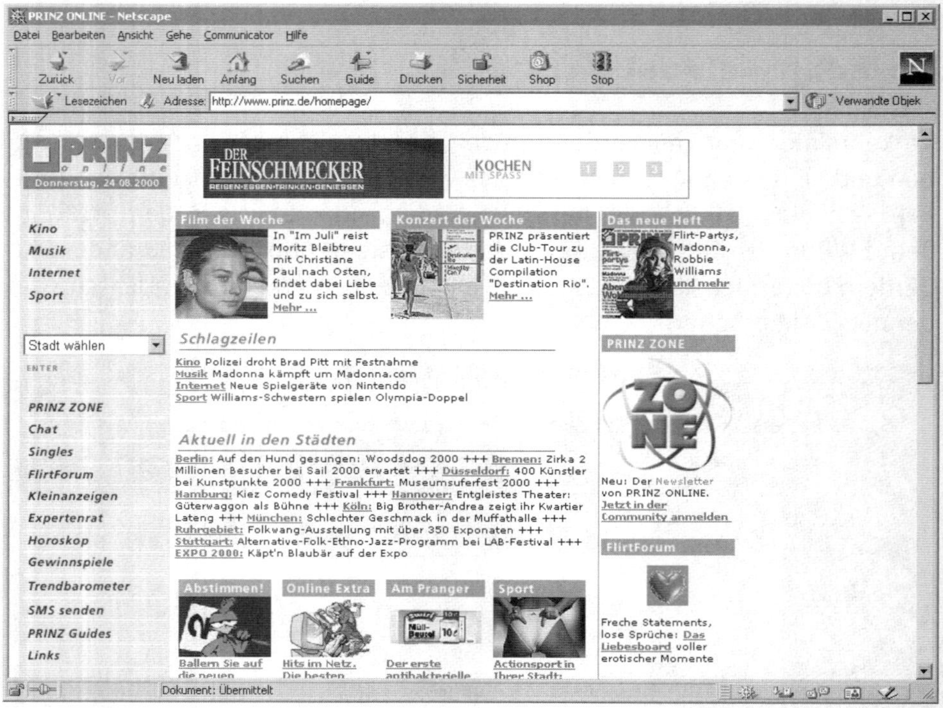

Dateien und Programme herunterladen

Das Internet wird seit langem benutzt, um Dateien, wie z.B. Bild- und Sounddateien, und Programme zum Download bereitzustellen. Viele Firmen, wie z.B. Microsoft, stellen auf diese Weise Testversionen von Programmen, Programm-Updates, Bugfixes oder Zusatzprogramme zur Verfügung.

Die Dateien sind auf so genannten FTP-Servern abgelegt und der Download von Dateien erfolgt über das Protokoll FTP. Als die Browser noch nicht so weit entwickelt waren wie heute, musstest du die Dateien grundsätzlich über ein FTP-Programm herunterladen. Heute, d.h. mit einem aktuellen Browser, ist dies auch über den Browser möglich. Häufig siehst du die Struktur des FTP-Servers gar nicht, die übrigens so ähnlich aussieht wie die Dateistruktur auf deiner Festplatte in einem Programm wie Windows Explorer. Du klickst einfach auf den entsprechenden Hyperlink und wirst dann gefragt, ob du die Datei öffnen oder auf deiner Festplatte speichern möchtest, bzw. es öffnet sich direkt das Dialogfeld DATEI SPEICHERN UNTER, in dem du einen Speicherort auf deiner Festplatte angibst und auf OK klickst.

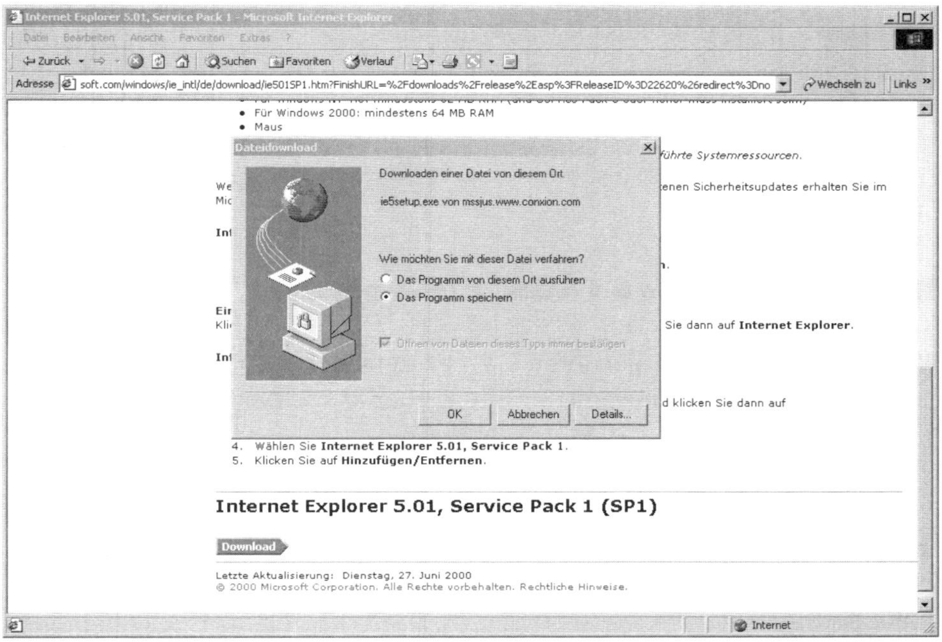

Anschließend wird der Downloadprozess in einem Dialogfeld angezeigt und du kannst den Fortschritt in Prozent sowie die noch verbleibende Zeit verfolgen. In dem Dialogfeld wird auch die aktuelle Übertragungsrate angezeigt.

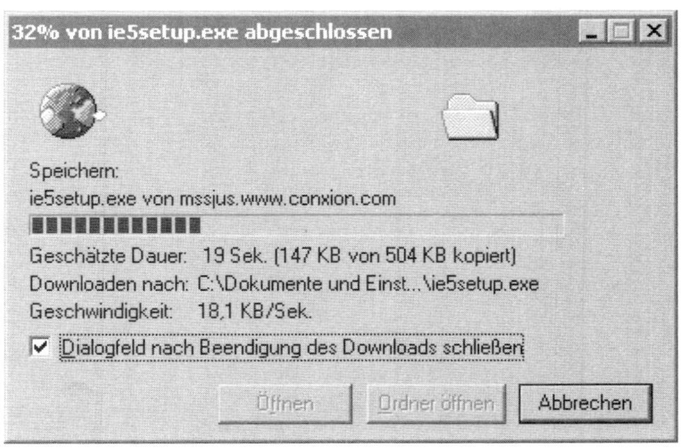

Bei einem normalen ISDN-Anschluss liegt diese bei ca. 7 KB/sek., beim Fast ISDN von AVM bei ca. 15 KB/sek. Liegt die Übertragungsrate in deinem Dialogfeld weit unter diesem Wert (z.B. bei 2 KB/sek.), solltest du die Übertragung besser abbrechen, da sie so zu lange dauert und möglicherweise irgendwann abbricht. Du kannst den Download entweder zu einem späteren Zeitpunkt noch einmal versuchen, oder aber einen anderen Standort für die Übertragung wählen. Während Server in Deutschland und den USA häufig sehr stark frequentiert sind, gilt dies für Server in Japan bisher nicht. Die Telefongebühren sind bei allen Standorten gleich. Es lohnt sich also, auszuprobieren, wo die Übertragungsrate am besten ist.

Direkter Download vom FTP-Server

Manche Anbieter verbergen ihren FTP-Server nicht hinter einer Webseite. Gelangst du zufällig auf eine solche Seite, sieht das wie folgt aus.

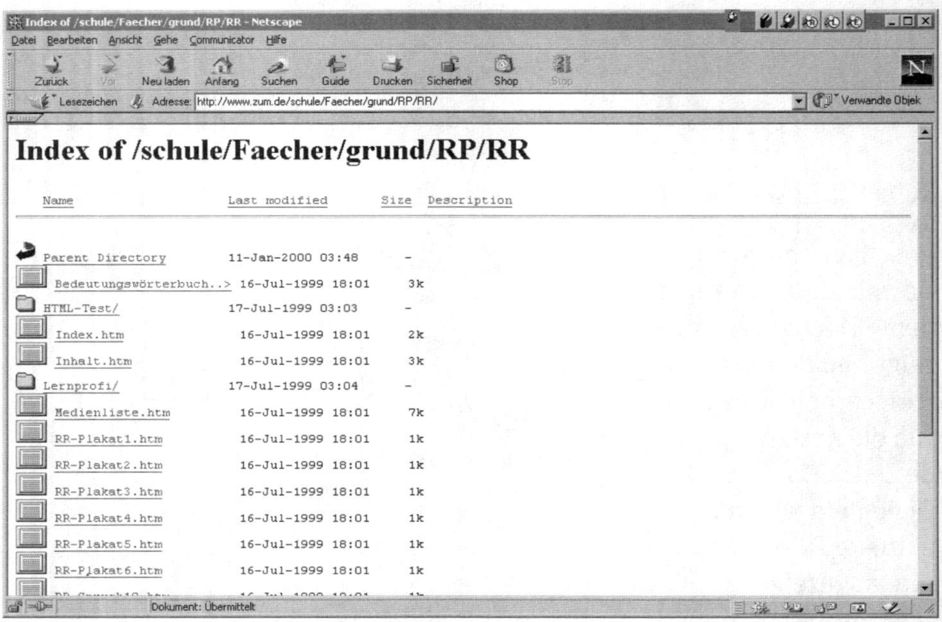

FTP-Server kannst du auch bewusst direkt ansteuern. Das Ergebnis sieht wie in der Abbildung aus. Die gelben Ordnersymbole entsprechen Ordnern auf dem FTP-Server, die restlichen Einträge den Dateien. Den weiteren Spalten kannst du meistens das Datum entnehmen, zu dem die Datei zuletzt geändert wurde, und auch die Größe der Datei. Manchmal wird auch noch der Dateityp angegeben. Eine Beschreibung zur Datei gibt es in der Regel jedoch nicht. Deshalb solltest du vorher genau wissen, was du herunterladen möchtest. Die Anbieter versuchen zwar, ihren Dateien aussagekräftige Namen zu geben, dies gelingt aber nicht immer.

Um Dateien über deinen Browser von einem FTP-Server herunterzuladen, gehst du wie folgt vor:

➔ Gib die Adresse des FTP-Servers ins Adressfeld deines Browsers ein (z.B. `ftp://ftp.netscape.com` oder `ftp://www.microsoft.com`).

➔ Klicke doppelt auf einen Ordner, um diesen zu öffnen. Stehen mehrere Sprachversionen eines Programms zur Verfügung, sind diese häufig in verschiedenen Ordnern abgelegt.

➔ Bist du im falschen Ordner gelandet, klicke auf den Link Parent Directory, den Link Verzeichnis höherer Stufe abrufen oder Ähnliches ganz oben in der Liste, um zum übergeordneten Ordner zu gelangen.

➔ Suche nach der Datei, die du downloaden möchtest. Es handelt sich in der Regel um eine Datei mit der Endung *.zip* oder *.exe*.

Dateien mit der Dateiendung *.htm* kannst du in deinem Browser öffnen, indem du darauf klickst.

➔ Klicke auf den Dateinamen, um den Download zu starten. Je nach Browser wirst du nun gefragt, ob du die Datei speichern möchtest, oder es öffnet sich direkt das Dialogfeld Speichern unter bzw. Datei speichern unter (siehe Abbildung).

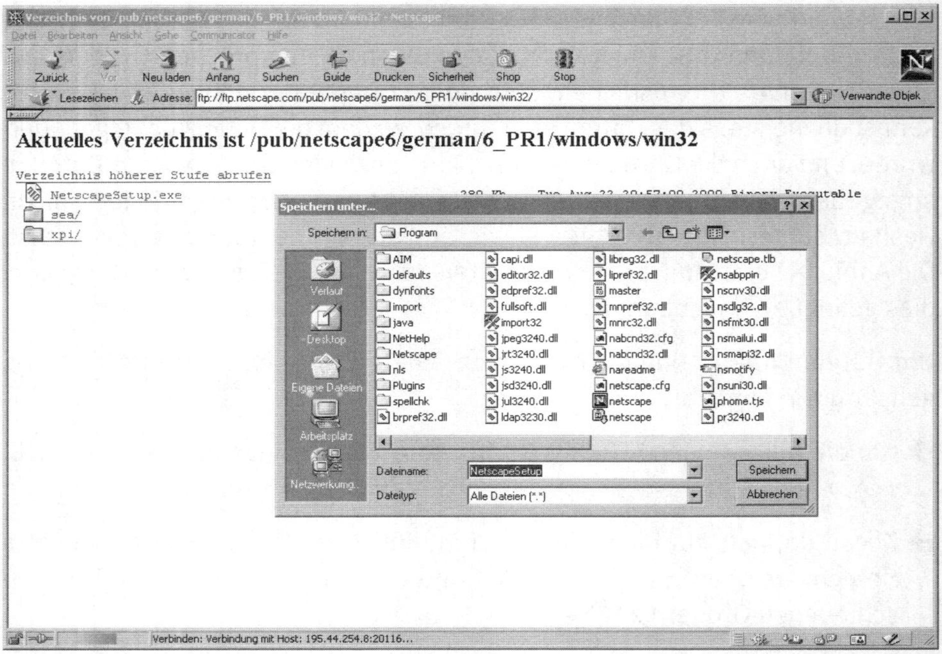

➔ Wähle im Dialogfeld den Ordner, in dem du die Datei speichern möchtest. Bei Bedarf kannst du den Dateinamen verändern. Klicke anschließend auf OK. Der Übertragungsprozess wird nun wie beim Download über eine Webseite gestartet und du kannst der Fortschrittsanzeige entnehmen, wie hoch die Übertragungsrate ist und wie weit die Übertragung bisher gediehen ist.

Online- und Multiplayerspiele

Spiele gibt es im Internet in Hülle und Fülle. Dabei gibt es die Spiele, die du bereits als Software von Disketten und CD-ROMs kennst, aber auch so genannte *Multiplayerspiele*, bei denen du online gegen mehrere Gegner oder mit mehreren Personen zusammen spielen kannst. Ein Beispiel ist die Gaming Zone von Microsoft, in der du beispielsweise mit anderen Personen gemeinsam fliegen kannst, falls du Microsoft Flight Simulator besitzt und begeisterter Hobbyflieger bist. Der Vorteil von Multiplayerspielen ist, dass der Zugang weltweit besteht. Und da ist die Wahrscheinlichkeit natürlich hoch, dass du jemanden findest, der mit dir spielt.

Spiele stehen in (unendlich) vielen Websites zur Verfügung, wie z.B. in allen Kinderseiten von Fernsehsendern und auch in den Lernumgebungen von Klett-Heureka und Learnetix (siehe Kapitel 2).

Die großen Spielesoftwarehersteller wie Sierra (www.sierra.de) mit der Site Won.net (de.won.net), Electronic Arts (www.ea.com), Microsoft (www.zone.com und www.zone.de), Microprose (www.microprose.com), Blizzard (www.blizzard.de), Disney (www.disney.de), Nintendo (www.nintendo.de) und Sony (www.playstation.de) als Hersteller der Playstation sind natürlich alle im Internet vertreten. Neben Produktinformationen und der Möglichkeit, Produkte online zu erwerben, findest du hier auch Onlinespiele, Chats und Foren.

Aber auch herkömmliche Spielehersteller, die inzwischen fast alle auch Spielesoftware anbieten, wie Ravensburger (www.spieleland.de), Lego (www.lego.de) und Mattel (www.mattel.com, www.barbie.com), sind online vertreten und bieten Spiele an.

Außerdem gibt es natürlich explizite Game Channels, also Spielekanäle, wie z.B. www.gameplay.de, www.gameloft.de, www.gamechannel.de, www.cmga.de, www.funonline.de und www.play-online.de.

Links zu Spielen, Spielecharts, Beurteilungen von Spielen und anderen Informationen findest du beispielsweise bei Kabel 1 und Pro 7, aber auch in den Sites der einschlägigen Computerzeitschriften wie *Computerbild Spiele* oder *PC Praxis* und Magazinen wie dem *Focus*. Die Suchmaschinen warten ebenfalls mit Links zu Online- und Multiplayerspielen auf und dort kannst du auch online nach bestimmten Spielen suchen.

Und natürlich gibt es auch Websites zum Moohrhuhn, Deutschlands aktuellem Spielefavoriten, wie z.B. die Sites `www.moorhuhn-world.de`, `www.tvtoday.de/moor` und `www.moorhuhnweb.de`.

Anzeigenmärkte, Kostenloses und Gewinnspiele

Anzeigenmärkte, Tauschbörsen oder Flohmärkte, in denen du Gebrauchtgegenstände suchen und anbieten kannst, gibt es im Internet in Hülle und Fülle. Alle Suchmaschinen bieten inzwischen eine Rubrik für Flohmärkte und Gebrauchtes, in der du Links zu den entsprechenden Angeboten findest. In der Regel ist die Benutzung der Flohmarkt-Websites kostenlos. Die Angebote werden meistens kategorisiert und untereinander aufgelistet. Für jede Rubrik wird angegeben, wie viele Angebote vorhanden sind. Klickst du auf einen Link, werden die vorhandenen Angebote angezeigt und du kannst mit einem Anbieter Kontakt aufnehmen, falls dir das Angebot zusagt. Dann verabredet ihr, wie beim Verkauf von Waren über ein Kleinanzeigenblatt, zu welchem Preis der Handel abgeschlossen werden soll, wie du die Ware erhältst und wie die Bezahlung erfolgen soll. Bietest du selbst etwas an, solltest du dir das Geld überweisen lassen, bevor du die Ware verschickst. Sicher ist sicher.

Einige Beispiele für solche Angebote findest du in der nachfolgenden Tabelle. Das umfangreichste Angebot gibt es bisher bei Preisegal.de. Einige Angebote sind noch nicht ganz in die Onlinewelt eingestiegen, d.h. die Vermittlung der Angebote erfolgt nur über Telefon.

Angebot	Adresse
Gebraucht-Sport-artikel-Börse	www.sportworld.de/wwwboard/wwwboard.html
Preisegal.de	www.preisegal.de
Die Kleinanzeigen	www.die-kleinanzeigen.de
Unibörse	www.uniboerse.de
Zackundweg.de	www.zackundweg.de
Tauschwas	www.tauschwas.com

Alles kostenlos

Wo du etwas kostenlos erhältst, erfährst du auch beim Webangebot Kostenlos (www.kostenlos.de). Hier gibt es Informationen in Hülle und Fülle sowie Links zu Unternehmen, die etwas kostenlos anzubieten haben, zu Gewinnspielen und vielem mehr. Außerdem gibt es Links zu Kleinanzeigenmärkten und Tauschringen, in denen du Sachen kaufen und verkaufen oder auch eintauschen kannst (siehe Abbildung).

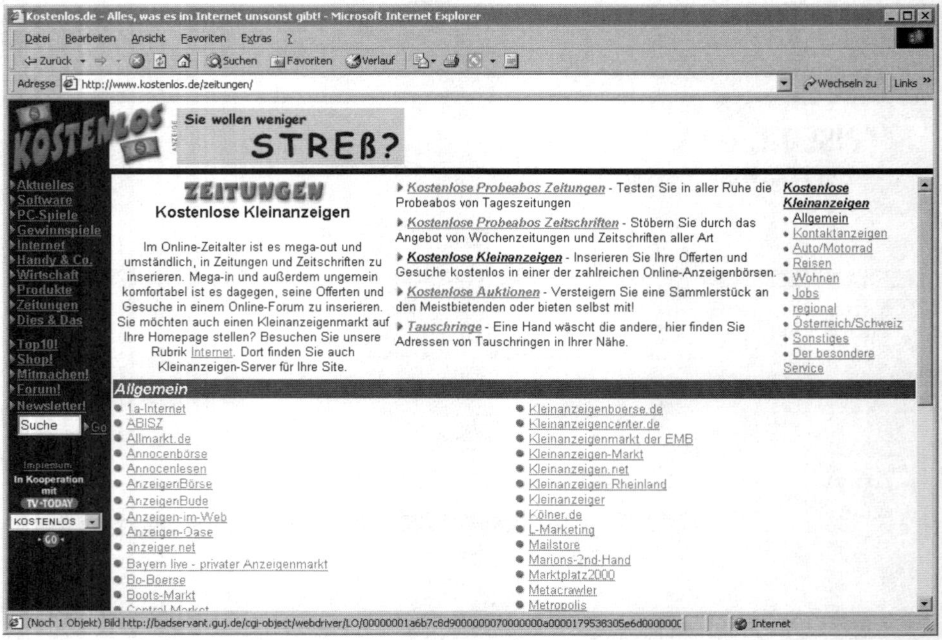

Auch die Sites Geizkragen (www.geizkragen.de), bei Kostnixx (www.kostnixx.de) und bei Nulltarif.de (www.nulltarif.de) haben sich darauf spezialisiert, Links zu kostenlosen oder fast geschenkten Angeboten zu sammeln und anzubieten.

Sorgentelefone im Internet

Wie bei Jugendzeitschriften (z.B. Dr. Sommer bei Bravo) gibt es auch im Internet Anlaufstellen, an die du dich bei Problemen wenden kannst. Hier ist natürlich der besagte Dr. Sommer zu erwähnen, der dich auf der Homepage von Bravo TV (www.rtl2.de) berät. Du kannst hier Anfragen einsenden, die dann in der Regel beantwortet werden. Falls deine Probleme besondere Relevanz für Altersgenossen haben, werden sie zusammen mit der Antwort in der Website veröffentlicht. Ein weiteres Angebot in dieser Richtung findest du beim Trendmagazin unter www.trendmagazin.de/kummer/sorgenrd.html.

Suchst du dagegen die Adresse eines Kinder- und Jugendtelefons in deiner Nähe, kannst du dich in der Site www.kinderundjugendtelefon.de schlau machen. Die Nummern sind nach Bundesländern unterteilt. Um eine Nummer zu finden, klickst du auf das Bundesland und zeigst dann auf die gewünschte Stadt. Auf der rechten Seite wird nun die Anschrift und Rufnummer angezeigt.

Der Verein Innovativer Schüler-Schutzbund e.V bietet eine Website namens Schüler-Notruf (www.schueler-notruf.de) an die du dich bei Problemen wenden kannst. Die Beratung bezieht auch schwere Verbrechen mit ein, die dir angetan wurden, wie z.B. Vergewaltigungen, oder Straftaten, die du selbst begangen hast, wie Diebstahl oder Körperverletzung. Du kannst außerdem Vermisstenanzeigen aufgeben oder nach Vermissten suchen.

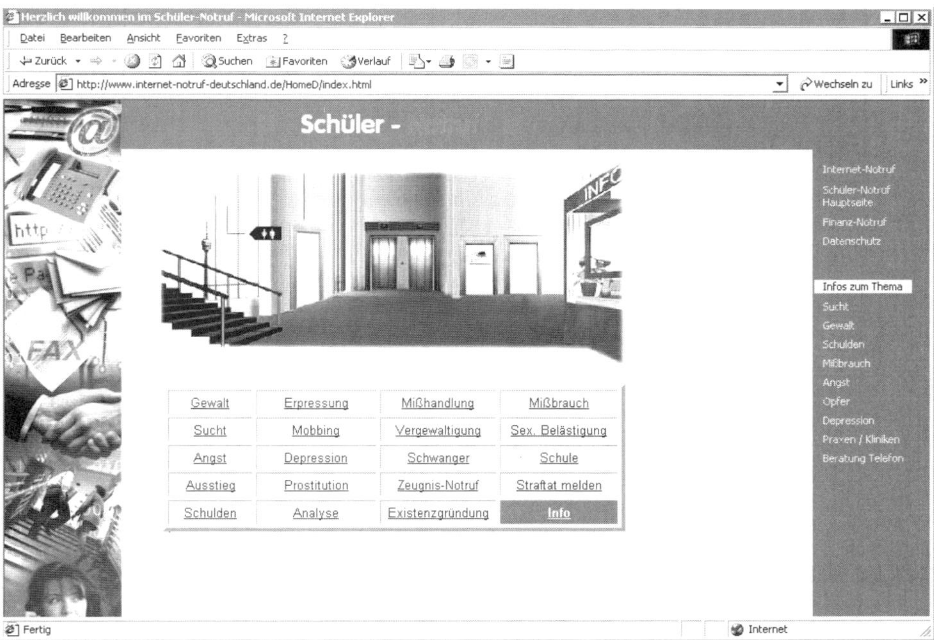

Weitere interessante Sites in dieser Richtung sind die Kids-Hotline (www.kidshotline.de), der Kinder- und Jugendchat (www.kijuchat.de) und das Kummernetz (www.kummernetz.de/k-index.html).

Politik und Recht

Die Politik ist im Internet ebenfalls sehr gut vertreten. Du findest Websites für alle Regierungsorgane wie das Bundeskanzleramt (`www.bundeskanzler.de`) oder das Büro des Bundespräsidenten (`www.bundespraesident.de`), zum Bundestag (`www.bundestag.de`), dem Bundesrat (`www.bundesrat.de`) und allen Ministerien. Außerdem sind natürlich auch die Länder, alle Parteien und großen Organisationen wie Unicef im Internet vertreten. Falls du also nachsehen möchtest, wer momentan alles Mitglied des Bundestags ist, brauchst du nur in der Website des Bundestags nachzusehen (siehe Abbildung). Eine umfangreiche Liste mit Links zum Thema Politik findest du in Kapitel 15.

Wirtschaft

Die Börse ist in aller Munde. In den Nachrichten werden regelmäßig die wichtigsten Börsendaten bekannt gegeben und Börsenmagazine sprießen wie Pilze aus dem Boden. Falls du einmal wissen möchtest, was verschiedene Begriffe aus dem Bereich der Börse und des Wertpapierhandels bedeuten, findest du im Web passende Lexika und Informationen, wie z.B. Wolls Wirtschaftslexikon (www.woll.de) oder dem Bundesverband deutscher Banken (www.bdb.de). Außerdem kannst du – ganz ohne Risiko – beim Börsenspiel (www.boersenspiel.de) mitmachen. Weitere Informationen zu Unternehmen und dem Thema Wirtschaft allgemein findest du bei Portalen wie Focus und Evita, aber auch bei Suchmaschinen wie Web.de und Yahoo.

Möchtest du dich vor dem Kauf eines Produkts ausführlicher informieren, ist natürlich die Stiftung Warentest (www.stiftung-warentest.de, siehe Abbildung) immer einen Besuch wert. Außerdem bieten Verbraucherzentralen (www.verbraucherzentrale.de) zahlreiche nützliche Informationen.

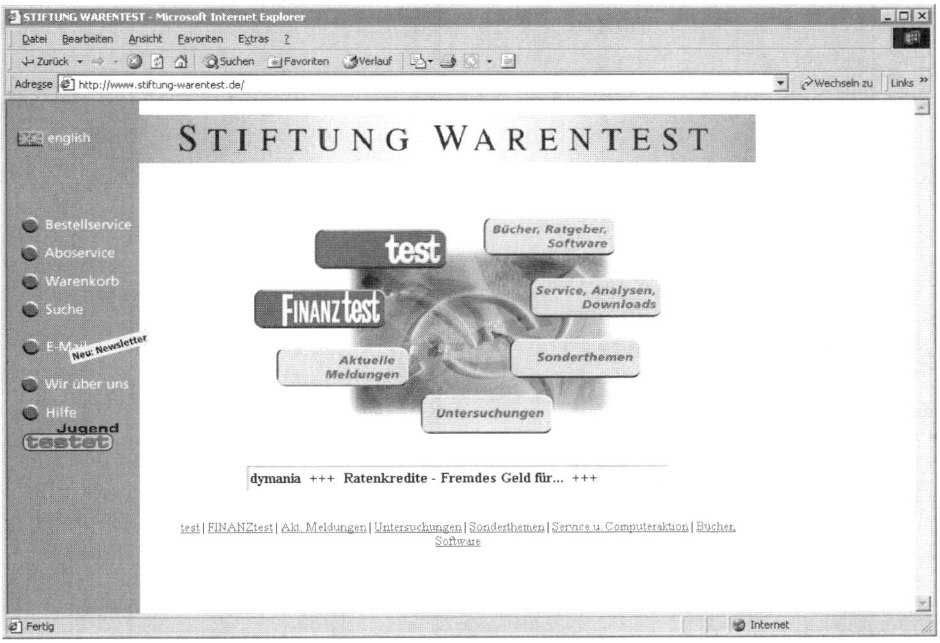

Zu rechtlichen Fragen lohnt sich ein Besuch bei der Site ARD Ratgeber Recht (www.wdr.de/tv/recht) und auch bei der Rubrik Steuern & Recht des Focus.

Willst du ein Unternehmen gründen oder dich zumindest darüber informieren, wie dies funktioniert, hat die Site Gründerstadt (www.gruenderstadt.de) sehr viel Material zu bieten. Und auch der Focus unterhält eine Online-Akademie für Existenzgründer.

Schutz von Mensch und Umwelt

Das Thema Umwelt darf natürlich auch im Internet nicht zu kurz kommen. Hier engagiert sich, wie sonst auch, natürlich Greenpeace (`www.greenpeace.de`). Und auch die bekannten Organisationen WWF (World Wildlife Fund, `www.wwf.de`) und BUND (Bund für Umwelt- und Naturschutz e.V., `www.bund.net`) sind vertreten. Der BUND sogar mit einer Jugendorganisation (`www.bundjugend.de`). In den Sites findest du Informationen zu zahlreichen Umweltthemen und es werden Aktionen genannt, an denen du dich beteiligen kannst. Eine sehr informationsreiche Seite unterhält außerdem das Magazin Geo (`www.geo.de`), in der viele Umweltprobleme ausführlich beschrieben und zahlreiche Umweltprojekte vorgestellt werden. An Schüler richtet sich die Site Emil Grünbar (`www.emil-gruenbaer.de`), in der du ein Umweltlexikon, zahlreiche Informationen zum Umwelt- und Tierschutz oder zum Thema Energie findest. Und auch die Sites bekannter Serien wie Löwenzahn, Tigerentenclub und Tabaluga Tivi haben hier einiges zu bieten.

Obwohl dies manchmal nicht mehr so populär zu sein scheint, ist der Schutz des Menschen eine wichtige Sache. Und darum bemühen sich in erster Linie Amnesty International (`www.amnesty.de`) sowie die Internationale Gesellschaft für Menschenrechte (IGFM, `www.igfm.de`). In beiden Sites kannst du dich über die Allgemeine Erklärung der Menschenrechte der Vereinten Nationen erkundigen, dich darüber informieren, in welchen Staaten es Probleme im Zusammenhang mit der Wahrung der Menschenrechte gibt, und du kannst dich an Aktionen beteiligen, wie z.B. Postkartenaktionen zur Freilassung von Menschen, die sich für Menschenrechte einsetzen und deshalb eingesperrt wurden.

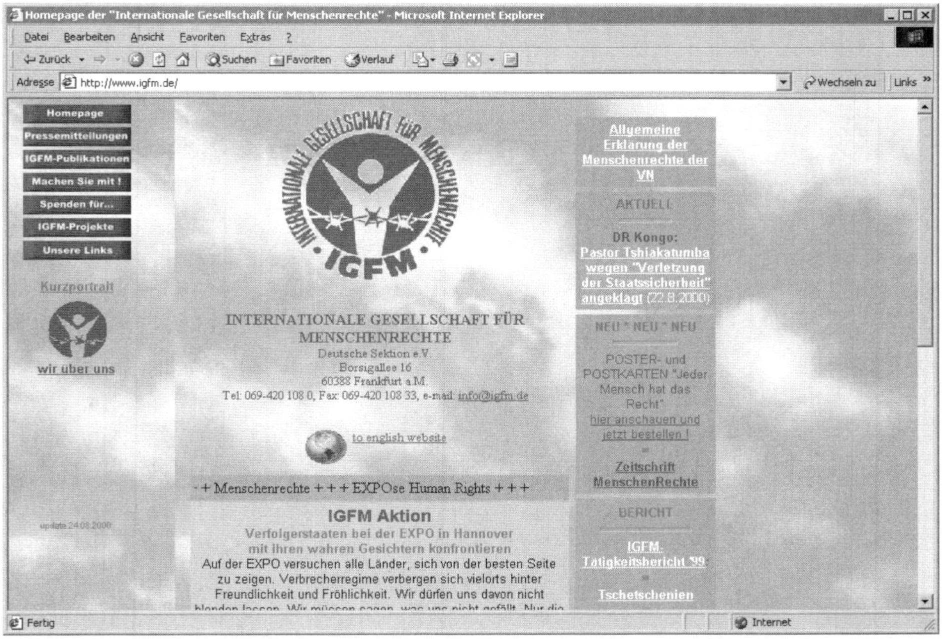

4 Der Browser

Das wichtigste Programm für die Benutzung des Webs ist der Browser. Mit dem Browser öffnest du die Webseiten. Die größte Marktbedeutung haben die Browser Netscape Navigator von Netscape und Internet Explorer von Microsoft. Daneben gibt es noch einige andere Browser, die in diesem Zusammenhang jedoch nicht berücksichtigt werden sollen.

In diesem Kapitel lernst du,

- wie du einen Browser benutzt
- wie du wichtige Adressen markierst und zu Angeboten gelangst, die du während einer Sitzung bereits besucht hast
- wie du deinen Computer vor fremden Zugriffen über das Internet sicherst
- wie du Dateien von der Festplatte im Browser öffnest
- wie du Dateien und Programme aus dem Internet herunterlädst
- wie du die Startseite veränderst und andere Anpassungen vornimmst

Die Beschreibung in diesem Kapitel ist auf Microsoft Internet Explorer ausgerichtet. Die Funktionsweise von Netscape Navigator ist jedoch gleich und viele Funktionen heißen auch gleich oder zumindest ähnlich wie in Internet Explorer. Falls nötig, wird die Bezeichnung angegeben, die in Netscape Navigator verwendet wird.

So startest du den Browser und besuchst eine Website

➔ Bevor du eine Webseite in deinem Browser betrachten kannst, musst du zuerst eine Verbindung zum Internet herstellen. Klicke dazu doppelt auf die DFÜ-Verbindung, die du eingerichtet hast.

Wenn du mit einem Onlinedienst wie AOL arbeitest, brauchst du nicht extra eine DFÜ-Verbindung einzurichten und herzustellen. Klicke einfach doppelt auf das AOL-Symbol. Die Verbindung wird automatisch von der Software hergestellt, sofern deine Benutzerangaben korrekt sind.

➔ Starte nun den Browser, indem du auf dem Desktop deines Computers doppelt auf das Symbol klickst.

Es wird automatisch die Startseite (bei Netscape Anfangsseite) geladen. Bei Internet Explorer ist dies die Startseite von MSN (siehe Abbildung).

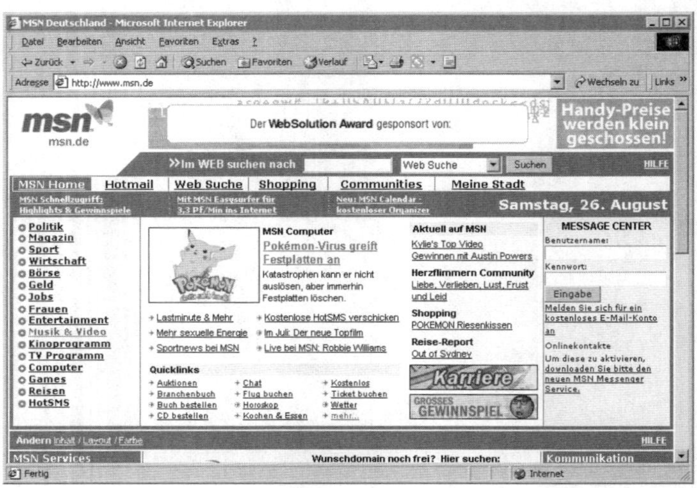

Bei Netscape ist dies die Homepage von Netscape (siehe Abbildung, hier in der Betaversion des neuen Browsers Netscape Navigator 6).

➔ Klicke auf einen Hyperlink, um zur nächsten Seite zu gelangen.

Die Seite wird nun im Browser geladen. In der Titelleiste wird der Seitentitel angezeigt (hier MSN DEUTSCHLAND) und im Feld ADRESSE steht die Webadresse der neuen Seite.

Einen Hyperlink, kurz Link genannt, erkennst du daran, dass der Mauszeiger die Form einer Hand mit ausgestrecktem Zeigefinder annimmt. Außerdem wird in der Statuszeile des Browsers die Webadresse angezeigt, zu der du über den Hyperlink gelangst. Manchmal wird die Webadresse oder eine Beschreibung zusätzlich in einer *QuickInfo* angezeigt, also in einem kleinen gelben Kästchen rechts neben dem Mauscursor (siehe Abbildung). Die Fortbewegung über Hyperlinks wird als *Surfen* bezeichnet.

Hyperlinks führen zu anderen Webseiten innerhalb einer Website oder in einer anderen Website. Auch Bilder können mit Hyperlinks hinterlegt sein. Die meisten Werbe-Einblendungen sind beispielsweise mit einem Hyperlink unterlegt, damit du zum beworbenen Angebot gelangst, wenn du auf die Anzeige klickst.

➔ Klicke auf die Adresse im Feld ADRESSE bzw. GEHE ZU unterhalb der Symbolleiste, um diese zu markieren.

➔ Gib die Adresse der Website oder einer speziellen Webseite ein, die du besuchen möchtest, und drücke die [↵]-Taste.

Die Angabe `http://` ist nicht erforderlich. Der Browser erkennt eigenständig, dass es sich um eine Webadresse handelt, und lädt die passende Webseite, sofern sie vorhanden ist.

Die Adresse wird nun vervollständigt, d.h., der Browser setzt die Protokollangabe `http://` vor die Adresse. Manchmal wird vom Betreiber einer Website eine andere Webadresse verwendet, als die, die du eingegeben hast. Dann wird die Adresse, die du eingegeben hast, komplett ausgetauscht. Darum brauchst du dich aber nicht zu kümmern.

Seite nicht gefunden …

Wenn die Seite nicht gefunden werden kann, wird eine Standardseite geladen, die so aussieht wie in der nächsten Abbildung gezeigt (oder so ähnlich). Bei Internet Explorer enthält diese Seite mögliche Fehlerursachen und Lösungsvorschläge.

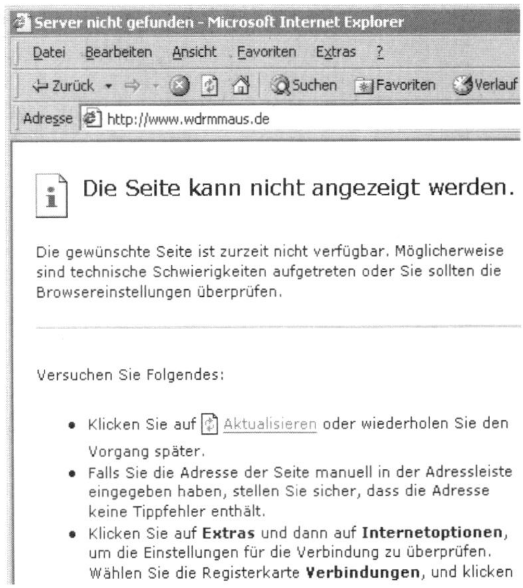

Prüfe in einem solchen Fall die folgenden Fehlerursachen:

- *Die Adresse enthält einen Tippfehler (siehe obige Abbildung).* Markiere die fehlerhafte Stelle in der Adresse durch Ziehen mit der Maus und gib sie korrekt ein.
- *Es besteht keine Verbindung zum Internet.* Stelle eine Verbindung zum Internet her und klicke anschließend auf die Schaltfläche AKTUALISIEREN, um die Seite erneut zu laden.
- *Die Website oder Webseite gibt es nicht mehr.* Liegt eine Rechtsverletzung vor, wie z.B. bei einigen Betreibern von MP3-Sites, die illegal MP3-Sounds anbieten, muss die Website geschlossen werden. Versuche, darauf zuzugreifen, misslingen dann natürlich. Manchmal sind Websites aber auch einfach nur umgezogen und der Betreiber beherrscht die Technik der Um-

leitung von Seitenzugriffen noch nicht. Hier hilft nur eins: die Suchmaschine anwerfen und hoffen, dass die Seite auf diesem Wege gefunden wird.

- *Es besteht ein Sicherheitsproblem.* Hast du die Sicherheitseinstellungen deines Browsers auf HOCH eingestellt oder Änderungen vorgenommen, die z.B. den Empfang von *Cookies* nicht erlauben, können Webseiten, die mit Cookies arbeiten, nicht geladen werden. Willst du die Seite unbedingt betrachten, setze die Sicherheitseinstellungen auf die Standardstufe zurück.

Ein *Cookie* ist eine Datendatei, die der Webserver auf deinem Computer speichert, um deinen Browser identifizieren zu können. Bei manchen Anbietern wird auf der Basis dieser Daten ausgewählt, welche Informationen dir gezeigt werden. Bei Websites, die Formulare beinhalten, wie z.B. Anmeldeformulare beim Onlinebanking werden auf der Basis von Cookies Felder automatisch ausgefüllt, nachdem du das Formular ein Mal an den Webserver gesendet hast.

- *Der Filter im Browser erlaubt keinen Zugriff auf die Seite.* Im Browser wurde ein Filter eingerichtet, der den Zugriff auf die Seite verbietet, weil sie Gewalt, Nacktaufnahmen, Sex oder Ausdrücke enthält, die nicht unbedingt jugendfrei sind.

Eingabehilfen des Browsers

Die Adressen, die du ins Adressfeld deines Browsers eingibst, und die Adressen der Seiten, die du besuchst, werden gespeichert. Bei der nächsten Eingabe werden dir beim Tippen Vorschläge unterbreitet, d.h., der Browser vervollständigt deine Eingabe anhand des Textes, den du bereits eingegeben hast.

→ Passt einer der Vorschläge, drücke die [↓]-Taste ein Mal oder mehrmals, um die gewünschte Adresse zu markieren, und drücke dann die [↵]-Taste.

Du kannst auch einfach nur ein Stichwort eingeben, wie z.B. »pro7«. Der Browser startet nun eine Suchmaschine. Dies ist der Statuszeile zu entnehmen, in der du eine Angabe wie »Suchen der Site: Pro7« siehst.

Es öffnet sich außerdem die Suchfunktion des Browsers, die alle gefundenen Links auflistet. Kann eine Website gefunden werden, die die angegebene Bezeichnung enthält, wie z.B. »www.pro7.de«, wird diese sofort geladen (siehe Abbildung). Ist dies nicht der Fall oder wolltest du eigentlich eine andere Website laden, klicke den entsprechenden Link in der Suchfunktion.

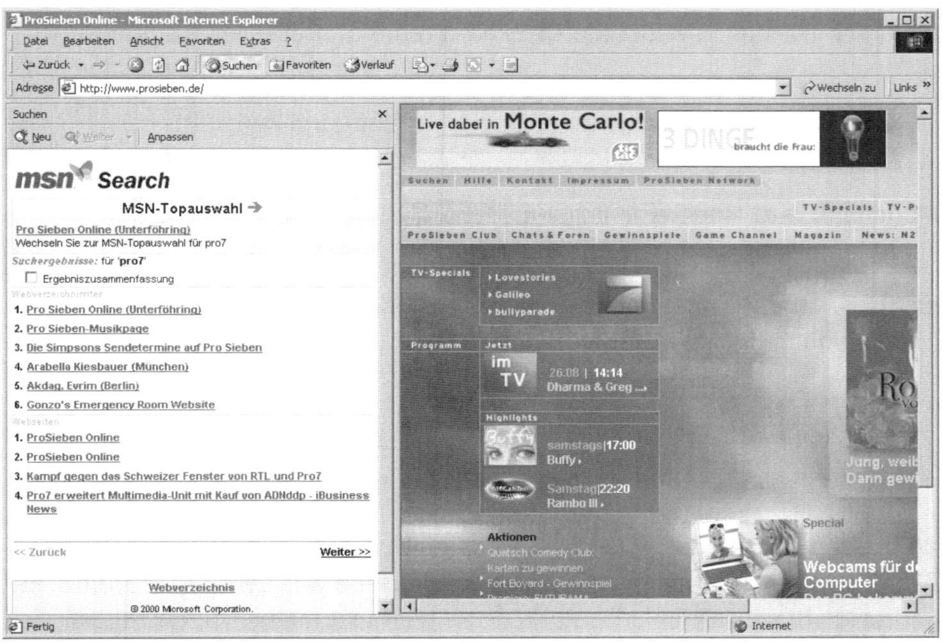

Die wichtigsten Funktionen des Browsers im Überblick

➔ Klicke auf die Schaltfläche Zurück, um zur vorherigen Seite zu gelangen.

➔ Klicke auf die Schaltfläche Vorwärts, um zur nächsten Seite zu gelangen.

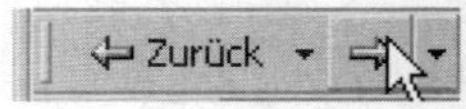

Die Schaltfläche Vorwärts wird erst aktiviert, wenn du auf die Schaltfläche Zurück klickst. Du kannst also über die Schaltfläche Vorwärts nur zu den Seiten gelangen, die du über die Schaltfläche Zurück besucht hast.

➔ Klicke auf die Schaltfläche Abbrechen (Stopp), um die Übertragung der aktuellen Seite zu stoppen.

Die Übertragung der Seite wird nun gestoppt. Dies ist beispielsweise dann sinnvoll, wenn du dabei bist, die falsche Seite zu laden, oder wenn es zu lange dauert, die Seite zu laden. Gib eine neue Webadresse in das Adressfeld ein oder klicke auf die Schaltfläche Zurück, um eine andere Seite zu laden.

➔ Klicke auf die Schaltfläche Drucken, um die aktuelle Seite auszudrucken.

➔ Klicke auf die Schaltfläche Startseite (Anfang), um zur Start- bzw. Anfangsseite zu gelangen.

Manchmal wird eine Seite nicht vollständig geladen oder beim Laden tritt ein Fehler auf. Dann kannst du die Seite einfach erneut laden.

➔ Klicke auf die Schaltfläche Aktualisieren (Neu laden), um die aktuelle Seite noch einmal zu laden.

Webseiten drucken

Webseiten zu drucken, ist ein Kinderspiel. Du klickst einfach auf die Schaltfläche Drucken und schon wird die aktuelle Seite auf dem Standarddrucker gedruckt. Die Druckfunktion kann aber noch viel mehr. Du kannst nämlich eine Seite inklusive aller Seiten ausdrucken, die durch Links mit der Seite verbunden sind. Und falls dir das zu viel ist, kannst du zumindest den Ausdruck einer Liste der Links ausdrucken, die in einer Seite enthalten sind.

- ➔ Wähle im Menü Datei den Befehl Drucken.
- ➔ Bestimme auf der Registerkarte Allgemein die Anzahl der Exemplare, falls die Seite mehrfach ausgedruckt werden soll.
- ➔ Klicke im Dialogfeld Drucken auf die Registerkarte Optionen.

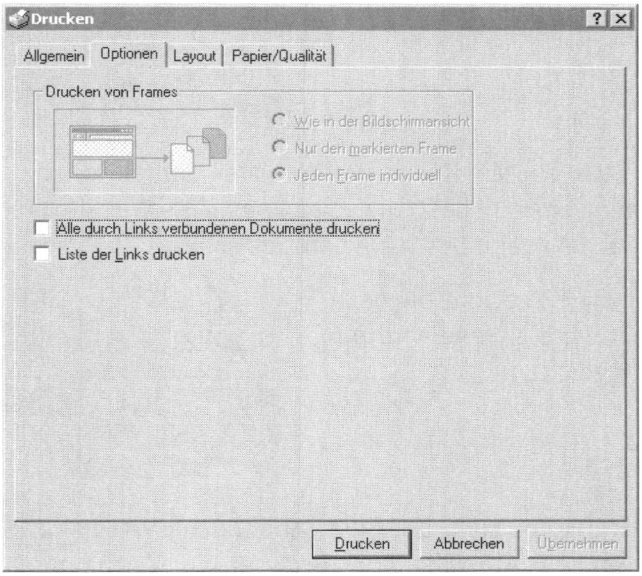

- ➔ Aktiviere das Kontrollkästchen Alle durch Links verbundenen Dokumente drukken, wenn die aktuelle Seite inklusive aller Seiten gedruckt werden soll, die mit ihr verbunden sind.
- ➔ Aktiviere das Kontrollkästchen Liste der Links drucken, wenn statt oder zusätzlich zu den verbundenen Seiten auch noch die Liste aller vorhandenen Links gedruckt werden soll.
- ➔ Klicke auf OK.

Zu bereits besuchten Websites zurückgehen

Hast du dich über Hyperlinks durch mehrere Seite geklickt, möchtest du vielleicht eine frühere Seite noch einmal betrachten, die dir besonders zugesagt hat oder die wichtige Informationen enthielt. Dein Browser speichert alle besuchten Webadressen, die du im Laufe einer Sitzung besucht hast, im so genannten *Verlauf* (Internet Explorer) bzw. der *Historylist* (Netscape). Der Verlauf steht an unterschiedlichen Stellen zur Verfügung.

➔ Klicke auf den Pfeil rechts neben der Schaltfläche Zurück.

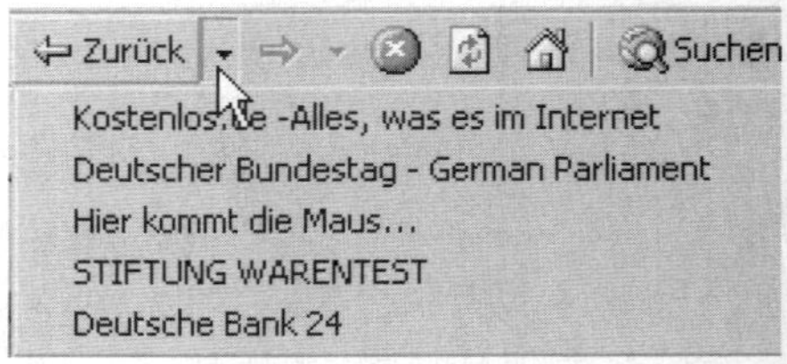

Es öffnet sich nun ein Menü, das alle Websites enthält, die du während der aktuellen Sitzung besucht hast. Die zuletzt besuchte Website steht ganz oben in der Liste und die zuerst besuchte ganz unten.

➔ Klicke auf die Seite, die du besuchen möchtest. Die Seite wird nun im Browser geladen.

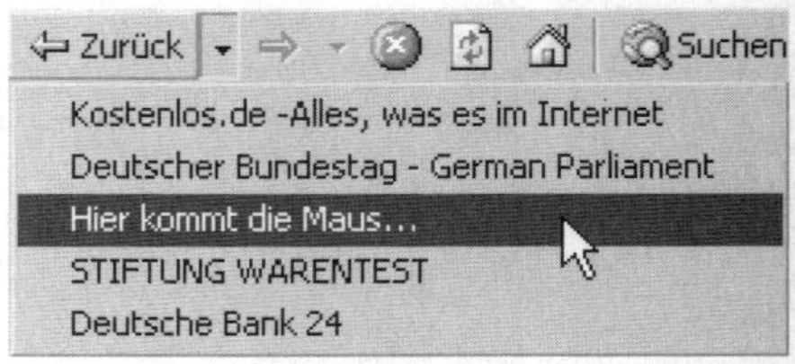

Die Verlaufsliste steht auch über die Schaltfläche Verlauf 

in der Symbolleiste und das Adressfeld des Browsers zur Verfügung. Klicke auf die Schaltfläche Verlauf oder die Pfeilschaltfläche neben dem Adressfeld des Browsers, um den Verlauf einzusehen.

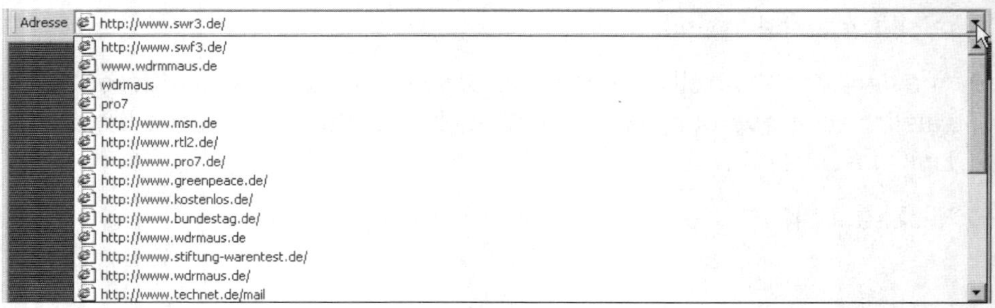

Der Inhalt des Ordners Verlauf wird nicht ewig gespeichert, sondern, falls du nichts anderes angibst, nach 20 Tagen gelöscht.

Den Verlauf leeren

Beim Verlauf gibt es ein Problem: Jeder, der Zugriff auf deinen Computer hat, kann sehen, welche Websites du besucht hast. Um dies zu vermeiden, musst du den Verlauf und den Zwischenspeicher für bereits besuchte Webseiten, auch *Cache* genannt (das spricht sich »Käsch« aus), löschen.

Die Webseiten, die du besuchst, werden auf deiner Festplatte gespeichert. Dieser Speicher wird als *Zwischenspeicher* oder *Cache* bezeichnet. Das Zwischenspeichern hat den Vorteil, dass die Seiten beim nächsten Besuch schneller geladen werden können. Sie werden nämlich von deiner Festplatte und nicht vom Webserver im Internet geladen. Das heißt auch, dass du die Seiten auch offline, d.h. ohne Verbindung zum Internet laden kannst. Damit du nicht mit uralten Seiten arbeitest, wird jedoch automatisch überprüft, ob die Seite seit dem letzten Besuch verändert wurde. Ist dies der Fall, wird die Seite vom Webserver und nicht von deiner Festplatte geladen. Die Version auf deiner Festplatte wird außerdem durch die aktualisierte Version ersetzt.

➔ Klicke in Internet Explorer auf das Menü EXTRAS und wähle den Befehl INTERNETOPTIONEN.

➔ Klicke auf die Schaltfläche "VERLAUF" LEEREN.

➔ Klicke im Bereich TEMPORÄRE INTERNETDATEIEN auf die Schaltfläche DATEIEN LÖSCHEN, aktiviere im Dialogfeld DATEIEN LÖSCHEN das Kontrollkästchen ALLE OFFLINEINHALTE LÖSCHEN und klicke auf OK.

➔ Klicke anschließend auf OK, um das Dialogfeld INTERNETOPTIONEN zu schließen.

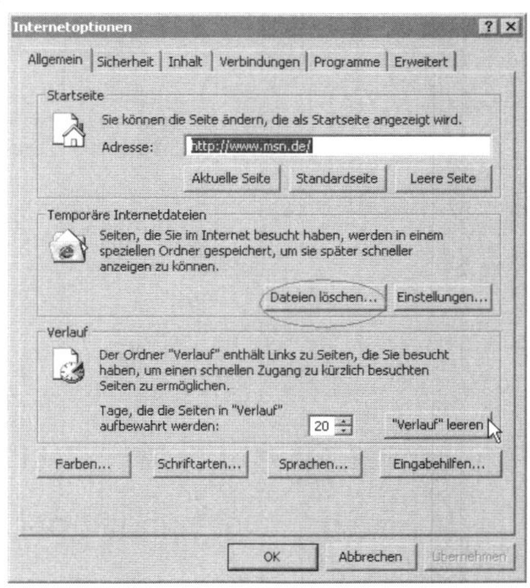

In Netscape Navigator wählst du BEARBEITEN|EINSTELLUNGEN. Klicke dann auf NAVIGATOR und dann auf die Schaltfläche HISTORY LÖSCHEN. Die Schaltfläche ZURÜCK wird nun deaktiviert. Klicke außerdem auf die Schaltfläche ADRESSLEISTE LÖSCHEN, um die Einträge im Adressfeld zu löschen. Um die Dateien aus dem Zwischenspeicher (Cache) zu löschen, klicke auf ERWEITERT/CACHE und anschließend auf die Schaltfläche FESTPLATTEN-CACHE LÖSCHEN. Im Feld unter dieser Schaltfläche siehst du den Pfad, in dem die Dateien abgelegt werden.

Einen Link auf eine Seite verschicken

Möchtest du eine Freundin auf eine supertolle Webseite aufmerksam machen, brauchst du ihr nur eine E-Mail mit integriertem Link auf die Seite zu schicken. Und das geht so:

➔ Lade die Seite in deinem Browser

➔ Wähle im Menü DATEI den Befehl SENDEN|LINK DURCH E-MAIL.

➔ Gibt die E-Mail-Adresse ins Feld AN ein und klicke auf SENDEN.

Der Empfänger muss nun nur auf den Hyperlink klicken, um die Seite im Browser zu öffnen.

Favoriten einrichten und nutzen

Es gibt ganz sicher Seiten, die du sehr häufig besuchst, weil du ein Abonnement für Onlinetraining hast, chatten möchtest oder Ähnliches. Anstatt jedes Mal die Adresse neu einzugeben, kannst du die Seite auch zu den Favoriten hinzufügen bzw. die Seite mit einem Lesezeichen versehen (Netscape Navigator).

Favoriten einrichten

➔ Lade die Seite, die du zu den Favoriten hinzufügen möchtest, in deinem Browser.

➔ Wähle dazu im Menü FAVORITEN den Befehl ZU FAVORITEN HINZUFÜGEN. Es öffnet sich das Dialogfeld ZU FAVORITEN HINZUFÜGEN (siehe Abbildung).

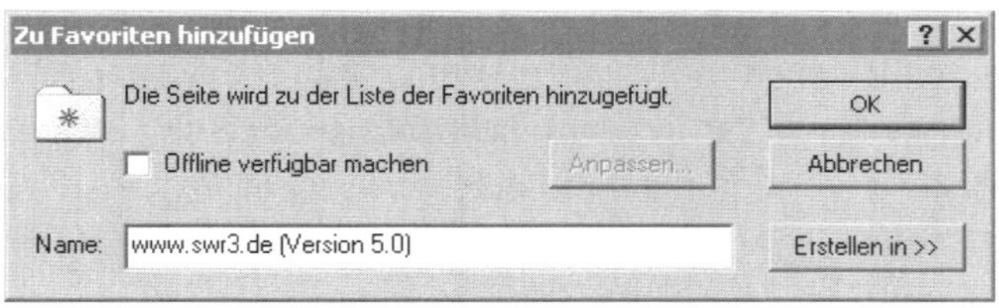

➔ Gib im Feld NAME die Bezeichnung ein, unter der die Website zu den Favoriten hinzugefügt werden soll. Der Browser verwendet andernfalls den Seitentitel.

➔ Aktiviere das Kontrollkästchen OFFLINE VERFÜGBAR MACHEN, falls du auch ohne Verbindung zum Internet auf die Datei zugreifen möchtest.

Machst du eine Seite offline verfügbar, wird sie auf deiner Festplatte gespeichert und du kannst sie jederzeit laden. Löschst du den Zwischenspeicher, musst du das Kontrollkästchen ALLE OFFLINEINHALTE LÖSCHEN deaktivieren, falls du die Seite weiterhin offline verfügbar haben möchtest.

➔ Klicke auf die Schaltfläche ERSTELLEN IN, falls du den Favorit einer Favoritenkategorie zuordnen möchtest. Klicke auf den gewünschten Ordner oder erstelle einen neuen Ordner und klicke auf OK.

➔ Klicke auf das Menü Favoriten und dann auf den Seitennamen, um die Seite zu besuchen.

Falls du die Seite nicht siehst, hast du im letzten Schritt einen Ordner ausgewählt, in dem sich die Seite nun befindet. Einen Ordner erkennst du am Ordnersymbol , das auch in Internet Explorer verwendet wird. Klicke auf den Ordner, um diesen zu öffnen und anschließend auf die gewünschte Seite im Ordner.

In Netscape heißt der Favorit Lesezeichen. Ein Lesezeichen richtest du ein, indem du auf Lesezeichen und dann auf Lesezeichen hinzufügen klickst. Klicke dann auf Lesezeichen und danach auf das neue Lesezeichen, um die zugehörige Seite im Browser zu öffnen. Lesezeichen lassen sich wie Favoriten anhand von Ordnern kategorisieren.

Favoriten einblenden

Greifst du häufig auf deine Favoriten zu, solltest du sie permanent einblenden. Das nimmt dir zwar etwas Platz im Browserfenster weg, du kannst die Favoriten aber wesentlich schneller aufrufen.

➔ Klicke auf die Schaltfläche Favoriten, um die Favoriten einzublenden.

➔ Klicke auf die Seite oder einen Ordner und dann auf die Seite, um diese zu laden.

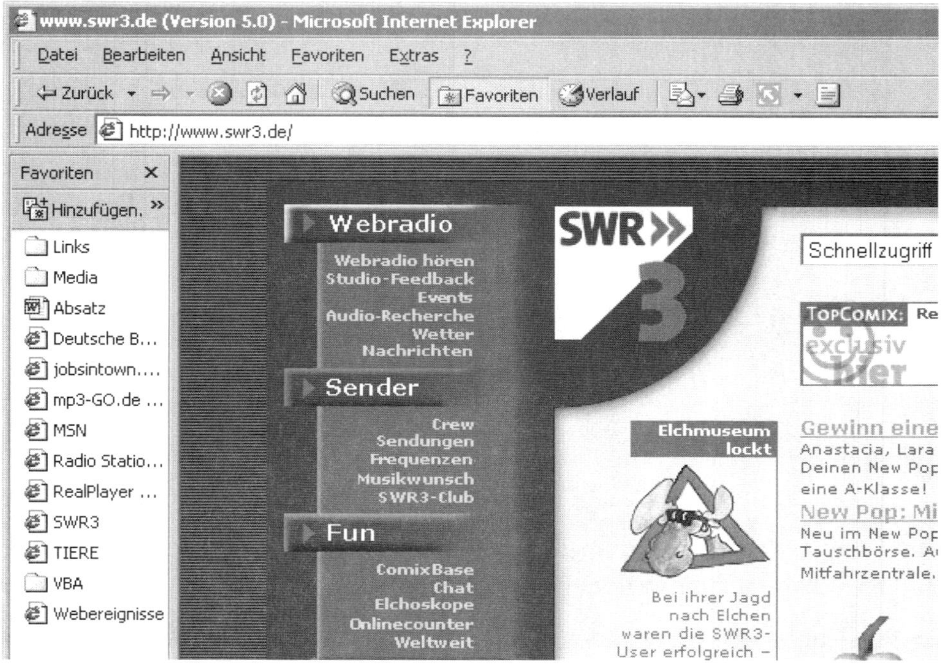

→ Klicke auf die Schaltfläche Hinzufügen, um die aktuelle Seite zu den Favoriten hinzuzufügen.

→ Klicke auf die Schaltfläche Favoriten, um die Favoriten auszublenden.

Favoriten verwalten

Irgendwann stellst du fest, dass manche Seiten besser in einer bestimmten Kategorie aufgehoben wären. Ein Beispiel wäre ein Ordner »Hausaufgabenhilfe«, in dem du alle Links zu Hausaufgabenhilfen speicherst. Manchmal gibt es eine Website nicht mehr und du möchtest den Link aus den Favoriten löschen. In beiden Fällen musst du dich mit der Verwaltung von Favoriten befassen. Aber keine Angst. Es ist ganz einfach.

→ Wähle im Menü Favoriten den Befehl Favoriten verwalten, um das gleichnamige Dialogfeld zu öffnen.

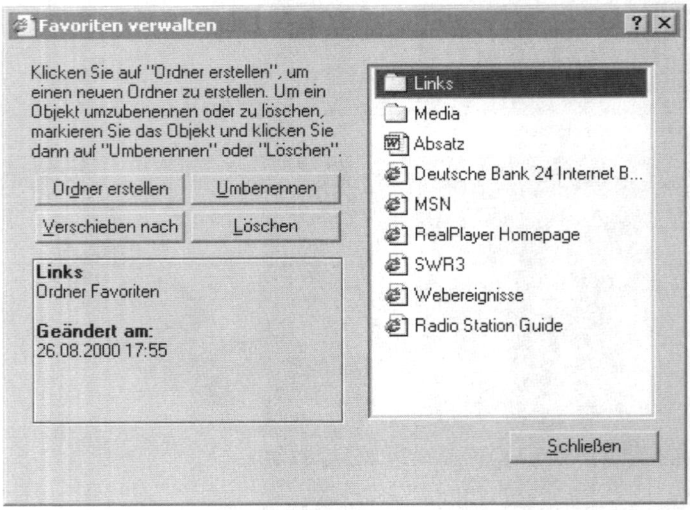

➔ Klicke auf Ordner erstellen, gib die Ordnerbezeichnung ein, drücke dann die ↵-Taste, um einen neuen Ordner einzurichten.

➔ Verschiebe eine Seite in den Ordner. Klicke dazu auf die Seite, ziehe sie bei gedrückter linker Maustaste auf den gewünschten Ordner und lasse die Maustaste los.

➔ Möchtest du einen Ordner umbenennen, markiere ihn und klicke auf die Schaltfläche Umbenennen. Gib dann den neuen Namen ein und drücke die ↵-Taste. Die neue Bezeichnung wird nun angezeigt.

➔ Um einen Favoriten zu löschen, musst du ihn markieren und auf die Schaltfläche Löschen klicken.

➔ Klicke auf die Schaltfläche Schliessen, um das Dialogfeld zu schließen.

Um die Webadresse für einen Favoriten zu ändern, klickst du mit der rechten Maustaste auf ihn und wählst im Kontextmenü den Befehl Eigenschaften. Gib ins Feld URL des Eigenschaften-Dialogfelds die neue Webadresse ein. Klicke anschließend auf OK.

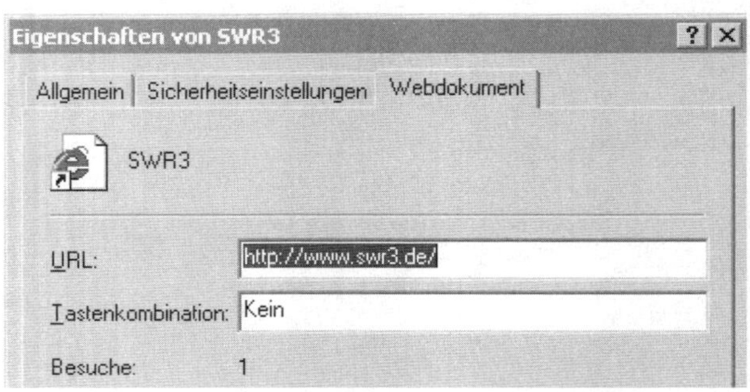

Die Lesezeichenverwaltung funktioniert ganz ähnlich wie die Favoritenverwaltung. In Netscape Navigator wählst du den Befehl LESEZEICHEN BEARBEITEN bzw. LESEZEICHEN VERWALTEN. Klicke mit der rechten Maustaste auf einen Ordner oder ein Lesezeichen und wähle im Kontextmenü, ob du einen neuen Ordner und ein Lesezeichen erstellen oder ein vorhandenes löschen möchtest. Die Eigenschaften eines Lesezeichens oder eines Ordners änderst du, indem du mit der rechten Maustaste darauf klickst, dann die Adresse oder den Namen änderst und auf die Schaltfläche OK klickst.

Die Startseite verändern

Möchtest du beim Start des Browsers statt der Standardseite des Browserherstellers deine bevorzugte Webseite angezeigt bekommen, musst du die Startseite ändern.

➔ Öffne die Seite im Browser, die du als Startseite einrichten möchtest.

➔ Wähle im Menü EXTRAS den Befehl INTERNETOPTIONEN.

➔ Klicke im Dialogfeld INTERNETOPTIONEN auf die Schaltfläche AKTUELLE SEITE.

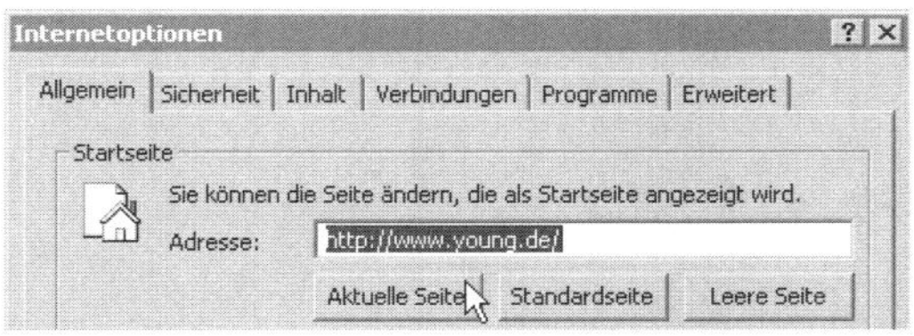

➔ Klicke im Dialogfeld INTERNETOPTIONEN auf die Schaltfläche OK.

➔ Klicke auf die Schaltfläche STARTSEITE, um die neue Startseite zu laden.

Ab jetzt wird die neue Startseite bei jedem Start des Browsers geladen.

Um eine andere Seite zur Startseite zu machen, gibst du im Feld ADRESSE die Webadresse der neuen Startseite ein. Wie bei der Adresseingabe hilft dir der Browser auch hier bei der Eingabe.

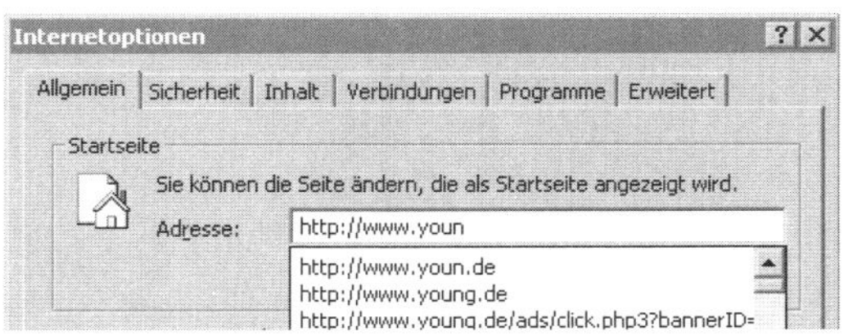

Klicke im Dialogfeld INTERNETOPTIONEN auf die Schaltfläche STANDARDSEITE, um die vom Browserhersteller vorgegebene Seite wieder als Startseite zu nutzen.

Links zu Seiten auf dem Desktop einrichten

Mit einer einzigen Startseite bist du natürlich sehr beschränkt, wenn es für dich mehrere ganz wichtige Seiten gibt und du bei jedem Browserstart wählen möchtest, welche Seite sofort geladen werden soll. Da hilft nur eines: Du musst für deine Favoriten einen Link auf dem Desktop einrichten. Klickst du doppelt auf das Symbol auf dem Desktop, wird der Browser gestartet und die Seite geladen, sofern eine Verbindung zum Internet besteht oder die Seite offline verfügbar ist.

➔ Lade die Seite, für die du einen Link einrichten möchtest, im Browser.

➔ Wähle im Menü DATEI den Befehl SENDEN/VERKNÜPFUNG AUF DEM DESKTOP.

➔ Klicke doppelt auf die Verknüpfung, um den Browser zu starten und die Seite zu laden.

Die Verknüpfung kannst du wie jede andere Verknüpfung auf dem Desktop verschieben, umbenennen und löschen.

Seiten speichern

Prinzipiell kannst du alle Seiten, die du im Internet findest, auch auf Deiner Festplatte speichern. Du hast die Webseite so jederzeit auch offline verfügbar und kannst sie ohne Verbindung zum Internet in deinem Browser laden.

➔ Gehe zur Seite, die du speichern möchtest.

➔ Wähle dazu DATEI|SPEICHERN UNTER.

➔ Wähle im Dialogfeld WEBSEITE SPEICHERN im Feld SPEICHERN IN den Ordner, in dem du die Webseite speichern möchtest. Vorgegeben ist der Ordner EIGENE DATEIEN.

Im Feld DATEINAME wird automatisch der Seitentitel eingetragen.

➔ Ändere im Feld DATEINAME bei Bedarf den Dateinamen.

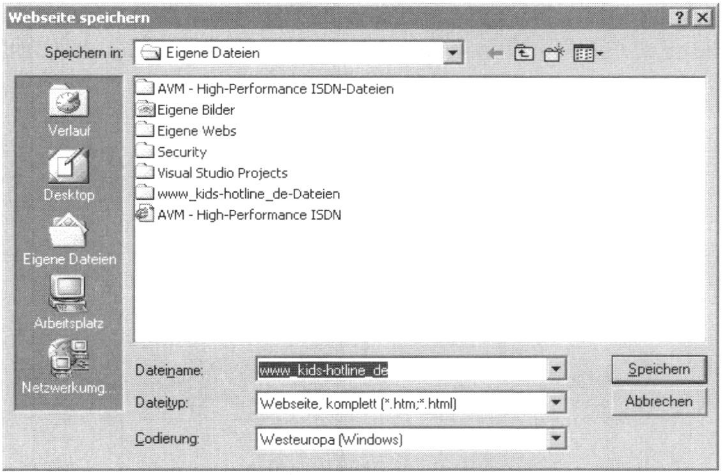

➔ Wähle im Feld DATEITYP, in welchem Format die Webseite gespeichert werden soll.

Als Dateityp ist standardmäßig WEBSEITE, KOMPLETT (*.HTM, *.HTML) ausgewählt. Das heißt, die Webseite wird inklusive aller Bild- und sonstigen Dateien gespeichert. Im Ordner, der im Feld SPEICHERN IN angegeben ist, wird dafür eigens ein Ordner angelegt, der denselben Namen trägt wie die Datei.

Wähle den Typ TEXTDATEI, falls die Webseite als Nur-Text-Datei (*.txt) gespeichert werden soll und den Typ WEBSEITE, NUR HTML (*.HTM, *.HTML), falls die Webseite ohne die Bilddateien gespeichert werden soll. Dann wird sie offline natürlich auch ohne die Bilder geladen.

➔ Klicke auf SPEICHERN.

Öffne die Datei nun im Browser, um zu überprüfen, ob alles korrekt funktioniert hat.

Offlinedatei im Browser laden

Wenn du eine Webseite aus dem Web auf deiner Festplatte gespeichert hast, eine HTML-Datei von einem Bekannten erhalten oder selbst erstellt hast oder bei einem Favoriten angegeben hast, dass die Seite offline verfügbar gemacht werden soll, kannst du die Seite bequem in deinem Browser laden, ohne dass du online bist.

➔ Klicke im Browser auf das Menü DATEI und wähle den Befehl ÖFFNEN.

➔ Klicke auf die Schaltfläche DURCHSUCHEN.

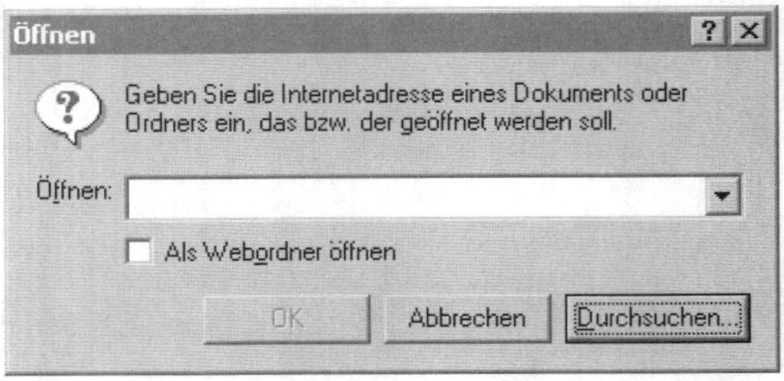

➔ Klicke auf die Webseite, die du laden möchtest.

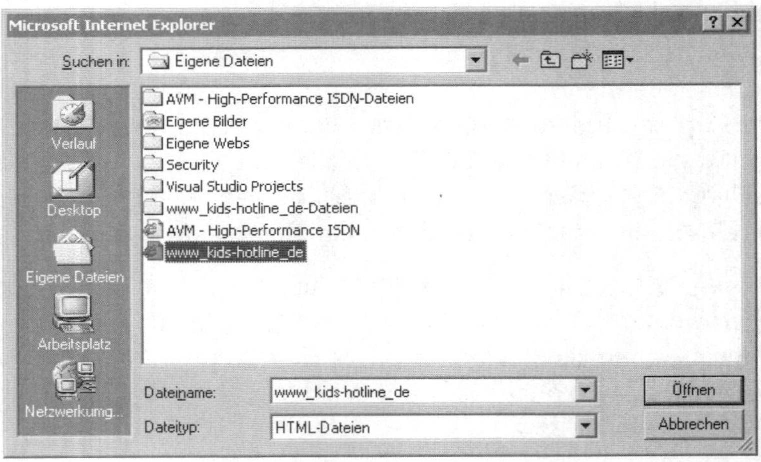

Befindet sich die gewünschte Seite nicht im aktuellen Ordner, der im Feld SUCHEN IN angezeigt wird, musst du den gewünschten Ordner auswählen. Über die Schaltfläche ARBEITSPLATZ steht dir die gesamte Dateistruktur auf dem Arbeitsplatz inklusive aller Laufwerke zur Verfügung. Die Navigation erfolgt wie in Internet Explorer durch Doppelklick auf die Ordner. Über die Schaltfläche  gelangst du zu dem übergeordneten Ordner.

➔ Klicke auf ÖFFNEN, sobald du die gewünschte Datei gefunden hast.

Der Pfad zur Datei wird nun in das Feld ÖFFNEN im gleichnamigen Dialogfeld eingetragen.

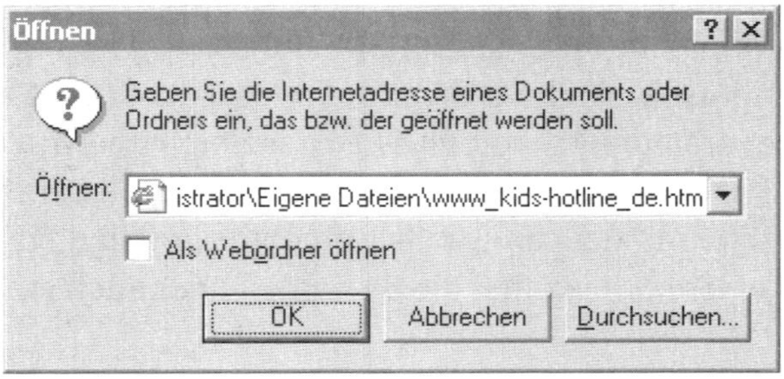

➔ Klicke auf OK.

Die Datei wird nun in deinem Browser angezeigt. Im Adressfeld siehst du nun statt des URLs einen normalen Dateipfad. Daran erkennst du, dass es sich um eine Offlinedatei handelt.

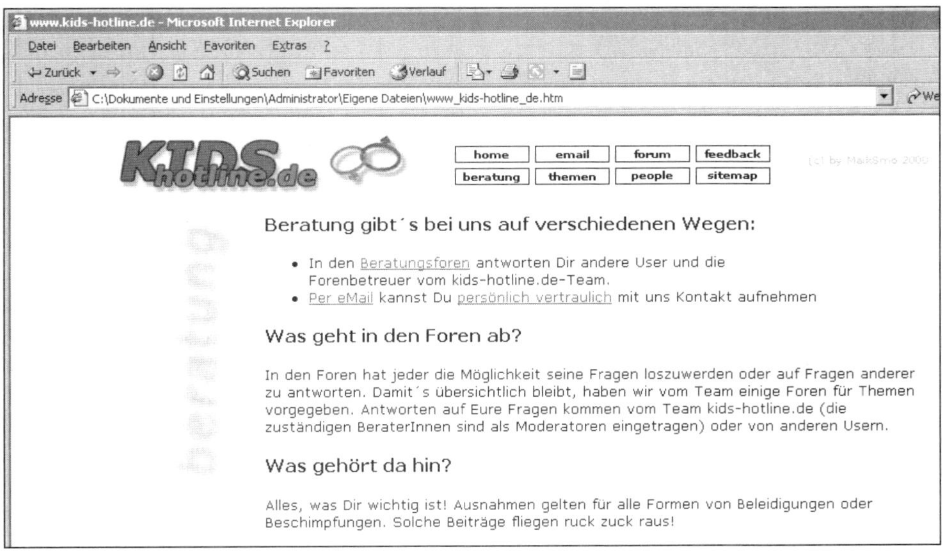

Sicherheitseinstellungen

Spätestens seit dem I LOVE YOU-Virus, der jedem zumindest aus der Tagesschau bekannt ist, dürfte allen klar geworden sein, dass Sicherheit ein wichtiges Thema ist. Wenn du deinen Computer nicht schützt, können Bösewichte anhand von ActiveX-Steuerelementen, Java-Applets oder Cookies auf deinen

Computer zugreifen und dort möglicherweise Schaden anrichten. Allerdings musst du einen Kompromiss finden, denn wenn du alle möglichen Gefährdungen ausschließt, lassen sich auch ungefährliche Webseiten, die solche Elemente beinhalten, nicht mehr laden. Standardmäßig ist deshalb vom Hersteller ein mittleres Sicherheitsniveau eingestellt. Cookies, Java-Applets und ActiveX-Steuerelemente werden zwar prinzipiell übertragen, wird ein Inhalt jedoch als unsicher identifiziert, wirst du gefragt, ob der Download erfolgen soll. Nicht signierte ActiveX-Steuerelemente werden dagegen überhaupt nicht heruntergeladen. Du kannst die Sicherheit aber auch erhöhen oder verringern.

Du brauchst gar nicht im Detail zu wissen, was ein ActiveX-Steuerelement ist. Mit ActiveX-Steuerelementen lassen sich interaktive Webseiten gestalten, die z.B. Popupmenüs enthalten. Das ist natürlich prima. Doch leider ist es möglich, dass in einem solchen Steuerelement auch Viren versteckt sein können.

Nun sind fast alle ungefährlichen ActiveX-Steuerelemente registriert und enthalten eine Signatur, dass sie ungefährlich sind, weil sie von einem Hersteller wie Microsoft stammen, dem du vertrauen kannst. Nicht signierte ActiveX-Steuerelemente stammen von Anbietern, die kein Sicherheitszertifikat haben und sollten deshalb mit besonderer Vorsicht betrachtet werden.

➔ Wähle im Menü Extras den Befehl Internetoptionen.

➔ Aktiviere die Registerkarte Sicherheit.

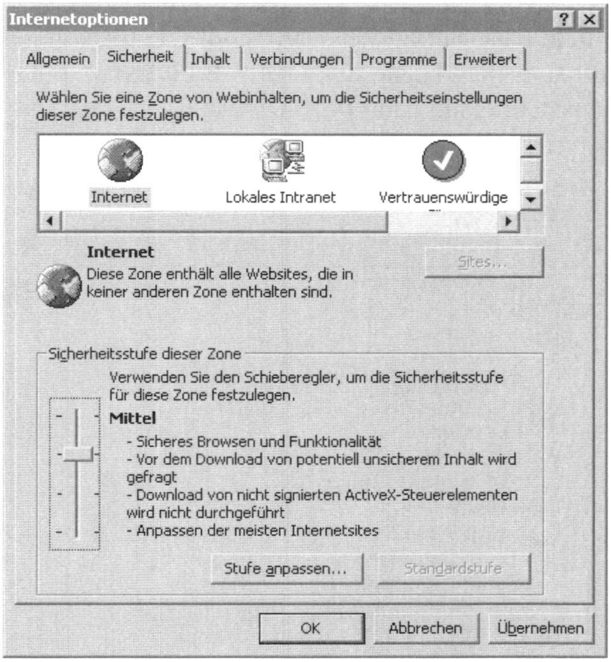

➔ Wähle über den Schieberegler die gewünschte Sicherheitsstufe. Zur Auswahl stehen Hoch, Mittel, Niedrig und Sehr niedrig.

➔ Willst du Änderungen rückgängig machen, klicke auf Standardstufe.

➔ Klicke auf OK, um die Einstellung zu bestätigen.

Rechts neben dem Schieberegler findest du eine Beschreibung der jeweiligen Sicherheitsstufe. Bei der Sicherheitsstufe Hoch wird beispielsweise der Download von Cookies und Dateien deaktiviert. Dies ist natürlich nicht besonders günstig, wenn du über das Web Software downloaden möchtest. Die Stufen Niedrig und Sehr niedrig sind nicht empfehlenswert. Wählst du eine dieser Stufen, wirst du gewarnt und du musst mit Ja bestätigen, dass du die Sicherheit tatsächlich reduzieren möchtest.

Kennst du dich etwas besser aus, kannst du die Sicherheit auch selbst anpassen. Klicke dazu auf die Schaltfläche Stufe anpassen. Im Dialogfeld Sicherheitseinstellungen stehen zahlreiche Optionen zur Verfügung, die du aktivieren, deaktivieren oder für die du eine Eingabeaufforderung festlegen kannst.

Es ist aber auf jeden Fall empfehlenswert, dass du dich mit jemandem berätst, wenn du an diesen Einstellungen etwas änderst. Sprich z.B. mit deinen Eltern oder mit deinen Lehrern.

Um die Standardeinstellungen für eine Stufe wiederherzustellen, klickst du auf die Schaltfläche ZURÜCKSETZEN. Klicke anschließend auf JA und OK.

5 Die Suche im Netz

Wie du inzwischen sicherlich bemerkt hast, ist das Angebot im Internet uferlos. Um etwas Bestimmtes zu finden, musst du auf Verzeichnisse von Websites und Webseiten zugreifen. Solche Verzeichnisse werden als *Suchmaschinen* oder *Webkataloge* bezeichnet. Die großen, allgemeinen Suchmaschinen suchen Websites und -seiten zu allen Themen. Es gibt aber auch spezielle Suchmaschinen, wie z.B. solche für Literatur, Wirtschaft oder Medizin. Und es gibt Suchmaschinen für E-Mail-Adressen. So genannte *Meta-Suchmaschinen* nehmen dir Arbeit ab, indem sie deinen Suchbegriff in mehrere Suchmaschinen eingeben. Und natürlich gibt es auch noch die »Suchmaschinen« innerhalb von Websites, mit denen du in umfangreichen Webangeboten nach Inhalten suchen kannst.

In diesem Kapitel lernst du,

- wie du eine Suche mit einer Suchmaschine oder einem Webkatalog durchführst
- wie du eine Meta-Suchmaschine benutzt
- wie du nach speziellen Informationen wie Adressen, E-Mail-Adressen, Literatur, kostenlosen Angeboten und medizinischen Publikationen suchst
- wie du Informationen in einer Website findest

Suchmaschinen und Webkataloge werden hier gemeinsam behandelt, da sich die Benutzeroberflächen und die Bedienung nicht unterscheiden.

Suchmaschinen und Webkataloge

Suchmaschinen und Webkataloge verwalten beide Unmengen an Daten, derzeit bis zu 8 Millionen Einträge. Der Unterschied zwischen einer Suchmaschine und einem Webkatalog besteht darin, dass die Einträge, d.h. die Links zu Webseiten, bei einer Suchmaschine mit einem Robot gesucht und Kategorien zugeordnet werden und bei einem Webkatalog von Mitarbeitern des Unternehmens. Bei Webkatalogen hat jeder die Möglichkeit, seine Site oder Homepage anzumelden. Von der Benutzeroberfläche her sind Suchmaschinen und Webkataloge nicht zu unterscheiden.

Suchst du Informationen zu einem ganz bestimmten Stichwort, die Website einer speziellen Firma oder eine Website, von der du eine bestimmte Datei herunterladen kannst, wirst du eher bei einer Suchmaschine fündig werden. Suchst du dagegen Websites zu einer bestimmten Kategorie, wie z.B. Jobbörsen oder Games, bist du mit einem Webkatalog besser bedient.

Hier ein Beispiel für eine Suchmaschine.

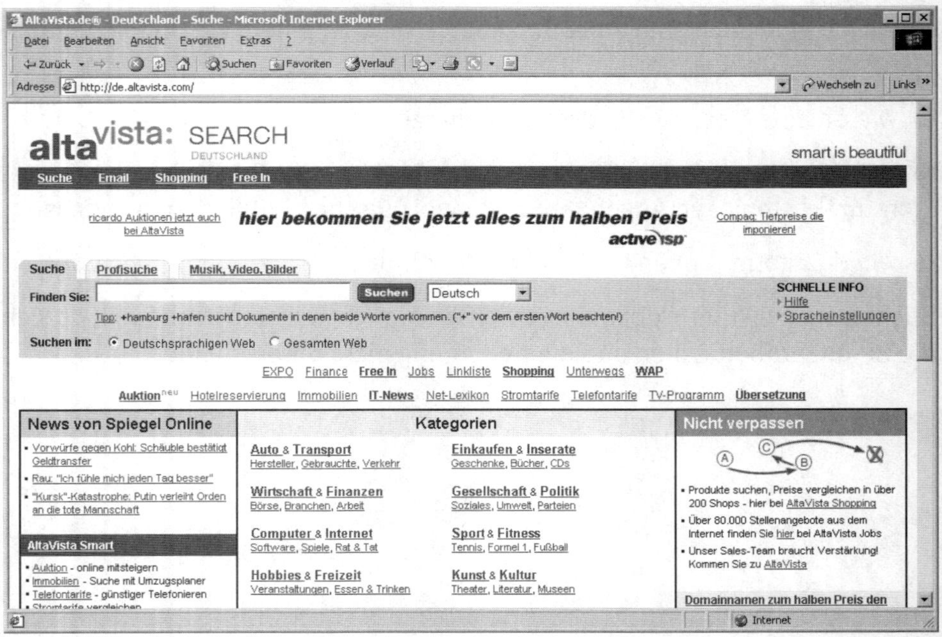

Hier ein Beispiel für einen Webkatalog.

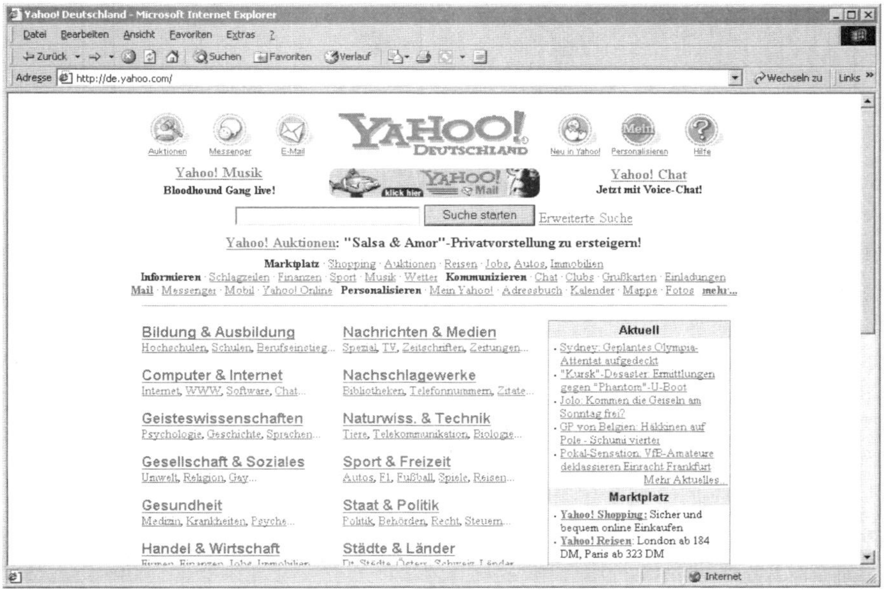

Ein *Robot* oder *Internetroboter* ist ein Programm, das das Internet automatisch nach Webseiten durchsucht und deren Adresse und eine Kurzinformation in der Datenbank der Suchmaschine ablegt. Robots werden manchmal auch als *Spider* bezeichnet. Der Entwickler einer Website kann die Kurzinformationen auch selbst festlegen, indem er sie in den Metatext der Seite integriert, d.h. in den Informationen über die Seite.

Adressen für Suchmaschinen und Webkataloge

Nachfolgend findest du Adressen für deutsche Suchmaschinen und Webkataloge. Welches Angebot das Beste ist, lässt sich schwer sagen, denn eine solche Bewertung ist immer davon abhängig, was du suchst. Probiere einfach mehrere aus. Du wirst relativ schnell feststellen, welche Suchmaschine sich für deine Zwecke eignet.

Sagt dir ein Suchdienst besonders zu, der schon in Internet Explorer integriert ist (MSN, Excite, Web.de, Alles klar oder Fireball), kannst du diesen auch als Hauptsuchdienst für die Suche einrichten. Wie das funktioniert, erfährst du weiter hinten im Abschnitt »Suchen im Internet Explorer«. Die Funktion SUCHEN in Internet Explorer greift dann für die Suche auf diesen Dienst zu und das Suchergebnis wird in der Website dieses Dienstes angezeigt.

Beispiele für Suchmaschinen:

Suchmaschine	Adresse
Acoon	www.acoon.de
Aladin	www.aladin.de
AltaVista	www.altavista.de
Crawler.de	www.crawler.de
Eule.de	www.eule.de
Excite	www.excite.de
Fireball	www.fireball.de
Infoseek	www.infoseek.de
Kolibri	www.kolibri.de
Lycos	www.lycos.de

Beispiele für Webkataloge:

Webkatalog	Adresse
Alles Klar	www.allesklar.de
Blinde Kuh	www.blinde-kuh.de
Dino-Online	www.dino-online.de
Sharelook	www.sharelook.de
Web.de	www.web.de
Yahoo	www.yahoo.de

Metasuchmaschinen

Eine Metasuchmaschine ist im eigentlichen Sinne keine Suchmaschine, sondern durchsucht gleichzeitig mehrere Suchdienste, die du dir selbst aus einem Angebot aussuchen kannst. Aktiviere dazu die Kontrollkästchen vor den gewünschten Suchmaschinen. Stellst du fest, dass du häufig mehrere Suchmaschinen und Webkataloge einsetzen musst, um das gewünschte Ergebnis zu finden, lohnt sich für dich dieser Suchdienst auf jeden Fall, denn du musst dann nicht mehr aufwändig einen Suchdienst nach dem anderen durchgehen.

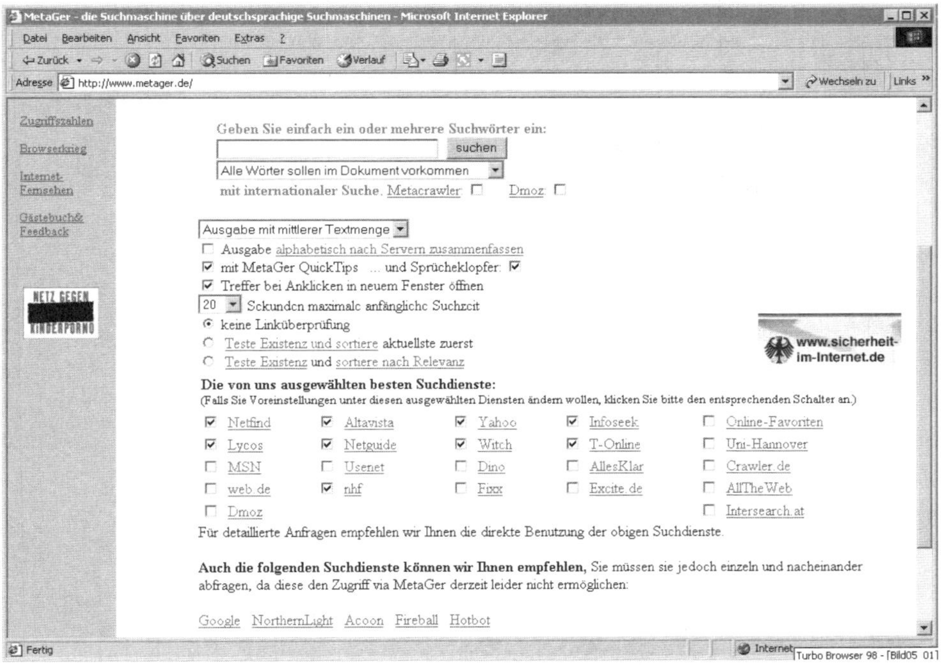

Adressen für Metasuchmaschinen

Es gibt nicht allzu viele deutsche Metasuchmaschinen. Die Adressen findest du in der folgenden Tabelle:

Metasuchmaschine	Adresse
Apollo 7	`www.apollo7.de`
Meta Ger	`www.metager.de`
Metalook	`www.metalook.de`
Suchen.com	`www.suchen.com`

Einen guten Überblick über Suchmaschinen, Webkataloge und Metasuchmaschinen in Deutschland und Österreich sowie von englischsprachigen Suchmaschinen bietet die Webseite `www.topscout.de/suchma.htm`. Selbstverständlich kannst du durch Anklicken zur jeweiligen Suchmaschine springen.

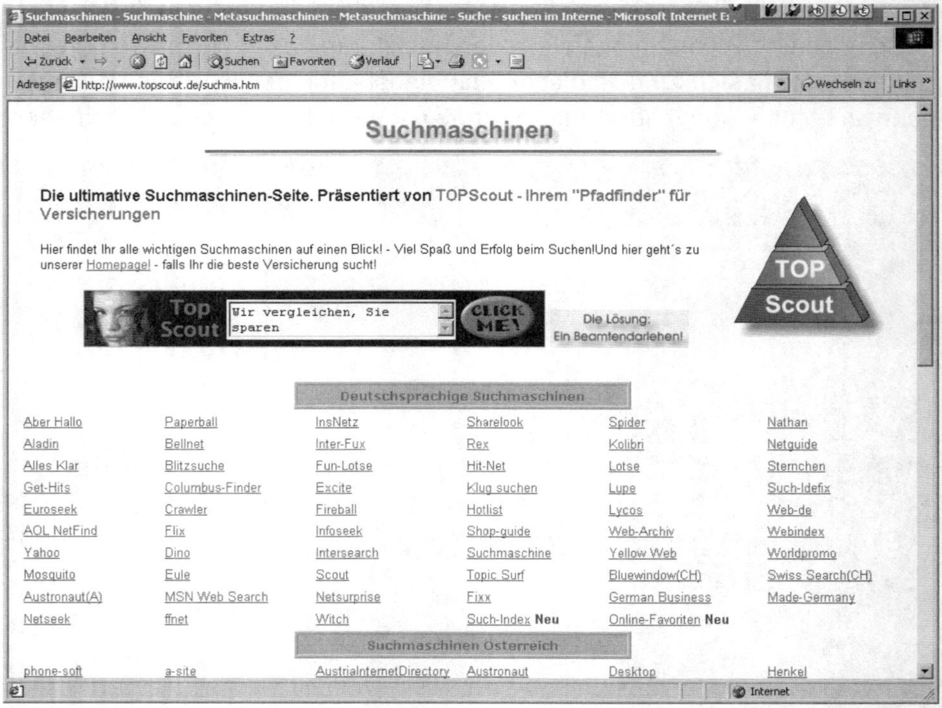

Die einfache Suche

So, nun ist es aber genug mit den Erklärungen. Jetzt erfährst du endlich, wie die Suche funktioniert. Die Suche funktioniert bei Suchmaschinen und Webkatalogen im Prinzip gleich. Es gibt in der Regel eine *einfache Suche*, bei der du einen Begriff eingibst, zu dem du Informationen finden möchtest, und die Suche dann startest. Ist dein Suchbegriff zu allgemein, werden mehrere Tausend Webseiten gefunden. Die kannst du natürlich nicht alle durchgehen. In einem solchen Fall ist es sinnvoll, die Suche mit zusätzlichen Kriterien weiter einzugrenzen. Hierfür stellen Suchdienste, also Suchmaschinen und Webkataloge, die *erweiterte Suche* zur Verfügung.

➔ Öffne den Suchdienst, in dem du einen Begriff suchen möchtest.

➔ Gib einen Suchbegriff in das Textfeld ein, klicke auf die Schaltfläche SUCHEN oder drücke die [↵]-Taste.

Die gefundenen Webseiten werden nun aufgelistet. In der Regel enthält jeder Listeneintrag den Seitentitel, neben einer Kurzbeschreibung der Seite und den URL. Bei der Blinden Kuh wird anhand einer Balkenstatistik angegeben, zu welcher Kategorie die Webseite am besten passt. Diese Information kannst du für die erweiterte Suche nutzen. Bei manchen Suchmaschinen, wie z.B. AltaVista, werden außerdem die Dateigröße, die Sprache und das Datum angegeben, an dem die Seite zuletzt geändert wurde.

➔ Klicke auf den Seitentitel, um die Webseite im Browser zu öffnen.

Bei manchen Suchmaschinen wird die Webseite, auf deren Titel du im Suchergebnis klickst, immer in einem neuen Browserfenster geöffnet. Du kannst über die Taskleiste von Windows zum bisherigen Browserfenster wechseln und einen Link zu einer anderen Webseite anklicken.

Bei AltaVista sieht das Ganze so aus wie in der folgenden Abbildung. Wie du siehst, funktionieren beide Suchmaschinen im Prinzip gleich.

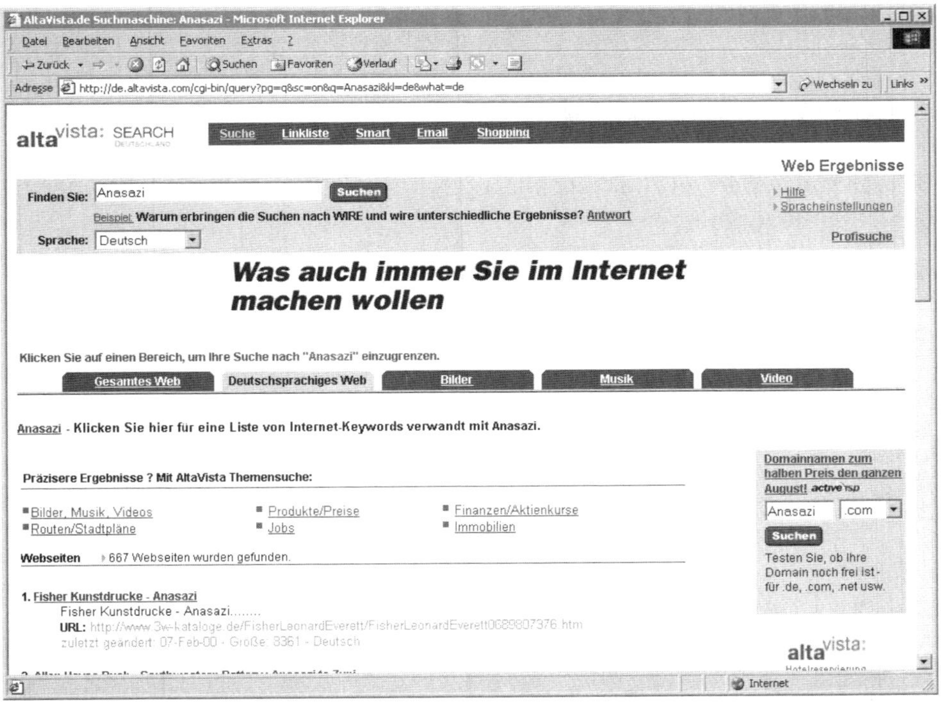

In der Zeile WEBSEITEN siehst du, wie viele Webseiten insgesamt gefunden wurden. Anschließend werden die Suchergebnisse durchnummeriert aufgelistet. In der erste Zeile jedes Eintrags steht der Seitentitel. Diesem folgen eine Kurzbeschreibung und der URL. In der letzten Zeile stehen das Änderungsdatum, die Dateigröße und die Sprache.

Wurden sehr viele Webseiten gefunden, wie hier im Beispiel von AltaVista, passen diese natürlich nicht alle auf eine Webseite. Du findest dann am unteren und manchmal auch am oberen Seitenrand Links zu den nächsten Seiten. Klicke auf die gewünschte Seitenzahl. Prinzipiell gilt aber, dass die Suchergebnisse, die am besten mit deinem Stichwort übereinstimmen, zuerst aufgelistet werden.

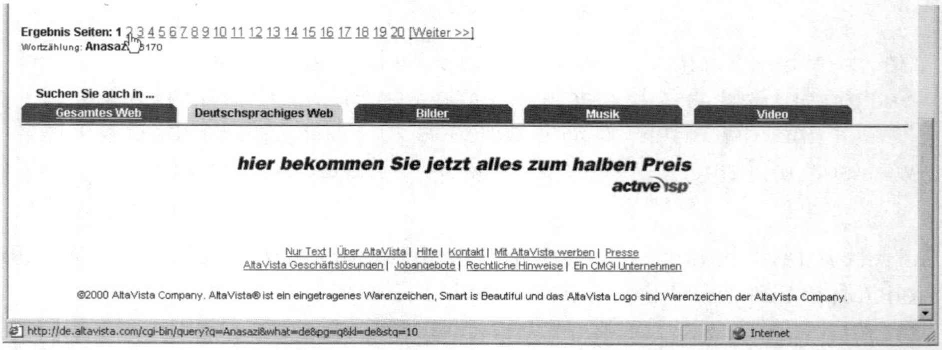

Ergebnisse analysieren

Bei der Suche werden alle Webseiten gefunden, in denen der von dir eingegebene Begriff vorkommt.

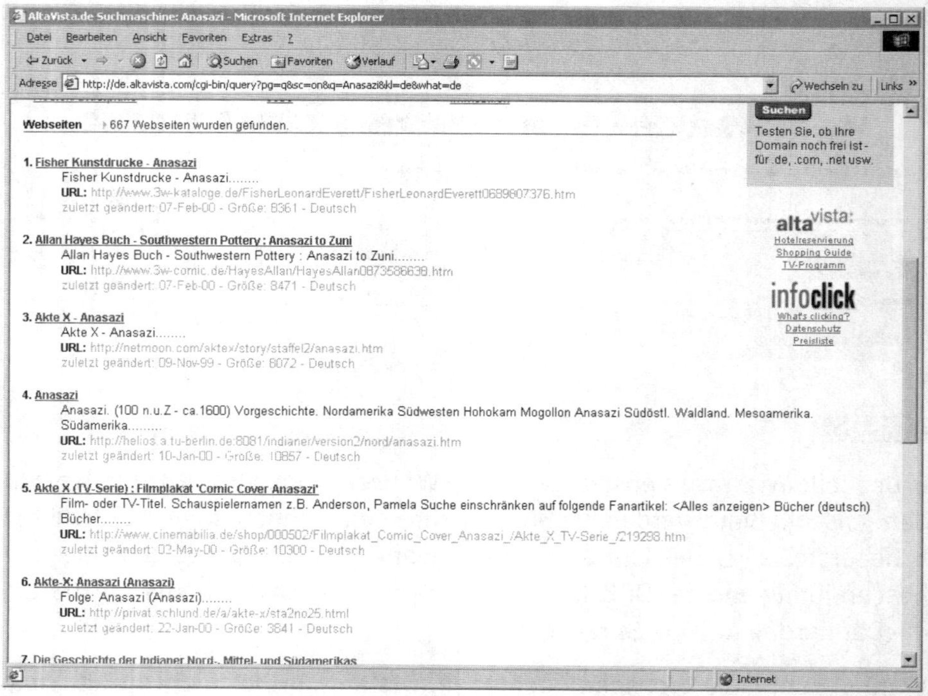

Dass der Begriff in der Seite enthalten ist, muss natürlich nicht bedeuten, dass die Seite tatsächlich das gesuchte Thema behandelt. Möglicherweise heißt einfach nur eine Person oder ein Gegenstand wie der Suchbegriff. Im Beispiel der Suche nach der Kultur der Anasazi in AltaVista werden beispielsweise einige Sites zu Folgen der Serie Akte X angezeigt, die jedoch keine Informationen zu der Kultur der Anasazi enthält.

Bei der Analyse der Suchergebnisse solltest du folgende Punkte berücksichtigen:

➔ *Seitentitel und Beschreibung lesen.* Um die gesuchte Website zu finden, kannst du natürlich alle Suchergebnisse anklicken und dir die Angebote genauer ansehen. Dies ist aber ziemlich zeitaufwändig und auch ineffizient. Sinnvoller ist es, wenn du dir die Titel und die Kurzbeschreibungen zu den Suchergebnissen ansiehst. Du kannst daraus meistens schließen, ob das Ergebnis zu dem Angebot passt, was du finden wolltest.

➔ *Mehrfachangaben übergehen.* Häufig werden Suchergebnisse mehrfach aufgelistet. Diese kannst du natürlich ebenfalls übergehen.

➔ *Sprache angeben.* Möchtest du nur deutsche Seiten betrachten, solltest du die Sprache Deutsch angeben. Ansonsten erhältst du vielleicht nur amerikanische Suchergebnisse. Und das hilft – insbesondere, falls deine Englischkenntnisse nicht so gut sind – häufig auch nicht weiter.

➔ *Suche weiter einschränken.* Stellst du anhand der ersten Seite der Suchergebnisse bereits fest, dass nur wenige Listeneinträge etwas mit dem zu tun haben, was du suchen möchtest, solltest du die Suche anhand zusätzlicher Stichworte, wie z.B. »Anasazi und Nordamerika«, weiter einschränken. Mehr hierzu erfährst du im Abschnitt »Die erweiterte Suche«.

➔ *Änderungsdatum überprüfen.* Du solltest es dir außerdem zur Angewohnheit machen, das Datum zu überprüfen, an dem die Seite zuletzt geändert wurde. Manche Server werden geradezu sträflich vernachlässigt und es kommt schon mal vor, dass die letzte Änderung schon Jahre her ist. Bei Beschreibungen wie im Beispiel der Hochkultur der Anasazi ist dies weniger problematisch. Websites, die dynamische Informationen enthalten, wie z.B. Verlagsserver, die Bücher präsentieren, sind dann natürlich unbrauchbar.

Suche in Internet Explorer

Die Suchfunktion in Internet Explorer ist auch eine Art Metasuchmaschine. Klickst du auf die Schaltfläche SUCHEN und gibst den Suchbegriff ein bzw. gibst du den Suchbegriff direkt in die Adressleiste ein, wird dieser im Suchdienst gesucht, der unter dem Textfeld angegeben ist. Standardmäßig ist dies MSN Web Search.

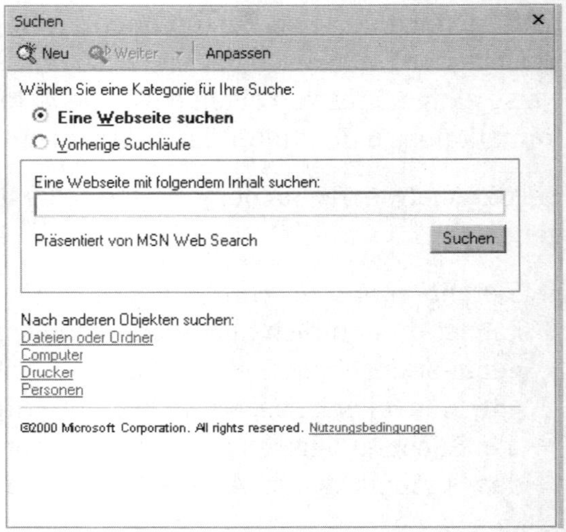

Das Ergebnis wird in der Website des Suchdienstes präsentiert.

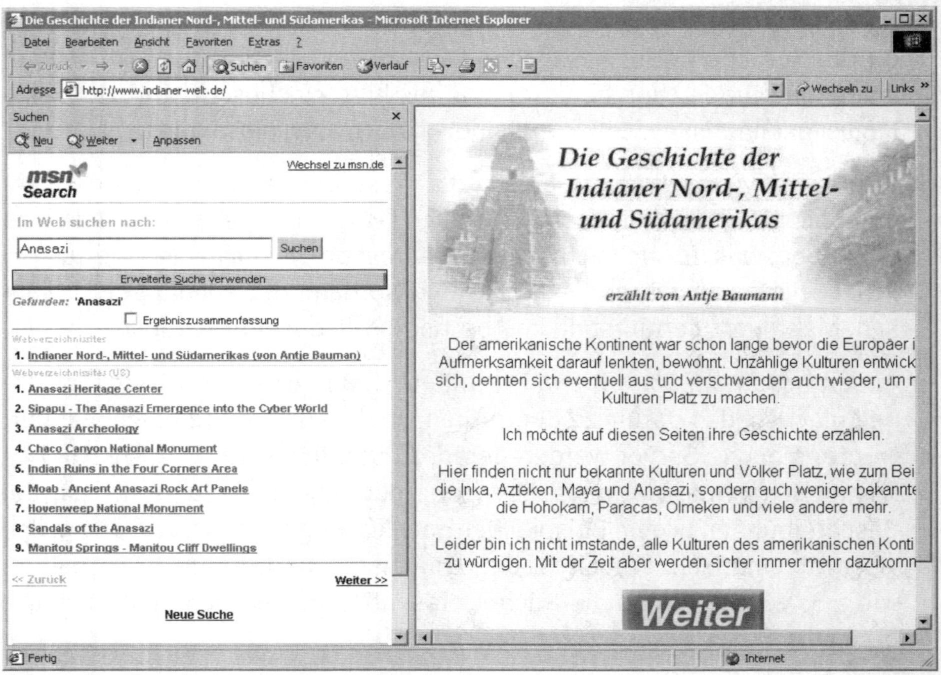

Möchtest du lieber mit einem anderen Suchdienst als Hauptsuchdienst arbeiten, brauchst du diesen nur auszuwählen.

➔ Klicke im Fenster SUCHEN auf ANPASSEN.

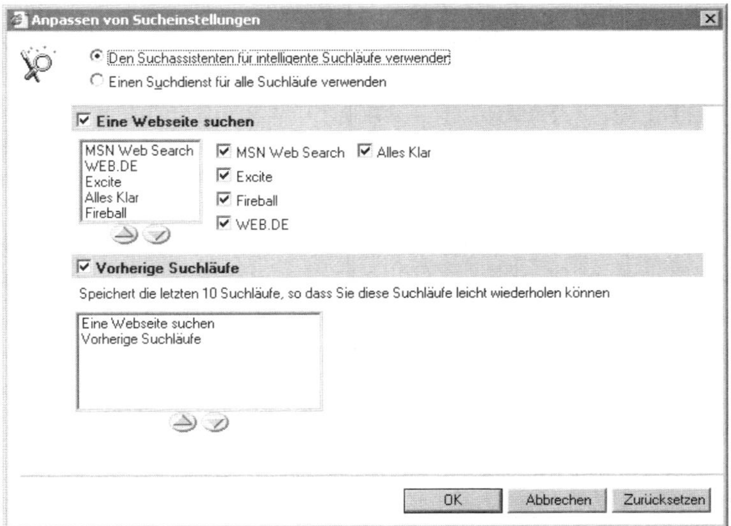

➔ Markiere den Suchdienst, den du als Hauptsuchdienst nutzen möchtest.

➔ Klicke mehrfach auf die Schaltfläche , um den Suchdienst an den Anfang der Liste im Bereich EINE WEBSEITE SUCHEN zu setzen.

➔ Über die Schaltflächen   kannst du die Reihenfolge der Suchdienste an deine Wünsche anpassen.

➔ Aktiviere die Kontrollkästchen aller Suchdienste, die in eine Suche mit einbezogen werden sollen.

➔ Klicke auf OK.

Die Suche wird nun zuerst im Suchdienst durchgeführt, der ganz oben in der Liste steht. Anschließend werden alle anderen Sites durchgegangen, die auf der Liste stehen.

Die erweiterte Suche

Werden zu viele Suchergebnisse angezeigt, solltest du die Suche weiter einschränken. Dazu gibt es die folgenden Möglichkeiten:

➔ *Sprache auswählen.* Bei internationalen Suchdiensten wie AltaVista und Yahoo werden nicht nur deutsche, sondern Webseiten aus aller Welt katalogisiert. Diese sind natürlich auch in der Landessprache verfasst. Möchtest du nur deutschsprachige Seiten angezeigt bekommen, musst du die Sprache Deutsch wählen.

➔ *Groß-/Kleinschreibung beachten.* Suchst du nach einem Programm, ist es häufig sinnvoll, nur Großbuchstaben zu verwenden, da Programme häufig so angegeben werden. Bei einem Suchbegriff in Großbuchstaben werden nur die Seiten gefunden, auf denen der Begriff großgeschrieben ist.

➔ *Zusätzliche Suchbegriffe angeben.* Durch die Angabe eines zusätzlichen Suchbegriffs lässt sich die Suche auf Seiten eingrenzen, die beide Begriffe beinhalten. Gibst du z.B. »Anasazi AND Nordamerika« ein, werden nur die Seiten gefunden, in denen beide Begriffe vorkommen. Weiter unten findest du eine Tabelle mit weiteren Operatoren für die Suche.

➔ *Jokerzeichen (*) verwenden, um verschiedene Formen eines Suchbegriffs zu finden.* Möchtest du alles zum Thema Fußball finden, also sowohl Fußballergebnisse als auch Fußballvereine und Fußballspieler, kannst du hinter dem Suchbegriff ein Sternchen (*) eingeben, also *Fußball**. Es werden nun alle Seite gefunden, die einen Begriff enthalten, der mit »Fußball« beginnt.

➔ *Mehrere zusammenhängende Suchbegriffe in Anführungszeichen (" ") eingeben.* Suchst du beispielsweise die Website von Britney Spears, nützt es nicht viel, *Britney Spears* einzugeben. Denn dann werden Websites gefunden, in denen Britney oder Spears vorkommt. Gibst du dagegen *"Britney Spears"* ein, werden alle Websites gefunden, in denen zusammenhängend »Britney Spears« vorkommt.

➔ *Weitere Optionen der Suchmaschine nutzen.* Viele Suchmaschinen bieten zusätzliche Optionen an, um die Suche weiter zu verfeinern. Bei MSN klickst du dazu auf ERWEITERTE SUCHE, bei AltaVista auf PROFISUCHE. In der Regel werden diese Optionen anhand ausführlicher Beispiele erklärt.

Die erweiterte Suche von MSN Search sieht beispielsweise wie folgt aus:

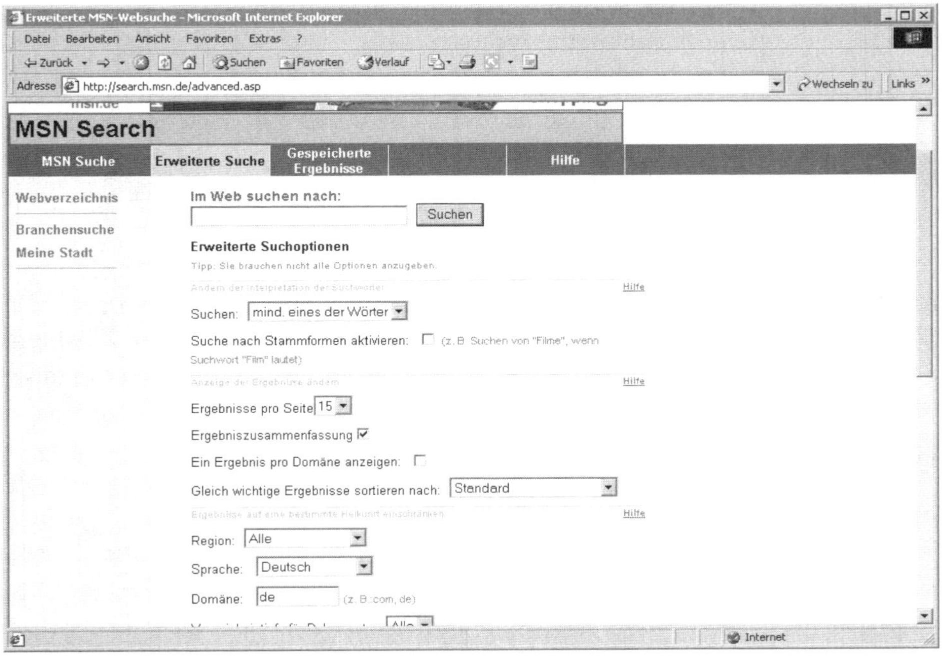

Diese erweiterte Suche bietet allen eine Hilfe, denen die Suche mit Suchoperatoren zu kompliziert ist. Im Feld SUCHEN kannst du beispielsweise auswählen, ob bei mehreren angegebenen Suchbegriffen mindestens eines der Wörter in der Webseite vorkommen muss oder alle Wörter. Unter anderem kannst du festlegen, dass nicht mehrere Suchergebnisse aus einer Domäne angezeigt werden sollen und wie die Suchergebnisse sortiert werden sollen.

Operatoren für die erweiterte Suche

Operator	Funktion	Beispiel
AND	Suche nach Websites, die beide Suchbegriffe enthalten	Britney AND Spears
UND	siehe AND	Britney UND Spears
+	siehe AND	+Britney +Spears
OR	Suche nach Websites, die einen der beiden Suchbegriffe enthalten	Britney OR Spears. Dieser Operator ist überflüssig, da die Eingabe zweier Suchbegriffe ohne Anführungszeichen als OR-Suche behandelt wird.

Operator	Funktion	Beispiel
" "	Sucht nach Websites, die die angegebenen Begriffe im Zusammenhang enthalten	"Britney Spears"
NOT	Suche nach Websites, die den angegebenen Begriff nicht enthalten	Anasazi NOT "Akte X"
-	siehe NOT	Anasazi - "Akte X"

Nachfolgend siehst du das Ergebnis für eine Suche mit dem Operator NOT. In die Suchmaschine AltaVista wurde der Suchbegriff *Anasazi - "Akte X"* eingegeben. Wie du siehst, werden auch keine Suchergebnisse mehr angezeigt, die die Bezeichnung »Akte X« enthalten.

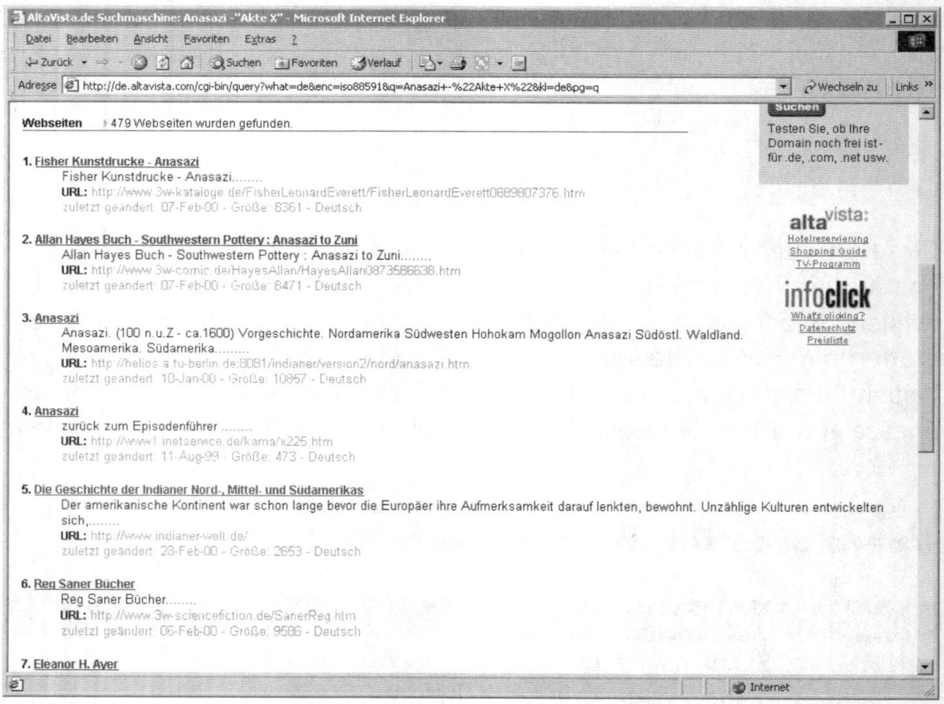

Die Suche im Webkatalog

Webkataloge zeichnen sich dadurch aus, dass du nach Webseiten einer bestimmten Kategorie suchen kannst. Die Kategorien sind wie das Dateisystem hierarchisch aufgebaut. Das heißt, ganz oben stehen die übergeordneten Kategorien, die du siehst, wenn du die Homepage öffnest, wie hier beim Anbieter Web.de unter VERZEICHNIS.

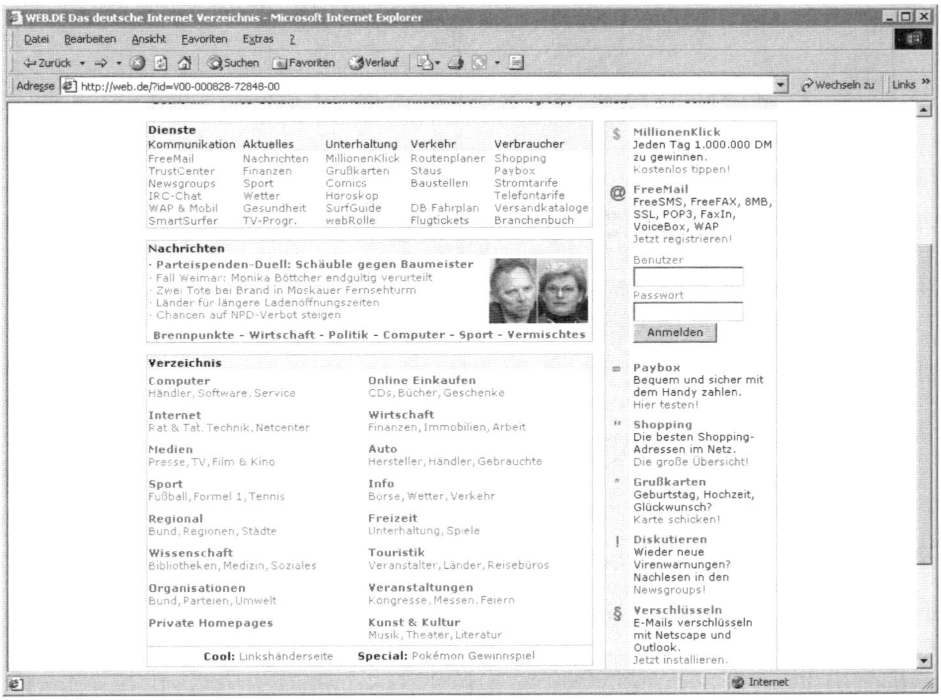

➔ Klicke auf die Kategorie, zu der du Websites suchst.

Es werden nun alle Unterkategorien dieser Kategorie aufgeführt. Außerdem wird angegeben, wie viele Websites in der Unterkategorie enthalten sind.

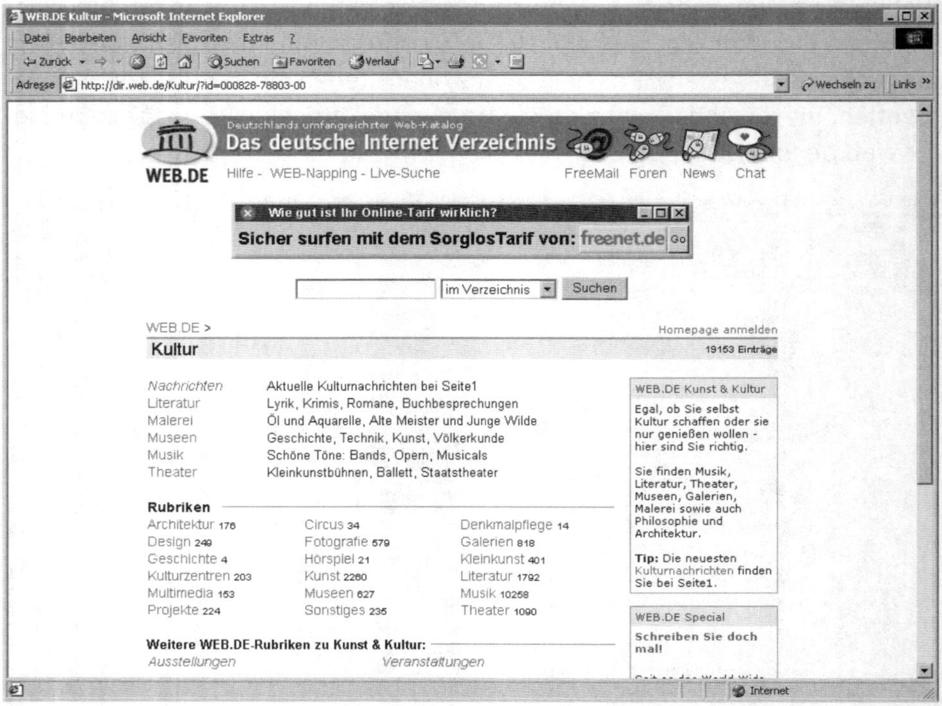

➔ Klicke nun wieder auf die Kategorie, zu der du Websites suchst.

Es öffnet sich die nächste Unterkategorie. In dieser klickst du wieder auf eine Kategorie usw. Am Schluss dieser Kette steht eine Seite mit Links zu Websites und einer Kurzbeschreibung zu jeder Site. Oberhalb der Linkliste wird in der Regel der Pfad angezeigt, in dem du dich befindest, und die Anzahl der Einträge. Im Beispiel ist dies der Pfad Web.de > Kultur > Musik > MP3 > Suchen & Finden.

➔ Klicke auf den Titel der Site, die du besuchen möchtest.

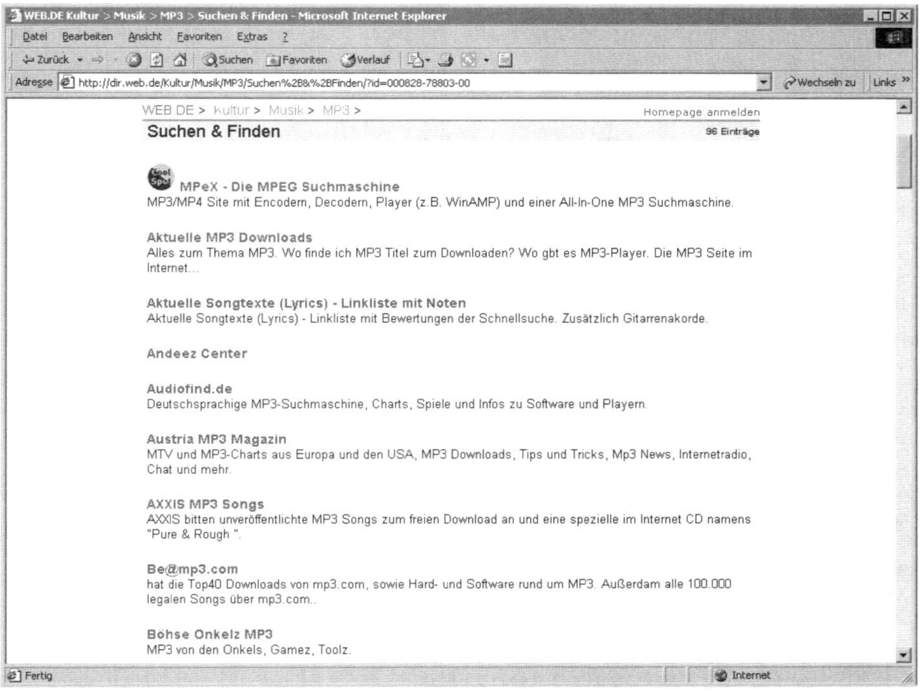

Falls du selbst eine Website oder eine Homepage betreibst, die zu einer Kategorie in einem Webkatalog passt, kannst du diese in der Linkliste anmelden. Klicke dazu auf einen Link mit einer Bezeichnung wie HOMEPAGE ANMELDEN.

Spezielle Suchmaschinen

Möchtest du nach einer E-Mail-Adresse, einer Postanschrift oder einer Literaturangabe suchen, eignen sich Suchmaschinen und Webkataloge nicht unbedingt. Hierfür gibt es eigene Suchmaschinen. Einige werden in den nächsten Abschnitten beschrieben. Weitere Adressen findest du in Kapitel 15.

Die Suche nach E-Mail-Adressen

E-Mail-Adressen kannst du beispielsweise über eMail-Verzeichnis (`www.email-verzeichnis.de`), Suchen.de (`www.suchen.de`), Bigfoot (`www.bigfoot.de`), Yahoo! People Search (`people.yahoo.com`) oder HotBot (`www.hotbot.lycos.com/partners/email.asp`) finden. Von den Suchmaschinen für E-Mail-Adressen solltest du allerdings nicht allzu viel erwarten. Insbesondere die deutschen Angebote befinden sich alle erst im Aufbau.

Bei E-Mail-Verzeichnissen gibst du entweder Vor- und Nachnamen der gesuchten Person in ein einzelnes Feld ein oder in zwei getrennte Felder. Dann kannst du die Suche schon starten. Dies ist natürlich bei Namen, die es sehr häufig gibt, etwas problematisch. Denn wie sollst du erkennen, welches die richtige Person ist? Bei Suchen.de kannst du deshalb zusätzlich die Firma, die Branche, die Postleitzahl und den Ort angeben.

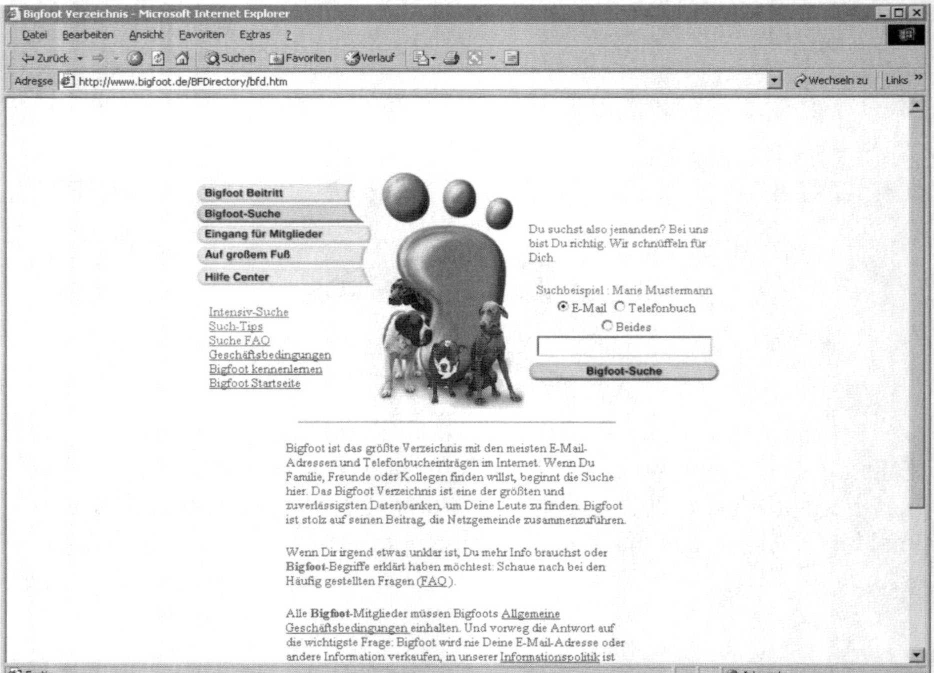

Wird eine E-Mail-Adresse gefunden, kannst du auf diese klicken, um eine E-Mail an die betreffende Person zu senden. Die E-Mail-Adresse wird automatisch ins Adressfeld einer neuen E-Mail-Nachricht eingetragen.

Die Suche nach Postanschriften und Telefonnummern

Seit es das Internet gibt, brauchst du dich nicht mehr über besetzte Leitungen bei der Telefonauskunft zu ärgern. Anders als bei der Telefonauskunft erhältst du neben der Telefonnummer auch die Adresse und du kannst die Suche auch vom Ausland aus bequem durchführen. Dies gilt natürlich nur für Personen, die sich ins Telefonbuch eintragen lassen.

Die deutsche Telefonauskunft im Internet stammt von der DeTe Medien AG und liegt in unterschiedlichen Ausführungen vor. Über `www.auskunft-germany.de` gelangst du zu einer Webseite, die einen Link zur Telefonauskunft innerhalb Deutschlands und zu Telefonauskünften verschiedener anderer Länder beinhaltet. Die Adresse `www.tele-auskunft.de` führt zu einer Webseite, die einen Link zu den »Gelben Seiten« der Telekom für Rufnummern von Firmen und zu dem Telefonbuch »Das Örtliche« für private Rufnummern anbietet. Über die Adresse `www.telefonbuch.de` kommst du direkt zur Suchseite innerhalb des Telefonbuchs »Das Örtliche«.

➔ Klicke in der Seite `www.telefonbuch.de` auf den Link WEITERE SUCHKRITERIEN.

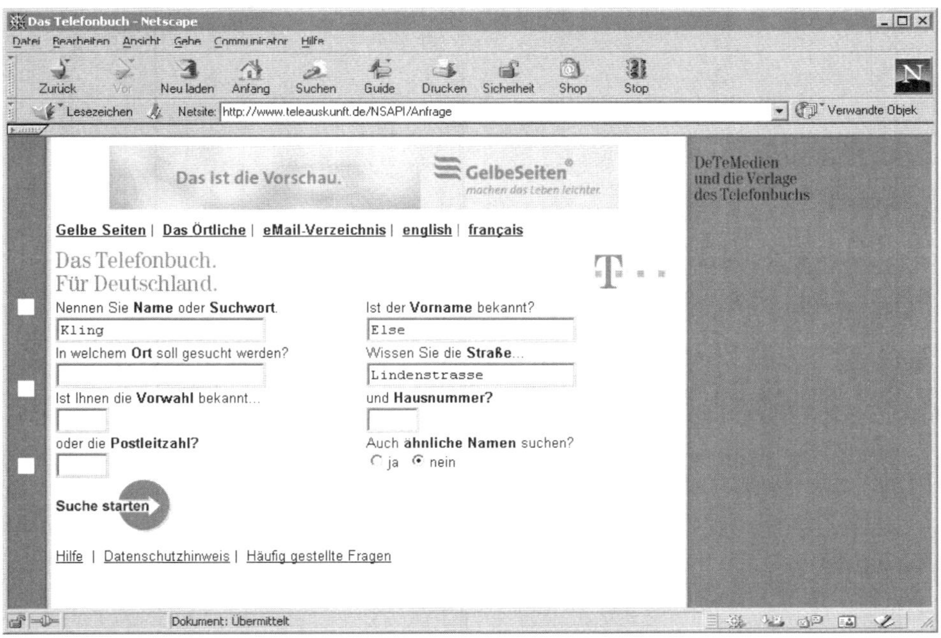

➔ Gib den Namen und den Vornamen der Person ein, deren Rufnummer du suchen möchtest.

➔ Gib entweder einen Ort oder besser noch die Postleitzahl der Postanschrift der gesuchten Person an, falls du diese kennst.

➔ Klicke auf SUCHE STARTEN.

Das Ergebnis der Suche wird nun angezeigt. Waren deine Angaben eindeutig, werden direkt die gefundenen Telefonbucheinträge aufgelistet.

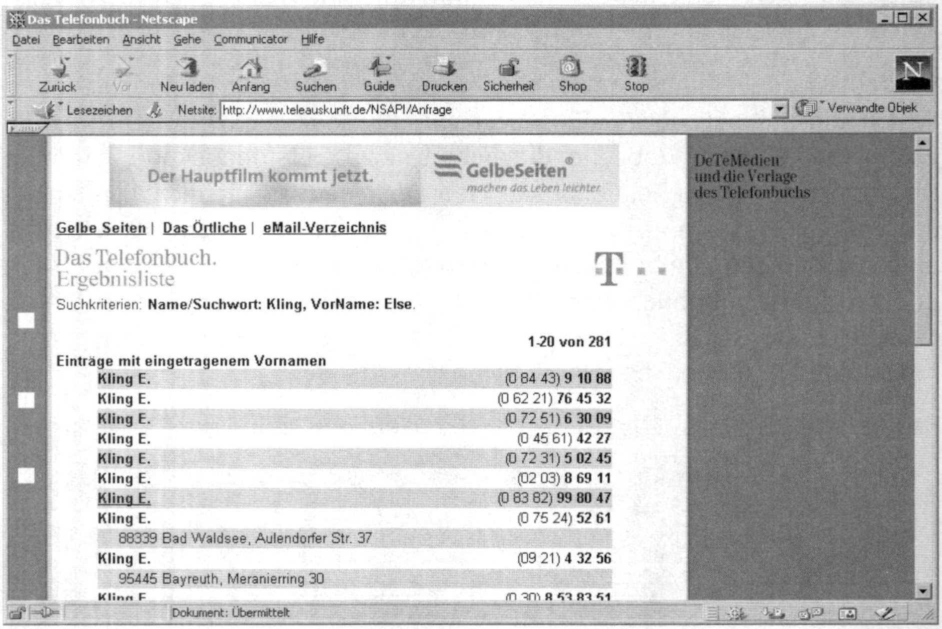

➔ Notiere dir die Rufnummer und die Adresse.

Hast du einen Ort eingegeben, den es in Deutschland mehrmals gibt, musst du im nächsten Schritt zunächst erst den Ort näher spezifizieren.

➔ Aktiviere die Kontrollkästchen aller Orte, die für die Suche relevant sind, und klicke auf SUCHE STARTEN.

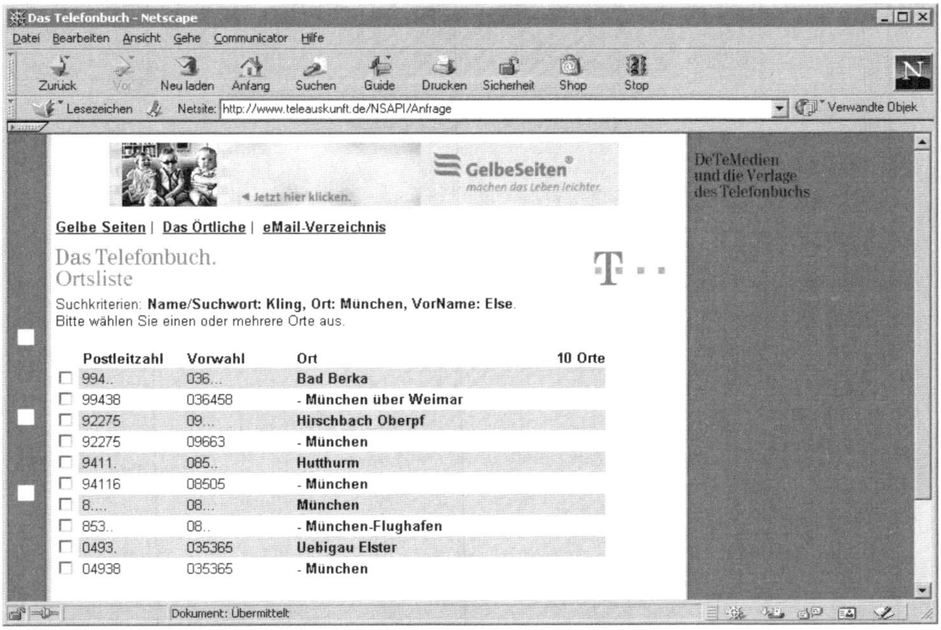

Die Suche wird nun noch einmal mit genauer Ortswahl durchgeführt und die Ergebnisse werden wie im ersten Beispiel aufgelistet.

Spezialisierte Suchdienste

Im Internet gibt es zahlreiche Suchdienste, die sich auf eine bestimmte Fachrichtung oder ein Thema konzentrieren. Beispiele wären der Webkatalog Blinde Kuh, der auf Kinder ausgerichtet ist, die Site von DeNic (`www.denic.de`), der deutschen Vergabestelle von Domänennamen, oder der Site Medizin (`www.medizin.de`) mit Links zu Datenbanken für medizinische Veröffentlichungen (z.B. Medline), medizinische Zeitschriften und Ähnliches.

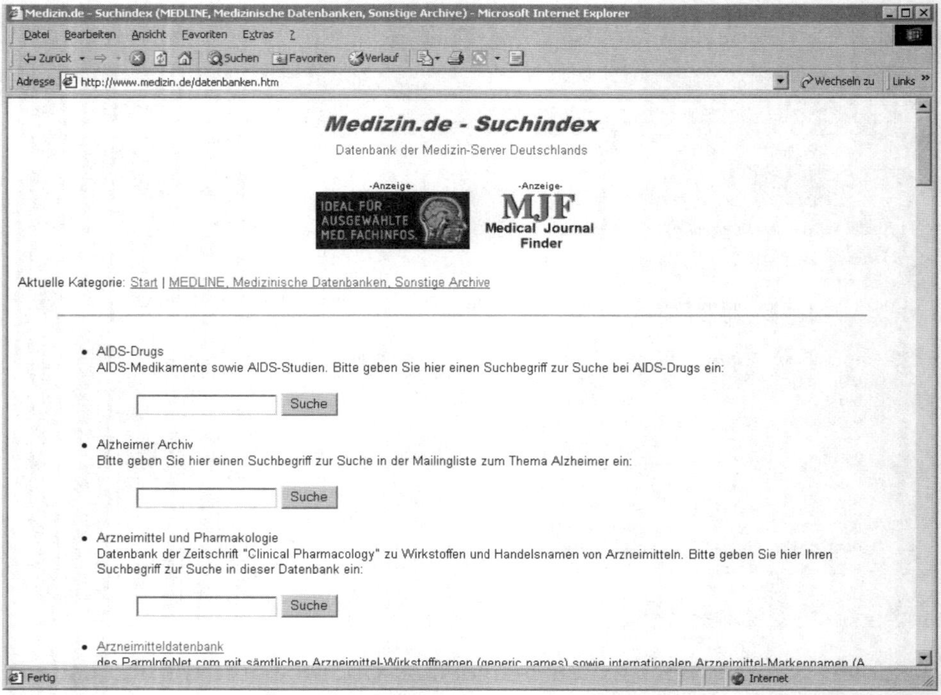

Die Suche erfolgt in diesen Suchdiensten auf die gleiche Weise wie die einfache und erweiterte Suche, die in diesem Kapitel bereits beschrieben wurden. Es werden jedoch nur die Webseiten berücksichtigt, die wirklich etwas mit Medizin tun haben, die Unterscheidung ist also eher durch die Art der Links bedingt, die im Suchdienst enthalten sind.

Literatursuche

Suchst du ein deutschsprachiges Buch, bist du beim VLB, dem »Verzeichnis Lieferbarer Bücher«, an der richtigen Stelle. Du kannst hier nachsehen, ob es ein bestimmtes Buch noch oder bereits gibt, wie der Titel zu einem Buch lautet, von dem du nur den Autor kennst, und Ähnliches. Das VLB erreichst du nicht direkt, sondern über Onlinebuchhandlungen wie Buchkatalog.de (`www.buchkatalog.de`) oder buch + medien online (`www.buchhandel.de`) oder Libronet (`www.libronet.de/main.htm`).

➔ Gib den Titel oder Autor des Buches ein, zu dem du nähere Angaben suchst.

➔ Wähle im Feld SUCHEN IN, in welchem Verzeichnis gesucht werden soll.

Zur Auswahl stehen VL* Alle Medien, VLB Bücher, VLM Musikalien, VLS Schulbücher und VLZ Zeitschriften. Wählst du VL* Alle Medien, werden neben Büchern auch CDs, CD-ROMs, Zeitschriften und Schulbücher gefunden.

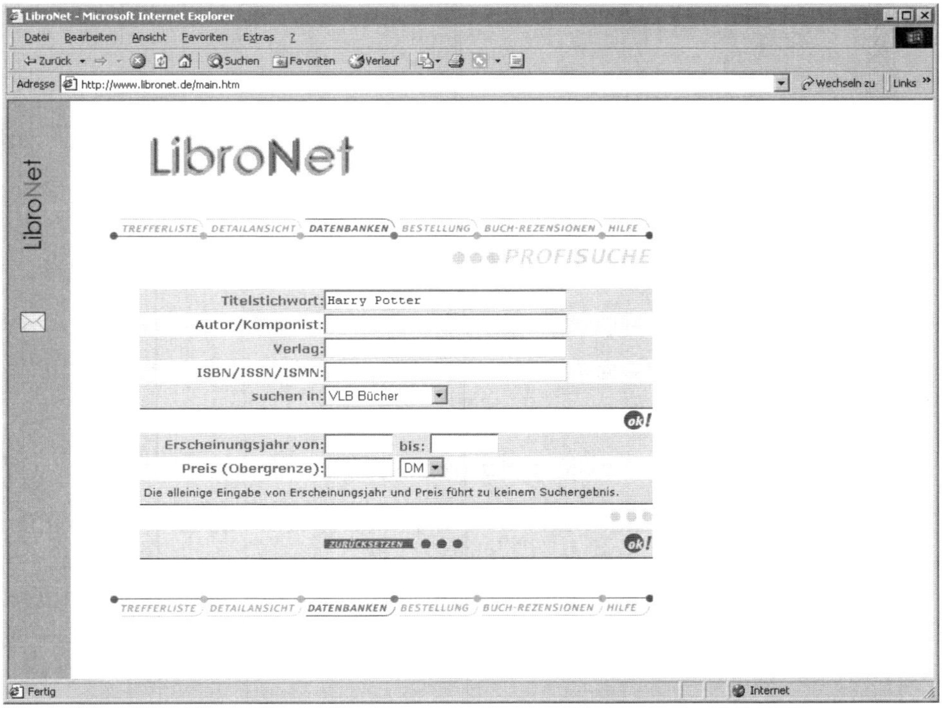

➔ Gib bei Bedarf unter Erscheinungsjahr einen Zeitbereich an, wie z.B. von 1990 bis 2000.

➔ Gib bei Bedarf unter Preis (Obergrenze) einen maximalen Preis in DM oder EU (Euro) ein.

➔ Klicke auf OK.

Die gefundenen Titel werden nun aufgelistet.

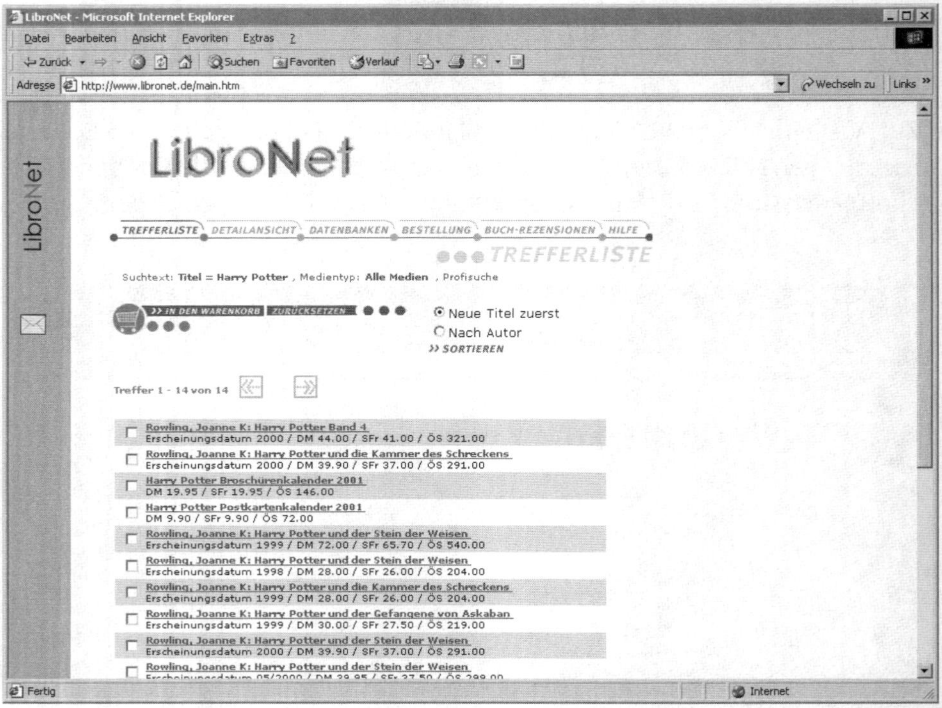

➔ Klicke auf einen Link, um mehr über das Buch zu erfahren.

Einen bequemen Zugriff auf verschiedene Kataloge von Büchern, Musik-CDs und anderen Medien bietet Libronet (`www.libronet.de/main.htm`). Angenehm ist hier, dass es keine lästigen Werbeeinblendungen und ungewollte Buchvorschläge gibt.

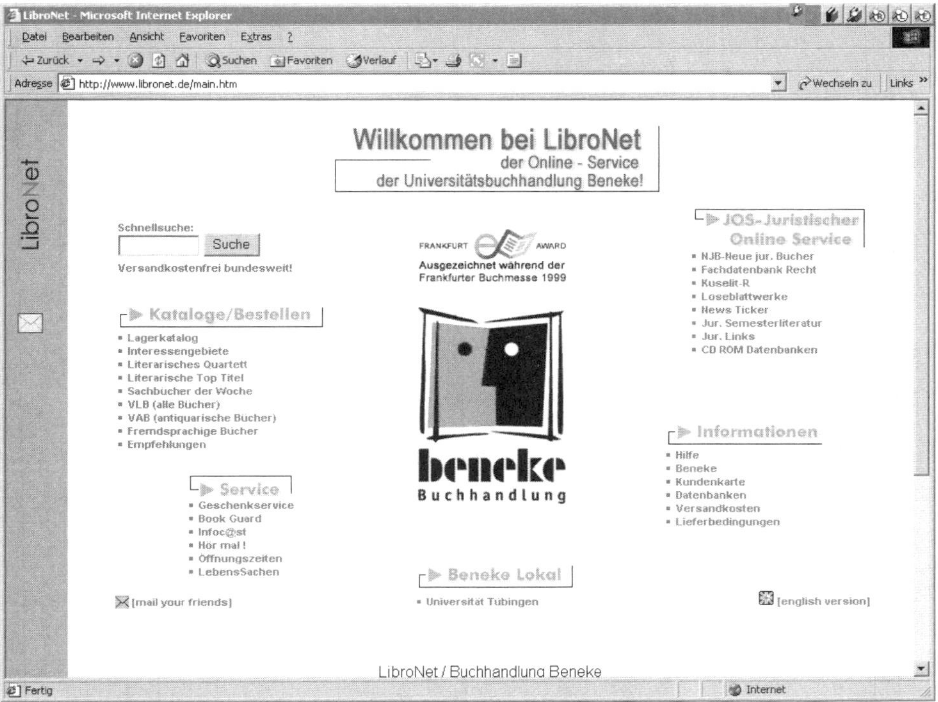

Auf der Seite `www.libronet.de/kataloge.htm` hast du die Möglichkeit, nach verschiedenen Themengebieten zu suchen. Über den LAGERKATALOG gelangst du zur Profisuche von Buchkatalog.de (`www.buchkatalog.de`), in der du ebenfalls nach Büchern suchen kannst. Im Gegensatz zum VLB findest du hier eine ausführliche Beschreibung zum Buch, eine Leserbewertung, Links zu Büchern, die andere Kunden gekauft haben, denen dein Buch zusagte, und Links zu Büchern aus derselben Buchkategorie. Selbstverständlich kannst du die Bücher auch online bestellen.

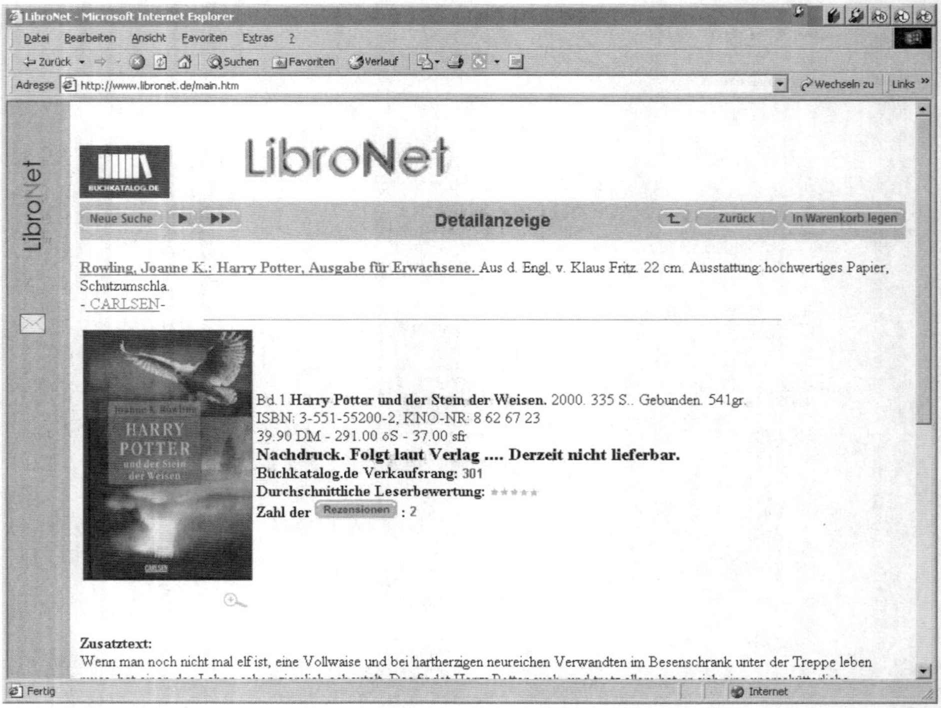

Suche nach Software

Das Internet ist eine wahre Fundgrube für Software. Hier findest du unzählige Programme und Tools für alle möglichen Zwecke, die zum Teil kostenlos (Freeware) oder zum Testen (Shareware) angeboten werden. Im Gegensatz zu Testversionen kommerzieller Software ist Shareware meistens nicht oder kaum im Funktionsumfang beschränkt. Du hast die Möglichkeit, die Software 30 Tage zu testen. Anschließend solltest du dich beim Hersteller – häufig selbst Schüler oder junge Programmierer – registrieren und die Software bezahlen. Shareware ist in der Regel nicht teuer und häufig für DM 20 bis DM 30, meistens jedoch für unter DM 100 zu haben. Ein bekanntes Beispiel für ein Sharewareprogramm, das es schon sehr lange gibt, ist WinZip, das Packprogramm für Windows.

Es gibt einige Suchmaschinen für Software, von denen du die Software auch direkt herunterladen kannst. Eine Metasuchmaschine gibt es auch. Sie heißt Softcrawler (`www.softcrawler.de`) und bietet Zugriff auf bekannte Softwaresuchmaschinen wie Shareware.com (`www.shareware.com`), Download.com (www.download.com) und Tucows (www.tucows.de), aber auch auf spezielle Suchmaschinen wie LinuxFiles (www.linuxfiles.com).

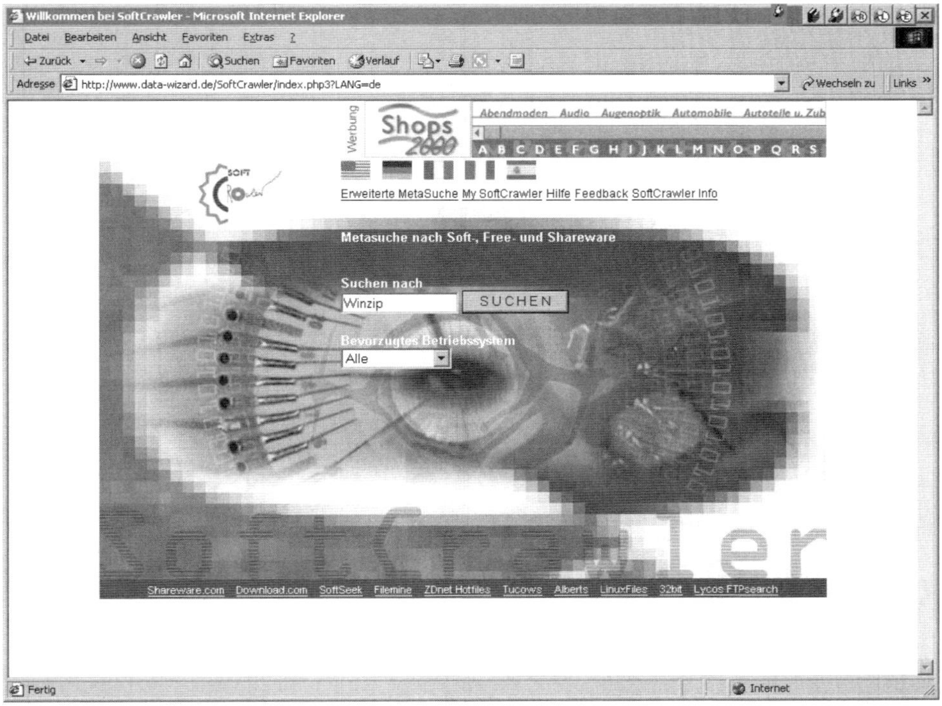

➔ Gib den Namen oder die Kategorie der Software an, die du finden möchtest.

➔ Wähle im Listenfeld das Betriebssystem, mit dem du arbeitest. Mit WINDOWS (ALL) werden beispielsweise alle Windows-Versionen des Programms gefunden.

➔ Klicke auf SUCHEN.

Es werden nun alle Fundorte aufgeführt. Unterhalb der Programmbezeichnung findest du eine Kurzbeschreibung und in der dritten Zeile die Website, in der das Programm gefunden wurde. Meistens werden auch andere Programme angegeben, die in dieselbe Kategorie fallen. Bevor du einen Link zum Download wählst, solltest du dir die beiden Spalten am rechten Rand mit der Dateigröße und dem Datum ansehen. Entscheide dich immer für das neueste Angebot.

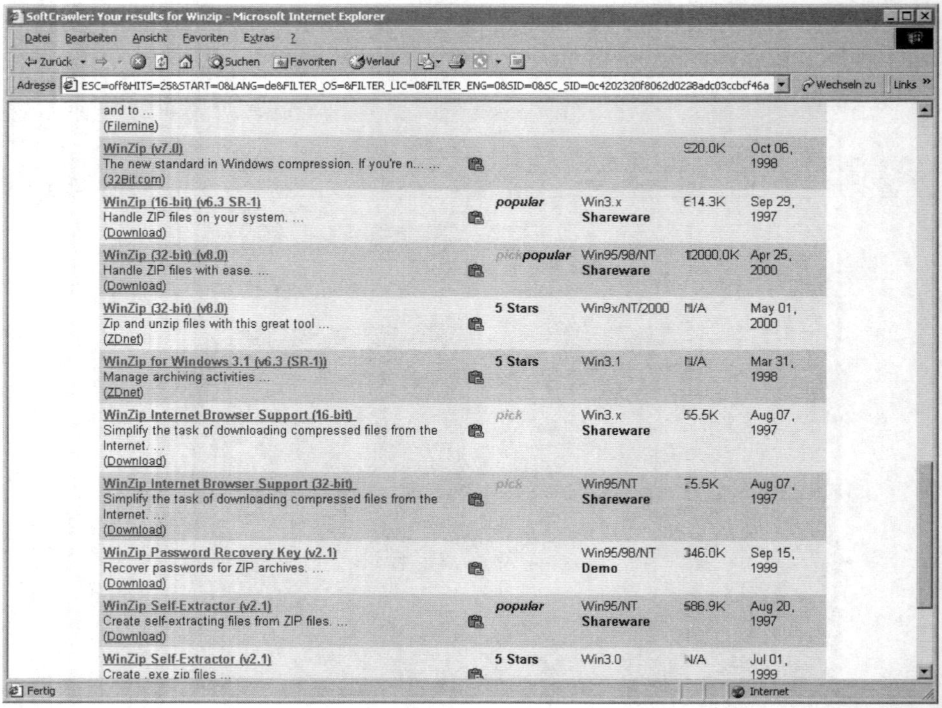

➔ Klicke auf das gewünschte Angebot.

Du gelangst nun zu der Website, von der du die Software herunterladen kannst. Im Beispiel ist das ZDnet (`www.zdnet.com/downloads`).

➔ Klicke auf einen Link wie DOWNLOAD NOW oder DOWNLOAD, um die Software auf deinen PC zu laden.

Achte darauf, dass du Software nur von einer sicheren Quelle herunterlädst, damit dein PC sich keine Viren einfängt. Sichere Quellen sind z.B. die Websites der Hersteller oder die von bekannten Computerzeitschriften.

Und denke auch daran, dass du das, was du heruntergeladen hast, auf jeden Fall mit einem aktuellen Virenprüfprogramm überprüfst, bevor du damit arbeitest oder spielst.

Virenprüfprogramme findest du übrigens auch im Internet und auf der CD zum Buch. Mehr dazu findest du in Kapitel 15.

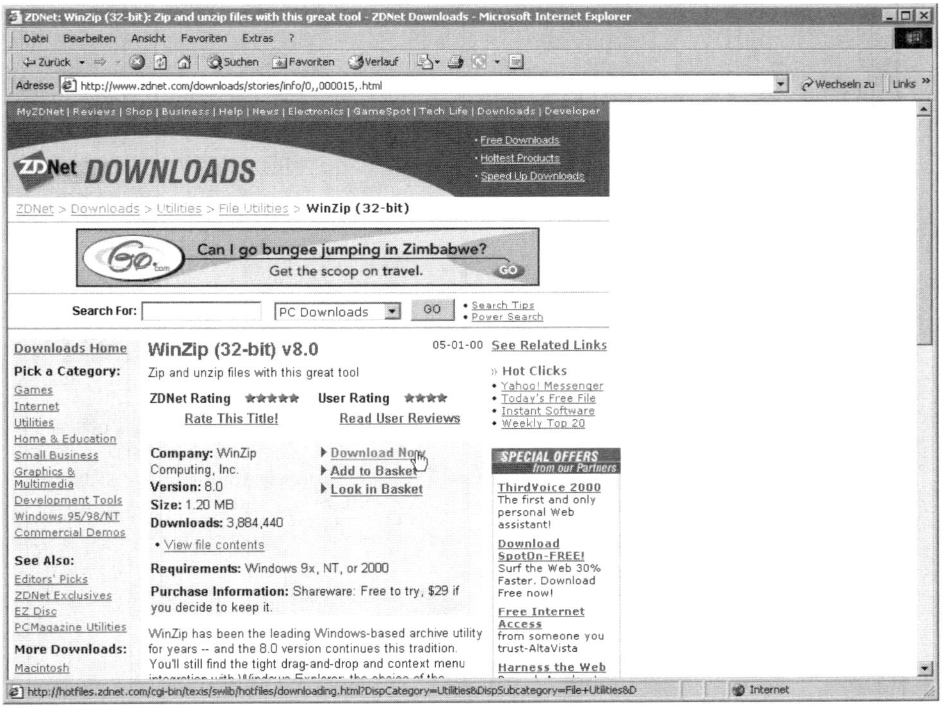

Informationen innerhalb einer Website finden

Die meisten umfangreichen Websites beinhalten eine Suchmaschine für die Angebote innerhalb der Site. Die Suchfunktion erkennst du an einem Textfeld, neben dem du eine Schaltfläche wie SUCHEN, GO oder Ähnliches findest.

➔ Gib den Begriff oder das Angebot, zu dem du springen möchtest, in das Textfeld ein.

➔ Klicke auf die SUCHEN-Schaltfläche (hier GO).

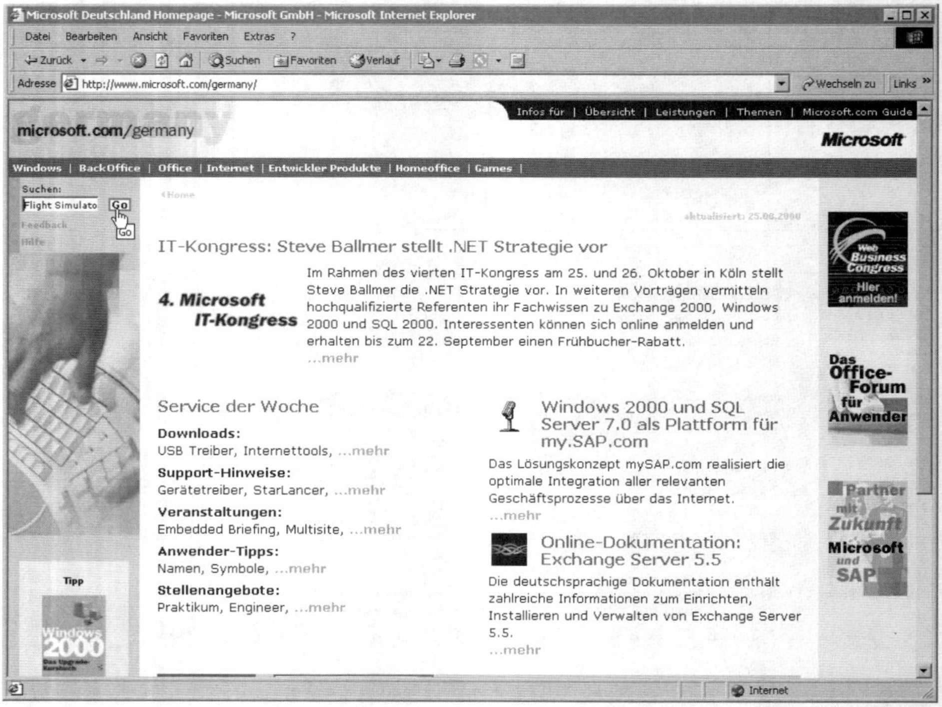

Viele Websites, wie z.B. die von Fernsehsendern oder von Anbietern wie Microsoft (hier die Site Games Aktuell) enthalten außerdem ein Listenfeld, über das du zu den verschiedenen Produkten oder Angeboten gelangen kannst. Häufig gibt es auch Menüleisten, die die Auswahl weiterer Kategorien ermöglichen.

➔ Klicke auf das Listenfeld oder das Menü für die gewünschte Kategorie.

➔ Klicke auf das Angebot, zu dem du wechseln möchtest.

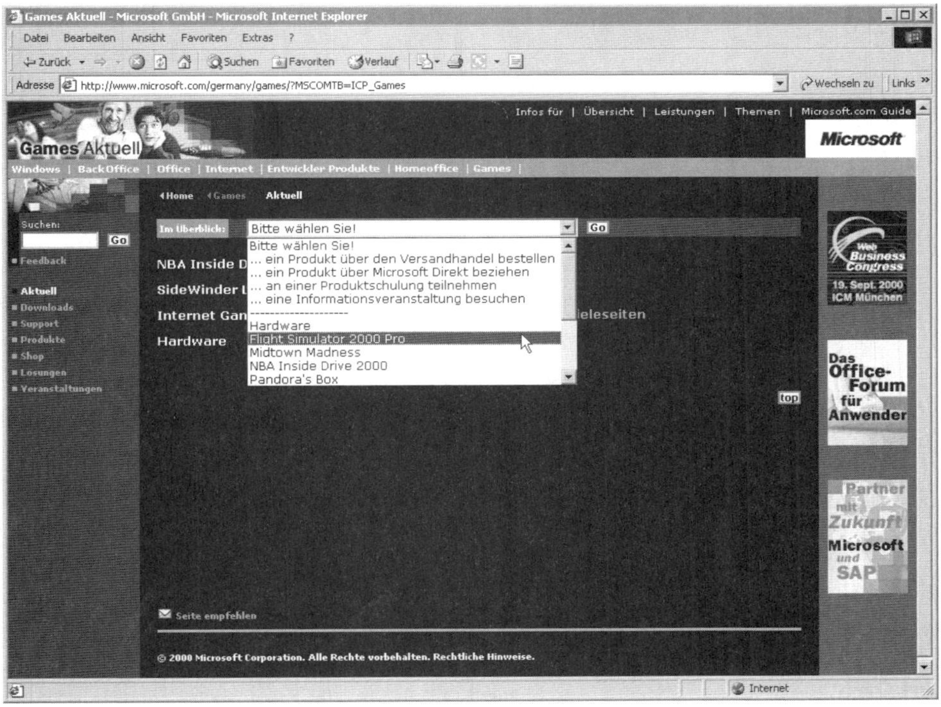

6 E-Mail und News

E-Mail, d.h. elektronische Mail, ist der am meisten genutzte Dienst im Internet. Der Vorteil von E-Mail gegenüber dem Telefon ist, dass du dich nicht um die Anwesenheit des Empfängers zu kümmern brauchst. Dieser kann die E-Mail abrufen, sobald er zu Hause ist oder, wenn er in einer anderen Zeitzone lebt, sobald er wach wird. Und du benötigst nicht einmal einen eigenen Internetzugang, um eine eigene E-Mail-Adresse zu erhalten. Es gibt zahlreiche kostenlose E-Mail-Dienste, bei denen du eine E-Mail-Adresse deiner Wahl erhältst und E-Mails über deinen Browser senden und empfangen kannst und somit weltweit auf dein E-Mail-Konto Zugriff hast. Und zwar, ohne dass deine Eltern Zugriff darauf haben!!!

In diesem Kapitel lernst du

- wie du eine eigene E-Mail-Adresse von einem kostenlosen E-Mail-Dienst erhältst
- wie du E-Mails versendest, empfängst, weiterleitest und beantwortest
- wie du E-Mails ausdruckst
- wie du ein Adressbuch einrichtest
- wie du Dateien an E-Mails anhängst
- wie du Nachrichten an ein Handy oder einen Pager sendest (SMS)
- wie du mit Newsgroups arbeitest
- wie ein E-Mail-Client wie Outlook Express funktioniert

So erhältst du eine eigene E-Mail-Adresse

Es gibt inzwischen zahlreiche Anbieter für kostenlose E-Mail-Dienste. Die bekanntesten, weil ältesten, sind GMX (`www.gmx.de`) und Hotmail (`www.hotmail.com`). Bei ihnen erhältst du eine E-Mail-Adresse und ein Postfach. Du kannst E-Mails empfangen und versenden, ohne dass deine Eltern oder andere Personen auf dein Postfach Zugriff haben. Nutzt du dagegen den E-Mail-Client deiner Eltern, hast du meistens keine eigene E-Mail-Adresse und selbst wenn, kann jeder auf deine E-Mails zugreifen und sehen, wer dir was schreibt, und die E-Mails lesen, die du geschrieben hast.

Selbstverständlich musst du nicht den E-Mail-Dienst nutzen, um E-Mails zu versenden. Das geht auch mit jedem E-Mail-Client, wie z.B. Outlook Express oder Netscape Messenger.

Die Voraussetzung dafür, dass du E-Mails kostenlos nutzen kannst, ist natürlich ein Internetzugang. Wo sich dieser befindet, ist aber egal. Das heißt, du kannst dich sowohl vom heimischen PC als auch über ein Cybercafé oder den Computer in deiner Schule einwählen, die hoffentlich am Netz ist.

Anmeldung beim kostenlosen E-Mail-Dienst

So meldest du dich bei einem kostenlosen E-Mail-Dienst an. Die Schritte sind bei allen Anbietern ähnlich, können im Detail jedoch etwas variieren.

➔ Klicke auf einen Link wie ANMELDEN oder NEUES KONTO oder NEUANMELDUNG.

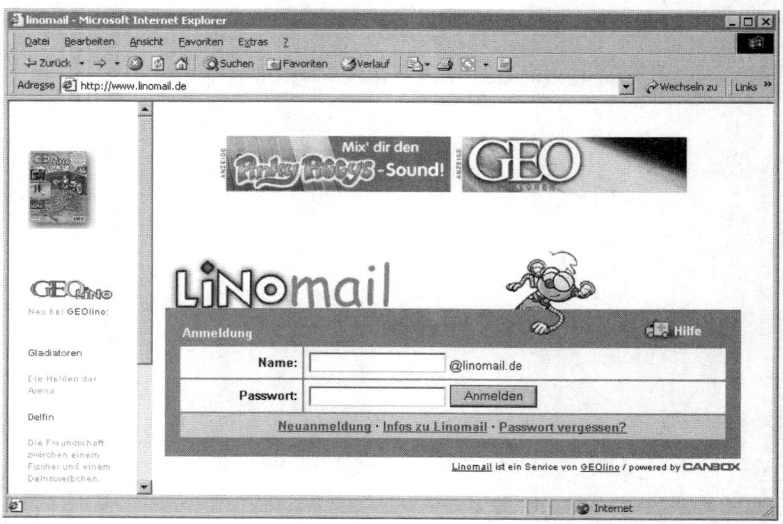

➔ Gib im nächsten Schritt persönliche Daten, wie deinen Namen, deine Adresse und dein Alter ein.

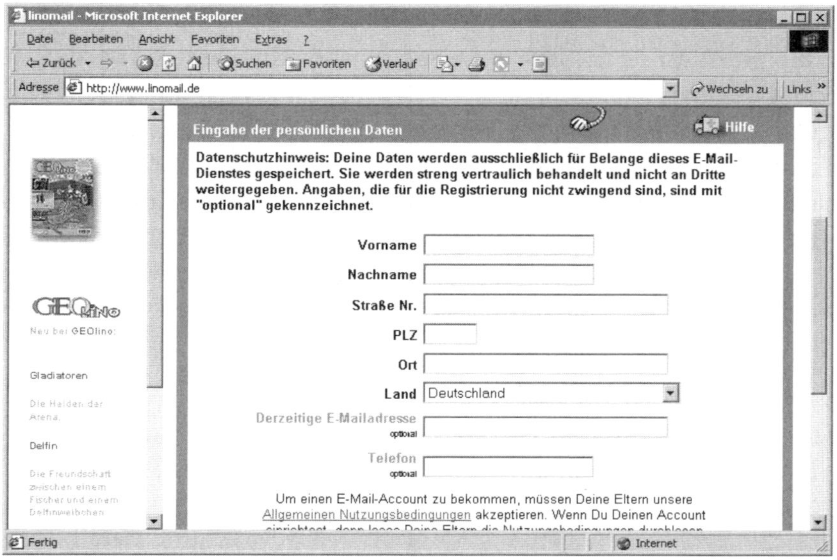

In der Regel sind Felder mit einem Sternchen gekennzeichnet oder anderweitig hervorgehoben, in die du unbedingt Daten eingeben musst oder in die du nur Daten eingeben musst, wenn du möchtest. Lies die Beschreibung auf der Seite und öffne notfalls die Hilfe, um zu erfahren, wie die Eingabe funktioniert.

➔ Wähle eine E-Mail-Adresse. Übernehme entweder den Vorschlag des E-Mail-Dienstes oder gebe selbst einen Namen ein.

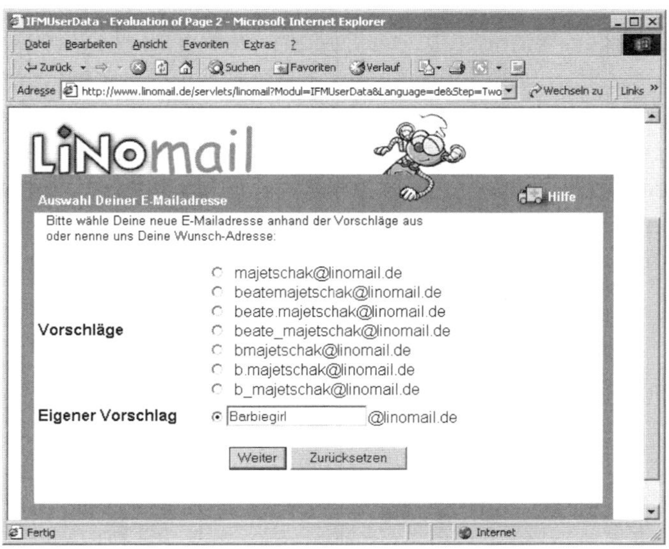

➔ Klicke auf WEITER.

➔ Wähle ein Kennwort für dein E-Mail-Konto und bestätige es.

Häufig musst du zusätzliche Angaben machen, die benutzt werden, falls du dein Kennwort vergessen hast. Bei Linomail kannst du beispielsweise angeben, welche Angabe der E-Mail-Dienst von dir erfragen soll, falls du auf den Link PASSWORT VERGESSEN klickst. Eine solche Frage könnte »Wie heißt meine Katze?« sein. Die Antwort wäre der Name deiner Katze. Außerdem musst du dein Geburtsdatum eingeben. Diese Angaben sind sehr nützlich, da ansonsten jeder die Funktion PASSWORT VERGESSEN wählen und dein Kennwort vom E-Mail-Dienst anfordern könnte. Und damit hätte die Person natürlich Zugriff auf dein Postfach.

Deine Anmeldung wird nun entgegengenommen und du kannst dich ab jetzt beim E-Mail-Dienst anmelden, indem du den gewählten Namen und das Kennwort eingibst.

Und was ist bei einem Providerwechsel oder einer komplizierten E-Mail-Adresse?

Kostenlose E-Mail-Dienste sind auch für alle interessant, die eine komplizierte oder unleserliche E-Mail-Adresse haben, wie z.B. `10445279@rz.uni-xyz.de`, oder die häufiger den Provider wechseln. So kann Harry Hops sich die E-Mail-Adresse `HarryHops@gmx.net` und Hanna Hoppel sich die E-Mail-Adresse `HannaHoppel@gmx.net` besorgen und eine E-Mail-Weiterleitung zu ihrer »richtigen« Adresse einrichten. Die E-Mails, die an `HarryHops@gmx.net` gerichtet sind, werden vom kostenlosen E-Mail-Dienst dann an das Postfach umgeleitet, das er dort angemeldet hat. Wechselt erden Provider und damit auch die eigentliche E-Mail-Adresse, merken seine Freunde dies nicht, denn sie verwenden weiterhin die Adresse `HarryHops@gmx.net` beim kostenlosen E-Mail-Dienst. Er darft nur nicht vergessen, den kostenlosen E-Mail-Dienst über die Adressänderung zu informieren.

Adressen für kostenlose E-Mail-Dienste

Bei der Auswahl des kostenlosen E-Mail-Dienstes solltest du darauf achten, dass möglichst viel Speicherplatz zur Verfügung steht, damit dir deine Freunde auch E-Mails mit angehängten Dateien schicken können. Falls du den kostenlosen E-Mail-Dienst benutzt, um E-Mails an eine andere Adresse weiterzuleiten, musst du natürlich einen E-Mail-Dienst wählen, der die Möglichkeit der E-Mail-Weiterleitung bietet, auch *Forwarding* genannt. Nachfolgend findest du einige Anbieter kostenloser E-Mail-Dienste.

Anbieter	Webadresse
AltaVista	de.altavista.com/mail
BigFoot	de.bigfoot.com
Email.com	www.email.com
Eudoramail.com	www.eudoramail.com
Friendly E-Mail	mypad.com
GMX	www.gmx.de
hotmail	www.hotmail.com
ISNde.de	www.iglusoft.net/de
Linomail	www.linomail.de
LYCOS	de.lycosmail.com
Netaddress	netaddress.usa.net
Replay	www.replay.com
TopMail 2000	www.topmail.de
Web.de	freemail.web.de
Yahoo	www.yahoo.de
Young.de	www.young.de oder direkt bei www.spraynet.de

E-Mails versenden und empfangen

In diesem Abschnitt erfährst du, wie die E-Mails über einen Webbrowser versendest und empfängst.

Bei E-Mail-Dienst anmelden

➔ Öffne die Website deines E-Mail-Dienstes.

➔ Gib deinen Namen und dein Passwort ein, und klicke auf ANMELDEN.

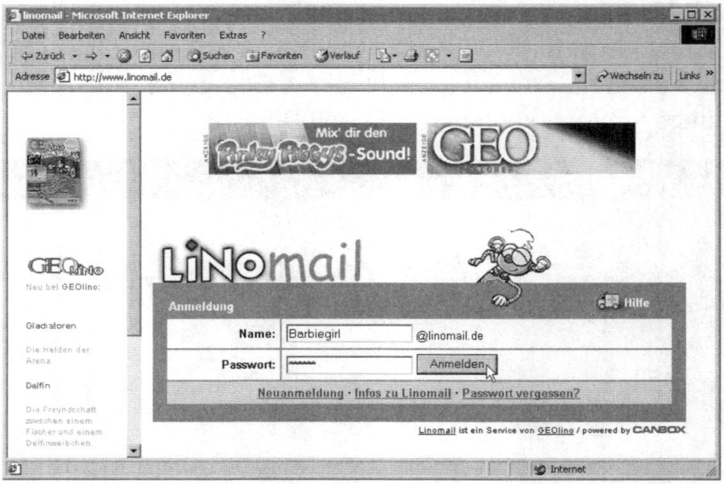

Du wirst nun in deinem Posteingang begrüßt. Häufig wird angezeigt, wie viel Speicherplatz du momentan beanspruchst und wie viele E-Mail-Nachrichten in deinem Posteingang enthalten sind. Auf der linken Seite siehst du außerdem, welche Dienste dir zur Verfügung stehen.

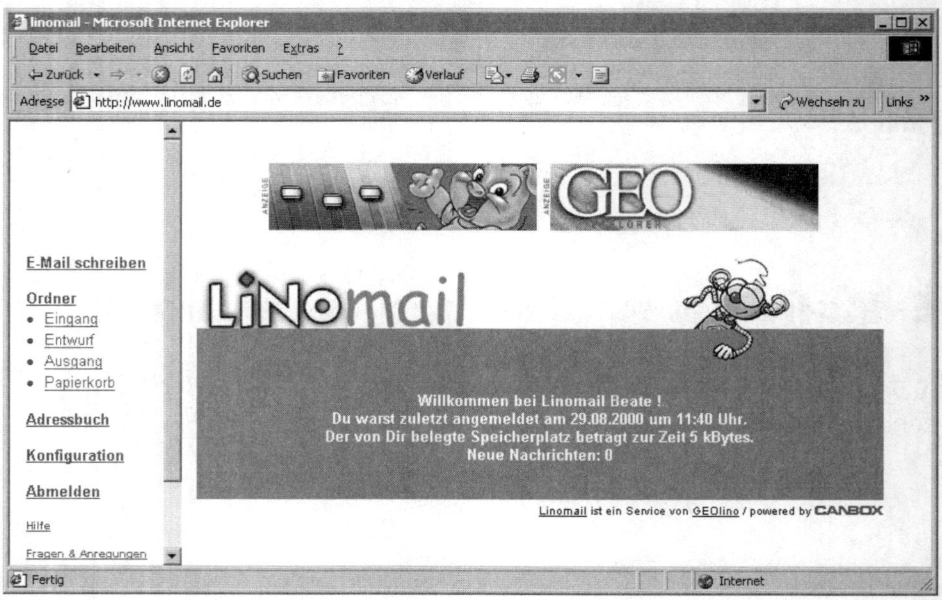

E-Mails versenden

➔ Klicke auf einen Link wie E-MAIL SCHREIBEN oder NEUE E-MAIL, um eine neue E-Mail-Nachricht zu verfassen.

Du brauchst nicht unbedingt online zu sein, um eine E-Mail zu verfassen. Du kannst die Verbindung auch trennen, solange du den Empfänger und den Text der Nachricht eingibst. Bevor du die E-Mail versendest, kannst du die Verbindung dann wieder herstellen. Funktionen wie das Adressbuch stehen natürlich nur zur Verfügung, während du online bist. Dateien kannst du aber auch offline anhängen.

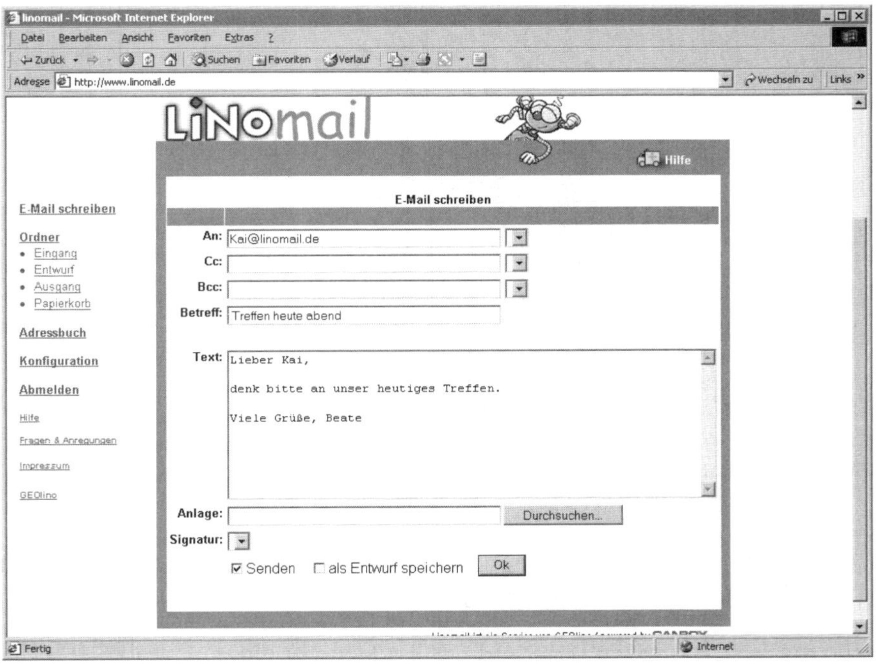

➔ Gib ins Feld AN die E-Mail-Adresse des Empfängers ein.

Hast du ein Adressbuch eingerichtet, kannst du die Adresse auch aus diesem wählen. Klicke dazu entweder auf das Listenfeld oder auf die Angabe AN. Möchtest du die E-Mail an mehrere Empfänger schicken, musst du diese nacheinander ins Feld AN eingeben. Als Trennzeichen dient das Semikolon (;). Um beispielsweise eine E-Mail an deine drei Freunde Julia, Mike und Paul zu schicken, gibst du als Adresse also Folgendes ein: `julia@gmx.net;mikeM@linomail.de; paul@gmx.net`.

➔ Möchtest du die E-Mail in Kopie, also zur Information, an jemanden senden, gibst du dessen E-Mail-Adresse in das Feld CC: ein oder wählst sie aus dem Adressbuch dieses Felds aus.

Der Empfänger kann erkennen, dass du die E-Mail-Nachricht in Kopie an eine andere Person gesendet hast, da die Angabe CC im Kopf der empfangenen E-Mail-Nachricht enthalten ist.

➔ Möchtest du die E-Mail in Kopie an jemanden senden, ohne dass der eigentliche Empfänger etwas davon weiß, musst du dessen E-Mail-Adresse in das Feld BCC eingeben.

➔ Gib nun ins Feld Betreff etwas ein, was kurz den Inhalt deiner E-Mail beschreibt.

Spätestens seit dem I-love-you-Virus, der über eine E-Mail verbreitet wurde, in deren Betreff »I love you« stand, sind viele Leute zu Recht vorsichtig, wenn in einer E-Mail ein recht allgemein gehaltener Betreff steht. Du solltest den Betreff also mit persönlichen Daten ergänzen, die ein Unbekannter nicht wissen kann. Statt also nur zu schreiben »Moorhuhntipps« schreibt Harry Hoppel jetzt »Harrys Moorhuhntipps« und statt »Treffen« schreibt er »Treffen am Dienstag«.

Der Empfänger kann am Betreff auf einen Blick erkennen, um was es in der E-Mail geht und ob er sie dringend lesen muss.

➔ Gib ins Feld Text den Inhalt der E-Mail-Nachricht ein.

➔ Klicke auf OK.

Die E-Mail-Nachricht wird nun sofort versendet. Außerdem wird eine Kopie im Ordner Ausgang abgelegt. Falls du diese nicht mehr benötigst, musst du sie später löschen. Mehr hierzu erfährst du im Abschnitt »Der Postausgang« in diesem Kapitel. In den nächsten Abschnitten wird beschrieben, wie du einen Hyperlink in eine E-Mail integrieren, eine Datei an deine E-Mail anhängen und eine Signatur, d.h. Angaben zu deiner Person oder einen Link zu deiner Website, automatisch an eine E-Mail anfügen kannst.

Hyperlinks integrieren

Möchtest du den Empfänger auf eine Website aufmerksam machen, kannst du einen Hyperlink in den Text der E-Mail integrieren. Du kannst aber auch einen Hyperlink zu einem FTP-Server oder zu einer E-Mail-Adresse in deine E-Mails integrieren. Gib dazu das Protokoll und die Adresse ein. In der nachfolgenden Tabelle findest du Beispiele:

Adresse	Protokollangabe	Beispiel
Webadresse	`http://`	http://www.klausuraufgaben.de
FTP-Server	`ftp://`	ftp://ftp.microsoft.com
E-Mail-Adresse	`mailto:`	mailto:freddi@linomail.de

Beim Empfänger wird die Webadresse als Hyperlink angezeigt. Klickt der Empfänger darauf, öffnet sich ein Browserfenster mit der Website. Beim Empfänger sieht das dann so aus:

> du solltest dir unbedingt die folgende Website ansehen:
>
> http://www.klausuraufgaben.de

Dateien anhängen

Möchtest du eine Datei, wie z.B. ein Bild oder eine Word-Datei mit einem neu geschriebenen Referat an eine E-Mail-Nachricht anhängen, gibst du den Pfad zur Datei in das Feld ANLAGE ein. Du kannst die Datei auch über die Schaltfläche DURCHSUCHEN auswählen.

➔ Klicke auf die Schaltfläche DURCHSUCHEN.

➔ Wähle im Dialogfeld DATEI AUSWÄHLEN den Ordner, in dem sich die Datei befindet, und klicke auf den Dateinamen.

➔ Klicke auf die Schaltfläche ÖFFNEN.

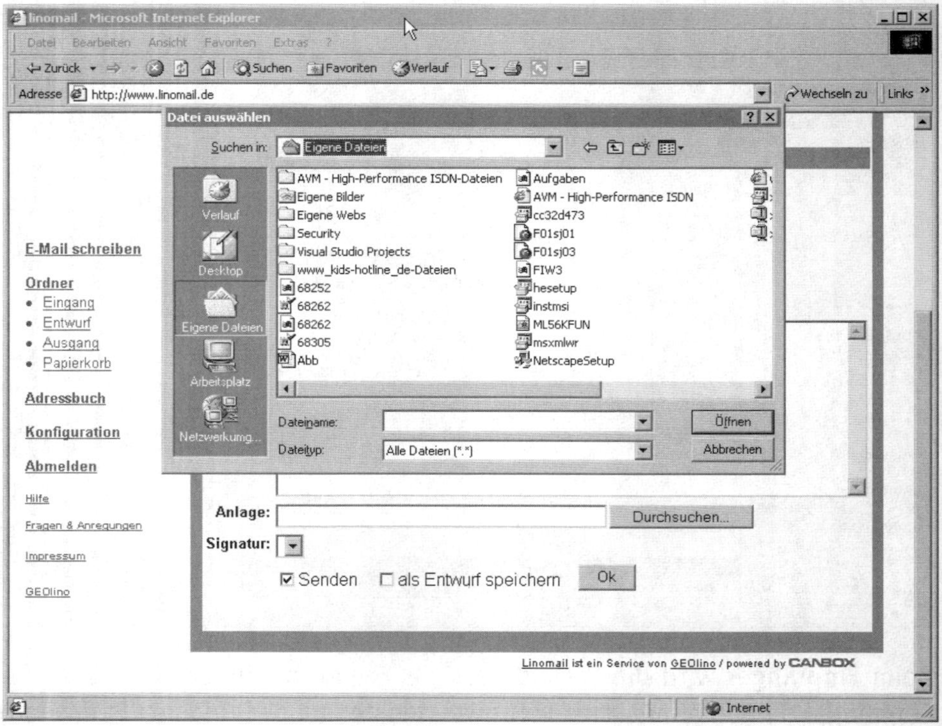

Der Pfad zur Datei wird nun im Feld ANLAGE angezeigt.

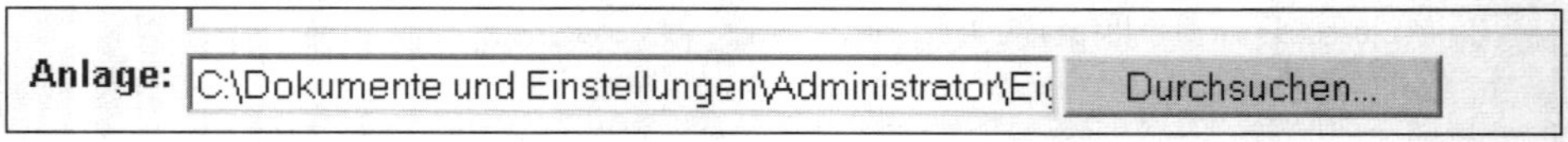

Signatur anhängen

Hast du, wie später im Abschnitt »Signatur einrichten« beschrieben wird, eine oder mehrere Signaturen erstellt, kannst du diese an die E-Mail-Nachricht anhängen.

➔ Wähle dazu aus dem Listenfeld die Nummer oder den Namen der Signatur aus.

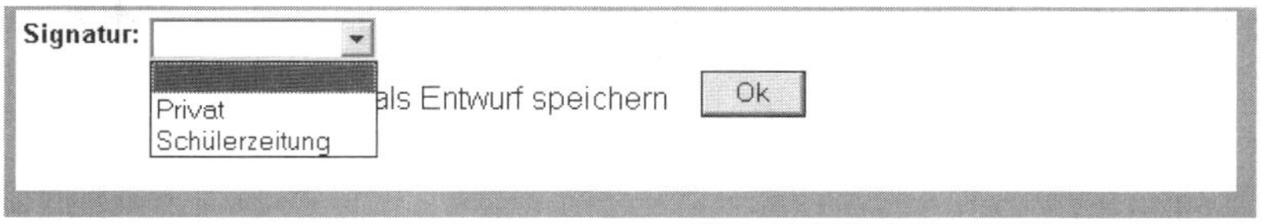

Die Signatur wird nun unten an die E-Mail angehängt und mit der E-Mail versendet. Enthält die E-Mail einen Hyperlink zu einer Webseite, wird diese beim Empfänger ebenfalls angezeigt.

```
Paula Panter
Redakteurin
Schülerzeitung XY
www.xy.de
```

> Viele Anbieter eines kostenlosen E-Mail-Dienstes hängen zusätzlich eine Signatur mit dem Namen des Dienstes und einem Hyperlink zu ihrer Website an.

```
http://www.linomail.de - der kostenlose email-Service fuer Kinder von
www.geolino.de
```

E-Mail als Entwurf speichern

Möchtest du eine E-Mail zu einem späteren Zeitpunkt bearbeiten, bevor du sie versendest, kannst du sie auch speichern. Dazu dient das Kontrollkästchen ALS ENTWURF SPEICHERN am unteren Rand des E-Mail-Formulars.

➔ Deaktiviere das Kontrollkästchen SENDEN.

➔ Aktiviere das Kontrollkästchen ALS ENTWURF SPEICHERN.

➔ Klicke auf OK.

Du wirst nun darüber informiert, dass die E-Mail erfolgreich im Ordner ENTWURF gespeichert wurde.

➔ Klicke unter ORDNER auf ENTWURF.

➔ Klicke auf den Betreff der E-Mail, die du bearbeiten möchtest.

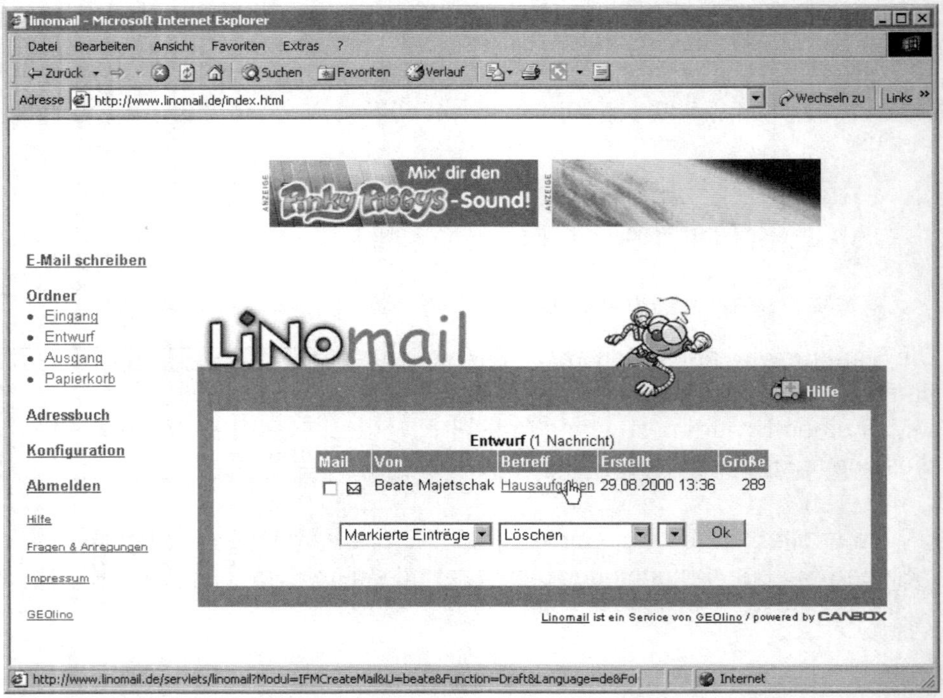

Die E-Mail wird nun geöffnet und du kannst sie weiter bearbeiten und versenden, indem du auf OK klickst. Vergiss nicht, dass du die E-Mail-Nachricht aus dem Ordner entfernen musst. Aktiviere dazu das Kontrollkästchen vor dem E-Mail-Entwurf, wähle im ersten Listenfeld MARKIERTE EINTRÄGE und im zweiten LÖSCHEN und klicke dann auf OK.

E-Mail empfangen, beantworten und weiterleiten

Benutzt du dein E-Mail-Konto über einen Browser, brauchst du nur den Posteingang zu öffnen, um die eingegangenen E-Mails zu betrachten.

➔ Klicke unter ORDNER auf EINGANG.

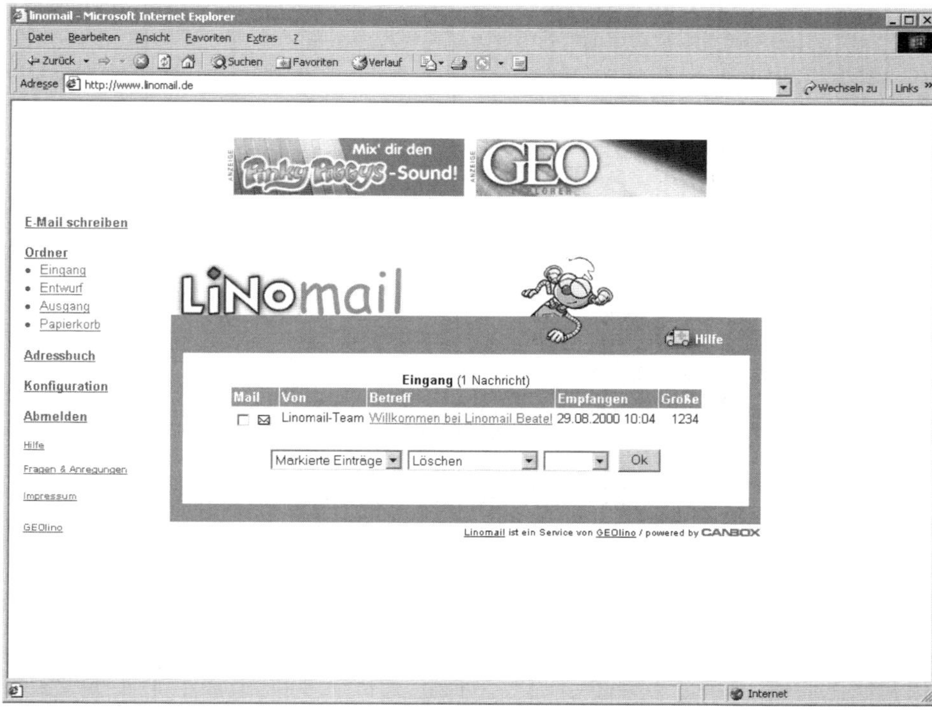

➔ Klicke doppelt auf die E-Mail, um sie zu öffnen.

➔ Lies die E-Mail.

Über die Schaltflächen > und < gelangst du zur vorherigen und zur nachfolgenden E-Mail.

E-Mails beantworten

➔ Gehe in der E-Mail ganz nach unten und wähle die Funktion ANTWORTEN, um die E-Mail direkt zu beantworten.

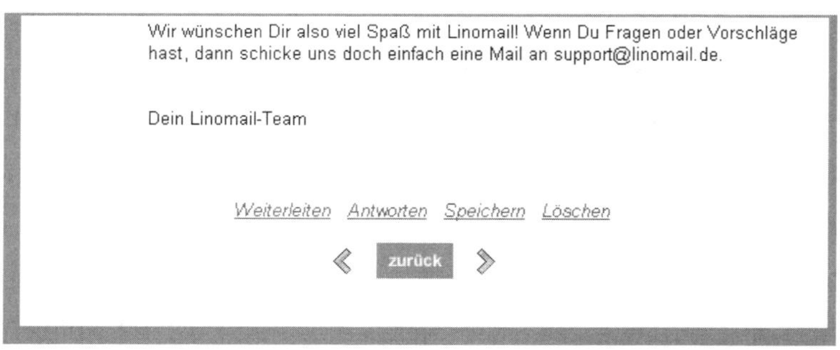

Der Betreff wird bei der Antwort beibehalten. Allerdings wird ihm die Angabe *RE:* oder deutsch *AW:* (für *Reply*, deutsch Antwort) vorangestellt, um zu kennzeichnen, dass es sich um eine Antwort handelt. Im Feld AN ist außerdem der Versender der E-Mail eingetragen. Im Feld TEXT findest du außerdem die Originalnachricht. Jeder Zeile ist ein Größer-Zeichen (>) vorangestellt, um den Text der Originalnachricht vom neuen Text abzuheben.

➔ Gib den neuen Text ein, hänge bei Bedarf eine Datei an und klicke auf OK.

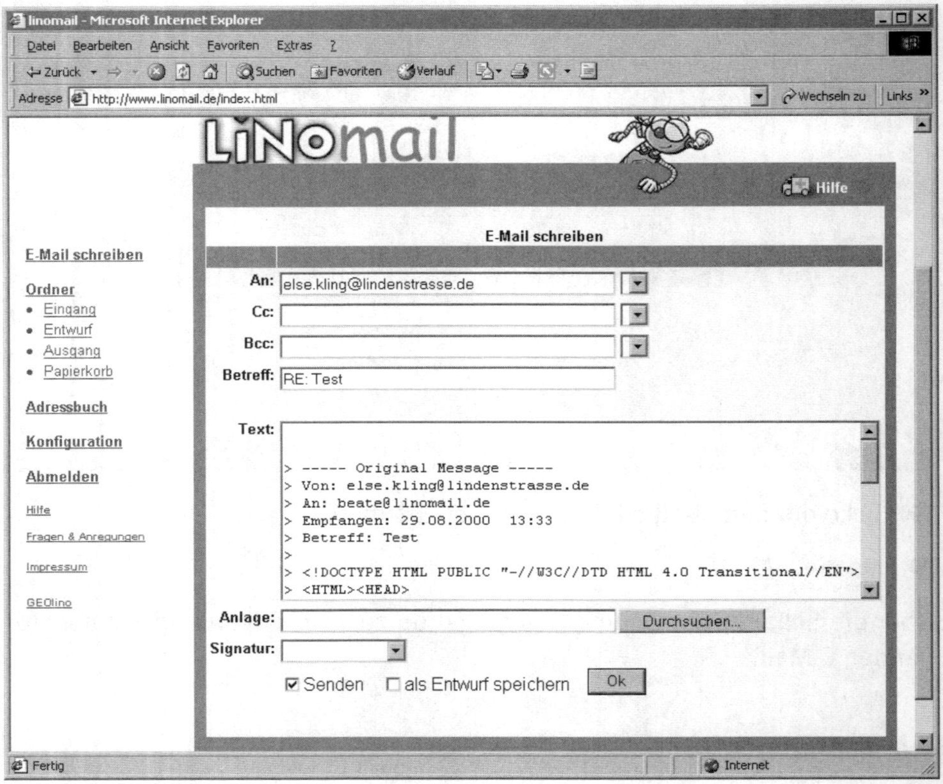

E-Mails speichern

Wenn du die erhaltene E-Mail speichern willst,

➔ klicke auf SPEICHERN, um die E-Mail in einem Ordner deiner Wahl zu speichern.

E-Mails löschen

Wenn du die erhaltene E-Mail allerdings löschen möchtest,

➔ klicke auf LÖSCHEN, um die E-Mail zu entfernen.

E-Mails weiterleiten

Wenn du eine E-Mail, die du erhalten hast, an jemand anderes senden möchtest, kannst du sie weiterleiten. Klicke in der eingegangenen E-Mail auf den Link WEITERLEITEN. Es öffnet sich wie bei der Antwort das Dialogfeld E-MAIL SCHREIBEN. Der Betreff wird ebenfalls beibehalten. Allerdings wird diesem die Angabe *FW:* bzw. *WG:* (*Forward*, deutsch Weiterleiten) vorangestellt, um die Nachricht als weitergeleitet zu kennzeichnen.

Im Feld TEXT steht wie bei der Antwort der Originaltext mit vorangestellten >-Zeichen. Das Feld AN ist diesmal leer, weil du hier ja noch den Empfänger eingeben musst.

Der Postausgang

Alle Nachrichten, die du versendest, werden in einem Ordner wie dem Postausgang gespeichert. Dies hat den Vorteil, dass du jederzeit nachvollziehen kannst, was du verschickt hast, wer der Empfänger war und wann du die E-Mail versendet hat. Du kannst die E-Mail außerdem öffnen und lesen.

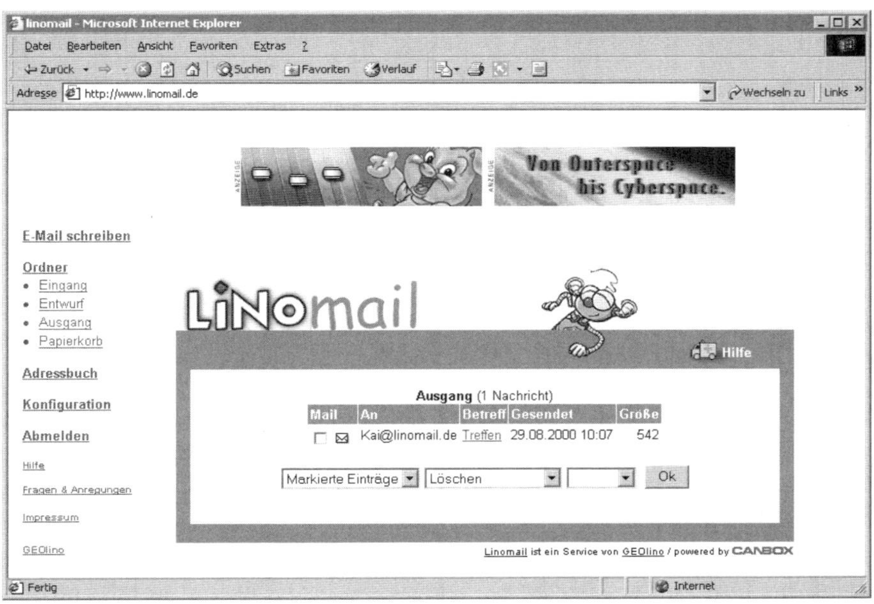

Vergiss nicht, den Ordner POSTAUSGANG hin und wieder zu leeren, da er sonst überquillt. Aktiviere dazu die Kontrollkästchen vor den E-Mails, die du löschen möchtest, wähle im ersten Listenfeld MARKIERTE EINTRÄGE und im zweiten LÖSCHEN und klicke dann auf OK. Die E-Mails werden nun in den Ordner PAPIERKORB verschoben, den du ebenfalls öffnen kannst.

Konfiguration

Meistens gibt es eine Konfiguration, in der du festlegen kannst, was mit gesendeten E-Mails passieren soll und ob Objekte in bestimmten Ordnern wie dem Papierkorb automatisch gelöscht werden sollen.

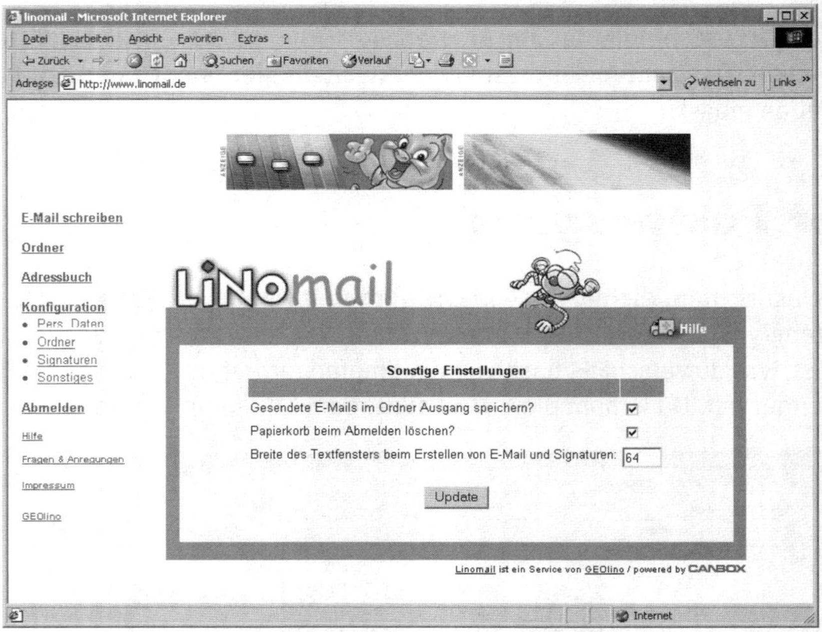

Deaktiviere beispielsweise die Option GESENDETE E-MAILS IM ORDNER AUSGANG SPEICHERN?, wenn gesendete E-Mails gar nicht gespeichert werden sollen, oder die Option PAPIERKORB BEIM ABMELDEN LÖSCHEN?, falls die Nachrichten im Papierkorb nicht beim Abmelden automatisch gelöscht werden sollen.

> Falls du es vergessen haben solltest: Wenn eine Option aktiviert ist, steht in dem kleinen Kästchen bei der Option ein Haken, wenn sie deaktiviert ist, ist dieses Kästchen leer. Indem du auf das Kästchen klickst, kann du von AKTIVIERT nach DEAKTIVIERT und umgekehrt wechseln.

Ordner einrichten

Zur Verwaltung deiner gesendeten und empfangenen E-Mails kannst du neue Ordner einrichten. Klicke dazu unter KONFIGURATION auf ORDNER.

➔ Gib den Namen des Ordners ein.

➔ Klicke auf EINTRAG ÜBERNEHMEN.

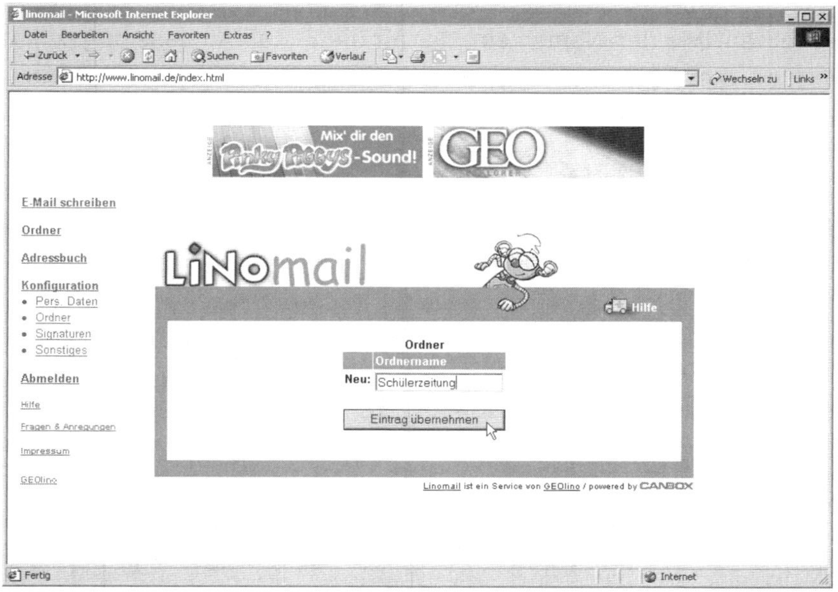

Der neue Ordner wird nun unter ORDNER aufgelistet und du kannst ihn öffnen und Inhalte in ihn verschieben.

Bist du Mitarbeiter einer Schülerzeitung, kannst du beispielsweise alle E-Mails, die du wegen der Schülerzeitung erhalten und versendet hast, in einem Ordner SCHÜLERZEITUNG speichern und hast so die gesamte Korrespondenz im Griff. Wähle im zweiten Listenfeld den Ordner, wie z.B. SCHÜLERZEITUNG, in den du die E-Mails verschieben möchtest.

Adressbuch einrichten

Sicherlich möchtest du nicht immer die komplette E-Mail-Adresse eingeben, wenn du jemandem eine E-Mail schickst. Dafür gibt es das Adressbuch. Du gibst die E-Mail-Adresse einmal ein und kannst sie dann zukünftig über ein Listenfeld auswählen.

➔ Klicke auf ADRESSBUCH.

➔ Gib unter NAME den Namen ein, der für die E-Mail-Adresse angezeigt werden soll. Dies kann entweder der vollständige Name (Harry Hops oder Hanna Hoppel) oder ein Spitzname (Harry oder Tante) sein.

➔ Gib im Feld E-MAILADRESSE die E-Mail-Adresse ein.

➔ Klicke auf EINTRAG ÜBERNEHMEN.

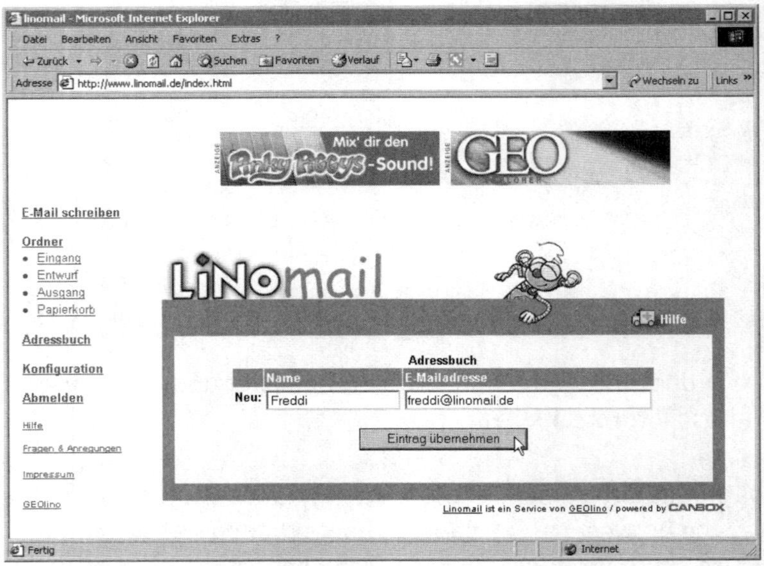

Der Eintrag wird nun im Adressbuch aufgelistet. Du kannst nun einen neuen Eintrag hinzufügen oder das Adressbuch schließen und zu einem späteren Zeitpunkt darauf zugreifen. Jetzt stehen die Adressbucheinträge in den Listenfeldern AN, CC und BCC zur Verfügung, wenn du eine E-Mail schreibst.

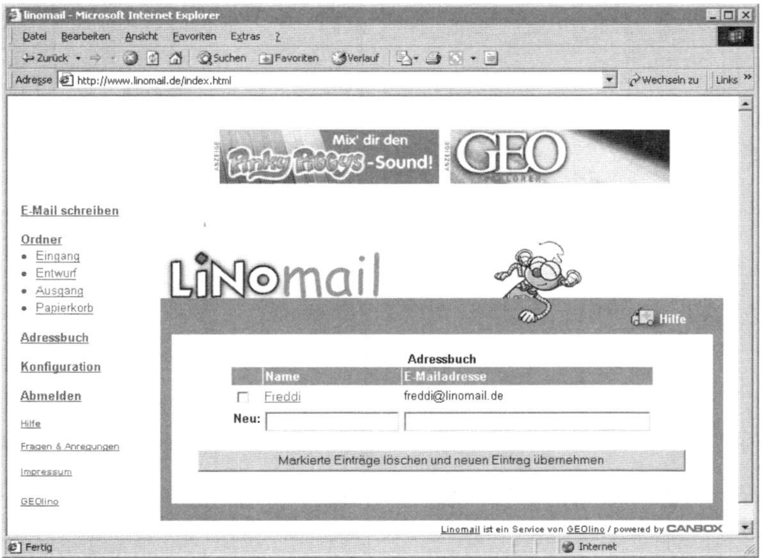

Signatur einrichten

Signaturen sind nützlich, um Angaben wie Adressdaten, Rufnummern und den Link zur eigenen Website automatisch an jede E-Mail anzuhängen. Meistens kannst du mehrere Signaturen einrichten und eine Standardsignatur wählen, die benutzt wird, falls nichts anderes angegeben wird, oder aber du wählst die Signatur bei jeder E-Mail aus, die du verschickst.

➔ Klicke auf KONFIGURATION/SIGNATUR, um eine neue Signatur anzulegen.

➔ Gib den Namen der Signatur ein, über den du die Signatur später auswählen möchtest.

➔ Gib den Text der Signatur ein.

➔ Klicke auf NEUEN EINTRAG ÜBERNEHMEN.

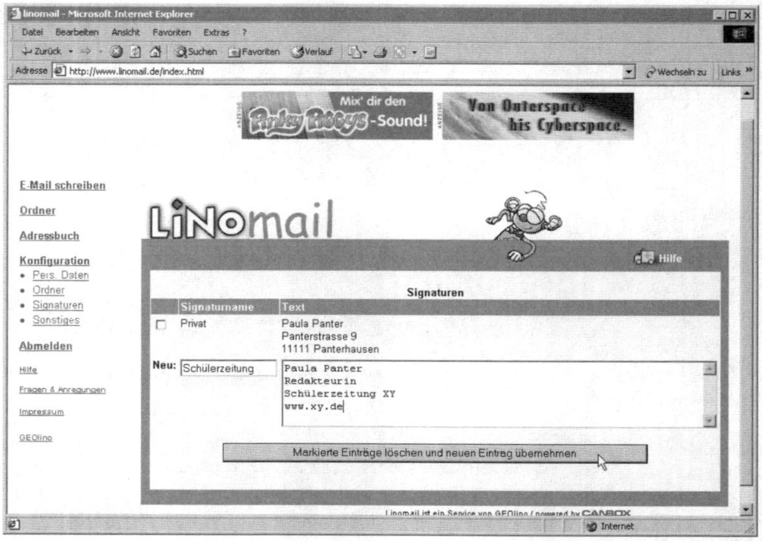

Der neue Eintrag wird nun im Ordner SIGNATUR aufgelistet und du kannst die Signatur zukünftig auswählen, wenn du eine E-Mail versendest. Wie die Signatur beim Empfänger aussieht, siehst du im Abschnitt »Signatur anhängen« weiter oben in diesem Kapitel.

E-Mail auf Pager/Handy senden (SMS)

Kennst du viele Handybesitzer, kannst du diesen auch über das Internet Nachrichten senden. Diese Art des Mailversands wird als Instant Messaging, kurz SMS, bezeichnet. Benutzt du dazu deinen Computer, musst du nicht alles über die kleine Handy-Tastatur eingeben, sondern kannst die bequeme Computertastatur nutzen. Außerdem kannst du dir eine SMS-Buddylist anlegen und dort alle Handynummern deiner Freunde speichern. Im Internet gibt es viele Anbieter für den kostenlosen SMS-Versand. Ein bekannter ist SMS.de (`www01.sms.de`), auf den du über Young.de zugreifen kannst.

➔ Öffne die Website des Anbieters vom kostenlosen SMS-Versand.

➔ Klicke auf den Link SMS VERSENDEN.

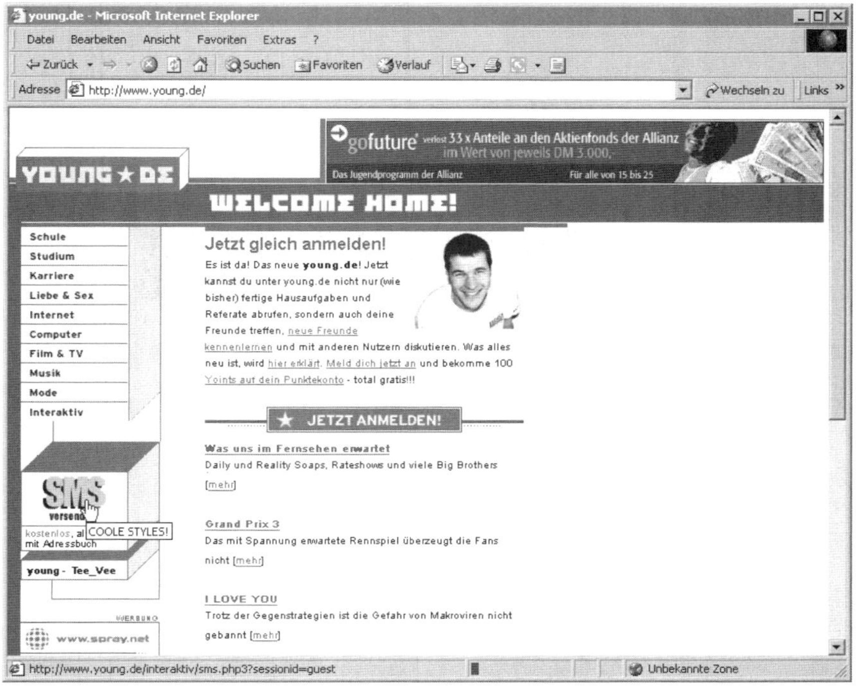

➔ Gib deine Benutzerdaten ein.

➔ Gib an, ob der Empfänger im In- oder Ausland ist.

➔ Trage die Empfängernummer ein.

➔ Gib die Nachricht ein. Beachte dabei die maximale Länge der Nachricht.

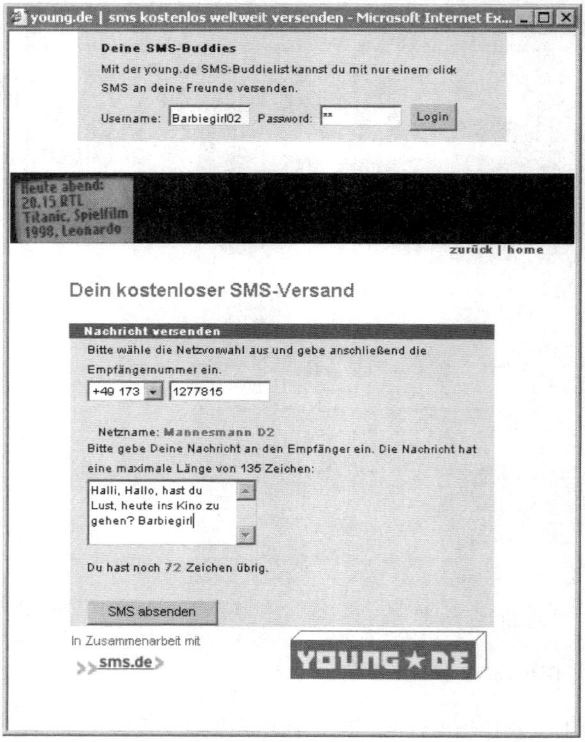

➔ Klicke auf SMS VERSENDEN.

Früher waren spezielle Programme wie ICQ und AOL Instant Messenger für den SMS-Versand nötig. Heute ist dies alles über das Web und deinen normalen Browser möglich. Reichen dir die Funktionen nicht aus, die in einer SMS-Website angeboten werden, kannst du dir ICQ auch von der Website des Herstellers (`www.icq.com`) oder einem Shareware-Server wie `www.shareware.com` herunterladen.

E-Mail über E-Mail-Client versenden und empfangen

Der Versand und Empfang von E-Mails mit einem E-Mail-Client wie Outlook Express oder Netscape Messanger funktioniert im Wesentlichen genau so wie über die Website eines kostenlosen E-Mail-Dienstes. Allerdings kannst du mit einem E-Mail-Client auch offline arbeiten. Du kannst deine E-Mails also ohne Verbindung zum Internet verfassen und auch jederzeit ohne Internetverbindung auf den Posteingang und die gesendeten E-Mails zugreifen, denn der Inhalt des Posteingangs und aller anderen Ordner wird auf deiner Festplatte gespeichert. Dies hat natürlich den Nachteil, dass jeder mit Zugriff auf deinen PC auch deinen Posteingang und deine gesendeten E-Mails lesen kann. Die nachfolgende Beschreibung benutzt Outlook Express, da dieser Client im Lieferumfang von Windows enthalten ist. Du kannst die Beschreibung aber auch auf Netscape anwenden, da die Funktionsweise beider Clients sehr ähnlich ist und die Funktionsbezeichnungen sich kaum unterscheiden.

Beim ersten Start von Outlook Express wird der Assistent für den Internetzugang aufgerufen, über den du ein E-Mail-Konto einrichtest. Dazu benötigst du deine E-Mail-Adresse und den Namen des Posteingangs- und des Postausgangsservers deines Providers. Liegen dir diese Informationen noch nicht vor, solltest du sie direkt von deinem Provider erfragen. Gib die Informationen dann, wie aufgefordert, in die Textfelder des Assistenten ein. Das @-Zeichen, das du bei der Eingabe der E-Mail-Adresse benötigst, erzeugst du übrigens durch Drücken der Tasten `AltGr` + `q`.

Outlook starten

➔ Starte Outlook Express, indem du das Programmsymbol in der Taskleiste anklickst.

Die Seite auf der rechten Seite soll dir die Verwaltung deiner E-Mails vereinfachen. Sie öffnet sich, sobald du Outlook Express startest. Du kannst die Seite jederzeit einblenden, indem du auf der linken Seite auf den Ordner OUTLOOK EXPRESS klickst.

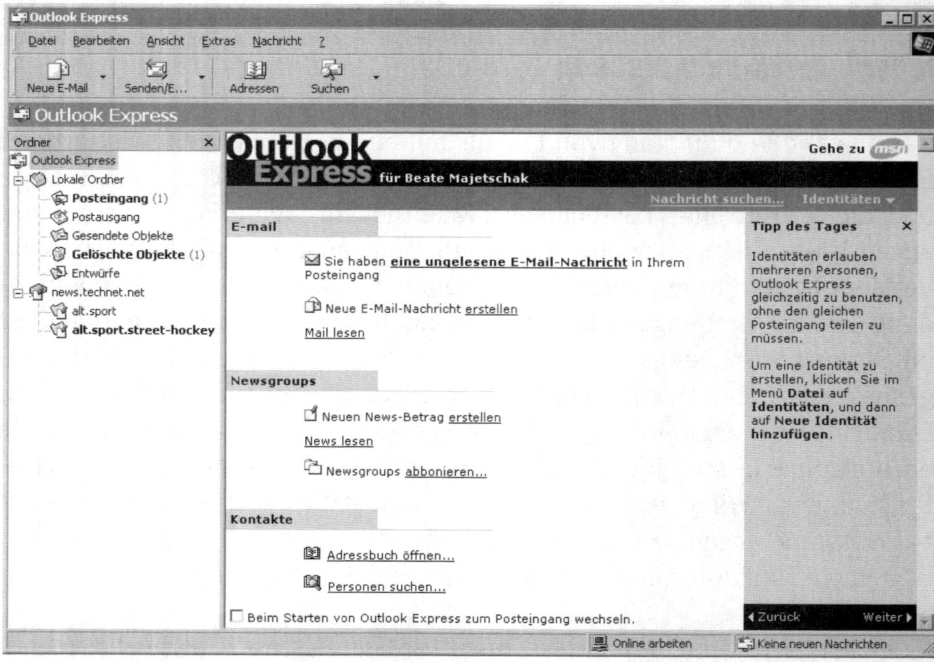

Auf der linken Seite siehst du die Ordner von Outlook Express. Im POSTEINGANG werden die eingehenden E-Mails gespeichert. Im POSTAUSGANG befinden sich die E-Mail-Nachrichten, die du versenden willst. Sie werden in den Ordner GESENDETE OBJEKTE verschoben, sobald du eine Verbindung zum Internet herstellst und die E-Mails tatsächlich versendest. Im Ordner GELÖSCHTE OBJEKTE werden alle E-Mails abgelegt, die du in einem anderen Ordner löschst. Im Ordner ENTWÜRFE befinden sich E-Mails (meist unfertige), die du gespeichert, aber noch nicht gesendet hast. Den Inhalt eines Ordners siehst du, indem du den Ordner anklickst.

E-Mail erstellen

➔ Klicke auf den Link E-MAIL-NACHRICHT ERSTELLEN oder die Schaltfläche NEUE E-MAIL, um eine neue E-Mail-Nachricht zu verfassen.

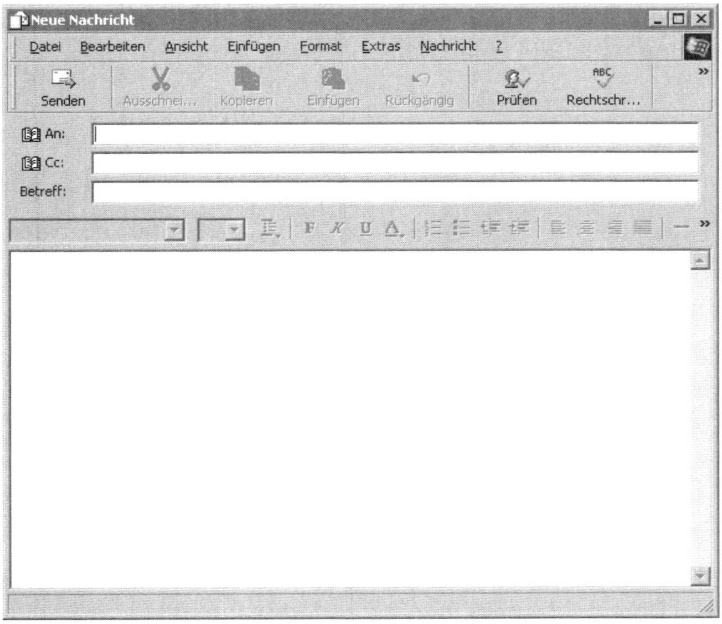

➔ Gib ins Feld AN die Adresse des E-Mail-Empfängers ein. Möchtest du mehrere Empfänger eingeben, trennst du die Angaben durch ein Semikolon (Beispiel.: `HarryHops@gmx.net; HannaHoppel@linomail.de`).

Sobald du ein Adressbuch eingerichtet hast, kannst du die Adresse auch darüber auswählen. Klicke dazu auf das Buchsymbol vor der Schaltfläche AN.

Outlook Express ist übrigens mit der Funktion AUTOVERVOLLSTÄNDIGEN ausgestattet. Hast du bereits ein Adressbuch eingerichtet, sucht Outlook Express nach übereinstimmenden Einträgen und macht dir entsprechende Vorschläge, sobald du anfängst, etwas in das Feld AN einzugeben. Ist der passende Name dabei, drücke die [⭾]-Taste, um den Vorschlag zu übernehmen und zum nächsten Feld zu springen, oder die [↵]-Taste, um weitere Empfänger einzugeben.

➔ Gib bei Bedarf ins Feld CC die Adresse des E-Mail-Empfängers oder mehrerer Empfänger ein, die eine Kopie der E-Mail erhalten sollen.

➔ Gib ins Feld Betreff ein, um was es in deiner E-Mail geht.

➔ Gibt den Inhalt der E-Mail-Nachricht in das große Textfeld ein. Wie bei Linomail kannst du Hyperlinks integrieren, indem du die Web-, die FTP- oder die Mailadresse eingibst. Vergiss die Protokollangabe nicht (`http://`, `ftp://` oder `mailto:`).

➔ Klicke auf Einfügen/Anlage oder die Schaltfläche Einfügen in der Symbolleiste.

➔ Wähle die Datei aus, die du an die E-Mail anhängen möchtest und klicke auf die Schaltfläche Einfügen.

Unter dem Feld Betreff wird nun ein Feld Einfügen angezeigt, das den Dateinamen und die Dateigröße der eingefügten Datei angibt.

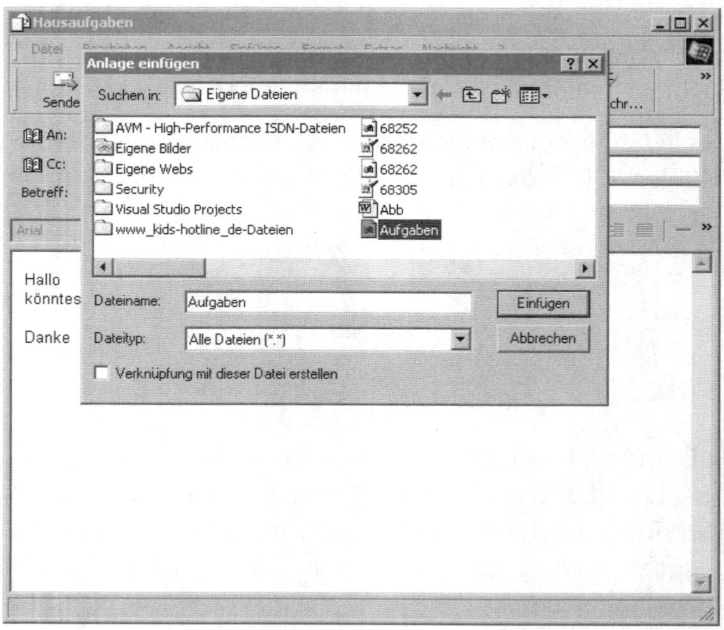

➔ Überprüfe die Rechtschreibung, indem du auf die Schaltfläche Rechtschr... klickst.

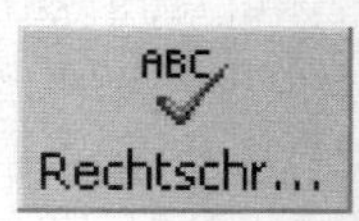

Die Rechtschreibprüfung wird gestartet und sieht aus wie die Rechtschreibprüfung in der Textverarbeitung Microsoft Word.

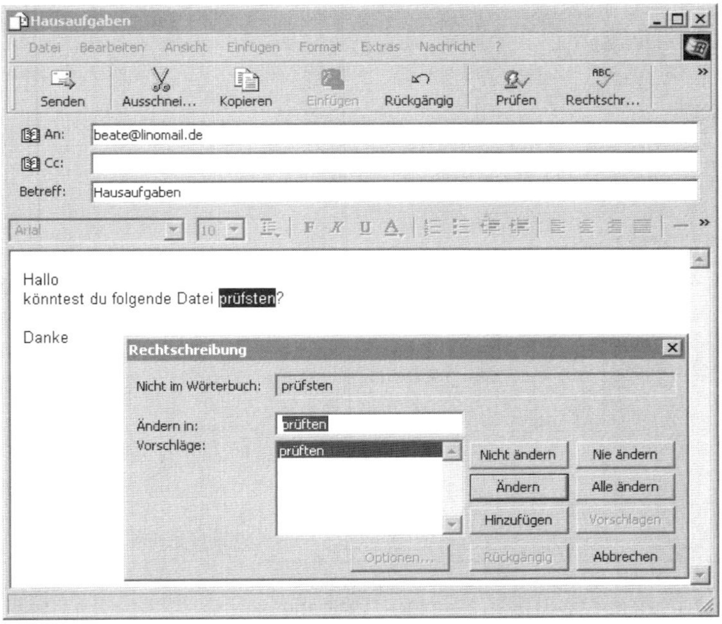

➔ Übernimm den Vorschlag, indem du auf ÄNDERN klickst, oder verwirf ihn, indem du auf NICHT ÄNDERN klickst. In das Feld ÄNDERN IN kannst du auch selbst einen Vorschlag eingeben, den du über ÄNDERN übernimmst.

Die Rechtschreibprüfung schließt sich, sobald alle Wörter geprüft wurden.

E-Mail versenden

➔ Klicke auf die Schaltfläche SENDEN.

Das Dialogfeld NEUE NACHRICHT schließt sich nun und die E-Mail wird in den Order POSTAUSGANG verschoben.

➔ Klicke auf den Ordner POSTAUSGANG, um zu sehen, welche Nachrichten versandfertig sind.

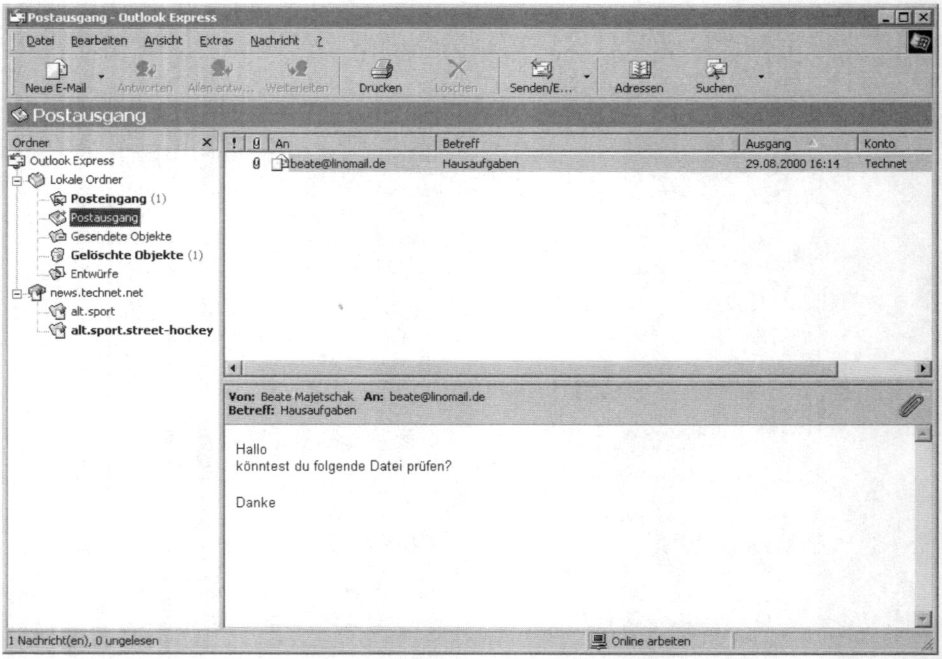

➔ Klicke auf die Schaltfläche SENDEN/EMPFANGEN.

Es wird nun eine Verbindung zum Internet hergestellt und die E-Mail im Postausgang wird versendet.

E-Mail empfangen und lesen

➔ Klicke auf die Schaltfläche SENDEN/EMPFANGEN, um die eingegangenen E-Mails vom Server deines Providers in deinen Posteingang herunterzuladen.

➔ Klicke im Ordner OUTLOOK EXPRESS auf den Link MAIL LESEN oder klicke auf den Ordner POSTEINGANG, um die Nachrichten zu lesen, die sich in deinem Posteingang befinden.

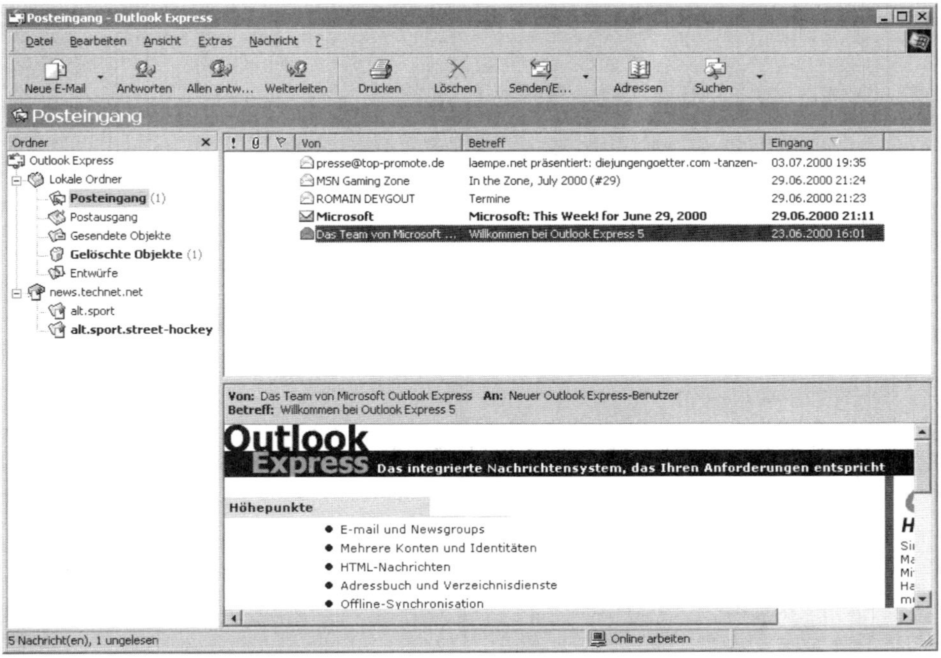

➔ Klicke auf eine E-Mail-Nachricht, um eine Vorschau auf ihren Inhalt zu erhalten.

➔ Klicke doppelt auf eine E-Mail-Nachricht, um sie zu öffnen.

➔ Klicke auf die Schaltfläche Antworten, um eine E-Mail-Nachricht zu beantworten. Der Sender wird automatisch in das Feld An eingetragen. Dem Betreff wird die Angabe AW: (für Antwort) vorangestellt und im Textfeld erscheint die Originalnachricht mit vorangestellten >-Zeichen.

Über die Schaltfläche Allen Antworten kannst du eine Antwort an den Sender und an alle Empfänger schicken, die außer dir auf der Empfängerliste standen.

Über die Schaltfläche Weiterleiten kannst du eine E-Mail an eine andere Person weiterleiten.

Über die Schaltfläche Drucken druckst du eine E-Mail-Nachricht aus und über die Schaltfläche Löschen verschiebst du sie in den Ordner Gelöschte Objekte.

Adressbuch anlegen

➔ Klicke auf die Schaltfläche ADRESSEN, um das Adressbuch zu öffnen.

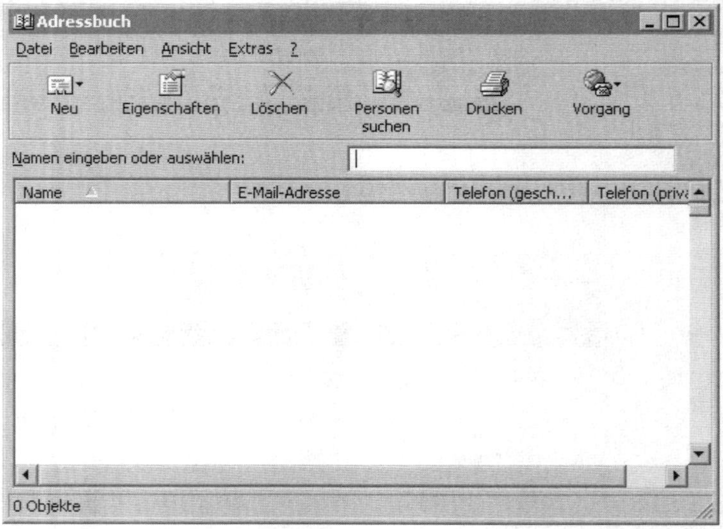

➔ Klicke auf die Schaltfläche NEU und wähle NEUER KONTAKT, um einen neuen Eintrag hinzuzufügen.

➔ Gib den Vornamen, den Nachnamen und die E-Mail-Adresse ein und klicke auf OK.

➔ Klicke auf NEU/NEUE GRUPPE, um eine Verteilerliste anzulegen, falls du häufiger E-Mails an dieselbe Gruppe von Personen schickst.

➔ Gib den Namen der Gruppe ein und wähle über die Schaltfläche MITGLIEDER AUSWÄHLEN die Gruppenmitglieder aus.

➔ Klicke auf OK. Die Gruppe wird nun im Adressbuch angezeigt. Gruppen erkennst du am Symbol mit den zwei Köpfen.

Newsgroups

Von Newsgroups hast du bereits in den Kapiteln 2 und 3 gehört. Newsgroups sind Diskussionsforen, in denen Fragen gestellt und von jedem, der die Newsgroup abonniert hat, gelesen und beantwortet werden können.

News-Client starten

News-Clients, mit denen du Newsgroups lesen kannst, sind sowohl in Outlook Express als auch in Netscape Messenger integriert. Die Funktionsweise ist ähnlich.

➔ Starte Outlook Express.

➔ Klicke auf den Ordner Outlook Express und im Bereich Newsgroups.

Hier stehen dir Befehle zur Verfügung, um Newsgroups zu abonnieren, News zu lesen und einen News-Beitrag zu erstellen.

> Falls du noch kein News-Konto eingerichtet hast, öffnet sich nun der Assistent für den Internetzugang, in dem du die Adresse des News-Servers deines Providers eingeben musst. Bringe diese in Erfahrung, bevor du versuchst, Newsgroups zu nutzen. In Outlook wird nun ein neuer Ordner mit der Bezeichnung des News-Servers deines Providers eingerichtet.

Newsgroups abonnieren

Bevor du Newsgroups nutzen kannst, musst du sie abonnieren. Dazu lädst du eine Liste aller Newsgroups auf deinen Computer, die von deinem Provider angeboten werden. Es gibt ca. 50.000 Newsgroups und es können immer neue hinzukommen. Deshalb bieten die meisten Provider nur einen Auszug aus der Gesamtmenge an.

Newsgroups sind Kategorien zugeordnet. Die einzelnen Kategorien sind durch Punkte voneinander getrennt. Die übergeordnete Kategorie steht ganz links und die Angaben werden nach rechts hin spezifischer. Die Newsgroup `alt.sport` enthält beispielsweise Beiträge zu allen möglichen Sportarten. Die Newsgroup `alt.sport.street-hockey` ist dagegen auf Street Hockey spezialisiert.

➔ Stelle eine Verbindung zum Internet her.

➔ Klicke auf den Link Newsgroups abonnieren.

➔ Markiere im Dialogfeld Newsgroup-Abonnements auf der Registerkarte Allgemein alle Newsgroups, die du abonnieren möchtest.

➔ Klicke auf die Schaltfläche ABONNIEREN.

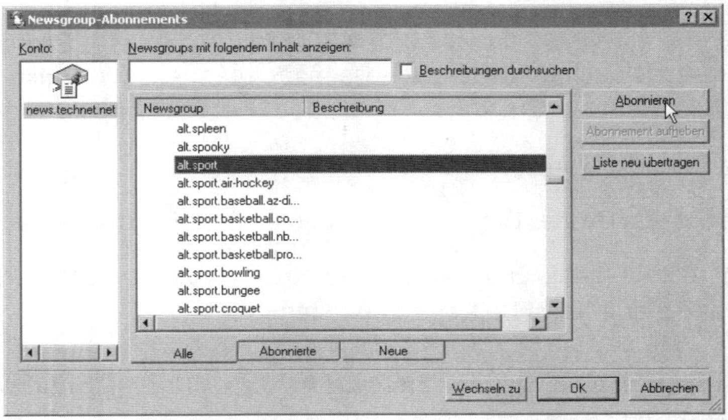

Wenn du das Dialogfeld das erste Mal öffnest, wird noch keine Newsgroup angezeigt. Die Liste der Newsgroups muss zunächst vom Server des Providers heruntergeladen werden. Und das kann einige Sekunden dauern. Die Liste der Newsgroups verändert sich ständig, da neue Newsgroups hinzukommen und Newsgroups manchmal auch geschlossen werden. Klicke deshalb hin und wieder auf die Schaltfläche LISTE NEU ÜBERTRAGEN, um die Liste erneut vom Provider herunterzuladen.

➔ Klicke auf die Schaltfläche ABONNIERTE, um die Newsgroups zu sehen, die du bereits abonniert hast.

➔ Klicke auf die Schaltfläche OK, um die abonnierten Newsgroups zu nutzen.

Beiträge lesen und beantworten

➔ Klicke auf die Newsgroup, an deren Inhalt du interessiert bist.

➔ Klicke auf der rechten Seite auf den Beitrag, den du dir näher ansehen möchtest. In der unteren Fensterhälfte siehst du nun eine Vorschau.

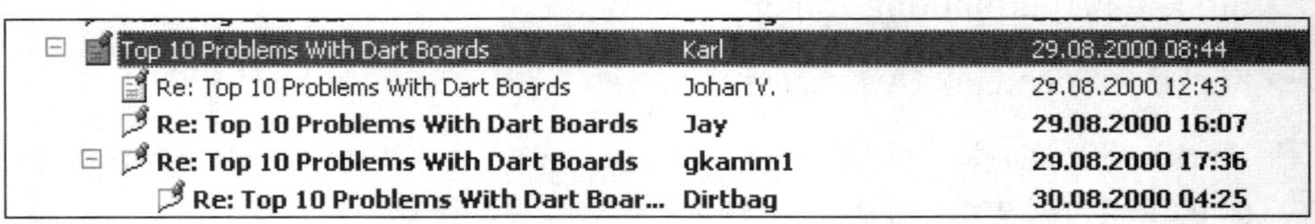

Gibt es zu einem Beitrag Antworten, werden diese unter dem Beitrag zusammengefasst. Du erkennst dies am vorangestellten Pluszeichen. Klickst du auf das Pluszeichen, siehst du die untergeordneten Beiträge. Diese Anordnung zusammenhängender Beiträge wird als *Thread* (deutsch Faden) bezeichnet. Die untergeordneten Beiträge werden auf die gleiche Weise gelesen und beantwortet wie normale Beiträge.

➔ Klicke doppelt auf einen Beitrag, um ihn zu öffnen.

➔ Klicke auf die Schaltfläche NEWSGROUP, um einen Beitrag zum aktuellen Beitrag in der Newsgroup abzulegen.

Die Felder NEWSGROUP und BETREFF sind bereits ausgefüllt. Im Textfeld siehst du die bereits vorhandenen Beiträge.

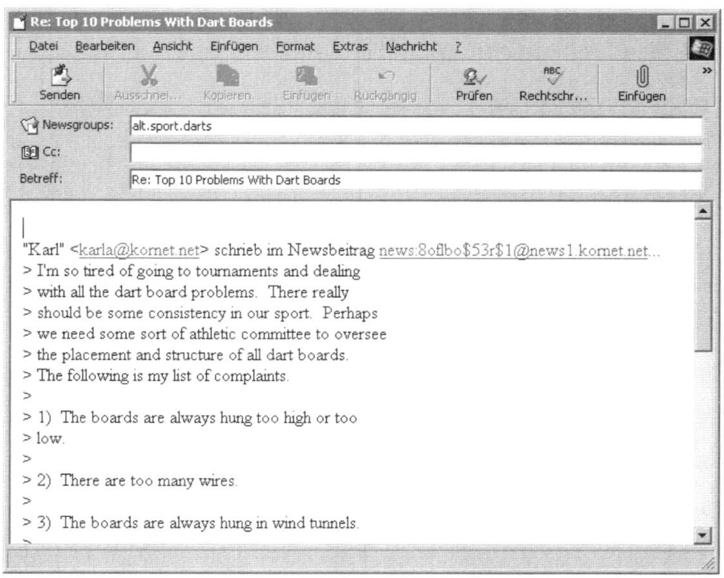

Klicke auf die Schaltfläche ANTWORTEN, um der Person eine E-Mail zu schicken, von der der Beitrag stammt. Es handelt sich dabei um eine normale E-Mail-Nachricht, die nicht in einer Newsgroup abgelegt wird.

➔ Gib den neuen Beitrag ins Textfeld ein.

➔ Klicke auf die Schaltfläche SENDEN, um den Beitrag in der Newsgroup als untergeordneten Beitrag abzulegen.

Neue News erstellen

➔ Klicke auf die Schaltfläche NEUE NEWS, um selbst einen Beitrag zu schreiben.

➔ Gib den Betreff ins gleichnamige Feld ein.

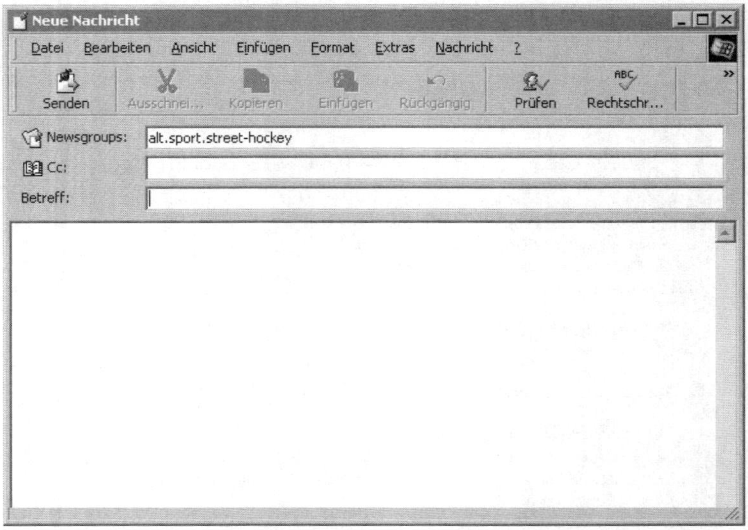

➔ Gib den Inhalt des Beitrags in das große Textfeld ein und klicke dann auf SENDEN.

Dein Beitrag wird nun an die Newsgroup gesendet und in dieser abgelegt.

7 Chatten

Chatten war lange Zeit nicht so sehr verbreitet, weil du dafür ein spezielles Chatprogramm wie mIRC benötigt hast. AOL hat das Chatten durch eine einfache Bedienung auch technisch nicht so versierten Personen zugänglich gemacht. Und du findest auf unzähligen Homepages Chats, an denen du dich meist nach Anmeldung beteiligen kannst. Chatten ist also sozusagen zum Volkssport geworden.

In diesem Kapitel lernst du,

- welche Dinge du beim Chatten beachten solltest
- wie du im Web chattest
- wie du beim Chat Gefühle mit Smileys und Akronymen ausdrücken kannst
- wie der Chat im IRC funktioniert
- was es mit den privaten Chaträumen auf sich hat

Chatiquette

Beim Chatten solltest du wie im sonstigen Leben einige Höflichkeitsregeln beachten und stets vorsichtig sein.

- Beleidige oder verletzte niemanden.
- Achte auf einen höflichen Umgangston.
- Suche dir einen anderen Chatraum, wenn dir der allgemeine Umgangston nicht zusagt.
- Gib keine persönlichen Daten oder Informationen preis. Du weißt nie, wer am anderen Ende sitzt und ob sich andere Beteiligte nicht einen Spaß mit dir erlauben oder gar bösartige Absichten haben.
- Ist es in einem Chat-Dienst üblich, ein Profil anzulegen, wie z.B. bei Young.de, sollten deine Angaben der Wahrheit entsprechen. Ist ein Chat-Dienst besonders neugierig und möchte besonders viele persönliche Daten erfragen, solltest du jedoch vorsichtig sein.
- Chatte nicht mit Leuten, die kein Profil anlegen.
- Verabrede dich niemals außerhalb des Chats, ohne deine Eltern oder eine andere Vertrauensperson zu informieren. Gehe besser zu zweit zu einem solchen Treffen.
- Gib dein Kennwort niemals an andere Personen weiter – schon gar nicht an Chatpartner oder bei dubiosen Anfragen, die scheinbar vom Anbieter stammen.

Chatten in einer Website

Es ist ganz leicht, in einer Website zu chatten.

➔ Stelle eine Verbindung zum Internet her.

➔ Starte deinen Browser und öffne die Website, in der du chatten möchtest (im Beispiel Young.de).

➔ Klicke auf den Link CHAT.

➔ Melde dich an.

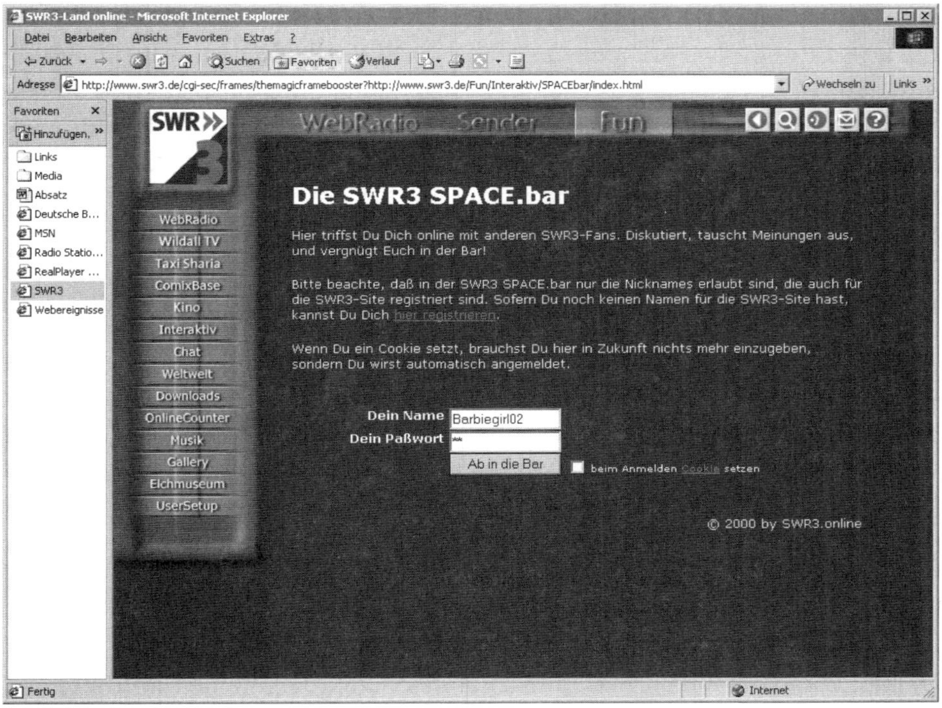

Meistens musst du dich zuerst beim Anbieter anmelden, bevor du loslegen kannst. Die Anmeldung ist in der Regel kostenlos und verläuft wie die Anmeldung bei einem Lernangebot. Diese wurde in Kapitel 2 ausführlich beschrieben.

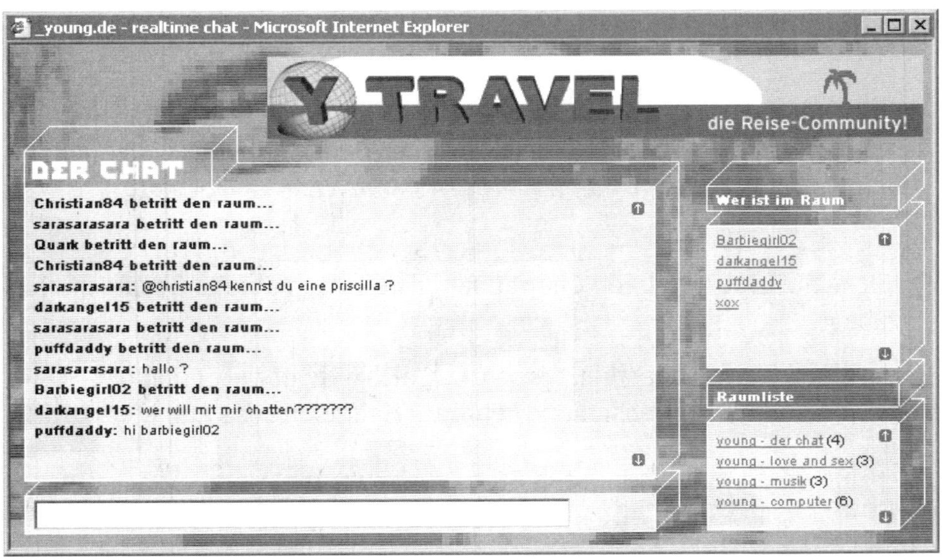

Das Chatfenster ist in verschiedene Bereiche aufgeteilt. Im Hauptfeld siehst du, was die anderen Personen gesagt haben, die sich momentan im Chatraum aufhalten. Wenn ein neuer Teilnehmer hinzukommt, wird die Meldung *<Name> betritt den Raum* angezeigt. Das, was die Teilnehmer »sagen«, d.h. eintippen, wird sofort am Bildschirm für alle lesbar angezeigt. Und damit jeder weiß, wer was sagt, wird der Nickname vorangestellt. In der linken oberen Ecke des Hauptfelds wird meistens der Chatraum angezeigt, in dem du dich momentan befindest (hier DER CHAT). Am unteren Rand des Hauptfelds siehst du ein schmales Textfeld, in das du deine Beiträge eingibst.

Auf der rechten Seite (hier unter WER IST IM RAUM) siehst du, wer außer dir anwesend ist und welche Chaträume, auch Chatrooms, Channels oder Kanäle genannt, verfügbar sind (hier RAUMLISTE). In Klammern werden beim Anbieter üblicherweise Profile angelegt, du kannst auf den Namen eines Benutzers klicken, um dessen Profil einzusehen.

➔ Klicke auf das Eingabefeld unterhalb des Hauptfeldes und tippe das ein, was du zum aktuellen Gespräch beitragen möchtest. Drücke dann die [↵]-Taste.

Deine Eingabe erscheint nun mit vorangestelltem Nicknamen im Hauptfeld und andere Teilnehmer können darauf reagieren.

Falls du erstmals chattest und nicht so genau weißt, wie du einsteigen kannst, kannst du es ja beispielsweise mit der Begrüßung eines neuen Teilnehmers versuchen oder fragen, wer mit dir chatten möchte.

➔ Klicke auf einen anderen Chatraum, falls dir das aktuelle Gespräch nicht zusagt.

➔ Um einen Chat zu beenden, brauchst du dich nirgends abzumelden. Schließe einfach das Chatfenster und kehre zur Hauptseite des Anbieters zurück.

Gefühle beim Chat

Da beim Chatten nicht viel Platz für blumige und ausschweifende Sprache ist, häufig aber private Dinge besprochen werden, haben sich die so genannten *Smileys* oder *Emoticons* (Zusammensetzung aus *»Emotion«*, deutsch Gefühle, und *Icon*, deutsch Bild) eingebürgert, um Gefühle auszudrücken. Die Liste der Emoticons ist lang und es gibt sogar Plakate davon. Es reicht in der Regel aber aus, wenn du die wichtigsten kennst.

Emoticon	Bedeutung
:-)	Freude, Zufriedenheit, z.B. im Sinne von »Haha, witzig«.
;-)	Mit einem Augenzwinkern
***	Küsschen
:-[	Enttäuschung, Verärgerung oder im Sinne von »Hm, das war nicht so gut!«
:-| ~~:-(	Wut
;(	Weinen
:-/	Skepsis
%-(	Verwirrung

Übrigens kannst du die Smileys und Akronyme auch in E-Mails einsetzen. Die gängigsten Smileys sind inzwischen auch denjenigen bekannt, die bisher noch nicht zur Gemeinde der Chatter gehören.

Die folgende Akronyme (Abkürzungen) kommen in erster Linie beim Chatten zum Einsatz, können aber auch in E-Mails verwendet werden:

Akronym	Englische Bedeutung	Deutsche Bedeutung
AFK	Away from keyboard	Derzeit nicht am Platz
ASAP	As soon as possible	Möglichst schnell
BBL	Be back later	Bis später
BBS	Be back soon	Bin gleich zurück
BRB	Be right back	Bin gleich zurück
CU	See you	Ciao
FOCL	Falling off chair laughing	Vom Stuhl fallen vor Lachen
FYA	For your amusement	Zum Aufheitern
FYI	For your information	Zur Information
IMHO	In my humble opinion	Meiner Meinung nach
IOW	In other words	Das heißt
LOL	Lot of Love	Alles Liebe
NP	No problem	Kein Problem
RFC	Request for comments	Gibt es noch Fragen?
ROFL	Rolling on the floor, laughing	Sich rollen vor Lachen
RTFM	Read the F----in' Manual	Lies doch bitte das Handbuch nach
TNX	Thanks	Danke
WB	Welcome Back	Herzlich willkommen

Chatten im IRC

Chatten war früher nur über IRC-Programme wie mIRC möglich. Der IRC (Internet Relay Chat) ist in Form von »Kanälen« organisiert, auch Channels oder Rooms genannt, die bestimmten Themen wie Sport oder Hausaufgaben gewidmet sind. Es gibt aber auch allgemeine Chaträume, in denen du über alles Mögliche quatschen kannst. Es gibt zahlreiche IRC-Server, auf denen die Channels gespeichert sind. Jeder Server bietet andere Channels an. Der IRC-Server ist dafür verantwortlich, die Eingaben der Benutzer an alle IRC-Clients zu senden, die momentan mit dem Channel verbunden sind. Dadurch ist eine Kommunikation in Echtzeit, also live, möglich. IRC-Clients sind Programme wie mIRC, die auf einen IRC-Server zugreifen, die Daten anzeigen, die der IRC-

Server sendet, und die Eingaben des Benutzers an den IRC-Server senden. Und das sieht dann so aus:

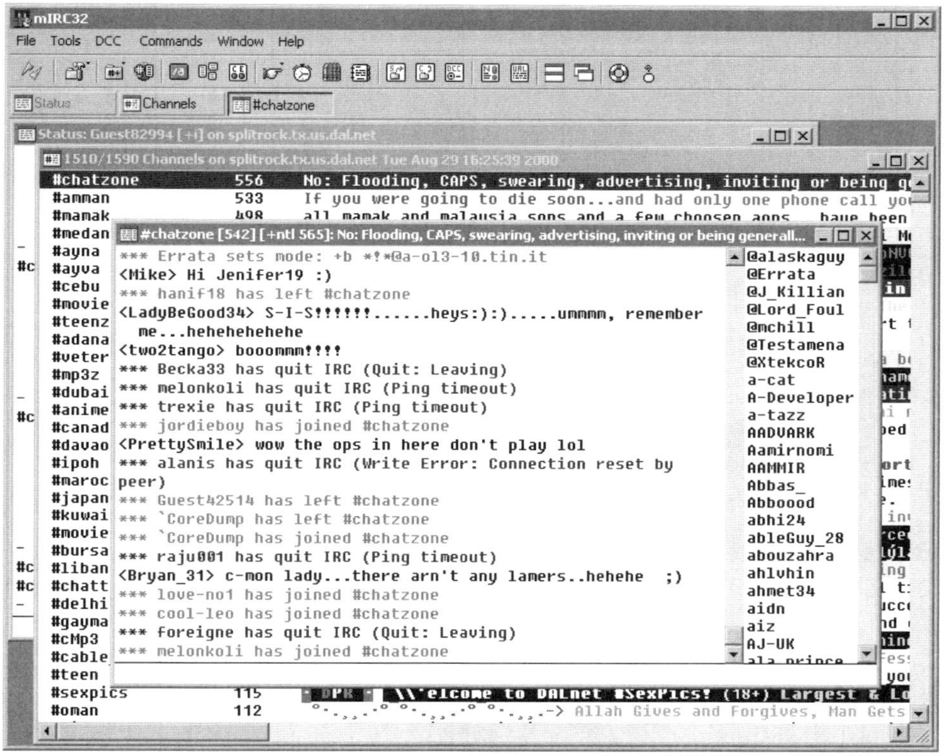

Den IRC-Client einrichten

Wie beim Chat in einer Website musst du dich beim Chat über einen IRC-Client beim Channel anmelden. Die Einstellungen werden jedoch nicht in einer Website gespeichert, sondern du gibst sie in dein IRC-Programm ein wie mIRC ein, das du auf der CD-ROM zum Buch und unter `www.mirc.co.uk` findest.

➔ Wähle FILE/OPTIONS, um das Dialogfeld MIRC OPTIONS zu öffnen.

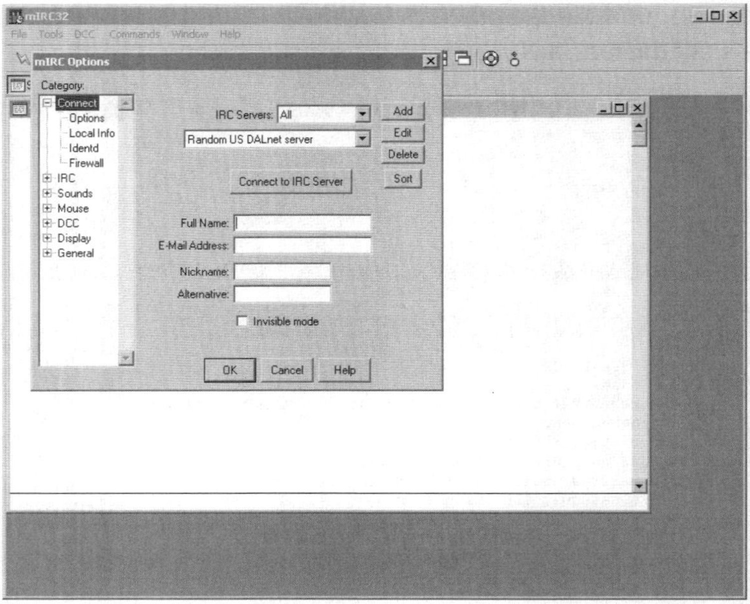

➔ Wähle im Listenfeld IRC SERVERS den Server aus, auf dem du chatten möchtest.

Da es sich bei mIRC um ein amerikanisches Programm handelt, sind nur wenige europäische und deutsche IRC-Server in der Liste enthalten. Du kannst die Liste jedoch über die Schaltfläche ADD ergänzen. Gib dazu dann einen Namen für den IRC-Server und die Adresse ein und klicke dann auf ADD. Der neue Server wird ganz unten in der Serverliste einsortiert.

Im Abschnitt »Adressen deutscher IRC-Server« in diesem Kapitel findest du eine Liste mit Adressen deutscher IRC-Server.

➔ Gib im Feld FULL NAME deinen vollständigen Namen ein.

➔ Gib im Feld E-MAILADDRESS deine E-Mail-Adresse ein.

➔ Gib im Feld NICKNAME einen Spitznamen ein, unter dem du im Channel kommunizieren möchtest.

➔ Da dein Nickname vielleicht bereits von einer anderen Person benutzt wird, musst du im Feld ALTERNATIVE noch einen zweiten Nicknamen eingeben, der dann als Ersatz verwendet wird.

➔ Klicke auf die Schaltfläche OK, um das Dialogfeld zu schließen.

Sind sowohl der Nickname als auch die Alternative bereits vergeben, was allerdings erst festgestellt wird, wenn der IRC-Client eine Verbindung zum IRC-Server herstellt, kannst du über den IRC-Befehl `/NICK <Neuer Name>` einen dritten Versuch starten. Andernfalls vergibt der IRC-Server einen Nickname, wie z.B. Guest97789.

Adressen deutscher IRC-Server

IRC-Server gibt es in vielen Ländern. Die Server sind in IRC-Netzwerken wie EFnet (`www.irchelp.org`), Undernet (`www.undernet.org`), IRCnet (`www.funet.fi/~irc`), DALNet (`www.dal.net`) Kidsworld (`www.kidsworld.org`) oder Starlink (`www.starlink.org`) organisiert. Hier findest du Adressen von IRC-Servern und weitere Informationen über IRC.

Nachfolgend findest du außerdem einige deutsche IRC-Server.

Universität	Adresse
RWTH Aachen	irc.informatik.rwth-aachen.de
FU Berlin	irc.fu-berlin.de
Uni Erlangen	irc.uni-erlangen.de
TU Ilmenau	irc.tu-ilmenau.de
Uni Karlsruhe	irc.rz.uni-karlsruhe.de
Uni Kaiserslautern	sokrates.informatik.uni-kl.de
GHS Paderborn	irc.uni-paderborn.de
Uni Rostock	irc.informatik.uni-rostock.de
Uni Stuttgart	irc.uni-stuttgart.de

Chatten im IRC

➔ Starte den IRC-Client (z.B. mIRC).

➔ Wähle im Dialogfeld mIRC Options, das sich nun öffnet, im Listenfeld IRC Servers den Server aus, zu dem du eine Verbindung herstellen möchtest.

➔ Klicke auf die Schaltfläche Connect to IRC Server, um eine Verbindung zum gewünschten Server herzustellen.

Du kannst im IRC auch über einen IRC-Befehl eine Verbindung zu einem Server herstellen oder den Server wechseln. Gib dazu im Textfeld am unteren Rand des Hauptfensters in mIRC den Befehl `/SERVER <Serveradresse>` ein.

Es wird nun eine Verbindung zu dem IRC-Server hergestellt, den du im Feld Optionen ausgewählt hast.

Es öffnet sich das Dialogfeld mIRC Channel Folders, in dem alle möglichen Channels aufgelistet sind. Da diese Liste von der Software mIRC stammt, müssen nicht alle Channels auf dem IRC-Server vorhanden sein, zu dem du eine Verbindung hergestellt hast.

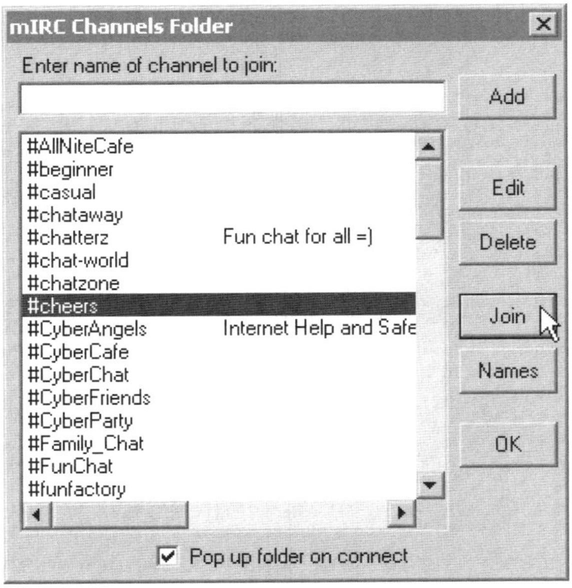

➔ Wähle einen Channel aus und klicke auf Join.

Falls dich das Dialogfeld mIRC Channel Folders stört, solltest du das Kontrollkästchen Pop up folder on connect deaktivieren und auf OK klicken. Es wird dann zukünftig nicht mehr eingeblendet, sobald die Verbindung zu einem Server hergestellt ist. Du kannst das Dialogfeld aber jederzeit öffnen, indem du auf die Schaltfläche List Channels klickst.

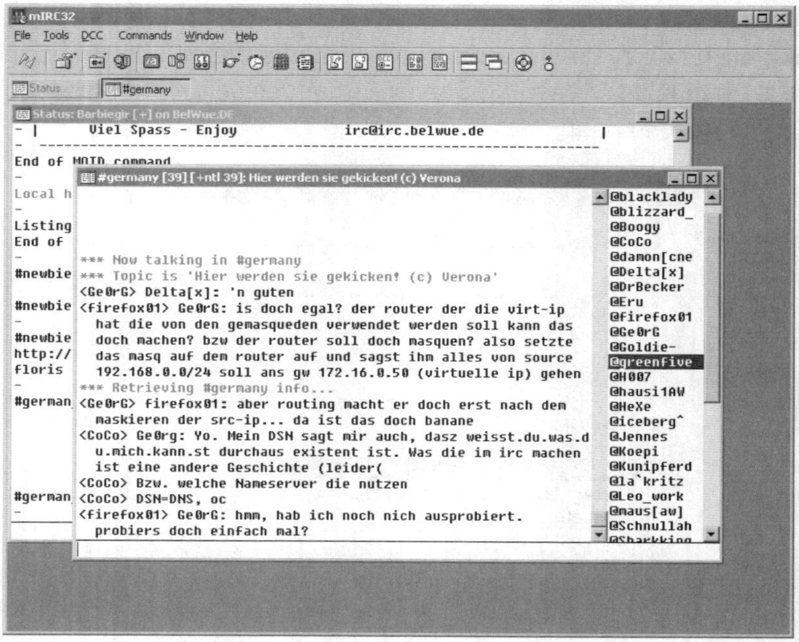

➔ Sieh erst mal nach, wer alles im Chat vertreten ist.

Die Nicknamen aller Teilnehmer eines Channels werden auf der rechten Seite aufgelistet. Am linken Rand der Titelleiste des Chatfensters steht der Name des Chats, an dem du dich momentan beteiligst.

Verfolge zunächst eine Weile die Diskussion im Hauptfenster, bevor du dich beteiligst.

➔ Gib deinen Beitrag in das Feld am unteren Rand des Fensters ein und drücke die [↵]-Taste.

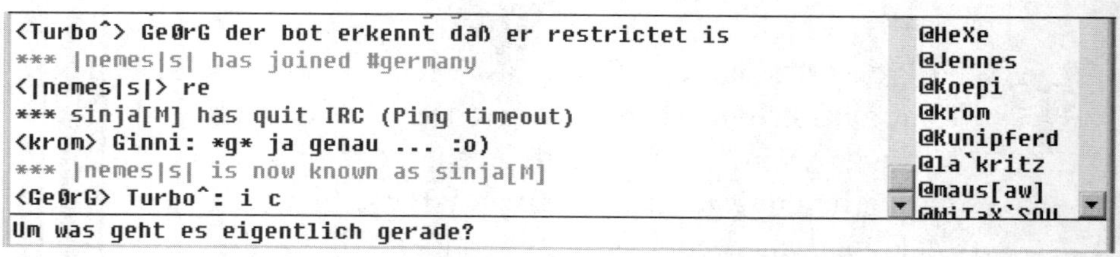

➔ Klicke auf die Schaltfläche LIST CHANNEL, um einen neuen Channel auszuwählen, falls dir der aktuelle nicht passt.

➔ Klicke auf die Schaltfläche DISCONNECT, um die Verbindung zum Server abzubrechen.

Der Beitrag wird nun zum IRC-Server übertragen und wieder an dich und alle anderen Teilnehmer zurückgesendet. Dann wird er mit vorangestelltem Nicknamen im Chatfenster ausgegeben.

Um im IRC zu chatten, benötigst du die Funktionen von mIRC überhaupt nicht. Du kannst dich auch auf die Eingabe von IRC-Befehlen beschränken, die du in das schmale Eingabefeld am unteren Rand des Fensters eingibst. Channels ist übrigens immer ein #-Zeichen vorangestellt, wie z.B. bei `#germany` oder `#newbies`. (`#newbies` ist übrigens der Channel, in dem neue Chatter, also *Newbies*, Informationen übers Chatten und den Channel erhalten.)

Um eine Verbindung zu einem Server herzustellen, gibst du beispielsweise /SERVER <Serveradresse> ein.

Über den IRC-Befehl `/LIST` kannst du dir alle auf dem Server vorhandenen Channels auflisten lassen. Über den Befehl `/List [-min 5]` werden nur die Channels mit mindestens fünf Teilnehmern angezeigt. Das Ergebnis eines allgemeinen LIST-Befehls sieht z.B. wie folgt aus:

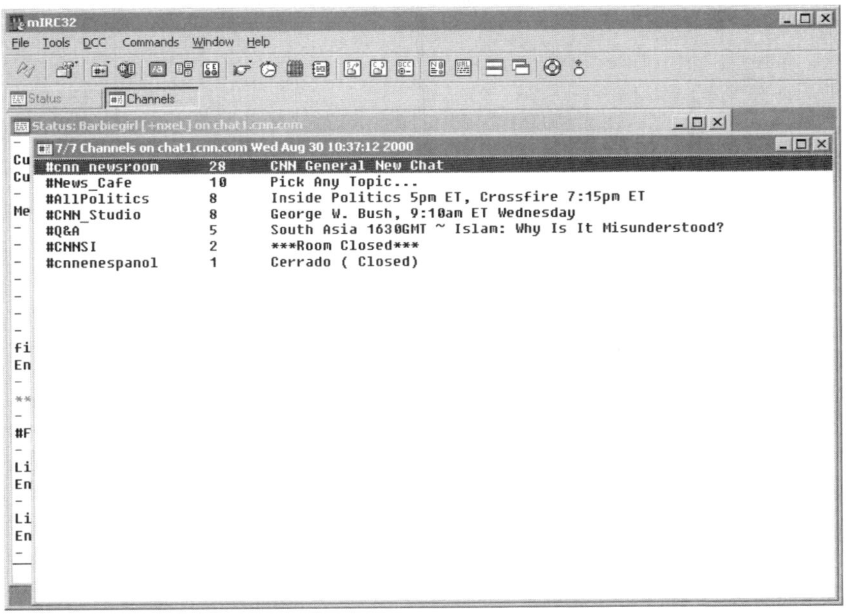

Über `/JOIN <Channel>` kannst du direkt zum gewünschten Channel wechseln.

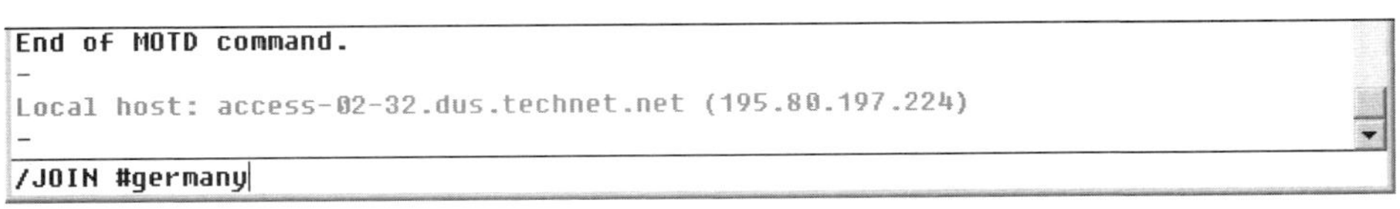

Einen Channel kannst du über /LEAVE <Channel> verlassen.

```
<CoCo> DSN=DNS, oc
<firefox01> Ge0rG: hmm, hab ich noch ni
  probiers doch einfach mal?
/LEAVE #germany
```

Um die Verbindung zum Server abzubrechen, gibst du den Befehl /Quit ein. Anschließend wird im Hauptfenster von mIRC die Information Disconnected angezeigt und du kannst die Verbindung zum Internet trennen.

```
*** Disconnected
|
```

Im nächsten Abschnitt findest du eine Übersicht über wichtige IRC-Befehle.

IRC-Befehle

Befehl	Syntax	Beispiel
Verbindung zu Server herstellen	/SERVER <Servername>	/SERVER irc.informatik.tu-muenchen.de
Channel beitreten	/JOIN <Channel>	/JOIN #germany
Channel verlassen	/LEAVE oder /LEAVE <Channel>	/LEAVE oder /LEAVE #germany
Server verlassen	/QUIT	/QUIT
Liste aller verfügbaren Channels	/LIST	/LIST
Liste der Channels mit mindestens X Benutzern	/LIST [-min X]	/LIST [-min 5]
Nachricht an Teilnehmer senden	/MSG <Name> <Text>	/MSG Barbiegirl Bist du neu hier?
Nickname ändern	/NICK <Name>	/NICK Rambo3
Teilnehmer des aktuellen Channels auflisten	/NOTIFY	/NOTIFY
Teilnehmer eines Channels auflisten	/WHO <Channel>	/WHO #germany
Informationen über Teilnehmer abfragen	/WHO <Name>	/WHO Barbiegirl
Informationen über Benutzer abfragen	/WHOIS <Name>	/WHOIS Barbiegirl

8 Die eigene Homepage

Es ist überhaupt nicht schwierig, eine Homepage zu erstellen – eine einfache zumindest. Um eine Homepage dagegen mit allen Schikanen auszustatten, musst du schon etwas mehr können. Die meisten professionellen Angebote werden von Designern mit teuren Profiprogrammen erstellt. Aber auch die Designer haben einmal so wie du angefangen.

In diesem Kapitel lernst du,

- wo du eine eigene Domäne erhältst
- was HTML ist
- wie eine Webseite aufgebaut ist und welches die wichtigsten HTML-Tags sind
- wie du eine ansprechende Homepage erstellst, die du z. B. für deine Schülerzeitung nutzen kannst
- wie du die Homepage via FTP auf den Server deines Providers lädst
- wie du Material für deine Homepage beziehst
- wie du deine Homepage bei Suchmaschinen anmeldest

Wie du eine Webadresse erhältst

Die Webadresse für deine Homepage erhältst du von deinem Provider. Viele Provider bieten die Möglichkeit, eine Homepage kostenlos ins Internet zu stellen. Die Homepage muss dabei nicht aus einer Seite bestehen, sondern es kann sich um eine ganze Website handeln. Häufig ist der Speicherplatz bei kostenlosen Homepages auf 10 MByte beschränkt.

Was ist eigentlich eine Homepage? Homepage ist englisch (wird Houmpädj ausgesprochen) und bedeutet die Webseite, die aufgerufen wird, wenn die Adresse einer Domäne angegeben wird, wie z. B. `www.hausaufgabenhilfe.de` oder `www.learnetix.de`. Die Homepage wird häufig auch als Startseite bezeichnet.

Webseiten sind übrigens reine Textseiten. Das heißt, sie lassen sich mit einem beliebigen Texteditor erstellen. Deshalb bieten inzwischen auch Textverarbeitungen Funktionen für die Webseitengestaltung. Du kannst deine Webseiten also auch mit deiner Textverarbeitung erstellen. Besser geeignet sind allerdings HTML-Editoren wie die, die du auf der CD-ROM zum Buch findest, oder WYSIWYG-Editoren (**W**hat **y**ou **s**ee **i**s **w**hat **y**ou **g**et) wie Microsoft Frontpage oder Macromedia Dreamweaver.

Früher war es bei kostenlosen Homepages nicht möglich, eine eigene Webadresse zu erhalten, sondern dir wurde eine untergeordnete Adresse der Domäne des Providers zugewiesen, wie z. B. www.`rz.uni-stuttgart.de/HarryHops`. Damals war es auch noch ziemlich teuer, einen Domänennamen, d.h. eine Webadresse wie `www.harryhops.de` zu erhalten, die nicht einer anderen Domäne untergeordnet ist und sich somit intuitiv finden lässt. Heutzutage kostet der Erwerb einer Domäne nicht mehr viel. Deshalb siehst du auch im Internet viele Werbeanzeigen, die anfragen, ob du nicht an einer eigenen Domäne interessiert bist. Die Vergabe von Domänen erfolgt über DeNIC (www.denic.de), eine Organisation, die die Vergabe von Domänennamen überwacht und dafür sorgt, dass diese eindeutig sind und nicht mehrfach vergeben werden. In der Website von DeNIC kannst du nachsehen, ob deine Wunschdomäne bereits vergeben ist. Anschließend kannst du deinen Provider bitten, diese für dich bei DeNIC anzumelden. Es gibt auch spezielle Provider für Websites, wie z. B. Strato (www.strato.de).

Grundlagen von HTML

HTML ist die Abkürzung für Hypertext Markup Language, also eine Auszeichnungssprache für die Erstellung von *Hypertextdokumenten*. Anders als in einer Textverarbeitung wie Microsoft Word, in der du die Elemente mit der Maus markierst, die fett dargestellt werden sollen, bevor du auf die Schaltfläche FETT klickst, erfolgt die Auszeichnung der Textstellen in HTML über so genannte *Tags* (sprich es »Tägs« aus). Tags sind in spitze Klammern gesetzte Befehlskürzel, wie z. B. `<h1>`, anhand derer der Browser die Darstellung vornimmt. In der Regel setzt sich eine solche Auszeichnung aus einem öffnenden (Start-Tag) und einem schließenden Tag (Ende-Tag) zusammen. Das Ende-Tag unterscheidet sich vom Start-Tag durch einen Schrägstrich. Mit <h1>Schülerzeitung </h1> wird beispielsweise der Begriff »Schülerzeitung« als Überschrift der Ebene 1 gekennzeichnet. Das Start-Tag ist <h1> und das Ende-Tag ist </h1>.

Hypertextdokumente sind Textdokumente in elektronischer Form, die mit anderen Dokumenten oder Teilen innerhalb des Dokuments beliebig verknüpft sein können. Die Seiten müssen aber nicht wie in einem Buch hintereinander aufgeführt werden, sondern man kann von jeder Seite auf jede andere Seite verzweigen. Ein bekanntes Hypertextsystem ist die Onlinehilfe von Windows. Die Verknüpfung der Dokumente erfolgt über Hyperlinks, auf die der Benutzer klicken muss. Hyperlinks waren früher unterstrichene Textstellen in blauer Schrift. Dies ist zwar auch heute noch üblich, Hyperlinks können aber auch aus Bildern oder andersartig gestalteten Textteilen bestehen. Einen Hyperlink erkennst du in einer Webseite daran, dass der Mauscursor die Form einer Hand mit ausgestrecktem Zeigefinger annimmt, sobald er auf einen Hyperlink zeigt.

Es gibt einen HTML-Standard, der vom W3C entwickelt wird und die HTML-Funktionen inklusive ihrer Syntax definiert. Das W3C ist die Organisation, die Standards für das Internet entwickelt und das Internet oder zumindest dessen Weiterentwicklung in gewisser Weise »überwacht«. Im Moment ist der

Standard HTML 4.0 aktuell. Allerdings haben die Browserhersteller Microsoft und Netscape für ihre Browser zusätzliche HTML-Tags entwickelt, die von dem Browser der Konkurrenz nicht interpretiert werden können. Dadurch gibt es manchmal Probleme bei der Anzeige von Websites in verschiedenen Browsern. Die Weiterentwicklung des HTML-Standards und anderer Webtechnologien macht auch eine Weiterentwicklung der Browser erforderlich, da alte Browser die neuen Funktionen nicht unterstützen. So können Browser der Version 3 beispielsweise keine Frames anzeigen, also Webseiten, die aus mehreren Teilen bestehen.

Mit HTML lassen sich nur statische Webseiten entwickeln, d. h. Webseiten, die immer gleich aussehen. Muss ein Element auf einer Seite ausgetauscht werden, muss der HTML-Code entsprechend verändert werden. Dies ist natürlich nicht komfortabel. Insbesondere bei Websites, die Produkte verkaufen, ist es wünschenswert, einen dynamischen Zugriff auf eine Produktdatenbank zu haben. Inzwischen gibt es Technologien wie Active Server Pages von Microsoft, die dieses ermöglichen. Die Animationen, die du in vielen Websites findest, wie z. B. die Schmetterlinge, die bei ZUM.de über den Bildschirm flattern, werden ebenfalls nicht über HTML realisiert, sondern über Programme wie Shockwave oder Flash. Was bei HTML ebenfalls nicht möglich ist, ist die Entwicklung von Vorlagen, anhand derer alle Webseiten einer Site gestaltet werden können. Vorlagen kannst du aber über *Cascading Stylesheets* (CSS) realisieren.

Es gibt übrigens eine Weiterentwicklung von HTML namens XML (Extensible Markup Language), die sich dadurch auszeichnet, dass du keine vorgegebenen Tags benutzen musst, sondern diese selbst definieren kannst. Anders als HTML definiert XML nicht die Darstellung von Seiteninhalten. Für die Darstellung ist eine zweite Sprache namens XSL (Extensible Style Language) nötig. XML ist ein sehr viel versprechender Ansatz, wird jedoch bisher nur von Internet Explorer unterstützt.

Überblick über die wichtigsten HTML-Tags

Jede Webseite beinhaltet dasselbe Grundgerüst, also Tags, die die Seitenstruktur definieren. Außerdem gibt es wie bei der Textverarbeitung Befehle, also Tags, zur Textformatierung, wie z. B. der Kursiv- und Fettschrift, zur Absatzformatierung, wie z. B. der Zentrierung von Überschriften, zum Einbinden von Objekten wie Bildern, zum Einbinden von Hyperlinks, zur Gestaltung von Tabellen und zum Einrichten der Seite. Außerdem müssen Sonderzeichen und Umlaute besonders kodiert werden.

In diesem Abschnitt werden die wichtigsten HTML-Tags vorgestellt. Du kannst den Abschnitt auch als Referenz nutzen. Mache dir keine Sorgen, dass du nun Weltmeister im Tippen werden musst. Die vorgestellten HTML-Tags kannst du bei dem Programm Phase 5, das sich auch auf der CD-ROM zu diesem Buch befindet, bequem über Schaltflächen einfügen.

Du kannst in deine Webseiten auch Skripts einbinden, die du mit VBScript oder JavaScript erstellt hast. Die Beschreibung von Skripts würde jedoch in diesem Buch etwas zu weit führen.

Das Grundgerüst jeder Webseite

```
<html>
<head>
<title>Seitentitel, der in der Titelleiste des Browsers ange-
zeigt wird</title>
</head>
<body>
Hier steht alles, was im Browserfenster angezeigt wird.
</body>
</html>
```

Mit dem Tag <html> wird die Webseite eröffnet. Ohne dieses Tag erkennt der Browser ein Dokument nicht als Webseite, auch wenn das Dokument mit der Dateiendung *.htm* gespeichert wurde. Das Tag <head> eröffnet den Kopfbereich oder »Head« der Webseite, der den Titel enthält, der in der linken Ecke der Titelleiste des Browsers angezeigt wird. Im Kopfbereich stehen außerdem *Meta-Tags*, die Informationen über die Seite oder die Software enthalten, mit der die Seite erstellt wurde. Meta-Tags müssen aber nicht unbedingt vorhanden sein. Der Kopfbereich muss natürlich mit dem Ende-Tag </head> abgeschlossen werden. Das Tag <body> eröffnet den *Body* der Webseite, der alles enthält, was im Browserfenster angezeigt wird. Der Body-Bereich wird mit dem Ende-Tag </body> abgeschlossen. Und natürlich muss auch das HTML-Dokument ordentlich beendet werden. Dies geschieht mit dem Ende-Tag </html>.

Wie du siehst, »umfassen« die Tags also immer die Elemente, für deren Gestaltung sie verantwortlich sind. Dies gilt auch für die Seitenstruktur der Webseite. Du kannst Tags übrigens schreiben, wie du möchtest. Die Groß-/Kleinschreibung wird nicht berücksichtigt. Es ist jedoch übersichtlicher, wenn du dich für eine Schreibweise entscheidest und diese auch beibehältst. In diesem Buch werden HTML-Tags immer klein geschrieben.

Die Textformatierung

Zur Textformatierung gehören Fett- und Kursivschrift, die Formatierung von höher und tiefer gestellter Schrift sowie die Angabe der Schriftart, der Schriftgröße und der Schriftfarbe.

Formatierung	Tags
Fettschrift	<b> . . . </b>
Kursivschrift	<i> . . . </i>
Unterstrichen	<u> . . . </u>
Tiefer gestellt	_{. . .}
Höher gestellt	^{. . .}
Schriftgröße + 4	<font size="+4"> . . . </font>
Schriftgröße + 3	<font size="+3"> . . . </font>
Schriftgröße + 2	<font size="+2"> . . . </font>
Schriftgröße +1	<font size="+1"> . . . </font>
Schriftgröße - 1	<font size="-1"> . . . </font>
Schriftart	<font face="Arial"> . . . </font>
Schriftfarbe	<font color="#84FF00"> . . . </font>
Schriftfarbe, -größe und -art	<font size="+4" face="Arial" color="#84FF00"> . . . </font>

Vielleicht ist dir schon aufgefallen, dass die Formatierungen für die Schriftgröße fast identisch aussehen. Es unterscheidet sich nur der Teil mit dem Gleichheitszeichen. Die Angabe `size="+4"` ist ein Attribut, das festlegt, wie das Element dargestellt werden soll. Attribute stehen immer im Start-Tag. Sollen mehrere Attribute verwendet werden, wie z. B. zur Angabe der Schriftfarbe, der Schriftgröße und der Schriftart, müssen diese hintereinander durch Leerzeichen getrennt in das Start-Tag gesetzt werden. (Bsp.: `<font size="+4" face="Arial" color="#84FF00">`.)

Die Absatzformatierung

Zur Absatzformatierung gehören die Ausrichtung von Text in der Mitte der Seite (zentriert), am linken Rand (linksbündig) und am rechten Rand (rechtsbündig) und die Formatierung als Überschrift

Formatierung	Tags
Zeilenumbruch	
Absatz einfügen	<p> . . . </p>
Linksbündig	<div align="left"> . . . </div>
Rechtsbündig	<div align="right"> . . . </div>
Zentriert	<div align="center"> . . . </div>
Blocksatz	<div align="justify"> . . . </div>
Einrückung	<ul> . . . </ul>
Überschrift 1	<h1> . . . </h1>
Überschrift 2	<h2> . . . </h2>
Überschrift 3	<h3> . . . </h3>
Überschrift 4	<h4> . . . </h4>
Überschrift 5	<h5> . . . </h5>

Listen

In diese Kategorie fallen Tags zur Formatierung nummerierter Listen oder von Aufzählungen.

Formatierung	Tags
Aufzählung	<ul> . . . </ul>
Nummerierung	<ol> . . . </ol>
Listeneintrag	<li> . . . </li>
Nummerierung arabisch	<ol start="1" type="1"> . . . </ol>
Nummerierung römisch groß (I, II)	<ol start="1" type="I"> . . . </ol>
Nummerierung römisch klein (i, ii)	<ol start="1" type="i"> . . . </ol>
Nummerierung Großbuchstaben (A, B, C)	<ol start="1" type="A"> . . . </ol>
Nummerierung Kleinbuchstaben (a, b, c)	<ol start="1" type="a"> . . . </ol>
Definitionsliste	<dl> <dt>. . . <dd> </dl>

Angaben wie `start="1"` und `type="A"` bezeichnen Attribute, die festlegen, wie das Element dargestellt werden soll. Das Attribut `start="1"` legt beispielsweise fest, dass die Nummerierung bei 1 beginnen soll. Das Attribut `type="A"` gibt an, dass die Nummerierung in Großbuchstaben erfolgen soll.

Objekte einbinden

Mit den folgenden Tags kannst du Bilder und Sounddateien in deine Webseite einbinden.

Formatierung	Tags
Bild einbinden	`<img src="Bilddatei" alt="" border=0>`
Sound einbinden	`<embed src="sounddatei"> . . . </embed>`

Hyperlinks einbinden

Du kannst Text und Bilder mit Hyperlinks hinterlegen. Hyperlinks können zu anderen Webseiten, zu einem Abschnitt innerhalb des aktuellen Dokuments und zu einer E-Mail-Adresse führen.

Formatierung	Tags
Link zu Webseite	`<a href="Webadresse"> . . . </a>`
Link innerhalb einer Seite	`<a name="Abschnitt"> . . . </a>`
Link zu E-Mail-Adresse	`<a href="mailto:E-Mail-Adresse"> . . . </a>`

Tabellen gestalten

Tabellen sehen in HTML etwas wild aus, da sie eine verschachtelte Struktur haben. Eine Tabelle mit zwei Zeilen und zwei Spalten hat beispielsweise die folgende Struktur:

```
<table>
<tr>
   <td> . . . </td>
   <td> . . . </td>
</tr>
```

```
<tr>
   <td> . . . </td>
   <td> . . . </td>
</tr>
</table>
```

Dabei kommen die folgenden HTML-Tags zum Einsatz:

Formatierung	Tags
Tabelle	`<table> . . . </table>`
Tabellenzeile	`<tr> . . . </tr>`
Tabellenzelle	`<td> . . . </td>`
Tabellenkopfzelle	`<th> . . . </th>`
Abstand zwischen Inhalt und Zellenrand *n* = Angabe des Abstands in Pixel	`<table cellpadding=n >. . .</table>`
Gitterfarbe	`<table bgcolor="" bordercolor="" bordercolordark="" bordercolorlight=""> . . . </table>`
Ausrichtung in Tabellenzelle	`<td align=right> . . . </td>`

Bei den Angaben handelt es sich um Attribute, über die du die Darstellung der Tabelle festlegst. Es gibt noch weitere Attribute.

Die Seite einrichten

Hierzu gehören die Angabe einer Hintergrundfarbe, eines Hintergrundbilds und einer Schrift, die im gesamten Dokument verwendet werden soll, sowie die Arbeit mit Frames. Die Hintergrundfarbe, das Hintergrundbild und die Schrift werden über Attribute angegeben. Diese Attribute werden ins `<body>`-Tag gesetzt. *Frames* sind rechteckige Elemente einer Webseite, die andere Dokumente beinhalten. Frames eignen sich beispielsweise hervorragend, um am linken Rand einer Seite ein Menü einzublenden, das immer stehen bleibt, egal, was im Hauptfenster gerade angezeigt wird.

Formatierung	Tags
Hintergrundfarbe der Webseite Die Farbe kann in Englisch oder in hexadezimaler Schreibweise angegeben werden.	`<body bgcolor="#FFFFFF">`
Hintergrundbild für die Webseite	`<body background="Datei.gif">`
Schriftfarbe für das Dokument	`<body text="#FFFFFF>`
Farbe der noch nicht besuchten Links	`<body link="#FFFFFF>`
Farbe der besuchten Links	`<body vlink="#FFFFFF>`
Farbe der Links beim Anklicken	`<body alink="#FFFFFF>`
Frameset	`<frameset> . . . </frameset>`
Frames innerhalb des Framesets	`<frame src="datei.html">`
Angabe für Browser, die keine Frames unterstützen	`<noframes> Ihr Browser unterstützt keine Frames! </noframes>`

Das Gerüst für eine Seite mit einem Frame am linken Seitenrand und einem Hauptframe sieht wie folgt aus:

```
<frameset   cols="30%,70%">
   <frame src="links.html">
   <frame src="rechts.html">
</frameset>
<noframes>
Ihr Browser unterstützt keine Frames!
</noframes>
```

Sonderzeichen und Umlaute

Formatierung	Tags	Formatierung	Tags
ä	`ä`	"	`"`
ö	`ö`	<	`<`
ü	`ü`	>	`>`
Ä	`Ä`	&	`&`
Ö	`Ö`	§	`§`
Ü	`Ü`	©	`©`
ß	`ß`	®	`®`
Leerzeichen	` `		

Keine Sorge, auch für Umlaute, Sonderzeichen und Datumsangaben gibt es in Phase 5 Funktionen und Tastenkürzel.

Sonstiges

In diese Kategorie fallen Kommentare, die im Browser nicht angezeigt werden, die dir aber helfen, zu einem späteren Zeitpunkt festzustellen, warum du etwas in einer bestimmten Weise gestaltet hast. Meta-Tags, in denen du Kurzinformationen über die Seite angibst, sowie Linien, mit denen du deine Seite gestalten kannst, gehören ebenfalls in diese Kategorie.

Formatierung	Tags
Kommentar	<! - - Kommentartext - - >
Meta-Tag, z. B. zur Beschreibung einer Seite	<meta name="desription" content="Beschreibung">
Linie	<hr>

Welches Programm ist das geeignete?

Es gibt zahlreiche Programme, um Homepages zu erstellen. Bei einigen Programmen, wie z. B. bei Microsoft FrontPage (enthalten in Microsoft Office) oder Netscape Composer (enthalten in Netscape Communicator) kannst du die Gestaltungselemente wie in einer Textverarbeitung auswählen, ohne etwas über HTML-Befehle wissen zu müssen. Dies erleichtert insbesondere Einsteigern die Arbeit, aber auch Profis. Denn bei umfangreichen Websites ist es ziemlich mühselig, sich durch den HTML-Code zu quälen.

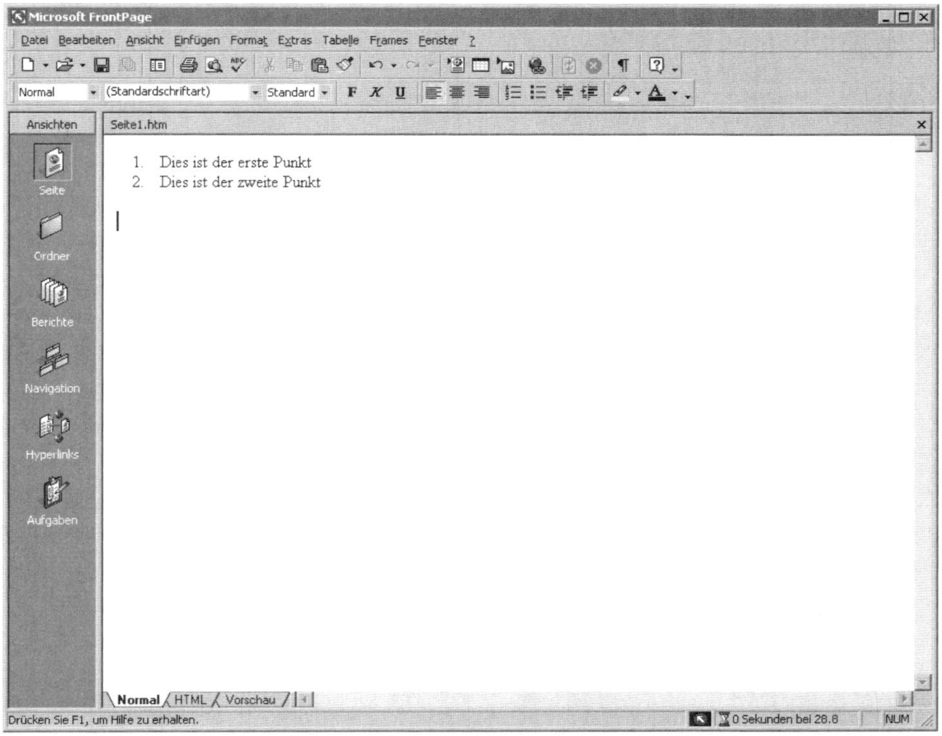

Du kannst Homepages jedoch auch mit einem HTML-Editor erstellen. Der einfachste HTML-Editor ist der Editor von Windows. Diesen solltest du aber nicht nutzen, da er keinerlei Komfort bietet. Bei HTML-Editoren wie Phase 5 sind die wichtigsten HTML-Befehle als Funktionen vordefiniert und du kannst sie per Mausklick in deine Webseite einfügen. Die folgende Beschreibung, in der du eine Homepage für eine Schülerzeitung erstellst, benutzt den HTML-Editor Phase 5, den du auf der CD-ROM zum Buch findest.

Eine eigene Homepage erstellen

In diesem Abschnitt erfährst du, wie du die folgende Seite mit Phase 5 erstellst, einem kostenlosen und dennoch äußerst leistungsfähigen HTML-Editor, den du auf der CD-ROM zum Buch findest.

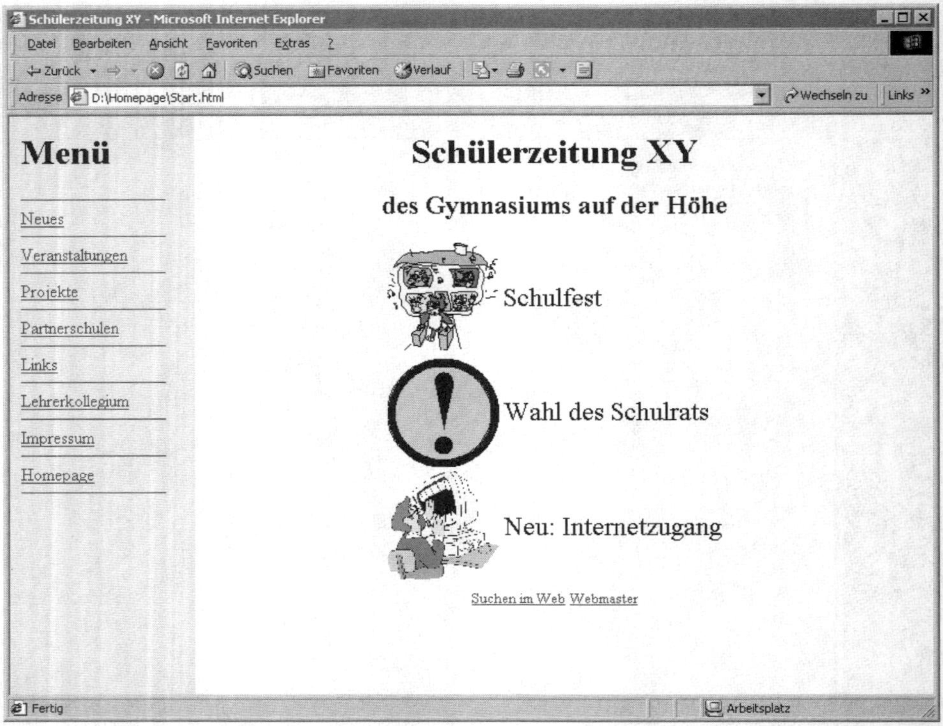

Die Seite beinhaltet zwei Frames. Der Frame auf der linken Seiten enthält das Menü und der zweite Frame enthält die aktuelle Webseite. Die gesamte Homepage hat einen hellgelben Hintergrund. Die Elemente der Webseite werden in einer Tabelle angeordnet. Die Bilder auf der Webseite sind mit Links zu anderen Websites unterlegt, genauso wie die Überschriften der einzelnen Kategorien. Die Seite enthält außerdem einen Link zur E-Mail-Adresse des Webmasters, d. h. die Person, die die Website betreut.

Phase 5 starten

➔ Installiere den Editor Phase 5 (HTML Editor) von der Buch-CD auf deiner Festplatte.

➔ Richte auf deiner Festplatte einen Ordner ein, in dem du deine Website speichern möchtest.

➔ Starte Phase 5 über Start/Programme/HTML Editor.

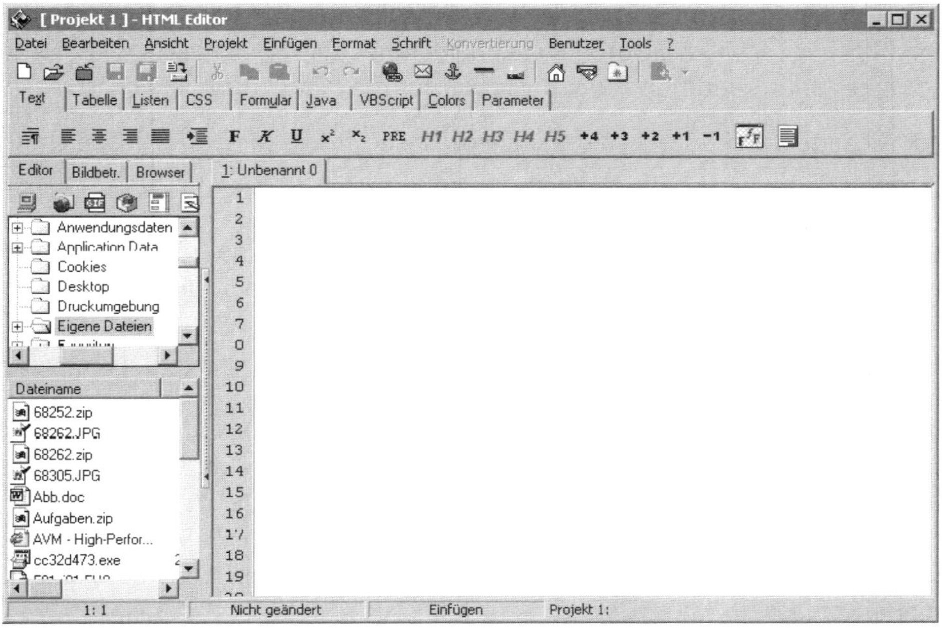

Die Homepage einrichten

Lege nun zunächst ein neues Dokument an und gestalte den Head-Bereich. Phase 5 bietet dazu eine bequeme Oberfläche.

➔ Wähle im Menü Datei den Befehl Neues HTML-Dokument oder klicke in der Symbolleiste auf die Schaltfläche Neu.

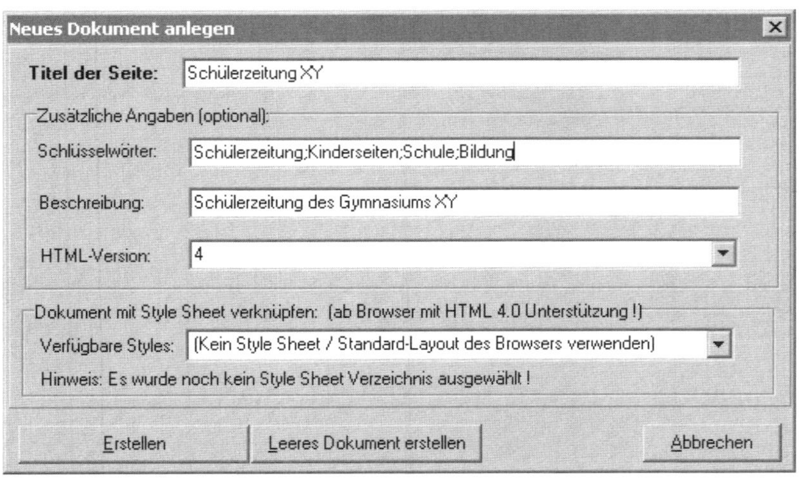

➔ Gib den Titel der Seite in das gleichnamige Feld ein. Dieser wird in der linken Ecke der Titelleiste des Browsers angezeigt.

➔ Gib einige Schlüsselwörter ein, anhand derer eine Suchmaschine die Seite Kategorien zuordnen kann. Diese werden als Meta-Tag gespeichert.

➔ Gib eine Beschreibung der Seite ein. Diese wird als Meta-Tag gespeichert.

➔ Lösche den Wert im Feld HTML-VERSION.

Eigentlich soll mit dieser Funktion die HTML-Version als Meta-Tag in die Seite eingefügt werden. Dies funktioniert aber momentan noch nicht richtig und die Versionsnummer steht als Text in der Seite.

➔ Klicke auf die Schaltfläche ERSTELLEN.

Das Grundgerüst einer HTML-Seite wird nun eingefügt und du kannst mit der Gestaltung des Body-Teils beginnen. In das `<body>`-Tag sind bereits die Attribute zur Veränderung der Hintergrundfarbe und der Farbe noch nicht besuchter und bereits besuchter Hyperlinks enthalten. Falls du die Standardeinstellungen beibehalten möchtest, kannst du das `<body>`-Tag unverändert belassen.

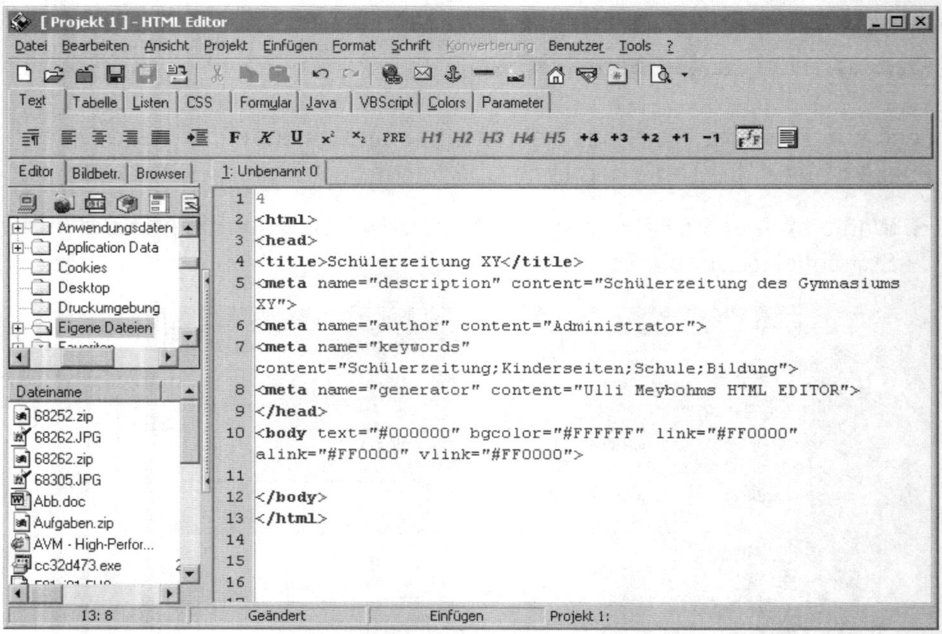

In Phase 5 werden die HTML-Tags übrigens standardmäßig kleingeschrieben. Bevorzugst du großgeschriebene HTML-Befehle, kannst du die Voreinstellung leicht ändern. Wähle im Menü Ansicht den Befehl HTML-Befehle in Grossbuchstaben. Möchtest du wieder zur Kleinschreibung zurückkehren, wählst du im Menü Ansicht den Befehl HTML-Befehle in Kleinbuchstaben.

➔ Speichere die Seite nun. Wähle dazu Datei/Speichern oder klicke auf die Schaltfläche Speichern.

➔ Speichere die Datei unter dem Dateinamen *Start.html* im Ordner, den du für die Homepage angelegt hast.

In oberen Fenster auf der linken Seite wird nun der neue Ordner angezeigt und im unteren Fenster der Dateiname der neuen Datei. Diese beiden Fenster werden in Phase 5 als Dateimanager bezeichnet. Den Dateimanager kannst du über Ansicht/Dateimanager ein- und ausblenden.

➔ Markiere im `<body>`-Tag den Wert des Attributs `bgcolor`.

```
<body text="#000000" bgcolor="#FFFFFF" link="#FF0000"
alink="#FF0000" vlink="#FF0000">
```

➔ Klicke auf die Registerkarte Colors und anschließend auf die gewünschte Farbe für den Hintergrund der Webseite.

Der neue Farbwert wird nun eingefügt.

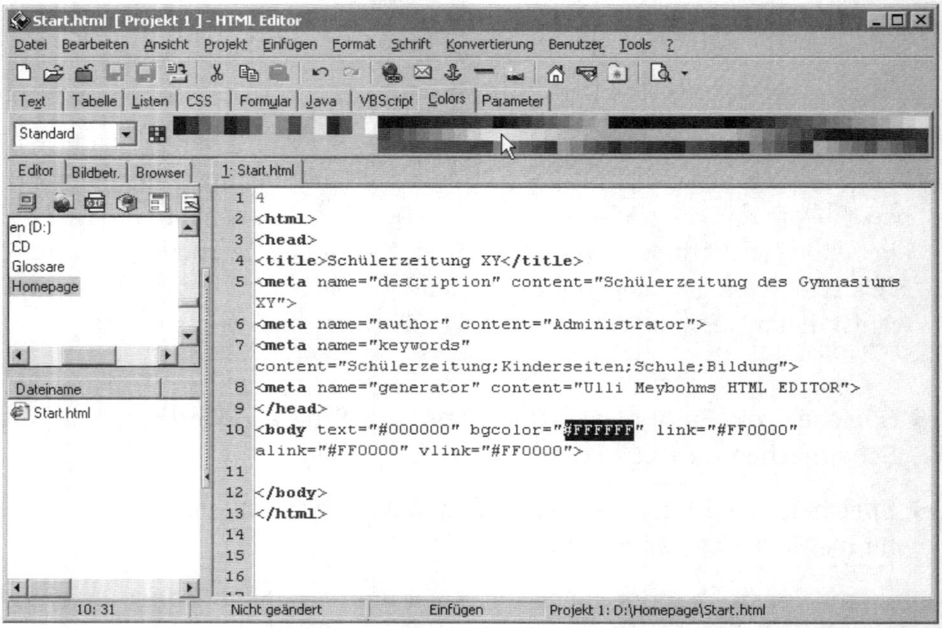

Möchtest du ein Bild als Hintergrund einbinden, musst du das Attribut `background` zum `<body>`-Tag hinzufügen. Wenn Harry Hops das Bild *harryhops.gif* als Hintergrundbild in seine Webseite einbinden möchte, benutzt er also die folgende Variante des `<body>`-Tags: `<body>-Tag background="harryhops.gif">`. Da keine anderen Attribute angegeben werden, werden für die restlichen Attribute die Standardwerte benutzt.

Frames einrichten

Richte als Nächstes das Frameset für die Seite ein.

➔ Setze die Einfügemarke direkt vor das <body>-Tag.

➔ Wähle im Menü Einfügen den Befehl Frame.

➔ Klicke auf die gewünschte Seitenaufteilung und anschließend auf Einfügen.

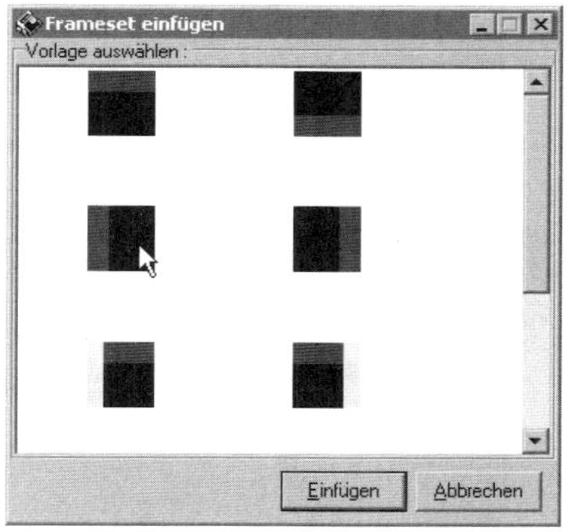

Es wird nun das gesamte Gerüst für das Frameset inklusive der `<noframes> . . . </noframes>`-Tags eingefügt, über die Benutzer einen Hinweis erhalten, deren Browser keine Frames unterstützen. Du kannst nun mit der Gestaltung der Seiten *links.html* und *rechts.html* beginnen. Die Seite *links.html* dient als Menüleiste am linken Rand und die Seite *rechts.html* ist die Hauptseite.

Vergiss nicht, deine Seite zu speichern!!! Falls du dein Werk schon einmal im Browser betrachten möchtest, klicke auf die Schaltfläche Vorschau im Browser. Die Seite wird nun in einer internen Browservorschau auf der Registerkarte Browser angezeigt. Du kannst die Seite aber auch in deinen Browser laden. Klicke dazu auf den Pfeil neben der Schaltfläche Vorschau im Browser und wähle im Popup-Menü den Befehl Standardanwendung.

Frameset anpassen

Das Frameset sieht nun wie folgt aus:

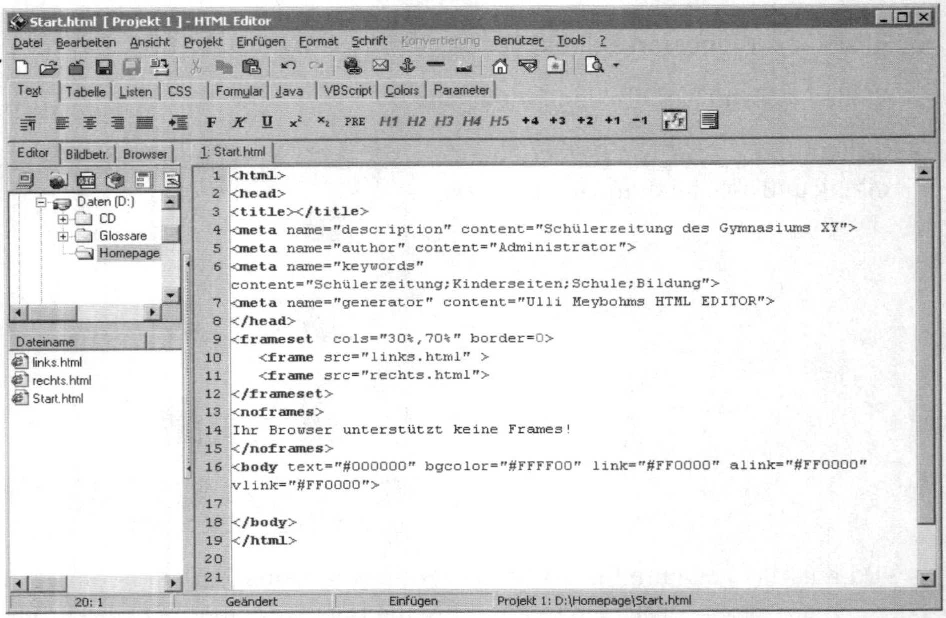

Verändere nun die Einstellungen für das Frameset, damit die Seiten wie gewünscht angezeigt werden.

➔ Setze das Attribut `cols` auf den Wert `"20%,80%"`.

➔ Füge zum `<frameset>`-Tag das Attribut `border=0` hinzu, damit kein hässlicher Rahmen zwischen dem Menü und der Hauptseite angezeigt wird.

➔ Klicke im `<frame>`-Tag für die Seite *links.html* vor das Attribut `src` und gib die folgenden Attribute ein: `name="Inhalt" target="Hauptframe"`.

> Vergiss nicht, dass die einzelnen Attribute durch Leerzeichen voneinander getrennt werden müssen.

➔ Klicke im `<frame>`-Tag für die Seite *rechts.html* vor das Attribut `src` und gib das folgende Attribut ein: `name="Hauptframe"`.

Das Ergebnis sieht nun wie folgt aus:

```
<frameset  cols="20%,80%" border=0>
   <frame name="Inhalt" target="Hauptframe" src="links.html" >
   <frame name="Hauptframe" src="rechts.html">
</frameset>
```

Die Menüseite erstellen

➔ Klicke auf die Schaltfläche Neu, um die Seite *links.html* zu erstellen.

Da es sich um die Menüseite handelt, die innerhalb eines Frames angezeigt wird, solltest du weder einen Titel noch zusätzliche Angaben eingeben.

➔ Klicke auf die Schaltfläche Erstellen.

➔ Klicke auf die Schaltfläche Speichern und speichere die Datei unter dem Dateinamen *links.html* im selben Verzeichnis wie die Seite *Start.html*.

Du kannst nun übrigens bequem zwischen den Seiten deiner Website wechseln, denn für jede Seite wurde eine Registerkarte angelegt und die Seite wird zusätzlich im Dateimanager am linken Rand angezeigt. Klicke entweder auf die entsprechende Registerkarte oder auf den Namen der Seite im Dateimanager.

➔ Passe die Hintergrundfarbe an die Hauptseite an.

➔ Klicke auf die Leerzeile unterhalb des `<body>`-Tags.

Text eingeben

Gib nun zunächst den Text ein, der auf der Menüseite stehen soll. Der Text soll linksbündig ausgerichtet werden und die einzelnen Menüpunkte sollen durch eine rote horizontale Linie voneinander getrennt werden. Anschließend wählst du die Schrift für die gesamte Seite und hinterlegst die einzelnen Menüpunkte mit Hyperlinks zu weiteren Seiten deiner Website, die im Hauptframe *rechts.html* angezeigt werden sollen, sobald ein Besucher auf den entsprechenden Menüpunkt klickt.

Füge zunächst die Überschrift der Seite ein.

➔ Klicke auf der Registerkarte Text auf die Schaltfläche H1.

➔ Gib zwischen den <h1>. . . </h1>-Tags den Text »Menü« ein.

Füge nun die einzelnen Menüpunkte ein.

➔ Klicke auf die Schaltfläche ABSCHNITT LINKSAUSGERICHTET. Es wird nun ein Tag für einen linksbündigen Absatz eingefügt.

➔ Gib an der Einfügemarke den ersten Menüpunkt ein. Im Beispiel ist dies die Bezeichnung »Neues«.

➔ Setze die Einfügemarke unter das neue `<div>. . . </div>`-Tag.

➔ Klicke auf die Schaltfläche HORIZONTALE LEISTE, um die rote Trennlinie einzufügen.

➔ Klicke im `<hr>`-Tag vor das `>`-Zeichen, um das Attribut für die Farbe Rot einzugeben.

➔ Gib das Attribut `colors=""` ein und setze die Einfügemarke zwischen die doppelten Anführungszeichen.

➔ Klicke auf die Registerkarte COLORS und anschließend auf die Farbe Rot.

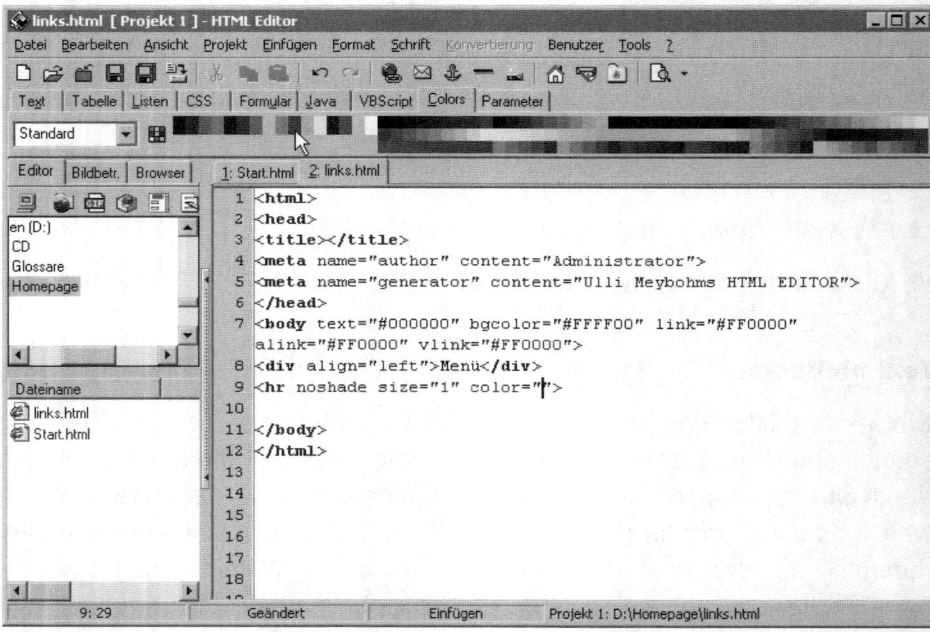

➔ Wiederhole sämtliche Schritte für alle weiteren Menüpunkte.

Du kannst die Menüpunkte auch mit Kopieren und Einfügen erstellen. Markiere dazu die Zeilen 8 und 9 mit dem `<div>. . .</div>`- und dem `<hr>`-Tag mit der Maus und klicke auf die Schaltfläche Kopieren. Setze die Einfügemarke anschließend in die nächste Leerzeile vor das `</body>`-Tag und klicke auf die Schaltfläche Einfügen. Vergiss aber nicht, den Text zwischen den `<div>. . . </div>`-Tags anzupassen.

Schriftart für Dokument auswählen

Wähle nun die Schriftart für das gesamte Dokument.

➔ Füge eine Leerzeile vor dem `</head>`-Tag ein, indem du vor dieses Tag klickst und die [↵]-Taste drückst.

➔ Wähle im Menü Schrift den Befehl Schriftart/Andere Schriftart.

➔ Wähle im Dialogfeld Schriftart die gewünschte Schriftart und Schriftgröße und klicke auf OK.

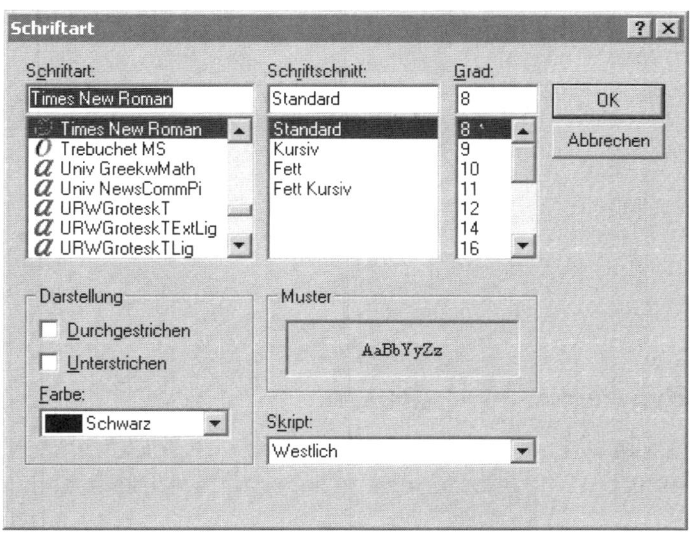

Wählst du beispielsweise die Schriftart Times New Roman, wird das Tag `<font face="Times New Roman"></font>` eingefügt.

Sieh dir doch einmal an, wie deine Homepage nun aussieht. Klicke zunächst auf die Schaltfläche ALLE GEÖFFNETEN DATEIEN SPEICHERN, um keine Änderungen zu verlieren. Aktiviere dann die Seite *Start.html* und drücke die Tasten [⇧]+[F9], um die Seite im Standardbrowser zu öffnen.

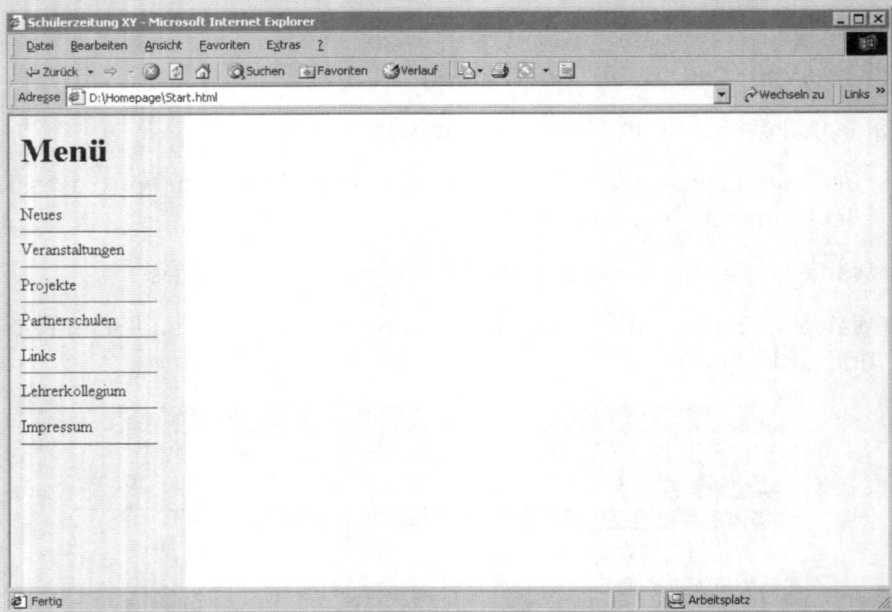

Sieht doch ganz gut aus, oder???!!!

Text mit Hyperlinks unterlegen

Unterlege die einzelnen Menüpunkte auf der Seite *links.html* nun mit Hyperlinks zu den Seiten, die im Hauptframe angezeigt werden sollen.

- ➔ Lege zunächst alle Seiten an, die über Hyperlinks im Hauptframe geöffnet werden sollen. Die Seiten können noch leer sein oder nur die Überschrift beinhalten.
- ➔ Öffne die Seite *links.html*.
- ➔ Markiere den Text, den du mit einem Hyperlink unterlegen möchtest.
- ➔ Klicke auf die Schaltfläche LINK REF. EINFÜGEN.

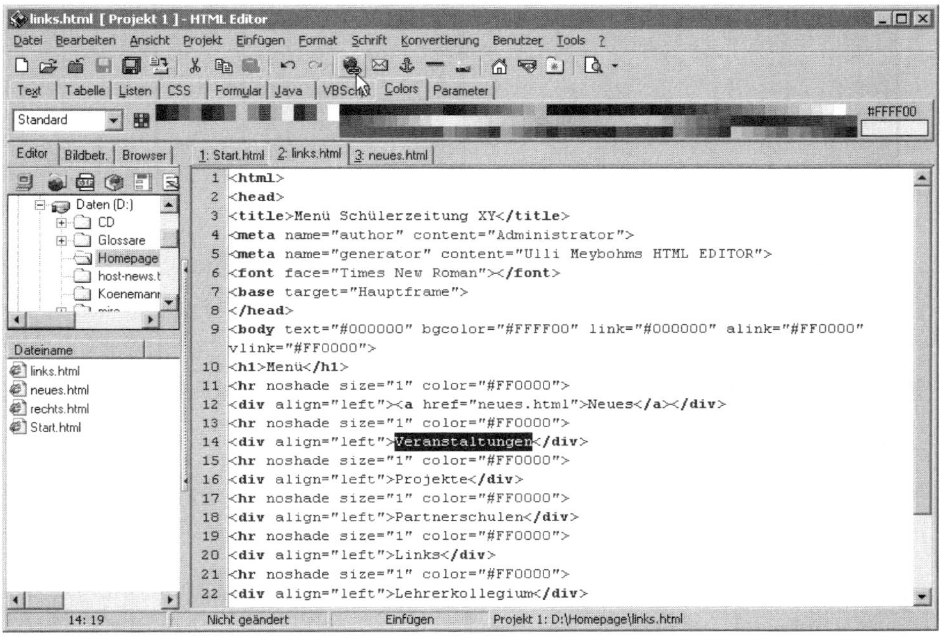

- ➔ Gib nun im neu eingefügten `<a href>`-Tag den Dateinamen der Seite ein, die im Hauptframe geladen werden soll.

```
<div align="left"><a href="Veran">Veranstaltungen</a></div>
```

- ➔ Wiederhole den Vorgang für alle Menüelemente, die du mit Hypertext unterlegen möchtest.
- ➔ Probiere die Website nun aus, indem du sie mit [⇧]+[F9] im Standardbrowser lädst.

➔ Klicke auf die Links, um zu überprüfen, ob sie korrekt funktionieren.

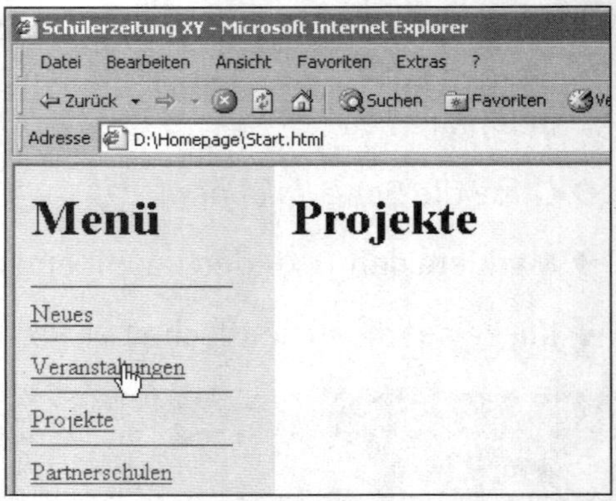

Die Hauptseite erstellen

Gestalte als Nächstes die Startseite *rechts.html,* die sich öffnet, wenn der Besucher deine Homepage öffnet oder auf den Link *Homepage* im Menü klickt. Die Hauptseite soll einige Links mit Bildern enthalten.

➔ Öffne die Seite *rechts.html.*

Gib die Seitenüberschrift ein.

➔ Klicke dazu auf die Schaltfläche H1 und gib den Text »Schülerzeitung XY« ein.

➔ Klicke auf die Schaltfläche H2 und gib den Text »des Gymnasiums auf der Höh« ein.

➔ Setze die Einfügemarke in die nächste Zeile und aktiviere die Registerkarte TABELLE.

➔ Klicke auf EINGABEASSISTENT.

➔ Setze die Zahlen über die Pfeilschaltfläche auf 2 x 3.

➔ Klicke auf die rechte obere Zelle und gib den Text »Schulfest« ein.

➔ Klicke auf die rechte mittlere Zelle und gib den Text »Wahl des Schulrats« ein.

➔ Klicke auf die rechte untere Zelle und gib den Text »Neu: Internetzugang« ein.

➔ Klicke auf die Schaltfläche EINFÜGEN.

➔ Klicke anschließend auf die Schaltfläche X, um das Dialogfeld zu schließen.

Die Struktur der Tabelle ist nun vorhanden. Nun musst du nur noch die Bilder einfügen.

```
<table>
<tr>
 <td> </td>
 <td> Schulfest</td>
</tr>
<tr>
 <td> </td>
 <td> Wahl des Schulrats</td>
</tr>
<tr>
 <td> </td>
 <td> Neu: Internetzugang</td>
</tr>
</table>" alt="" border="0">" alt="" border="0">" alt="" border="0">
```

Bilder einbinden

Speichere die Bilder im Ordner deiner Homepage. Die Bilder sollten im *.gif*- oder im *.jpg*-Format vorliegen. Ist dies nicht der Fall, kannst du sie mit einem Bildbearbeitungsprogramm wie Paintshop Pro konvertieren, d.h. im gewünschten Format speichern.

Wo du Bilder für deine Homepage findest, erfährst du in Kapitel 15. Lies dort außerdem nach, wie du Dateien auf Viren überprüfst und Dateien packst und entpackst.

➔ Setze die Einfügemarke zwischen die `<td>. . . </td>`-Tags vor der Zelle mit dem Inhalt »Schulfest«.

➔ Klicke auf das Bild, das an dieser Stelle eingefügt werden soll.

➔ Lösche eventuell störende Attribute wie die Angabe der Bildgröße.

➔ Wiederhole den Vorgang für die beiden weiteren Tabellenzellen.

Nun bist du im Prinzip mit deiner Website fertig. Damit das Ganze schöner aussieht, kannst du nun noch die Überschriften und die Tabelle zentrieren sowie die Schrift des Textes in den Tabellenzellen vergrößern.

➔ Verändere die Schriftart, wie bereits für die Seite *links.html* beschrieben.

➔ Markiere die Tags `<h1>` und `<h2>` und klicke auf der Registerkarte TEXT auf die Schaltfläche ABSATZ ZENTRIEREN.

➔ Setze das Attribut `align="center"` in das `<table>`-Tag.

➔ Markiere den Text in jeder Tabellenzelle und klicke auf die Schaltfläche SCHRIFTGRÖSSE +2.

Der resultierende HTML-Code sieht wie folgt aus:

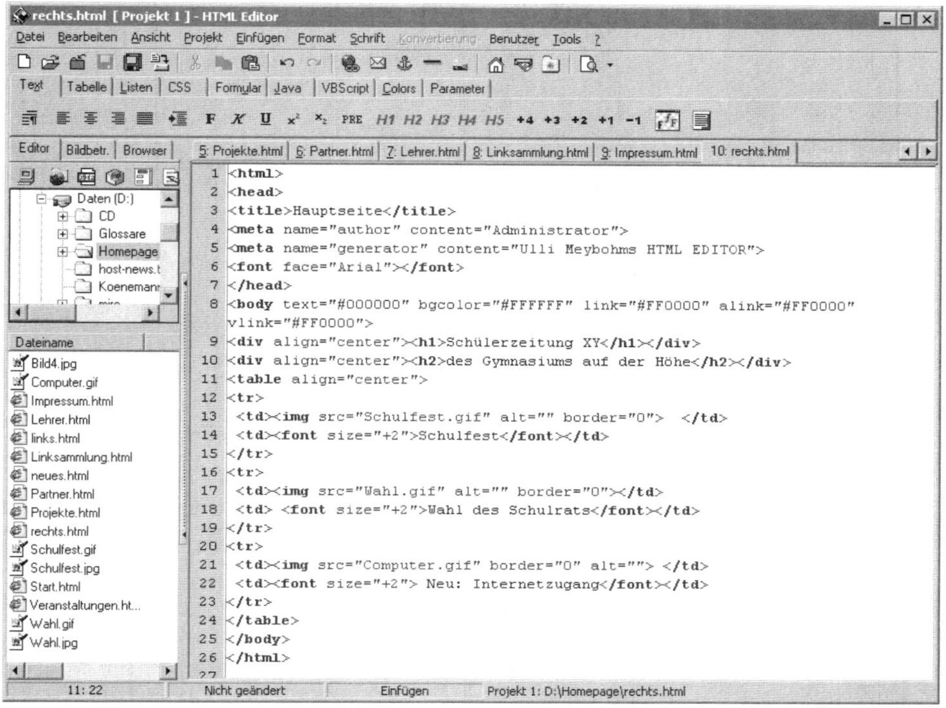

```
<html>
<head>
<title>Hauptseite</title>
<meta name="author" content="Administrator">
<meta name="generator" content="Ulli Meybohms HTML EDITOR">
<font face="Arial"></font>
</head>
<body text="#000000" bgcolor="#FFFFFF" link="#FF0000" alink="#FF0000"
vlink="#FF0000">
<div align="center"><h1>Schülerzeitung XY</h1></div>
<div align="center"><h2>des Gymnasiums auf der Höhe</h2></div>
<table align="center">
<tr>
 <td><img src="Schulfest.gif" alt="" border="0">  </td>
 <td><font size="+2">Schulfest</font></td>
</tr>
<tr>
 <td><img src="Wahl.gif" alt="" border="0"></td>
 <td> <font size="+2">Wahl des Schulrats</font></td>
</tr>
<tr>
 <td><img src="Computer.gif" border="0" alt=""> </td>
 <td><font size="+2"> Neu: Internetzugang</font></td>
</tr>
</table>
</body>
</html>
```

Drücke die Tasten [⇧]+[F9], um die Seite in deinem Standardbrowser zu laden. Das Ganze sieht nun so aus:

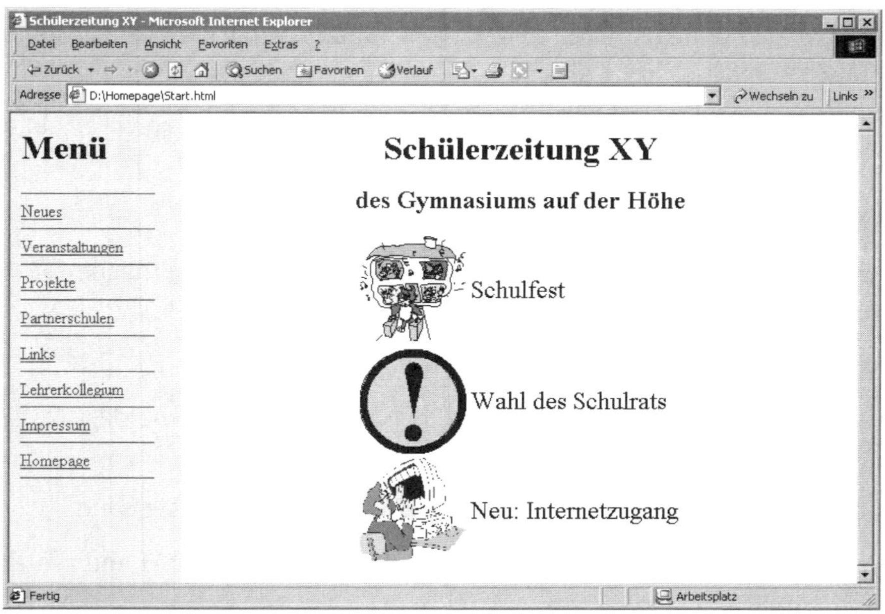

Damit die Startseite auch irgendwohin führt, musst du nun entweder den Text oder die Bilder in der Tabelle mit Hyperlinks unterlegen. Die Hyperlinks können auch zu einer neuen Webseite oder einer E-Mail-Adresse führen.

Hyperlinks zu Webseiten und E-Mail-Adressen

Hyperlinks zu Webseiten in einer anderen Website und zu E-Mail-Adressen lassen sich genauso leicht einrichten wie Hyperlinks zu Seiten innerhalb der Website.

Füge in der Beispielwebsite auf der Seite *rechts.html* einen Hyperlink zu einer Suchmaschine ein und einen Hyperlink, um dem Webmaster eine E-Mail zu senden.

➔ Setze die Einfügemarke auf der Seite *rechts.html* in eine neue Zeile unterhalb der bereits vorhandenen Tabelle.

➔ Klicke auf der Registerkarte EINGABEASSISTENT und wähle eine Tabelle mit den Maßen 2 x 1.

➔ Gib ins linke Feld den Text »Suchen im Web« ein und ins rechte Feld den Text »Webmaster«.

➔ Klicke auf EINFÜGEN und schließe den Eingabeassistenten.

➔ Markiere den Text SUCHEN IM WEB und klicke auf die Schaltfläche LINK REF. EINFÜGEN.

➔ Gib an der Einfügemarke »http://www.altavista.de« ein.

➔ Markiere den Text WEBMASTER und klicke auf die Schaltfläche EMAIL REFERENZ EINFÜGEN.

➔ Gib an der Einfügemarke die E-Mail-Adresse des Webmasters ein.

➔ Setze nun die Schrift des Tabelleninhalts auf SCHRIFTGRÖSSE -1 und zentriere die Tabelle.

Das Ergebnis sieht wie folgt aus:

```
<table align="center">
<tr>
 <td> <font size="-1"><a href="http://www.altavista.de">Suchen im
Web</a></font></td>
 <td> <font size="-1"><a
href="mailto:harryhops@schuelerzeitungxy.de">Webmaster</a></font></td>
</tr>
</table>
```

Und natürlich musst du noch den Test im Webbrowser durchführen.

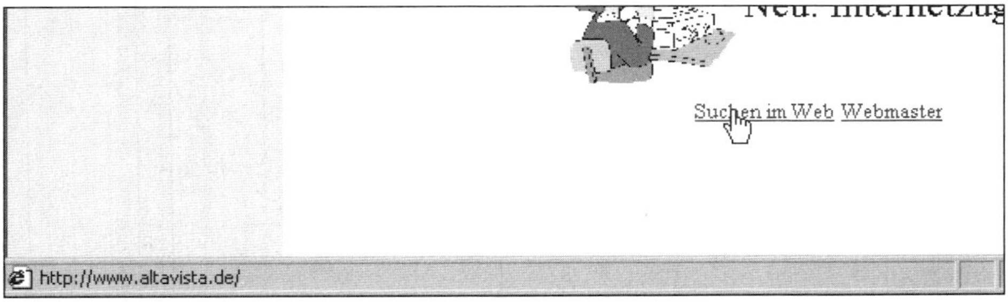

Dateien auf den Server laden

Nun ist deine Website fertig und du kannst sie auf den Server deines Providers laden. Jeder Provider hat andere Bestimmungen. Erkundige dich also, wie es funktioniert. Auf jeden Fall richtet dir der Provider ein Verzeichnis auf seinem Server ein, in das du die Dateien kopieren kannst. Du erhältst außerdem die Adresse des Servers, einen Benutzernamen und ein Kennwort vom Provider, denn anders als beim anonymen FTP, um Dateien herunterzuladen, musst du dich beim Zugriff auf den Webserver des Providers natürlich anmelden. Sonst könnte ja jeder kommen und seine Site dort speichern.

➔ Installiere das Programm cuteFTP oder WS_FTP, das du auf der CD-ROM zum Buch findest.

➔ Öffne bei cuteFTP den Sitemanager, indem du die Taste F4 drückst.

➔ Klicke auf den Eintrag General FTP Sites und anschließend auf die Schaltfläche New. Gib auf der rechten Seite den Namen für die Verbindung, die FTP-Adresse deines Providers, den Benutzernamen, den du von ihm erhalten hast und das Kennwort ein und wähle die Option Normal.

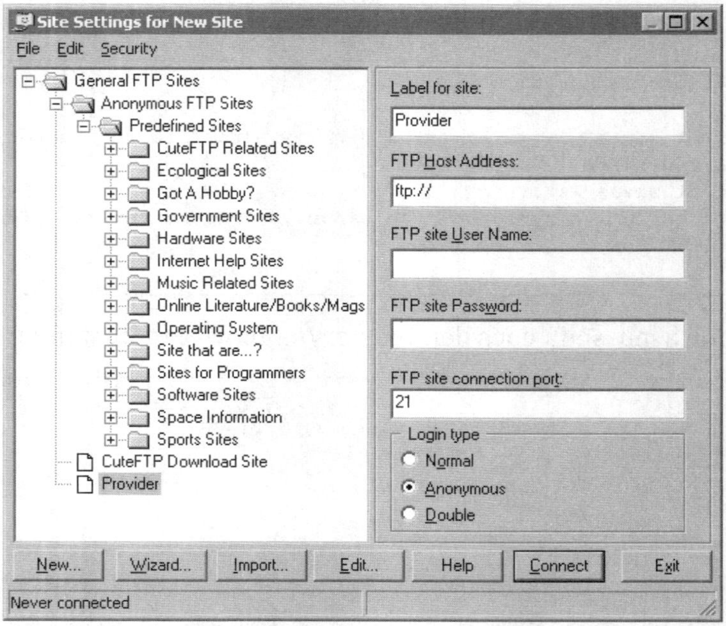

- ➔ Klicke auf die Schaltfläche CONNECT, um eine Verbindung zu deinem Provider herzustellen, bei dem du die Website ablegen möchtest. Eine Verbindung zum Internet muss natürlich bereits bestehen.
- ➔ Auf der rechten Seite des Fensters siehst du nun die Ordner auf dem Server deines Providers. Wähle den Ordner aus, den dir der Provider zugewiesen hat.
- ➔ Wähle auf der linken Seite das Verzeichnis aus, das die Dateien für deine Website enthält.
- ➔ Markiere alle Dateien, die du auf den Server des Providers laden möchtest, und klicke auf die Schaltfläche UPLOAD.

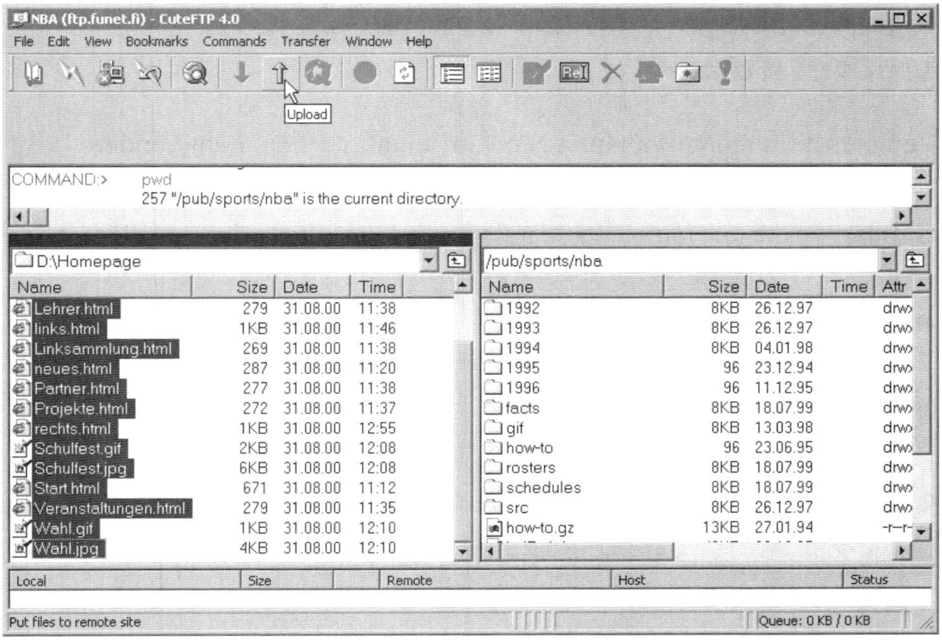

Die Dateien werden nun auf den Server kopiert. Darum, dass die Besucher auf deine Site zugreifen können, kümmert sich nun der Provider.

Übrigens erfolgt der Download von einem FTP-Server auf die gleiche Weise. Du stellst eine Verbindung zum FTP-Server her, markierst die Dateien im Dateisystem des Servers, die du herunterladen möchtest und klickst auf die Schaltfläche Download. Wie du siehst, ist das ganz einfach.

Homepage bei Suchmaschinen anmelden

Nun musst du deine Homepage noch bekannt machen, damit andere Besucher sie auch finden. Unternimm dazu Folgendes:

- Besuche die relevanten Webkataloge für deine Site und melde die Site dort an.
- Starte ein Anmeldeprogramm wie das, das du auf der CD-ROM zum Buch findest, um die Website bei allen möglichen Suchmaschinen anzumelden.
- Sende E-Mails an Websites, von denen du glaubst, dass sie einen Link auf deine Website aufnehmen sollten, und biete ihnen das Gleiche an.
- Integriere einen Link zu deiner Website in die Signatur deiner E-Mails.
- Gib deine Website in Profilen an, die du in anderen Websites anlegst, um chatten oder die Dienste nutzen zu können, die dort angeboten werden.

9 Allgemeine Schülerhilfen, Naturwissenschaft und Technik

In den folgenden Kapiteln findest du Webadressen zu verschiedenen Schulfächern und allgemeinen Themen. Wegen des beschränkten Platzes war es leider nicht möglich, alle relevanten Adressen aufzunehmen. Du findest auch keine Bewertung der Sites. Es besteht jedoch die Tendenz, größere Angebote zu berücksichtigen, da hier die Wahrscheinlichkeit geringer ist, dass sie im Nu wieder verschwinden. Sei also bitte nicht beleidigt, wenn deine Lieblingssite nicht genannt wird. Im Web gibt es natürlich viel mehr Platz und auch die Möglichkeit, rasch auf Veränderungen zu reagieren. Besuche doch einfach mal die Site www.harry-hops.de. Dort findest du alle möglichen Links und Informationen zum Thema Internet für Kids.

> Du brauchst die Adressen, die du in diesem Buch findest, nicht mühselig abzutippen. Öffne einfach die Seite *Start.htm* von der CD-ROM zum Buch in deinem Browser. Nun kannst du per Mausklick zu allen Angeboten gelangen, die in diesem Buch erwähnt werden.

Schule allgemein

Angebot	Adresse
Abi-Tools	www.abi-tools.de
Bundeswettbewerb Mathematik	www.bubis.com/muaddib
Deutsches Museum	www.deutsches-museum.de
E-Academic	www.e-academic.de
Hausarbeiten.de	www.hausarbeiten.de
Learnetix	www.learnetix.de
LearnLine	www.learn.line.nrw.de
Lern-Treffs der Bezirksregierung Düsseldorf	www.bezreg-duesseldorf.nrw.de/schule
Onlinetrainig Klett	www.klett-verlag.de/klett-lerntraining
Referate Fundus	www.fundus.org
Referate Heimat	www.referate.heim.at
Referate Online	www.referate.de
Schoolhelp	www.schoolhelp.de
Schülerweb	www.schuelerweb.de
Schulhilfen	www.schulhilfen.com
Schultreff Krefeld	www.krref.krefeld.schulen.net
Spickzettel	www.spickzettel.de
Tossnet	www.tossnet.de
Young.de	www.young.de www.schulhilfen.de
Zahlreich	www.zahlreich.de
ZUM.de	www.zum.de/schule/faecher

Schulen und Unis online

Angebot	Adresse
Alma Mater	www.alma-mater.de
Evita, Rubrik Bildung	www.evita.de
Fernuniversität Hagen	www.fernuni-hagen.de
Focus, Rubrik Bildung	www.focus.de
Handelsblatt Junge Karriere	www.jungekarriere.com
Hochschuldatenbank	www.hochschuldatenbank.de
Hochschulkompass	www.hochschulkompass.hrk.de
Internationale Tele-Universität Germany	www.intug.de
MSN, Rubrik Schulen	www.msn.de
Schulen ans Netz	www.san-ev.de
Stipendien	www.studienwahl.de/fmg.htm
Studenten online	www.student-online.de/hochschulen.html
Studienwahl	www.studienwahl.de
Studieren im Netz	www.studieren-im-netz.de
Tauschbörse Studienplatz	www.studienplatztausch.de
Tele-Akademie Fachhochschule Furtwangen	www.tele-ak.fh-furtwangen.de
TU Chemnitz	www.tu-chemnitz.de
Uni Home	www.uni-home.de
Virtuelle Hochschule Oberrhein	ad.informatik.uni-freiburg.de/viror
Web.de, Rubrik Bildung	www.web.de
Webwise	www.webwise.de/hochschulen.htm
Yahoo.de	www.yahoo.de/bildung_und_ausbildung/schulen

Biologie

Angebot	Adresse
Zahlreich Bio	www.bio4u.de
Aquazoo Düsseldorf	www.online-club.de
Tiere online	www.tiere-online.de/~insekten/index.htm
Greenpeace	www.greenpeace.de
Emil Grünbär	www.emil-gruenbaer.de
Geo	www.geo.de
Online-Bio-Unterrichtsmaterialien	www.eduvinet.de/mallig
WWF	www.wwf.de
BUND	www.bund.net
Jugendorganisation des BUND	www.bundjugend.de
Tierlexikon	www.zoos.de/Tierlexikon/home.html

Chemie

Angebot	Adresse
Chemie Online	www.chemieonline.de
Chemie.de	www.chemie.de
Chemie-Oympiade	www.chemall.schule.de
Chemiewelt	www.chemiewelt.de
Experimente	www.fcho.schule.de/Experimente/Experimente.html
Zahlreich Chemie	www.chemie4u.de

Erdkunde

Angebot	Adresse
DRS Meteorologie	www.sfdrs.ch/sendungen/meteo/lexikon
Erdkundenetz	www.erdkunde-netz.de/
Geofinder	www.geofinder.de
Geowissenschaften	www.geowissenschaften.de
Wetterseiten der Uni Stuttgart	www.uni-stuttgart.de/Wetter/wetter.html
ZAMG Austria	www.zamg.ac.at

Informatik

Angebot	Adresse
Chaos Computer Club	www.ccc.de
Computerlexikon	www.computerlexikon.de
HTML	www.netzwelt.com/selfhtml
Java	java.seite.net
Linux	www.linux.de
WWW-Kurs	www.www-kurs.de

Außerdem unterhalten alle führenden Hard- und Softwarehersteller Websites. Links findest du in den Websites aller Computermagazine (siehe Kapitel 15).

Mathe

Angebot	Adresse
Algebra	www.algebra-online.com
Die Matheseiten	mond.at/mathe
ISB Aufgabensammlung	did.mat.uni-bayreuth.de/smart
MatheAss	home.t-online.de/home/matheass
Mathekiste	www.mathekiste.de
Mathespass	home.t-online.de/home/mathespass
Zahlreich Mathe	www.mathe4u.de

Physik

Angebot	Adresse
Astronomie.de	www.astronomie.de
Physik-Experimente	www.wuerzburg.de/mm-physik/
Physikon	www.physikon.com/physikon.htm
Zahlreich Physik	www.physik4u.de

10 Deutsch, Literatur, Kunst, Musik, Religion

Das Web hat natürlich jede Menge zu den Themen Literatur und Kunst oder ganz profan zum Deutschunterricht zu bieten.

Deutsch

Angebot	Adresse
Bibliographisches Institut	www.bifab.de
Deutsche Bibliothek Frankfurt	bermudix.ddb.de
Deutsche Bibliotheken Online	www.hbz-nrw.de/germlst
DUDEN online	www.duden.de
Goethe-Institut	www.goethe.de
Gutenberg	gutenberg.aol.de
Institut für Deutsche Sprache	www.ids-mannheim.de
Langenscheidt, verschiedene Wörterbücher, wie DUDEN, Fremdwörter etc.	www.langenscheidt.de
Meyers Lexikon	www.iicm.edu/meyers
Schulhilfen	www.schulhilfen.com/grammatik/deutsch.html
Rechtschreibreform	www.wuerzburg.de/rechtschreibreform
Zahlreich Deutsch	www.deutsch4u.de

Literatur

Angebot	Adresse
Literaturcafe	www.literaturcafe.de
Wilhelm Busch	www.wilhelm-busch.de
Goethe	www.goethe-net.de
Unwort des Jahres:	www.unwort.de
Gedichte.com	www.werkstatt.net/Gedichte/Gedichte.html

Im Internet sind außerdem zahlreiche Verlage vertreten, über die du Informationen zur aktuellen Literatur erhalten kannst.

Wenn du Webseiten zu einer bestimmten Autorin oder einem bestimmten Autor suchst, ist es am einfachsten, wenn du den Namen in eine Suchmaschine eingibst oder in einem Webkatalog unter KULTUR/LITERATUR/SCHRIFTSTELLER nachschaust.

Kunst

Viele spannende Websites gibt es auch zum Thema Kunst. Wie wäre es mit einem Online-Museumsbesuch?

Angebot	Adresse
Der Louvre	www.louvre.fr
Hamburger Kunsthalle	www.hamburger-kunsthalle.de
Museen und Ausstellungen in Deutschland	webmuseen.de
Museum of Modern Art, New York	www.moma.org

Musik

Hier findest du Links, die für den Musikunterricht nützlich sind.

Angebot	Adresse
Klassik online	www.klassik.com
Musikarchiv Online	www.musikarchiv-online.de
Musikstunde	www.musik-steiermark.at/musikstunde/Musikstunde.htm
Orpheus Musikarchiv	www.orpheus.at

Religion

Zum Thema Religion findest du im Internet einen riesigen Fundus. Du kannst dich über die eigene Religion informieren, findest Seelsorge und erfährst auch viel über andere Religionen. Und zwar nicht nur in Form von Berichten, sondern auch ganz praktisch.

Angebot	Adresse
Evangelische Kirche	www.ekd.de
Hinduismus	www.hinunet.org
Islam Online	www.islam.de
Judentum	www.hagalil.com
Judentum	www.judentum.de
Katholische Kirche	www.katholische-kirche.de

11 Politik, Geschichte

Politik

Im Internet sind die Bundesregierung, alle Bundesministerien, alle Landtage und viele Behörden vertreten. Es wäre zu umfangreich, alle Adressen aufzulisten. Die Bundesministerien findest du ganz bequem über die Website der Bundesregierung (www.government.de). Landtage findest du aber beispielsweise ganz intuitiv, indem du entweder `www.landtag.bundesland.de` oder `www.landtag-bundesland.de` eingibst. Statt Bundesland musst du natürlich das Kürzel eingeben, wie z.B. `www.landtag.nrw.de`. Über die Websites der Landtage gelangst du zu den Landesparteien.

Angebot	Adresse
Auswärtiges Amt	wwww.auswaertiges-amt.government.de/index.htm
Bundesbank	www.bundesbank.de
Bundeskanzleramt	www.bundeskanzler.de
Bundesministerium für Arbeit und Sozialforschung	www.bma.de
Bundesministerium für Finanzen	www.bundesfinanzministerium.de
Bundesministerium für Wirtschaft und Technologie	wwww.bmwi.de
Bundespräsident	www.bundespraesident.de
Bundesrat	www.bundesrat.de
Bundesregierung	www.government.de
Bundestag	www.bundestag.de
Bundeszentrale für Politische Bildung	www.bpb.de
Bündnis90/Grüne	www.gruene.de
CDU	www.cdu.de
CSU	www.csu.de
Deutsche Bundesbank	www.bundesbank.de
Europaparlament etc.	www.europalr.eu.int

Angebot	Adresse
Gauck-Behörde	www.bstu.de
Grundgesetz	www.jura.uni-sb.de/BIJUS/grundgesetz
PDS	www.pds-online.de
SPD	www.spd.de

Geschichte

Zum Thema Geschichte findest du im Internet zahlreiche Sites. Wir haben hier nur ein paar interessante Anlaufstellen aufgelistet, denn am besten ist es, wenn du den Begriff, zu dem du Informationen suchst, in eine Suchmaschine eingibst, wie z.B. für »Anasazi« in Kapitel 5. Du wirst sicher reich belohnt.

Angebot	Adresse
Imperium Romanum	www.romanum.de
Weltchronik	www.weltchronik.de
Biografien	www.biography.com
Deutsche Geschichte	www.hdg.de/lemo

12 Sprachen

Lexika

Angebot	Adresse
Langenscheidt	www.langenscheidt.de
LEO	dict.leo.org
Pons	www.pons.de
Travlang	www.travlang.com

Sprachreisen und Auslandsaufenthalte

Angebot	Adresse
AFS	www.afs.org
AYUSA	www.ayusa.de
Carpe diem	www.carpe.de/juniorline/
Dr. Frank Sprachreisen	www.dfsr.de
Eurovacances	www.eurovacances.de
FEE	www.fee-sprachreisen.de
GIVE	www.language.de/give
GLS	www.gls-sprachreisen.de/
INTO	www.fahrten.de
ISI	www.isi-sprachreisen.de
ISKA	www.iska.de/schueler/schueler.htm
IST	www.language.de/ist
LAL	www.lal.de/schueler
Matthes	wwww.matthes.de
PPP (Parlamentarisches Partnerprogramm)	www.bundestag.de/europa/internat/16129.htm
Sprachmobil	www.sprachmobil.com/Reisen/reisen.htm
TEAM	www.language.de/team
YFU (Youth for Understanding)	www.yfu.org

Englisch

Angebot	Adresse
English Practice	www.englishpractice.com
Englishtown	www.englishtown.com
ESL Quiz Center	www.pacific.net/~sperling/quiz
Grammar Quizzes	www.aitech.ac.jp/~itesli/quizzes/grammar.html
Zahlreich Englisch	www.englisch4u.de

Französisch

Angebot	Adresse
Zahlreich Französisch	www.franzoesisch4u.de
Bibliothèque nationale de France	gallica.bnf.fr/classique
BIJUS	www.jura.uni-sb.de/BIJUS/
Nomade.fr	www.nomade.fr

Latein

Angebot	Adresse
Lateinprüfungen	www.unievie.ac.at/latein
Imperium Romanum	www.romanum.de/test/index.html
Lateinservice	www.lateinservice.de/testforum

13 Rund ums Business

Zum Thema Business gibt es eine ganze Fülle von Adressen. Am besten startest du über ein Portal wie Focus Finanzen (finanzen.focus.de) oder Yahoo Finanzen (de.biz.yahoo.com). Die Webangebote zu allen Fernsehsendungen, die wirtschaftliche Themen betreffen, findest du über die Websites der Fernsehsender. Nachfolgend findest du einige interessante Adressen.

Angebot	Adresse
Boerse.de	www.boerse.de
Börsenspiel	www.Boersenspiel.de
Capital (Business Channel)	www.capital.de
DM Online	www.dm-online.de
Financial Times Deutschland	www.financial-times.de
Frankfurter Allgemeine Zeitung	www.faz.de
Handelsblatt	www.handelsblatt.de
Manager Magazin	www.manager-magazin.de
Steuernetz.de	www.steuernetz.de
Website zur Sendung WISO	www.zdfmsnbc.de/news
Wirtschaftswissenschaften.de	www.wirtschaftswissenschaften.de
Wirtschaftswoche	www.wiwo.de
ZFK	www.zfk.de

14 Sport und Musik

Das Internet bietet Informationen für sportlich Aktive, wie z.B. Informationen von Sportverbänden und -vereinen und auch für Sportfans. Du kannst dich über Fußballvereine, Fußballer, Tennisstars, sonstige Spitzensportler, die aktuellen Fußballergebnisse, die Weltrangliste im Tennis, aber auch über entlegene Sportarten informieren. Sport gibt es außerdem bei den Fernsehsendern, Suchmaschinen, Webkatalogen und Portalen wie Focus in der Rubrik Sport. Das gleiche gilt für den Bereich Musik. Du findest alles über deine Lieblingsband und kannst online sogar Fansouvenirs kaufen, findest aber auch gebrauchte Musikinstrumente und Informationen, die für angehende Musiker nützlich sein können.

Wenn du dich für ein spezielles Thema interessierst, wie z.B. Kraulschwimmen oder die Technik des Hochsprungs, gibst du den Begriff einfach in eine Such- oder eine Metasuchmaschine ein. Du findest sicherlich einige Beschreibungen im Internet. Außerdem bieten alle Suchmaschinen und Webkataloge die Kategorien Sport und Musik, in denen du massenweise Links zu den unterschiedlichsten Themen findest.

Sport

Angebot	Adresse
American Football Verband Deutschland	`www.mamdif.aol.de/index.html`
Basketball-Bundesliga	`www.basketball-bundesliga.de`
BIKE online	`www.bike-magazin.de`
Bund deutscher Radfahrer	`www.bdr-online.org`
Deutsche Eislauf-Union	`www.deu.de`
Deutsche Reiterliche Vereinigung	`www.pferd-aktuell.de`
Deutsche Sporthilfe	`www.sporthilfe.de`
Deutsche Sportjugend	`www.dsj.de`
Deutsche Taekwondo-Union	`www.dtu.de`

Angebot	Adresse
Deutsche Triathlon-Union	www.dtu.org
Deutscher Alpenverein	www.alpenverein.de
Deutscher Basketball-Bund	www.basketball-bund.de
Deutscher Fechter-Bund	www.fechten.org
Deutscher Fußballbund (DFB)	www.dfb.de
Deutscher Golf-Verband	www.golf.de
Deutscher Handball-Bund	www.dhb.de
Deutscher Hockey-Bund	www.deutscher-hockey-bund.de
Deutscher Inline-Skate-Verband	www.d-i-v.de
Deutscher Judo-Bund	www.judobund.de
Deutscher Ju-Jutsu-Verband	www.ju-jutsu.de
Deutscher Kanu-Verband	www.kanu.de
Deutscher Karate-Verband	www.karate-dkv.de
Deutscher Keglerbund	www.kegeln.com/dkb.htm
Deutscher Leichtathletik-verband (DLV)	www.dlv-sport.de
Deutscher Motorsport-Bund	www.dmsb.de
Deutscher Ringer-Bund	www.ringen.de
Deutscher Rollsport- und Inline-Verband	www.inline-online.de
Deutscher Ruderverband	www.ruderverband.org
Deutscher Schachbund	www.schachbund.de
Deutscher Schützenbund	www.schuetzenbund.de
Deutscher Schwimm-verband (DSV)	www.dsv.de
Deutscher Seglerverband	www.dsv.org
Deutscher Skiverband	www.ski-online.de
Deutscher Sportbund (DSB)	www.dsb.de
Deutscher Squash-Verband	www.deutscher-squash-verband.de
Deutscher Tanzsportverband	www.tanzsport.de
Deutscher Tennisbund (DTB)	www.dtb-tennis.de
Deutscher Tischtennis-Bund	www.tischtennis.de
Deutscher Turner-Bund	www.dtb-online.de
Deutscher Volleyball-Verband	www.volleyball-verband.de
DLRG	www.dlrg.de

Angebot	Adresse
Formel 1	www.formel-eins.de
Fußballergebnisse	fussball.ticker.de
Kicker	www.kicker.de
NBA	www.nba.com
NHL	www.eishockey.com
Olympische Sportarten (Links zu Verbänden für alle Sportarten)	www.usm.de/olympia
Sat1 RAN online	www.ran.de
Sport.de	www.sport.de
Sport1	www.sport1.de
Sport-Bild	www.sportbild.de
Sportpresse	www.sportpresse.de
Verband Deutscher Sporttaucher	www.vdst.de

Musik

Zum Thema Musik lassen gibt es natürlich viele Richtungen und Vorlieben. In der Kategorie Musik von Suchmaschinen und Webkatalogen, wie z.B. Web.de, findest du Homepages von Chören, Volksmusikgruppen, Musikvereinen, DJs, Labels, den Charts und allen möglichen musikalischen Stilrichtungen sowie Links zu MP3-Sites, bei denen du MP3-Musik findest. Es sind übrigens die meisten Bands mit Fanseiten im Internet vertreten.

Angebot	Adresse
Charts.n3.net	www.charts.n3.net
Chartsservice	www.chartsservice.de
Chartsteam	195.143.162.41/index4004.html
Charts-World	www.charts-world.de
Hitstation.de	www.hitstation.de
MP3-Lycos	mp3-lycos.com
RTL2	www.rtl2.de
SWR3	www.swr3.de
Vocals online	www.vocals-online.de
WDR2	www.wdr.de

15 Alles für den Alltag

Seit es das Web gibt, ist im Alltag vieles einfacher geworden. Adressen, die früher schwer zu kriegen waren, wie z.B. über Freizeit- und Wasserparks in Deutschland und Europa, sind nun einfach im Internet zu finden. Hörtest du früher einen interessanten Bericht im Radio oder im Fernsehen, gab es wenig Möglichkeiten, mehr darüber zu erfahren. Heute unterhalten alle Radio- und Fernsehsender Webangebote, in denen umfangreiche Informationen zu allen möglichen Themen zur Verfügung gestellt und eigene Sites zu allen Kinder- und Jugendsendern angeboten werden.

Bevor du dir die Links zu den Suchmaschinen, Sites, von denen du Software herunterladen kannst und Ähnliches ansiehst, solltest du dich kurz mit dem Thema Viren befassen. Damit du die Software, die du dir herunterlädst, auch nutzen kannst, solltest du außerdem wissen, wie man Programme packt und entpackt.

Packen und Entpacken von Programmen

Wie die Dateikomprimierung technisch funktioniert, die beim Packen von Dateien durchgeführt wird, ist nicht so wichtig. Interessant für dich ist, dass sich dadurch der Dateiumfang, insbesondere bei Bild- und Textdateien, erheblich verkleinert. Dies beschleunigt die Datenübertragung erheblich. Außerdem kannst du mehrere Dateien in einer komprimierten Datei zusammenfassen und musst so beim Dateiversand und -empfang nicht alles einzeln schicken. So machen es auch Anbieter von Software. Diese stellen aber häufig selbstextrahierende Dateien zur Verfügung, d.h. komprimierte Dateien, die sich durch einen Doppelklick selbst dekomprimieren.

Im Windows-Bereich kommt am häufigsten das Format ZIP zum Einsatz und hier gibt es auch ein beliebtes Programm, mit dem du Dateien bequem komprimieren und dekomprimieren kannst: WinZip. WinZip gibt es schon ziemlich lange und glücklicherweise auch in Deutsch. Dieses Programm findest du natürlich auf der CD-ROM zum Buch.

Um z.B. die Seiten für deine Homepage zur Durchsicht an einen Freund zu senden, bevor du sie auf dem Webserver des Providers ablegst, solltest du die Dateien packen. Anschließend kannst du sie bequem an eine E-Mail anhängen.

➔ Installiere WinZip von der CD-ROM zum Buch.

➔ Starte WinZip.

➔ Klicke auf die Schaltfläche NEU.

WinZip nennt die komprimierten Dateien »Archiv«.

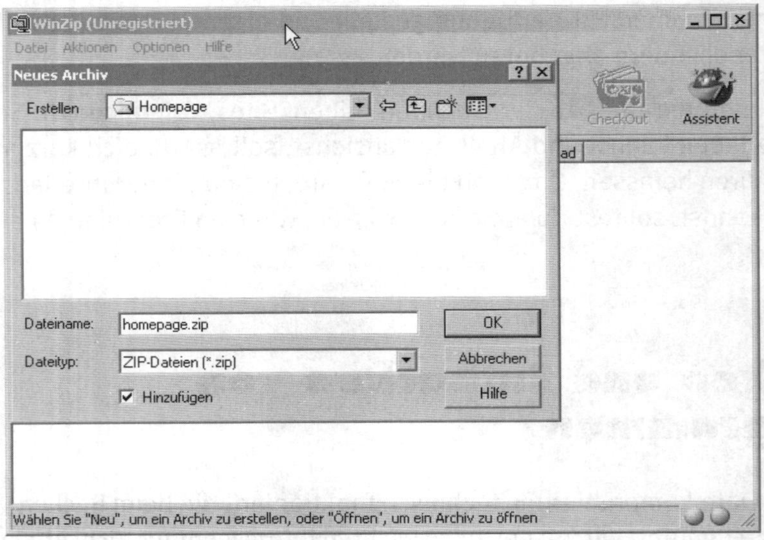

Du kannst mit WinZip auch Dateien, die du sichern möchtest, oder die du ganz selten brauchst, in ein Archiv packen. Dadurch hast mehr Platz auf der Festplatte.

➔ Wähle im Dialogfeld ARCHIV einen Pfad aus, in dem du die Zip-Datei speichern möchtest und gib den Dateinamen für die Zip-Datei ein. Die Dateiendung musst du nicht unbedingt anhängen.

➔ Klicke auf OK.

➔ Wähle im Dialogfeld HINZUFÜGEN alle Dateien aus, die du in die Zip-Datei packen möchtest. Im Beispiel sind dies alle Dateien.

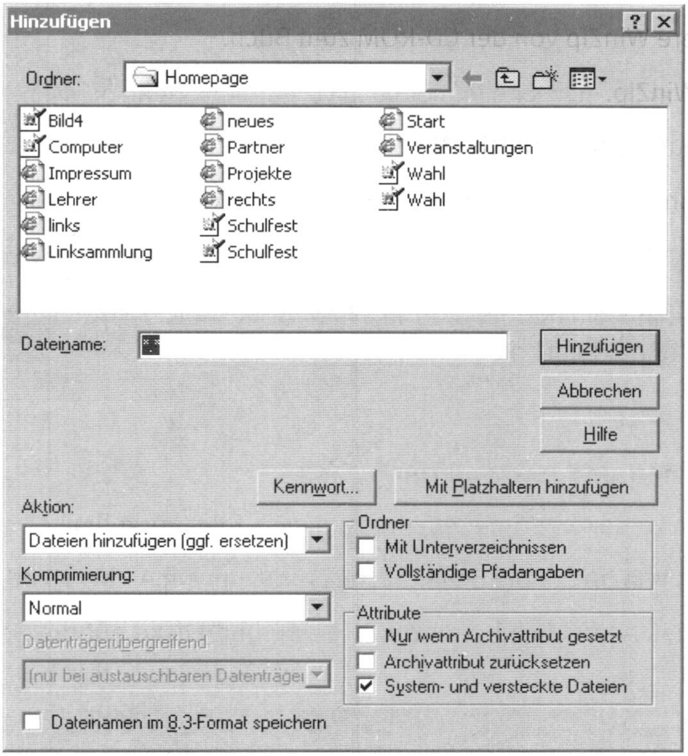

➔ Klicke auf HINZUFÜGEN.

Möchtest du alle Dateien in einem Ordner komprimieren, brauchst du diese nicht extra zu markieren. Setze die Angabe *.* ins Feld DATEINAME und klicke auf MIT PLATZHALTERN HINZUFÜGEN.

Die Zip-Datei wird nun erstellt und ihr Inhalt im Hauptfenster angezeigt.

➔ Wähle nun DATEI/ARCHIV SCHLIESSEN.

Die Original-Dateien sind immer noch vorhanden. Wenn du sie nicht benötigst, z.B. weil du sie für dich selbst archiviert hast, musst du sie löschen.

Du kannst jederzeit zu einem vorhandenen Archiv weitere Dateien hinzufügen. Öffne dazu das Archiv und klicke auf die Schaltfläche HINZUFÜGEN. Um eine Datei aus einem Archiv zu löschen, öffnest du das Archiv, markierst die Datei und drückst die [Enft]-Taste.

Archiv öffnen und extrahieren

Um Dateien zu dekomprimieren, musst du wie folgt vorgehen:

➔ Klicke in WinZip auf die Schaltfläche ÖFFNEN, um ein Archiv zu öffnen.

➔ Wähle das Archiv im Ordner ARCHIV ÖFFNEN und klicke auf die Schaltfläche ÖFFNEN.

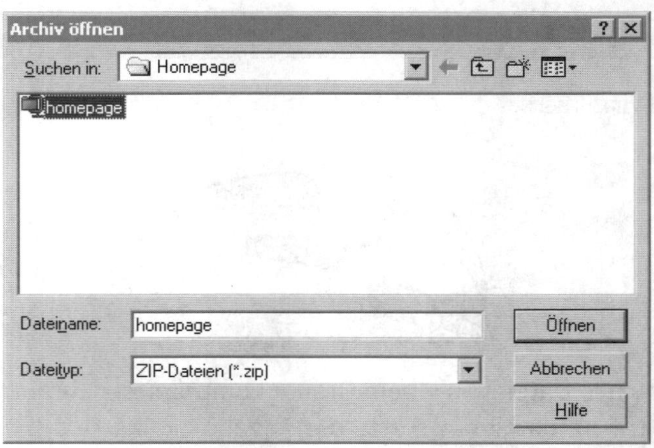

Im Hauptfenster von WinZip werden nun alle Dateien angezeigt, die in der komprimierten Datei enthalten sind.

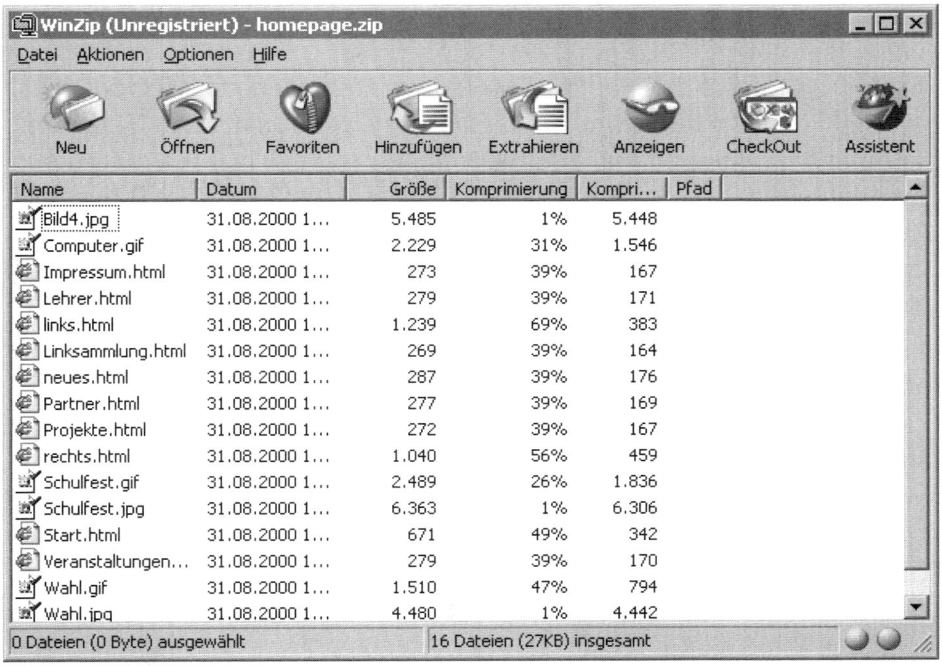

Um alle Dateien zu dekomprimieren, musst du sie aus dem Archiv holen, d.h. »extrahieren«. Dazu klickst du auf die gleichnamige Schaltfläche. Markiere andernfalls die Dateien, die du extrahieren möchtest, und klicke dann auf EXTRAHIEREN. Gib nun den Pfad an, in den die Dateien kopiert werden sollen, und klicke auf OK.

Wenn du den Pfad nun in einem Datei-Manager wie Windows Explorer öffnest, findest du die dekomprimierten Dateien dort vor.

> Die komprimierten Dateien werden nicht automatisch aus dem Archiv gelöscht! Sie sind also immer noch zusätzlich in ihrer komprimierten Form vorhanden.

Virenprüfung

Die Virenprüfung ist bei der Computerarbeit absolut unerlässlich und muss regelmäßig durchgeführt werden. Da immer neue Viren auf den Markt kommen, musst du deine Virenprüfsoftware außerdem regelmäßig aktualisieren. Ein beliebtes Virenprüfprogramm ist F-Prot, das du auch auf der CD zum Buch findest. F-Prot ist zwar leider eine englische Software und läuft außerdem unter DOS, kann aber kostenlos aus dem Internet heruntergeladen werden und wird sehr häufig aktualisiert. Weitere Programme dieser Art sind McAfee (`www.mcafee.de`) oder Powerantivirus 2000 von Gdata (`www.gdata.de`). Bei den meisten Anbietern von Virenprüfprogrammen erwirbst du ein Abonnement und erhältst in regelmäßigen Abständen aktualisierte Versionen des Programms zugeschickt, die neue Viren finden.

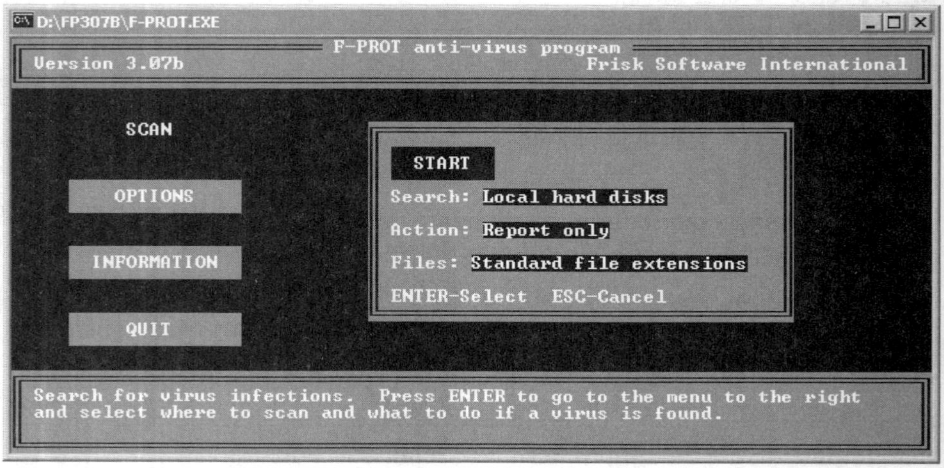

Wenn du F-Prot von der Buch-CD installiert hast, kannst du das Virenprüfprogramm über Start/Ausführen aufrufen. In dem Eingabefeld gibst du dann den Pfad ein, wo F-Prot liegt (z.B. C:\Programme\F-Prot), und klickst auf OK. Daraufhin erscheint die DOS-Oberfläche, in der du im Feld Start festlegst, wo gesucht werden soll (Search), was passieren soll, wenn ein Virus gefunden wird (Action) und welche Dateitypen durchsucht werden sollen (Files).

Wähle die Option Scan, um den Suchvorgang zu starten.

Suchmaschinen und Webkataloge

Einen sehr guten Zugriff auf deutschsprachige Suchmaschinen, Webkataloge und Metasuchmaschinen findest du bei Suchmaschinen (`www.topscout.de/suchma.htm`). Nachfolgend sind außerdem einige wichtige Angebote aufgelistet.

Angebot	Adresse
Aladin	`www.aladin.de`
Alles Klar	`www.allesklar.de`
AltaVista	`www.altavista.de`
Blinde-Kuh	`www.blinde-kuh.de`
Dino	`www.dino-online.de`
Download.com	`www.download.com`
Excite	`www.excite.de`
Filemine	`www.filemine.com`
Goere	`www.goere.de`
Infoseek	`www.infoseek.com`
Kostenlos.de	`www.kostenlos.de`
LinuxFiles	`www.linuxfiles.com`
lycos	`www.lycos.de`
Lycos FTP Search	`ftpsearch.lycos.com`
Metacrawler.de	`www.metacrawler.de`
Metafind	`www.metafind.com`
MetaGer	`www.rrzn.uni-hannover.de`
MP3-Lycos	`mp3.lycos.com`
MSN Deutschland	`www.msn.de`
Scout	`www.scout.de`
Sharelook	`www.sharelook.de`
Shareware.com	`www.shareware.com`
Shareware.de	`www.shareware.de`
Softcrawler (Shareware, Freeware)	`www.data-wizard.de/SoftCrawler`
Softseek (Shareware, Freeware)	`digitalwave.softseek.com`
Tucows	`www.tucows.com`
Web.de	`web.de`
Yahoo.de	`www.yahoo.de`
ZDNet Hotfiles	`hotfiles.zdnet.com`

Fernseh- und Radiosender

Angebot	Adresse
3Sat	www.3sat.de
ARD (Links zu allen angeschlossenen Fernsehanstalten)	www.ard.de
Arte	www.arte-tv.com
Astra	www.astra.de
BBC	www.bbc.co.uk
Bloomberg	www.bloomberg.com
BR	www.br-online.de
Deutsche Welle	www.deutsche-welle.de
DSF	www.dsf.de
N-TV	www.n-tv.de
Premiere World	www.premiere.de
Pro7	www.pro7.de
RTL	www.rtl.de
RTL II	www.rtl2.de
Sat.1	www.sat1.de
Satco-DX	www.satcodx.com
SDR	www.sdr.de
SFB	www.sfb-berlin.de
Super RTL	www.superrtl.de
SWR	www.swr-online.de
TM3	www.tm3.de
Videotext im Internet	www.ardzdf.de
Viva	www.viva.de
WDR	www.wdr.de
ZDF	www.zdfmsnbc.de

Kinderangebote von Fernsehsendern im Web

Angebot	Serie/Show	Adresse
ZDF Tivi		tivi.zdf.de/tivi
	Löwenzahn	tivi.zdf.de/tivi/loewenzahn
	1,2 oder 3	tivi.zdf.de/tivi/1_2oder3
	PUR	tivi.zdf.de/tivi/pur
	Siebenstein	tivi.zdf.de/tivi/loewenzahn/siebenstein
	Tabaluga	tivi.zdf.de/tivi/loewenzahn/tabaluga
	Logo	tivi.zdf.de/tivi/loewenzahn/logo
	Theo	tivi.zdf.de/tivi/loewenzahn/theo
KIKA (Kinderkanal)		www.kika.de
	Wunschfilm	www.kika.de/redakt/program/wunschf/tausch/film1.htm
	Zuschauer der Woche	www.kika.de/redakt/boxx/galerie.htm
	Schloss Einstein	www.schloss-einstein.de
	Sammelboxx	www.kika.de/redakt/boxx/aktivboxx/sammelb/sammelb.htm
	Teletubbies	www.kika.de/redakt/program/serien/teletub/teletub.htm
	Schülerservice	www.kika.de/redakt/tour/service.htm
ARD		www.ard.de/kinder
	Abenteuerwelt	www.mdr.de/abenteuerwelt
	Chamäleon	www.wdr.de/tv/chamaeleon
	Jim Knopf	www.das-erste.de/kinder/jimknopf/default.asp
	JUP 2000	www.wdr.de/radio/jup
	Kinder Info Kiste	www.kindernetz.de/kik/funkhaus/sendungen/kik.htm

Angebot	Serie/Show	Adresse
ARD	Kinderquatsch mit Michael	www.kindernetz.de/kik/kinderquatsch
	Kinderweltspiegel	www.kinderweltspiegel.de
	Die Sendung mit der Maus	www.wdrmaus.de
	Philipps Tierstunde	www.kindernetz.de/kik/funkhaus/sendungen/phillips_tierstunde.html
	Schloss Einstein	www.mdr.de/schloss-einstein
	Sesamstraße	www.ndrtv.de/sesamstrasse
	Tigerentenclub	www.kindernetz.de/kik/tigerentenclub
	Sandmännchen	www.mdr.de/sandmann
	Yo!Yo!Kids	www.kindernetz.de/kik/yoyokids
	Marienhof	www.das-erste.de/marie
	Nicht von schlechten Eltern	www.das-erste.de/eltern
	Verbotene Liebe	www.das-erste.de/liebe
	Lindenstraße	www.lindenstrasse.de

A ... Für Eltern und Lehrer

Das Internet ist ein unzensiertes länderübergreifendes Medium. Dies bietet zahlreiche Vorteile, denn jeder kann hier Material zur Verfügung stellen. Allerdings auch kritisches Material, das in einigen Ländern die Zensur der herkömmlichen Medien wie Fernsehen und Tageszeitung nicht überleben würde. Und so gibt es im Internet auch vieles, was für Kinder nicht geeignet ist. Es wimmelt nur so von pornografischen Angeboten, die in der Regel aber kostenpflichtig sind. Da hier ohne Kreditkarte gar nichts geht, merken Sie es spätestens bei der nächsten Kreditkartenabrechnung, wenn Ihr Kind hinter Ihrem Rücken derartige Angebote nutzen sollte. Kauft sich Ihr Kind dagegen Pornohefte am Kiosk, merken Sie davon gar nichts. Unangenehmer sind da schon kostenlose Sites, die Gewalt verherrlichen oder die rechtsradikales Gedankengut verbreiten.

Sie haben die Möglichkeit, sich und Ihr Kind zu schützen, indem Sie im Browser Filter einrichten, die unerwünschte Websites gar nicht erst laden. Die Filter werden von unabhängigen Unternehmen entwickelt und angeboten. Die Filter bieten Ihnen die Möglichkeit, anzugeben, nach welchen Kategorien die Websites vor dem Download überprüft werden sollen und bis zu welchem Grad sie heruntergeladen werden sollen. Die Unternehmen selbst führen eine Beurteilung von Websites durch. Sie können auch Webadressen vom Download auf Ihren Computer ausschließen. Internet Explorer hat beispielsweise den Filter von RSA integriert und hier ist bereits die höchste Filterstufe für alle Kategorien voreingestellt.

Ob der Schutz durch Filter viel hilft, ist fraglich. Denn es gibt bisher keinen zuverlässigen Filter, der alle unerwünschten Webseiten ausschließt, den Zugriff auf erwünschte Websites aber gewährleistet. Außerdem gibt es ja noch Newsgroups und Chats, die nicht über Filter überprüft werden können.

Hier sind also die Anbieter von Suchmaschinen und Webkatalogen sowie Provider gefragt. Sie sollten Sites mit rechtsradikalen Inhalten und Hardcore-Pornografie gar nicht aufnehmen. Dann können sie auch nicht gefunden werden. Ein solches Unterfangen ist natürlich schwierig, aber in der Politik ist bereits eine Sensibilität für dieses Thema vorhanden.

Prinzipiell gilt natürlich, dass ein Verbot, das Internet zu nutzen, keine Lösung ist. Sie sollten dagegen lieber aufmerksam sein und versuchen, einen guten Draht zu Ihrem Kind zu behalten. Andernfalls kann es mit und ohne Internet Probleme geben.

Filter einrichten

In Internet Explorer können Sie einen Filter für Websites einrichten, die Gewalt, Pornografie und eine unangenehme Sprache beinhalten. Die Einstellungen schützen Sie mit einem so genannten Supervisorkennwort. Ihr Kind kann die Einstellungen dann nicht einfach ändern und Sie haben die Möglichkeit, nach Eingabe des Supervisorkennworts auf Websites zuzugreifen, die andernfalls herausgefiltert werden.

> Vom Hersteller wurde der Browser so eingerichtet, dass auf Sites, die Gewalt, Nacktaufnahmen, Sex und eine anstößige Sprache beinhalten, kein Zugriff besteht. Sie können also die Filterung nur verringern. Die Sites werden von verschiedenen freien Organisationen eingestuft und die Betreiber von Sites können diese auch bei diesen Organisationen anmelden. Internet Explorer verwendet das Filtersystem von RSA. Sie können aber auch andere Filtersysteme laden, um die Sicherheit weiter zu erhöhen. Leider stehen die meisten Filtersysteme bisher nur in englischer Sprache zur Verfügung.

Filterstufen verändern

➔ Wählen Sie Extras|Internetoptionen.

➔ Klicken Sie auf die Registerkarte Inhalt.

➔ Klicken Sie auf die Schaltfläche Aktivieren.

➔ Klicken Sie im Dialogfeld Inhaltsratgeber auf die Schaltfläche Details, um mehr über den Dienst RSA zu erfahren, der die Websites kategorisiert. Dazu müssen Sie natürlich online sein, denn es wird die Webseite des Dienstes in einem neuen Fenster von Internet Explorer geladen.

- Wählen Sie die Kategorie aus, für die Sie eine Einstellung vornehmen möchten, also Gewalt, Nacktaufnahmen, Sex und Sprache.
- Ziehen Sie den Schieberegler auf die gewünschte Stufe. Im Feld Beschreibung wird angezeigt, welche Inhalte beim angewendeten Filter angezeigt werden.
- Klicken Sie auf OK oder nehmen Sie auf den anderen Registerkarten weitere Einstellungen vor.

Sites prinzipiell ausschließen oder zulassen

Möglicherweise gibt es Sites, auf die Sie den Zugriff prinzipiell ausschließen oder zulassen möchten.

- Klicken Sie auf die Registerkarte Gebilligte Sites.
- Geben Sie in das Feld Diese Website zulassen die Webadresse der Site ein, die Sie ausschließen oder zulassen möchten.
- Klicken Sie auf die Schaltfläche Immer, um den Zugriff prinzipiell zuzulassen, und auf die Schaltfläche Niemals, um den Zugriff auszuschließen.

Zusätzliche Filtersysteme einrichten

- Aktivieren Sie im Dialogfeld Inhaltsratgeber die Registerkarte Allgemein.
- Stellen Sie eine Verbindung zum Internet her.
- Klicken Sie auf die Schaltfläche Filtersysteme suchen.

Es wird nun eine Webseite von Microsoft geladen, in der Sie Links zu Anbietern von Filtersystemen finden. Klicken Sie auf den gewünschten Anbieter und suchen Sie nach einem Link zum Download des Filtersystems.

- Klicken Sie auf den Link zum Download des Filtersystems.
- Speichern Sie die Filterdatei im Pfad *\Windows\System32* auf der Festplatte.
- Klicken Sie im Dialogfeld Inhaltsratgeber auf die Schaltfläche Filtersysteme.

➔ Klicken Sie im Dialogfeld Filtersysteme auf die Schaltfläche Hinzufügen.

➔ Wählen Sie im Dialogfeld Filtersystemdatei öffnen die Filtersystemdatei und klicken Sie auf die Schaltfläche Öffnen.

Das neue Filtersystem wird nun im Dialogfeld Filtersysteme aufgeführt.

➔ Klicken Sie auf OK.

➔ Klicken Sie auf die Registerkarte Inhaltsratgeber.

➔ Nehmen Sie die Filtereinstellungen für das neue Filtersystem wie oben beschrieben vor.

➔ Klicken Sie auf OK, um das Dialogfeld zu schließen.

Sie werden nun aufgefordert, ein Supervisorkennwort einzugeben. Nach der Eingabe kann nur noch der Supervisor die Filtereinstellungen verändern.

➔ Klicken Sie auf die Schaltfläche Einstellungen, um den Filter im Inhaltsratgeber zu verändern, und auf die Schaltfläche Deaktivieren, um alle Einstellungen aufzuheben, die Sie vorgenommen haben.

B CD-Info

Auf der CD-ROM findest du Programme, die du für die Arbeit im Internet benötigst. Da die CD-ROM ziemlich voll ist, können die Programme hier nicht alle beschrieben werden. Auf der CD findest du aber eine bequeme Oberfläche, über die du eine Beschreibung zu jedem Programm lesen und das Programm auf deiner Festplatte speichern bzw. installieren kannst.

So installierst du die Programme von der CD

➔ Lege die CD-ROM in dein CD-ROM-Laufwerk ein.

➔ Wähle in Windows Start/Ausführen.

➔ Gib ins Dialogfeld Ausführen den Befehl D:\Start.htm ein und klicke auf OK.

Die Angabe D:\ steht für den Laufwerksbuchstaben deines CD-ROM-Laufwerks. Hat dein CD-ROM-Laufwerk den Buchstaben E:\, musst du E:\Start.htm eingeben.

Die Seite Start.htm wird nun in deinem Browser geladen und du kannst wie auf einer Webseite im Internet auf die einzelnen Links klicken. Über den Link Download kannst du ein Programm auf deiner Festplatte speichern oder direkt installieren.

Inhalt der CD

Auf der CD-ROM findest du die folgenden Programme. Von der Startseite der CD kannst du alle Programme ganz leicht installieren. Schau doch einfach mal rein!

Alle Programme, die im Buch benutzt werden

Netscape Communicator 4.73: Webbrowser für Windows und Macintosh (deutsch)

Internet Explorer 5: Webbrowser für Windows und Macintosh (deutsch)

Phase 5: HTML-Editor, Freeware für Windows (deutsch)

mIRC3.2: IRC-Client für den Chat im IRC, Shareware für Windows (englisch)

cuteFTP: FTP-Client für den Zugriff auf FTP-Server, Shareware für Windows (englisch)

WS_FTP Pro 6.5: FTP-Client für den Zugriff auf FTP-Server, Shareware für Windows (englisch)

WinZip 8: Packprogramm für Windows, Shareware (deutsch)

F-Prot: Virenprüfprogramm (englisch)

Und ein paar Zugaben

BBEdit Lite: HTML-Editor, Freeware für Macintosh (englisch)

Mediaplayer: *MS Media Player 6.4* und *Real Player 7 & 8*

Internettools: *CU-SeeMe* und *ICQ 2000*

Glossar

Account

»Konto« bei einem Provider, das deine Benutzerangaben enthält und dazu dient, dich bei der Anmeldung zu identifizieren.

Anmelden

Auch »Einloggen« oder »Login« genannt. Ein Prozess, bei dem du eine Verbindung zu einem Anbieter herstellst, indem du die Benutzerdaten, also den Benutzernamen und das Kenn- oder Passwort eingibst. Diese Angaben werden mit deinem Benutzerkonto verglichen. Stimmen die Angaben überein, erhältst du Zugriff auf das Angebot.

Applet

Kleines Java-Programm, das nicht selbstständig ausgeführt werden kann, sondern in eine Webseite eingebunden ist und vom Browser des Benutzers ausgeführt wird, sobald die Webseite geladen wird.

ASP

Abkürzung für »Active Server Pages«. Eine Technologie, die von Microsoft entwickelt wurde und die Gestaltung dynamischer, interaktiver Webseiten erlaubt.

Audiodatei

Klangdatei.

B2B

Steht für Business-to-Business und bezieht sich auf die Kommunikation zwischen Unternehmen.

Benutzerkonto

Siehe Account.

Benutzername

Name, mit dem du dich bei einem Konto oder Account anmeldest.

Betriebssystem

Die Software, die dafür sorgt, dass dein Computer läuft. Beispiele für ein Betriebssystem sind Windows und Linux.

Bitmapgrafik

Grafikdatei, die aus einer Sammlung von Bildpunkten besteht. Die Grafik lässt sich bearbeiten, indem die einzelnen Bildpunkte verändert werden.

Body

Der Teil eines HTML-Dokuments, der die Informationen beinhaltet, die im Browserfenster angezeigt werden.

Bookmark

siehe Lesezeichen.

Browser

Software, mit der du auf die Webseiten im World Wide Web zugreifen kannst.

Bugfix

Ergänzung zu einer Software, mit der Fehler in der Software behoben werden.

Cascading Style Sheets

HTML-Spezifikation, die die Gestaltung von Webseiten anhand von Vorlagen erlaubt.

CGI

Abkürzung für »Common Gateway Interface«. Technologie, mittels derer Daten, die in Onlineformulare eingegeben werden, an den Server übertragen werden.

Channel

Deutsch: Kanal. Der IRC ist in Form von Kanälen organisiert, innerhalb derer beliebige Personen miteinander in Echtzeit kommunizieren können. Und damit sich auch die richtigen Leute finden, sind die Channels nach Themen unterteilt. Denn ein Channel, in dem sich Formel-1-Begeisterte unterhalten, ist für den Pferdenarr sicherlich nicht unbedingt das Wahre. Die meisten Channels sind von den Anbietern des Chats vorgegeben. Im IRC besteht aber auch die Möglichkeit, eigene Channels einzurichten.

Chat

Unterhaltung im Internet über eine Art »schwarzes Brett«, die zwischen mehreren Personen in Echtzeit erfolgt. Die Eingaben jeder Person werden auf den Bildschirmen aller Beteiligten ausgegeben, die dann auf das »Gesagte« mit neuen Eingaben reagieren können.

Chatiquette

Benimmregeln im Chat.

Chatraum

Ein Chatraum ist ein Bereich im Chat, der einem bestimmten Thema gewidmet ist. Ein Chatraum entspricht einem Channel.

Client

Computer oder Programm, das Daten oder Dienste von einem anderen Computer anfordert, der als Server bezeichnet wird.

Community

Die Benutzer des Internets werden als Internet Community oder »Onlinegemeinde« bezeichnet. Es gibt aber Communities, deutsch »Gemeinden«, für spezielle Interessengebiete, denen sich Benutzer mit diesen Interessen anschließen können.

Computernetzwerk

Siehe Netzwerk.

Cookie

Ist eine Datendatei, die der Webserver auf deinem Computer speichert, um deinen Browser identifizieren zu können. Bei manchen Anbietern wird auf der Basis dieser Daten ausgewählt, welche Informationen dir gezeigt werden. Bei Websites, die Formulare beinhalten, wie z.B. Anmeldeformulare beim Onlinebanking werden auf der Basis von Cookies Felder automatisch ausgefüllt, nachdem du das Formular ein Mal an den Webserver gesendet hast.

CSS

Abkürzung für »Cascading Style Sheets«.

Cybercafé

Café oder ein anderer öffentlich zugänglicher Raum, wie z.B. in einem Kaufhaus, in dem Computer mit Internetzugang stehen, die jeder Besucher benutzen kann.

Cyberspace

Mit Cyberspace ist in der Regel das Internet gemeint. Der Begriff kann sich aber auch auf jedes andere weltumspannende Netzwerk beziehen.

Datenübertragungsprotokoll

Regeln, die festlegen, wie Daten übertragen werden.

DeNIC

Abkürzung für »Deutsches Network Information Center«. Deutsche Niederlassung von InterNIC (International Network Information Center), das Domänennamen vergibt.

DNS

Siehe Domain Name System.

Domain Name System

Konvention zur eindeutigen Benennung von Computern im Internet.

Domäne

Engl.: Domain. Eine Webadresse, die einen Server im Internet identifiziert und die nach den Regeln des Domain Name Systems aufgebaut ist. Wie beim PC der Zugriff auf die einzelnen Dateien über die Laufwerksangabe erfolgt, muss auch im Internet angegeben werden, wo sich eine Webseite befindet. Die Domäne ist eine Organisationseinheit und entspricht dem Laufwerk eines Computers. Ohne Angabe einer Domäne kannst du nicht auf eine Webseite zugreifen.

Download

Datenübertragung von einem entfernten Computer über ein Netzwerkkabel oder eine Telefonleitung auf den eigenen Computer. Bei den Daten kann es sich um Webseiten, Dateien oder Ähnliches handeln.

DSL

Abkürzung für »Digital Subscriber Line«. Eine neue Kommunikationstechnologie, die eine mehrfache Übertragungsgeschwindigkeit von ISDN bietet. Abwandlungen hiervon sind ADSL und XDSL.

E-Business

Auch E-Commerce genannt, bezieht sich in erster Linie auf den Einkauf im Internet aber auch auf Geschäfte, die über elektronischen Datenaustausch zwischen Unternehmen getätigt werden.

Einloggen

Anmeldung bei einem Computer, einem Programm oder einem Webangebot.

E-Mail

Abkürzung für »Electronic Mail«, deutsch elektronische Nachricht. E-Mails sind sowohl elektronische Nachrichten, die über das Internet gesendet werden als auch elektronische Nachrichten, die innerhalb eines Unternehmens- oder Hochschulnetzwerkes versendet werden.

E-Mail-Adresse

Eine Adresse, die nach bestimmten Regeln, z.B. den Regeln des Domain Name Systems aufgebaut ist und zur Adressierung von E-Mail-Nachrichten benutzt wird.

Emoticon

Zeichenfolge aus Satzzeichen und manchmal auch Buchstaben, die als Gesichtszug interpretiert werden kann. Am bekanntesten ist das Smiley, :-), also das Lächeln. Emoticons werden entsprechend auch als Smileys bezeichnet.

Entpacker

Programm, mit dem komprimierte Dateien dekomprimiert werden.

FAQ

Abkürzung für »Frequently Asked Questions«. Eine Zusammenfassung von Fragen, die zu einem Thema häufig gestellt werden, und den entsprechenden Antworten. FAQs entstanden ursprünglich im Usenet, um neuen Benutzern, den so genannten Newbies, den Einstieg zu erleichtern und um zu verhindern, dass die Newbies mit immer denselben Fragen das Usenet blockieren. Inzwischen gibt es FAQs im Internet in vielen Websites. Soft- und Hardwarehersteller nutzen FAQs beispielsweise, um Benutzern Lösungen für häufig auftretende Probleme zu bieten.

Favorit

Lesezeichen für Webadresse in Internet Explorer.

Flash

Software von Macromedia, mit der du Animationen für deine Website erstellen kannst. Flash-Sites sind momentan »in«.

Flatrate

Deutsch: Pauschaltarif für die Nutzung des Internets, der Telefonleitung oder von beidem. Du bezahlst einen bestimmten Betrag im Monat und kannst das Internet dann so oft und so lange nutzen, wie du möchtest.

Forum

Eine Art »schwarzes Brett« im Internet, auf dem Benutzer Nachrichten und Informationen ablegen können, die dann von anderen Benutzern gelesen und beantwortet werden. Die Kommunikation erfolgt im Gegensatz zum Chat nicht in Echtzeit. Die Beiträge der einzelnen Personen werden eine Zeit lang gespeichert. Heutzutage bieten zahlreiche Websites Foren zu allen möglichen Themen an. Dadurch hat das Usenet mit seinen Newsgroups, das ursprüngliche Forum im Internet, an Bedeutung verloren.

Frames

Rechteckige Bestandteile einer Webseite, in die andere Webseiten geladen werden und die die Gestaltung einer Website mit feststehendem Menü erlauben.

Freemail

Siehe Hotmail.

Freeware

Kostenlose Software.

FTP

Abkürzung für File Transfer Protocol. Übertragungsprotokoll zur Übertragung von Dateien von einem FTP-Server auf einen Computer.

Gaming Zone

Website, die Onlinespiele und Multiplayerspiele zur Verfügung stellt. Bekannt ist beispielsweise die Gaming Zone von Microsoft.

GIF

Dateiendung für Bilddateien im Graphics Interchange Format.

Hausaufgabenhilfe

Website im Internet, bei der du Hausaufgaben einschicken kannst, die dann bearbeitet und an dich zurückgeschickt werden oder in der du anderweitig Hilfe bei den Hausaufgaben erhältst.

Head

Bestandteil jedes HTML-Dokuments, in dem der Titel und Meta-Informationen für die Seite festgelegt werden.

Headset

Kopfhörer mit integriertem Mikrofon, der an den Computer angeschlossen werden kann.

Homepage

Die Webseite, die aufgerufen wird, wenn die Adresse einer Domäne angegeben wird, wie z.B. `www.hausaufgabenhilfe.de` oder `www.learnetix.de`. Die Homepage wird häufig auch als Startseite bezeichnet.

Hotmail

Einer der ersten Anbieter kostenloser E-Mail-Dienste im Internet (`www.hotmail.com`).

Htm

Dateiendung für HTML-Dateien.

HTML

Abkürzung für »Hypertext Markup Language«. Auszeichnungssprache, bei der mittels Tags, also Auszeichnungen, angegeben wird, wie die Elemente einer Webseite dargestellt werden sollen. Die Darstellung übernimmt der Browser, der die Webseite öffnet.

HTML-Editor

Programm, mit dem sich Webseiten öffnen und bearbeiten lassen. In der Regel handelt es sich um einen Texteditor, der mit Funktionen für die Eingabe von HTML-Code und einer Vorschau für die Darstellung der Webseite im Browser ausgestattet ist.

HTTP

Abkürzung für »Hypertext Transfer Protocol«. Übertragungsprotokoll für Webseiten vom Server zum Client und für Daten vom Client zum Server.

Hyperlink

Ein Element eines Hypertextdokuments wie einer Webseite, das durch Anklicken zu einem anderen Element, wie z.B. einem bestimmten Absatz, innerhalb des Hypertextdokuments oder zu einem anderen Hypertextdokument führt. Hyperlinks werden in der Regel in blauer Schrift und unterstrichen dargestellt, es können aber auch Bilder mit Hyperlinks unterlegt werden.

Hypertext

Text, der nicht sequenziell wie in einem Buch, sondern beliebig miteinander verknüpft ist.

ICQ

Instant-Messaging-System, das beispielsweise die Kommunikation von Textnachrichten über Handys oder den Versand von Textnachrichten auf Handys und Pager über einen Computer erlaubt.

Imagemap

Ein Bild in einer Webseite, wie z.B. eine Landkarte, das in mehrere Abschnitte unterteilt ist. Die Abschnitte sind mit unterschiedlichen Hyperlinks unterlegt.

Interface

Oberfläche von Komponenten, über die eine Verbindung zu anderen Komponenten erfolgen kann.

Internetdienstanbieter

Siehe Provider.

InterNIC

Siehe DeNIC.

IP-Adresse

Abkürzung für »Internet Protocol Address«. Adresse, die aus vier durch Punkte getrennten Ganzzahlen im Bereich zwischen 0 und 255 besteht (4-Byte-Ziffer) und zur Identifikation von Computern im Internet dient. IP-Adressen werden nach den Regeln des Domain Name Systems gebildet.

IRC

Abkürzung für »Internet Relay Chat«. Ein Internetdienst, der die Kommunikation mehrerer Benutzer in Echtzeit erlaubt. Die Kommunikation erfolgt über einen IRC-Server, der die Eingaben jedes Benutzers allen Benutzern verfügbar macht.

ISDN

Abkürzung für »Integrated Services Digital Network«. Dienst zur digitalen Vermittlung und Übertragung von Telefon- und Computerdaten.

ISP

Internet Service Provider, deutsch Internetdienstanbieter. Siehe Provider.

Java

Objektorientierte Programmiersprache, die von Sun Microsystems entwickelt wurde und die Welt der Programmierung revolutioniert hat. Die Programmiersprache ist leicht zu erlernen, plattformunabhängig und kann sowohl zur Entwicklung eigenständiger Programme als auch zur Entwicklung von Applets eingesetzt werden.

JavaScript

Skriptsprache, die von Netscape für den Browser Netscape Navigator entwickelt wurde.

JPEG

Abkürzung für »Joint Photographic Experts Group«. Standard für die Komprimierung von Bilddateien.

JPG

Dateiendung für Bilddatei im JPEG File Interchange Format

Junk-E-Mail

Unerwünschte Werbemail.

Kanal

Der IRC-Chat ist in Kanälen organisiert, die verschiedenen Themen gewidmet sind. Der Chat erfolgt in den einzelnen Kanälen.

Katalog

Siehe Webkatalog.

Kennwort

Zeichenfolge, die zur Identifikation eines Benutzers dient und deshalb auch nur diesem Benutzer bekannt sein sollte. Der Benutzer denkt sich das Kennwort entweder selbst aus oder es wird ihm vom System zugewiesen. Selbst gewählte Kennwörter müssen in der Regel eine Mindestlänge haben. Kennwörter sollten auf keinen Fall weitergegeben werden, da sonst andere Benutzer unberechtigt auf das Konto eines Benutzers bei einem System zugreifen können.

Komprimierte Datei

Eine Datei, die mit einem Programm nach einem speziellen Mechanismus »zusammengedrückt« wurde, um sie zu verkleinern. Die Datei lässt sich erst wieder benutzen, nachdem sie entkomprimiert wurde. Das Komprimieren einer Datei wird auch als Packen bezeichnet und das Entkomprimieren als Entpacken.

Konto

Siehe Account.

LAN

Abkürzung für »Local Area Network«. Netzwerk von miteinander verbundenen Computern, das sich auf ein Gebäude beschränkt.

Lesezeichen

Bezeichnung in Netscape für Links zu bevorzugten Websites, die im Browser Netscape Navigator im Ordner Lesezeichen gespeichert werden. In Internet Explorer heißt dieser Ordner Favoriten.

Link

Siehe Hyperlink.

Login

Siehe Anmelden.

Mailbox

Posteingang für E-Mail-Nachrichten, Nachrichten beim Handy. Als Mailboxen werden auch Systeme bezeichnet, in denen Informationen und Dateien abgelegt werden und auf die Zugriff durch die Einwahl per Modem besteht. Bevor das Internet populär wurde, stellten viele Hard- und Softwarehersteller und Computerzeitschriften Mailboxen zur Verfügung, aus denen sich Benutzer die neuesten Hardwaretreiber herunterladen konnten.

Mailingliste

Wird auch als Verteilerliste bezeichnet und beinhaltet eine Liste mit E-Mail-Adressen von Empfängern, an die regelmäßig Massen-E-Mails verschickt werden. Es kann sich dabei um Werbe-E-Mails handeln, die ohne Aufforderung durch den Empfänger verschickt werden. Der Empfänger kann sich aber auch auf einer Mailingliste eintragen und erhält so in regelmäßigen Abständen Informationen über Produktentwicklungen, Neuerscheinungen und Ähnliches.

Messageboard

Siehe Newsgroup.

Metasuchmaschine

Suchmaschine, die selbst keine Links zu Webseiten katalogisiert, sondern bei der Suche gleichzeitig auf mehrere Suchmaschinen verschiedener Hersteller zugreift.

Meta-Tags

Tags im Head-Bereich eines HTML-Dokuments, die eine Beschreibung des Dokuments, Stichwörter für Suchmaschinen und Angaben zur Software enthalten, mit der die Webseite erstellt wurde.

Modem

Abkürzung für Modulator/Demodulator. Gerät, das digitale Daten aus dem Computer in analoge Daten umwandelt, die über die herkömmliche Telefonleitung übertragen werden können und umgekehrt.

MP3

Abkürzung für »MPEG Audio Layer 3«. Verfahren zur Komprimierung von Audiodateien, um diese schneller über das Internet übertragen zu können. Die resultierenden Dateien werden als MP3-Dateien bezeichnet.

MUD

Abkürzung für »Multi-User Dungeon«. MUDS sind Multiplayer-Rollenspiele und gehören zu den ersten Multiplayerspielen, die online angeboten wurden.

Multimedia

Bezeichnung für die Kombination von Sound, Grafik und Video auf einem Computer.

Multiplayer Games

Spiele, die im Netzwerk oder online von mehreren Spielern gleichzeitig gespielt werden können.

Netiquette

Benimmregeln für das Internet.

Netzwerk

Zusammenschluss mehrerer Computer.

Newbies

Ursprünglich Neulinge im Usenet, der Begriff wird aber auch für Neulinge beim Chat verwendet.

Newsgroup

Forum zu einem bestimmten Thema im Usenet, in dem jeder, der die Newsgroup abonniert hat, Beiträge ablegen, die Beiträge anderer lesen und beantworten kann.

Newsletter

Siehe Mailingliste.

NIC

Siehe DeNIC.

Nickname

»Spitzname«, den du bei der Anmeldung bei einem Webdienst selbst wählst und unter dem du dann z.B. im Chat agierst.

Nur-Text-Datei

Datei im ASCII-Format, die nur Text und keine Formatierungen enthält.

Online-Nachhilfe

Nachhilfe, die online in Echtzeit erfolgt, wie z.B. im Chat, oder aber zeitverschoben über ein Forum.

Online-Training

Training, das am PC durchgeführt wird.

Packen

Siehe Komprimierte Datei.

Passwort

Siehe Kennwort.

Pauschalgebühr

Siehe Flatrate.

Portal

Website, die Informationen zu zahlreichen Themen und Links zu interessanten Websites bietet und damit einen guten Ausgangspunkt für das Surfen im Web darstellt.

PPP

Abkürzung für »Point-to-Point-Protocol«. Datenübertragungsprotokoll, mit dem dein Computer eine Verbindung zum Internet herstellt.

Raum

Siehe Chatraum.

Server

Computer oder Software, die anderen Computern oder Software, den so genannten Clients, Dienste, Programme oder Daten anbietet.

Shareware

Software, die nicht von einer kommerziellen Organisation angeboten wird und die du testen darfst, bevor du sie kaufst. Der Funktionsumfang von Shareware ist in der Regel nicht beschränkt und die Software schaltet sich meistens auch nicht ab, wenn die Testzeit abgelaufen ist. Das Prinzip basiert auf Fairness, d.h., die Anbieter vertrauen darauf, dass du so fair bist, die Software nach dem Test zu kaufen, falls sie dir zusagt und du sie weiter nutzen möchtest.

Shockwave

Programm von Macromedia, mit dem sich Multimediaeffekte erzeugen lassen.

S-HTTP

Abkürzung für »Save Hypertext Transfer Protocol«. Dieses Protokoll wird für die sichere Übertragung von Daten, wie z.B. beim Onlinebanking benutzt.

Site

Siehe Website.

Sitemap

Überblick über die Struktur einer Site.

Sitzung

Im Zusammenhang mit dem Internet die Zeit, in der ein Benutzer online ist.

Skript

Programm, das mit einer Skriptsprache erstellt wurde.

Skriptsprache

Programmiersprache mit abgespecktem Funktionsumfang.

Smiley

Siehe Emoticon.

Soundkarte

Computerzubehör, das das Abspielen von Sounddateien erlaubt. Um etwas zu hören, musst du natürlich Lautsprecher oder einen Kopfhörer an die Soundkarte anschließen.

Spamming

Die unaufgeforderte Zusendung von Werbemails an großen Massen.

Startseite

Siehe Homepage. Bei Internet Explorer bezeichnet die Startseite die Webseite, die beim Start des Browsers geladen wird.

Stylesheets

Siehe Cascading Style Sheets.

Suchmaschine

Website, die das Web nach anderen Websites und -seiten durchsucht, deren Adressen katalogisiert und Links zu diesen Sites zur Verfügung stellt.

Surfen

Benutzung des World Wide Webs.

Tag

Bezeichnung der Befehle oder Auszeichnungen in HTML.

TCP/IP

Abkürzung für »Transmission Control Protocol/Internet Procotol«. Datenübertragungsprotokoll, das für die Datenübertragung in lokalen Netzwerken und dem Internet benutzt wird.

Telnet

Protokoll, das den entfernten Zugriff auf einen Computer erlaubt. Ist ziemlich aus der Mode gekommen.

Tool

Software, die häufig nicht besonders umfangreich ist, aber dazu dient, ein bestimmtes Problem zu beheben oder eine Aufgabe zu erledigen.

Treiber

Abkürzung für Gerätetreiber. Software, die die Nutzung von Geräten erlaubt, die außen an den Computer angeschlossen oder in den Computer eingebaut werden wie die Festplatte oder ein Drucker.

Trialversion

Testversion einer Software, die entweder nicht alle Funktionen beinhaltet oder deren Nutzung auf einen bestimmten Zeitraum begrenzt ist, wie z.B. auf 30 Tage. Testversionen mit zeitlicher Begrenzung lassen sich nach Ablauf dieser Zeit nicht mehr starten.

Übertragungsprotokoll

Siehe Datenübertragungsprotokoll.

Update

Aktualisierung einer Software.

Upload

Prozess, bei dem Daten auf einen Server kopiert werden.

URL

Abkürzung für »Uniform Resource Locator«, d.h. die eindeutige Webadresse.

Usenet

Das Usenet gab es bereits vor dem Internet. Es ist wie das Internet ein weltweites Netzwerk von Rechnern, auf denen Mailboxen zu verschiedensten, die so genannten Newsgroups, abgelegt sind. In Newsgroups kann jeder Anfragen ablegen, die Beiträge anderer Personen zu einem Thema lesen und diese beantworten. Die Newsgroups sind also eine Art elektronisches »Schwarzes Brett« für die unterschiedlichsten Themen. Auf Newsgroups greifst du mit einem Newsreader wie Outlook Express oder Netscape Messenger zu.

Username

Siehe Benutzername.

Verschlüsselung

Prozess, bei dem die Daten anhand eines Algorithmus so verändert werden, dass sie mit bloßem Auge nicht mehr lesbar sind. Wird auch als Kodierung bezeichnet.

W3C

Abkürzung für »World Wide Web Consortium«. Institution, die die Weiterentwicklung des Webs überwacht und Standards entwickelt.

WAN

Abkürzung für »Wide Area Network«, d.h. ein Netzwerk, das sich nicht auf ein Gebäude beschränkt.

Web

Abkürzung für »World Wide Web«. Das Web setzt sich aus allen Webservern und Webseiten zusammen, die es weltweit gibt.

Webadresse

Adresse, über die Webseiten im Web lokalisiert werden.

Webcam

Videocamera, die besonders klein ist und deshalb an einen Computer angeheftet oder in ein Notebook integriert werden kann und so Videokonferenzen möglich macht.

Webkatalog

Website, die das Web nach Websites und Webseiten durchsucht, diese manuell katalogisiert und den Katalog mit den Links zu den gefundenen Websites anbietet.

Webmaster

Person, die eine Website betreut. Häufig ist der Webmaster auch für die Entwicklung zuständig.

Webseite

Dokument im World Wide Web, das Text, Grafiken, Sounds, Video und Animationen enthalten kann.

Webserver

Software, die die Bereitstellung von Webseiten im Internet ermöglicht. Meist ist diese Software auf einem Servercomputer gespeichert, der zu keinem anderen Zweck eingesetzt wird. Mit einem Webserver lassen sich mehrere Websites betreiben.

Website

Webangebot, das mehrere Seiten beinhaltet, die miteinander verknüpft sind.

World Wide Web Consortium

Siehe W3C.

WWW

Abkürzung für »World Wide Web«, siehe Web.

Zugangsberechtigung

Nachdem du dich bei einem Webdienst oder einem Computer registriert hast, hast du eine Zugangsberechtigung auf dein Konto.

Index

C

D

E

F

G

H

I

J

K

L

M

N

O

P

Q

R

S

T

U

V

W

362 Seiten, 2000
DM 39,90, kart., mit CD
ISBN 3-8266-0574-8

Hans-Georg Schumann

Java für Kids

Java – wer denkt da nicht an eine Insel, auf der es heiß und feucht ist, mit Vulkanen und viel Wald und seltenen Tieren?

Du nicht? Denkst du eher an jene Programmiersprache, die irgendwas mit dem Internet zu tun haben soll? Dann ist dies das Buch für dich!

Leider wird Java häufig nur mit dem Aufpeppen von Homepages in Verbindung gebracht. Dass diese Sprache viel mehr kann, sollst du in diesem Buch erfahren. Hans-Georg Schumann zeigt dir Schritt für Schritt die Grundlagen der Programmierung mit Java. Durch viele Beispiele und Übungen ist das Buch anschaulich und gut verständlich.

Und das Tollste ist: Auf der CD, die im Buch liegt, ist eine Vollversion des JBuilder 2, so dass Du sofort losprogrammieren kannst!

Aus dem Inhalt:

- ✔ Java-Grundlagen: Von Buttons, Labels, Variablen & Co.
- ✔ If, then, else und andere Schleifen
- ✔ Programmierung von Menüs und Dialogen
- ✔ Arbeiten mit Komponenten
- ✔ Die Geheimnisse der objektorientierten Programmierung (OOP)
- ✔ Grafik in Java: Jetzt wird's bunt!
- ✔ Java und das Internet: Was sind Java-Applets?

Auf der CD:

Die Vollversion des JBuilder 2 und alle Beispiele aus dem Buch

Außerdem der JBuilder 3 foundation in englischer Sprache für Windows und Linux

456 Seiten
DM 39,90, kart., mit CD
ISBN 3-8266-0643-4

Hans-Georg Schumann

Delphi für Kids

Hat dir das Programmieren mit Turbo Pascal Spaß gemacht? War dir der Schnuppereinstieg in Delphi in diesem Buch viel zu kurz und du möchtest gerne weitermachen?

Dann ist »Delphi für Kids« genau das richtige Buch für dich!

Delphi klingt ein bisschen geheimnisvoll und sagenumwoben – wie das Orakel von Delphi. Dass aber die Programmiersprache mit diesem Namen kein Buch mit sieben Siegeln sein muss, beweist »Delphi für Kids«. Hans-Georg Schumann beweist in diesem Buch einmal mehr, dass es gar nicht so schwer ist, die Delphi-Grundlagen zu erlernen und schon bald kleine, aber feine Programme zu schreiben. Du erfährst alles Wissenswerte über Datentypen und Operatoren, Kontrollstrukturen, Prozeduren und objektorientierte Programmierung. Was, das klingt dir alles völlig fremd? Bald nicht mehr, denn Hans-Georg Schumann nimmt dich an die Hand und zeigt dir Schritt für Schritt, wie es geht.

Das Tollste ist: Auf der CD zum Buch ist eine Vollversion von Delphi 3, so dass du sofort losprogrammieren kannst!

Ca. 300 Seiten
DM 39,90, kart., mit CD
ISBN 3-8266-0638-8

Melanie Reul

Bildbearbeitung für Kids

Wer hätte nicht Spaß daran, seine Erzfeinde in den Urwald zu setzen oder sich selbst in schwindelnden Höhen auf einem Flugzeug balancieren zu sehen? Vielleicht hast du aber auch Lust langweilige Portraits in witzige Karikaturen zu verwandeln!

Mit den tollen Werkzeugen von Ulead PhotoImpact kannst du solchen Fantasien freien Lauf lassen und viele originelle Bilder kreieren. Aber natürlich kannst du auch Fotos von der letzten Fete oder aus dem Urlaub ein wenig verschönen und interessanter machen.

Melanie Reul erklärt dir die Grundlagen der Bildbearbeitung und zeigt dir an vielen Beispielen, was so ein Bildbearbeitungsprogramm alles kann und wie man seine Werkzeuge geschickt einsetzt. Von der einfachen Bildbearbeitung über Retusche und Fotomontage bis hin zu Effekten findest du hier alles, was das Herz begehrt. Außerdem gibt es noch viele Tipps für die Präsentation im Web und den perfekten Druck deiner Bilder.

Auf der CD:

Damit du gleich loslegen kannst, gibt es auf der CD eine Vollversion von Ulead PhotoImpact und natürlich auch ein paar Bilder, an denen du dich austoben kannst.

Systemvoraussetzungen: Windows 95 oder höher